숨겨진 비밀

A SECRET KEPT
by Tatiana de Rosnay

Copyright © Editions Héloise d'Ormesson, 2009, 2010
Korean Translation Copyright © MUNHAKDONGNE Publishing Corp., 2014

This Korean edition is published by arrangement with Editions Héloise d'Ormesson
through EYA(Eric Yang Agency).
All rights reserved.

이 책의 한국어판 저작권은 EYA(Eric Yang Agency)를 통해
Editions Héloise d'Ormesson와 독점 계약한 (주)문학동네에 있습니다.
저작권법에 의해 한국 내에서 보호를 받는 저작물이므로
무단 전재 및 무단 복제를 금합니다.

이 도서의 국립중앙도서관 출판예정도서목록(CIP)은
서지정보유통지원시스템 홈페이지(http://seoji.nl.go.kr)와
국가자료공동목록시스템(http://www.nl.go.kr/kolisnet)에서 이용하실 수 있습니다.
(CIP제어번호: CIP2014026620)

A Secret Kept

숨겨진 비밀

타티아나 드 로즈네 장편소설 | 이은선 옮김

문학동네

멋진 동생 세실리아와 알렉시스
그리고 두 사람과 생을 함께하는 세드릭, 카롤린에게 바친다.

피에르 에마뉘엘(1989~2006)을 추억하며

내 이름을 예전처럼 아무렇지 않게 불러주세요, 늘 그랬듯이.
망령의 그림자를 씌우지 말고, 스스럼없이 불러주세요.
헨리 스콧 홀랜드

"맨덜리는 사라졌다."
대프니 듀 모리에, 『레베카』

누군가가 나를 작고 우중충한 방으로 안내하더니 앉아서 기다리라고 한다. 칙칙한 리놀륨 바닥 위에 빈 갈색 플라스틱 의자 여섯개가 서로 마주 놓여 있다. 한쪽 구석에 놓인 인조 식물은 반짝이는 나뭇잎들이 먼지로 덮여 있다. 나는 시키는 대로 한다. 의자에 앉는다. 허벅지가 떨린다. 손바닥은 축축하고 목은 타들어간다. 머리가 지끈거린다. 이제 아버지한테 전화를 해야 하지 않을까, 너무 늦기 전에 연락을 해야 하지 않을까, 그런 생각이 든다. 하지만 내 손은 청바지 주머니에 든 휴대전화를 꺼내려는 시도조차 하지 않는다. 아버지에게 연락한들 무슨 말을 할 수 있을까. 어떻게 소식을 전할 수 있을까.

천장에 달린 네온등의 번쩍거리는 불빛이 눈을 찌른다. 벽은 누르스름하고 금이 가 있다. 나는 그곳에 멍하니 앉아 있다. 속수무책으로. 어찌할 바를 모른 채. 담배 생각이 간절하다. 몇 시간 전에 먹은 쓰디쓴 커피와 딱딱한 브리오슈를 게워낼 수 있을까.

아직도 끼이익 하던 바퀴 소리가 귓가에 맴돌고, 오른쪽으로 급격히 방향을 튼 자동차가 갑자기 한쪽으로 기울며 가드레일을 들이받던 순간의 휘청거림이 느껴진다. 그리고 동생의 비명소리. 그 비명소리가 아직도 귓가에 맴돈다.

지금까지 여기서 기다린 사람이 몇 명이나 될까? 나처럼 지금 이 자리에 앉아 사랑하는 이의 소식을 기다린 사람이 몇 명이나 될까? 누리끼리한 벽들이 목격했을 광경이 나도 모르게 떠오른다. 이 벽들이 알고 있을 사실들이. 기억하고 있을 사실들이. 눈물, 울부짖음 혹은 안도의 한숨. 희망, 절망 혹은 기쁨.

째깍째깍 시간이 흐른다. 나는 문 위에 걸린 동그랗고 시커먼 벽시계를 쳐다본다. 기다리는 수밖에 없다.

삼십 분쯤 지났을 때 간호사가 들어온다. 얼굴은 기다란 말상에, 비쩍 마른 팔뚝은 새하얗다.

"레 씨?"

"네." 목이 메어 말이 잘 나오지 않는다.

"이 서류 좀 작성해주세요. 환자분 인적사항을 적는 서류예요."

그녀는 내게 서류와 펜을 건넨다.

"환자는 괜찮은가요?" 나는 우물우물 묻는다.

내 목소리가 가늘고 어색하게 들린다.

그녀는 나를 보며 속눈썹이 거의 없는 축축한 눈을 깜빡인다.

"의사 선생님께서 말씀해주실 거예요. 조만간 이쪽으로 건너오실 겁니다."

그녀는 밖으로 나간다. 납작한 엉덩이가 슬퍼 보인다.

나는 부들부들 떨리는 손으로 서류를 잡고 무릎 위에 펼쳐놓는다. 이름, 생년월일, 출생지, 결혼 여부, 주소, 사회보장번호, 의료보험번호. 나는 계속 부들부들 떨리는 손으로 적어내려간다. 멜라니 레, 1967년 8월 15일생, 불로뉴 비양쿠르, 미혼, 로케트 가 49번지, 파리 75011.

동생의 사회보장번호는 모른다. 의료보험번호도 모른다. 핸드백 안에 그런 게 다 있을 텐데. 핸드백은 어디 갔지? 동생의 핸드백이 어떻게 됐는지 전혀 기억나지 않는다. 기억나는 것이라고는 차에서 구조했을 때 앞으로 고꾸라지던 동생의 모습뿐. 들것 밑으로 축 늘어지던 그애의 두 팔뿐. 그리고 바로 옆에 앉아 있었건만 머리카락 한 올 흐트러지지 않고, 멍 하나 들지 않은 나. 나는 움찔한다. 곧 이 악몽에서 깨어날 거라고 계속 생각한다.

간호사가 물 한 잔을 들고 온다. 나는 그 물을 벌컥벌컥 마신다. 비릿한 쇠맛이 나고 텁텁하다. 나는 고맙다고 인사한다. 그리고 멜라니의 사회보장번호는 모르겠다고 한다. 그녀는 고개를 끄덕이고, 서류를 챙겨서 나간다.

째깍째깍 시간이 흐른다. 방안은 고요하다. 이곳은 작은 병원이다. 아마 작은 마을에 있는 병원인 듯하다. 낭트 근교. 어디인지는 정확하게 모르겠다. 내 몸에서 냄새가 난다. 여긴 에어컨이 없다. 겨드랑이를 타고 흘러내려 사타구니 주변으로 모이는 땀냄새가 느껴진다. 절망과 공포가 어린 시큼한 살냄새. 머리가 계속 지끈거린다. 나는 침착하게 심호흡을 하려고 애를 써본다. 몇 분 동안은 효과가 있다. 하지만 이내 무기력하고 끔찍한 감정이 걷잡을 수 없이 밀려들어 나를 집어삼킨다.

파리까지는 세 시간도 넘는 거리다. 아버지한테 연락을 해야 하나, 다시 그 생각이 든다. 나는 기다려보자고 속으로 중얼거린다. 아직 의사의 소견도 듣지 않았으니까. 손목시계를 흘끗 내려다본다. 열시 삼십분. 아버지는 지금 어디 계실까? 궁금해진다. 어느 디너파티에 가 계실까? 아니면 레진이 옆방에서 통화를 하며 매니큐어를 바르는 동안 서재에서 텔레비전을 보고 계실까?

나는 좀더 기다려보기로 한다. 전처에게 전화하고 싶은 충동이 인다. 지금도 심한 압박감이나 절망감이 느껴지면 아스트리드라는 이름이 제일 먼저 생각난다. 하지만 말라코프에서 우리가 같이 살던 집, 우리가 같이 쓰던 침대에 세르주와 함께 있을 그녀를 떠올리는 것만으로도 내겐 너무 벅찬 일이다. 게다가 집 전화는 물론이고 그녀의 휴대전화까지 늘 세르주가 받지 않던가. "아, 앙투안. 잘 지내죠?" 그래서 아스트리드에게 전화하고 싶은 마음은 간절하지만, 참기로 한다.

이 작고 답답한 방안에서 마음을 가라앉히려고 다시 한번 애를 써본다. 점점 더 커져만 가는 두려움을 없애려고 애를 써본다. 아이들을 떠올린다. 십대 특유의 허세와 반항심으로 가득한 아르노. 도무지 속을 알 수 없는 열네 살의 마르고. 호르몬 분비가 왕성한 나머지 두 녀석에 비하면 아직 아기 같은 열한 살의 뤼카. 아이들에게 "고모가 돌아가셨다. 멜라니가 죽었어. 내 동생이 죽었어"라고 소식을 전하는 내 모습을 상상할 수가 없다. 말도 안 되는 이야기다. 나는 쓸데없는 생각을 떨쳐버린다.

다시 한 시간이 더디게 흐른다. 나는 두 손에 얼굴을 묻고 자리에 앉아 있다. 머릿속에 쌓여가는 복잡한 생각들을 정리하려 애쓰면서. 기한 내로 끝내야 하는 업무들이 떠오르기 시작한다. 내일은 월요일이고, 이번 연휴가 끝나면 급히 처리해야 할 일들이 있다. 그 얼굴도 맞대기 싫은 라바니의 어린이집은 맡지 말았어야 했는데. 구제불능 어시스턴트 플로랑스도 잘라야 하고. 그런데 이 상황에 어떻게 이런 생각들이 떠오르는 걸까? 이러는 내가 혐오스럽다. 지금 이 순간 멜라니는 생과 사를 넘나들고 있는데, 어떻게 내일을 걱정할 수 있단 말인가. 나는 무너져내리는 가슴을 안고 혼잣말을 한다. 왜 멜라니일까? 왜 내가 아니고 그애일까? 여행을 제안한 사람은 나였다. 동생을 위해 준비한 생일 선물이었다. 마흔번째 생일을 앞두고 심란해하는 동생을 위한 선물.

마침내 내 나이 또래의 여의사가 들어온다. 초록색 수술가운에 외과의사들 특유의 그 조그맣고 우스꽝스럽게 생긴 종이 모자를 쓰고 있다. 명민해 보이는 적갈색 눈동자, 군데군데 희끗희끗하고 짧게 친 밤색 머리. 그녀가 미소를 짓는다. 나는 심장이 두근거린다. 자리에서 벌떡 일어선다.

"하마터면 큰일날 뻔했습니다, 레 씨." 그녀가 말한다.

그녀의 가운 앞면에 묻은 조그만 갈색 얼룩들이 눈에 띈다. 멜라니의 핏자국인가 싶어 무서워진다.

"동생분은 괜찮을 거예요."

끔찍하게도, 내 얼굴이 일그러지더니 눈물이 쏟아진다. 콧물도 나온다. 이 여자 앞에서 울음을 터뜨리다니, 몹시 당황스럽지만 어쩔 도리가 없다.

"괜찮아요." 의사가 말하며 내 팔을 잡는다. 손이 작고 네모나다. 그녀는 나를 다시 의자에 앉히고 자기도 내 옆에 앉는다. 나는 어렸을 때 그랬던 것처럼 큰 소리로 울며 꺽꺽 울음을 토한다.

"동생분이 운전을 하셨죠?"

나는 손등으로 코를 훔치며 고개를 끄덕인다.

"음주운전은 아니었던 거 알아요. 저희 쪽에서 확인했거든요. 어쩌다 사고가 난 거죠?"

나는 몇 시간 전에 경찰과 구급요원들에게 했던 말을 가까스로 다시 옮긴다. 동생이 집까지 운전을 하고 싶다고 했다고. 평소엔 운전 솜씨가 훌륭했다고. 동생이 운전하는 차에 타면서 불안한 적은 한 번도 없었다고.

"갑자기 의식을 잃었나요?" 의사가 묻는다. 명찰에 적힌 이름이 눈에 들어온다. 베네딕트 베송.

"아뇨."

그때가 떠오른다. 구급요원들에게는 하지 않았던 이야기인데, 이제야 생각이 난 것이다.

나는 의사의 작고 가무잡잡한 얼굴을 내려다본다. 나는 아직도 얼굴을 실룩거리며 눈물을 흘리고 있다. 호흡을 가다듬는다.

"동생이 저한테 한참 이야기를 하는 중이었어요…… 그러다 제 쪽으로 고개를 돌렸는데, 그때 일이 벌어진 겁니다. 차가 고속도로를 이탈했어요. 눈 깜짝할 사이에."

의사가 재촉한다.

"동생분이 무슨 이야기를 하고 있었는데요?"

멜라니의 눈빛. 운전대를 꽉 잡고 있던 그애의 손. 오빠, 할말이 있어. 하루종일 참았는데. 어젯밤에 호텔에서 생각난 게 있어. 뭐냐면……심란하고 걱정스러워 보이던 그애의 눈빛. 그때 차가 도로를 벗어났다.

멜라니는 파리를 에워싼 외곽의 정체 구간을 통과하자마자 잠이 들었다. 떨구어진 그녀의 머리가 차창에 닿자 앙투안은 미소를 지었다. 멜라니는 입을 벌린 채 작게 코까지 고는 듯했다. 그날 새벽, 동이 트자마자 데리러 갔을 때부터 그녀는 짜증을 부렸다. 멜라니는 원래부터 '깜짝'이라는 글자가 들어가는 것을 질색했다. 그건 그도 아는 바였다. 그런데 무슨 깜짝 여행? 정말이지 기가 막히네! 마흔 살이 되는 것만으로는 부족하다는 거야? 이별의 아픔을 극복하려고 몸부림치는 것만으로는? 그 나이가 되도록 미혼에 아이도 없냐며 오 분에 한 번씩 노산 운운하는 소리를 듣는 것만으로는? "그런 소리 하는 인간, 한 명만 더 만나면 때려줄 거야." 멜라니는 이를 악물고 씩씩거렸다. 하지만 기나긴 연휴를 혼자서 보내는 것은 상상만으로도 견딜 수 없었을 것이다. 그는 그녀의 심정을 이해했다. 창밖의 로케트 가는 시끌벅적한데 후덥지근한 아파트에는 아무도 없고, 친구들은 파리가 아닌 어딘가에서 놀다 음성 사서함에 신나게 메시지를 남길 것이다. "나야, 멜. 너도 이제 마흔이네?" 마흔. 그는 그녀를 흘끗 쳐다보았다. 꼬맹이 멜라니가 벌써 마흔 살이라니. 믿기지 않았다. 그 말을 달리 해석하면 그는 마흔세 살이라는 뜻이었다. 그것 역시 믿기지 않았다.

하지만 백미러를 들여다보면 꼬리에 주름이 잡힌 중년 남자의 눈이 그를 맞았다. 그리고 희끗희끗하고 숱 많은 머리카락과 길고 홀쭉한 얼굴도. 멜라니는 머리를 갈색으로 염색했다. 뿌리는 누가 봐도 반백이지만. 동생이 머리를 염색하다니, 가슴이 아릿하다. 왜 그런 걸까? 머리를 염색하는 여자가 한두 명도 아닌데. 아마 동생이기 때문일 것이다. 동생이 나이를 먹는다니 상상이 되질 않았다. 얼굴은 여전히 매력적이었다. 우아한 골격을 타고나서인지 어떻게 보면 이십대나 삼십대 때보다 더 매력적이었다. 멜라니의 모습은 언제 봐도 싫증이 나지 않았다. 그애의 모든 것이 자그마하고 여성스럽고 연약했다. 그애의 모든 것—짙은 초록색 눈동자, 매끈한 콧날, 눈부시도록 하얀 미소, 가느다란 팔목과 발목—이 어머니를 떠올리게 했다. 어머니를 빼닮았다. 멜라니는 어머니, 클라리스를 닮았다는 소리를 싫어했다. 한 번도 좋아한 적이 없었다. 하지만 앙투안의 입장에서는 어머니가 멜라니의 눈을 빌려 그를 보는 것만 같았다.

푸조의 속력을 높였다. 앙투안의 계산대로라면 가는 데 네 시간이 좀 안 걸릴 것이다. 일찍 출발한 덕분에 교통 체증을 피할 수 있었다. 그는 동생이 아무리 물어도 목적지에 대해 절대 함구했다.

그냥 웃기만 했다. "이삼일 있다 올 거니까 뭐든 넉넉하게 챙겨. 네 생일을 거창하게 축하할 작정이거든."

그러자니 전처 아스트리드와 작은 마찰이 있었다. 사소한 의견 충돌이었다. 원래 이번 주말은 '그의 차례'였다. 도르도뉴의 외가에 가 있던 아이들을 그가 맡기로 되어 있었다. 하지만 그는 수화기에 대고 딱 잘라 말했다. 멜의 마흔번째 생일을 특별한 순간으로 만들어주고 싶다고, 멜이 올리비에와 헤어진 충격으로 아직 괴로워하고 있다고. 그러자 아스트리드가 말했다. "젠장. 앙투안, 내가 이 주 연속으로 아이들을 맡았잖아. 세르주하고 나도 단둘이 보낼 시간이 필요해."

세르주. 그 이름만 들어도 몸이 움찔했다. 삼십대 초반의 사진작가. 울퉁불퉁한 근육질의 활동적인 스타일. 전문 분야는 음식 사진이었다. 초호화 요리책에 실리는 '정물' 사진이었다. 반짝반짝 빛나는 파스타, 군침 도는 송아지 스테이크, 먹음직스러워 보이는 과일 사진을 건지기 위해 몇 시간씩 공을 들이는 사내였다. 세르주. 앙투안은 세르주가 아이들을 데리러 와서 손을 흔들 때마다 끔찍한 기억과 마주했다. 아스트리드가 쇼핑을 하러 나가고 없던 그 운명의 토요일, 그녀의 디지털카메라와 메모리카드에 저장되어 있던 영상들. 처음에는 힘을 주었다 풀었다 하는 털북숭이 엉덩이를 보고 어안이 벙벙했다. 그러다 그 엉덩이가 사실은 아스트리드와 놀랄 만큼 닮은 여자의 몸에 성기를 넣었다 뺐다 하는 중임을 깨닫고는 경악을 금치 못했다. 그렇게 앙투안은 두 사람의 관계에 대해 알게 되었다. 운명의 그날 오후 쇼핑백을 주렁주렁 들고 돌아온 아스트리드에게 따져 물었을 때, 그녀는 울음을 터뜨리며 세르주를 사랑한다고, 아이들과 함께 터키 여행을 다녀온 이후부터 만나기 시작했다고, 이제라도 앙투안이 알게 돼서 얼마나 다행인지 모르겠다고 고백했다.

앙투안은 담배 한 대로 불쾌한 기억들을 날려버리고 싶은 유혹을 느꼈다. 하지만 그랬다가는 담배 연기에 잠을 깬 동생이 "그 지저분한 습관" 운운하며 고약한 잔소리를 늘어놓을 것이다. 대신 그는 눈앞에 펼쳐지는 고속도로에 집중했다.

아스트리드는 아직도 세르주 일로 미안해했고—그도 느낄 수 있었다—앙투안이 그런 식으로 알게 된 것에 대해서도 미안해했다. 이혼에 대해서도. 이혼의 여파에 대해서도. 그리고 그녀는 멜라니를 끔찍이 아꼈다. 두 사람은 오랜 친구 사이였고, 같은 출판계에서 일했다. 그렇기 때문에 아스트리드는 차마 안 된다고 하지 못했다. 그녀는 한숨을 쉬었다. "알았어. 아이들은 다음에 보내지, 뭐. 멜에게 근사한 생일파티나 열어줘."

기름을 넣으러 주유소에 차를 세웠을 때 드디어 멜라니가 눈을 뜨고 기지개를 켜며 창문을 내렸다.

"뭐야, 토니오." 그녀가 느릿느릿 말했다. "도대체 여기가 어디야?"

"정말 모르겠어?"

그녀는 어깨를 으쓱했다.

"응."

"너 두 시간 동안이나 잔 거 알아?"

"오빠가 꼭두새벽부터 찾아왔잖아, 이 나쁜 아저씨야."

그녀는 커피 한 잔을, 그는 담배 한 대를 각자 잽싸게 해치운 다음, 그들은 다시 차에 올랐다. 멜라니도 짜증이 가라앉은 듯했다.

"이런 이벤트도 벌이고 깜찍하네." 멜라니가 말했다.

"고맙구나."

"오빠도 알고 보면 깜찍하다니까?"

"나도 알아."

"이럴 필요까진 없었는데. 다른 계획 있었던 거 아니야?"

"없었어."

"여자친구를 만난다든지."

앙투안은 한숨을 쉬었다.

"여자친구 없다니까."

최근의 연애사를 생각하면 차를 세우고 내려서 울고 싶었다. 그는 이혼을 하고 나서 연거푸 여자를 만났다. 그리고 연거푸 환멸을 느꼈다. 악명 높은 웹사이트에서 만난 여자. 그와 나이가 비슷한 여자, 남편이 있는 여자, 이혼한 여자, 그보다 어린 여자. 그는 신나게 즐기겠다는 다짐을 불태우며 열정적으로 데이트의 세계로 뛰어들었다. 하지만 몇 차례 곡예 같은 잠자리를 가진 후 무거운 가슴과 지친 몸을 이끌고 텅 빈 새 아파트의 텅 빈 새 침대로 돌아오면 언제나 진실이 그를 맞이했다. 오랫동안 외면했던 진실이. 그는 여전히 아스트리드를 사랑하고 있었다. 그제야 비로소 인정하게 되었다. 그가 헤어진 그녀를 여전히 사랑한다는 것을. 사랑하는 마음이 너무 절절해서 속이 쓰릴 정도였다.

멜라니가 종알거리는 소리가 들렸다. "노처녀 동생하고 연휴를 보내는 것보다 좀더 근사하고 신나는 계획이 있었을 거 아냐."

"실없는 소리 그만해. 이거야말로 내가 하고 싶었던 일이야. 너한테 해주고 싶었던 일이라고."

멜라니는 고속도로 표지판을 슬쩍 보았다.

"어라, 서쪽으로 가고 있잖아!"

"똑똑하기도 하지!"

"서쪽에 뭐가 있지?" 멜라니는 그의 애정 어린 빈정거림을 못 들은 체하며 물었다.

"잘 생각해봐."

"음, 노르망디? 브르타뉴? 방데?"

"방향은 제대로 짚었네."

그녀는 아무 말 없이 앙투안이 틀어놓은 비틀스의 옛날 CD를 듣기만 했다. 그리고 그렇게 어느 정도 시간이 흐른 후 작은 비명을 터뜨렸다. "알겠다! 누아르무티에에 가는 거구나?"

"빙고."

하지만 멜라니의 얼굴은 굳어 있었다. 그녀는 입술을 꾹 다문 채 무릎 위에 올려놓은 자기 손만 내려다보았다.

"왜 그래?" 그가 걱정스럽게 물었다. 깔깔대고 웃거나 환호성을 지르거나 미소를 지을 줄 알았는데, 굳은 얼굴이라니.

"그뒤로 처음이야."

"그래서?" 그가 말했다. "나도 마찬가지야."

"그때가……" 멜라니는 말을 멈추고 가느다란 손가락으로 수를 헤아렸다. "1973년이었지? 삼십사 년 만이네. 아무것도 기억 안 나겠다! 여섯 살이었으니까."

앙투안은 차의 속도를 줄였다.

"괜찮아. 네 생일을 축하하러 가는 거니까. 네 여섯번째 생일도 거기서 보냈는데, 생각나?"

"아니." 그녀는 우물쭈물 대답했다. "누아르무티에에 대해서는 생각나는 게 아무것도 없어."

멜라니는 어린아이처럼 투정을 부리고 있다는 생각이 들었는지 얼른 오빠의 팔에 손을 얹었다.

"뭐, 그래도 상관없어, 토니오. 기분좋다. 진짜야. 게다가 날씨도 끝내주잖아? 모든 걸 버리고 오빠랑 단둘이 떠나니까 진짜 좋아."

앙투안은 '모든 걸'이 올리비에 그리고 이별의 여파를 의미한다는 것을 알고 있었다. 그리고 프랑스에서 손꼽히는 출판사라는, 사람 피 말리는 직장도 거기에 포함돼 있었다.

"생피에르 호텔에 예약했어. 그 호텔은 생각나지?"

"응!" 멜라니는 탄성을 질렀다. "응, 생각나! 숲속에 있는 오래되고 예쁘장한 호텔이잖아! 할아버지랑 할머니랑…… 우와, 진짜 오래전 얘기다……"

비틀스의 노래가 이어졌다. 멜라니가 흥얼흥얼 노래를 따라 불렀다. 앙투안은 마음이 놓였다. 동생은 그가 준비한 깜짝 선물을 마음에 들어했다. 과거로 떠나는 여행을 즐거워했다. 그런데 한 가지 사소한 부분이 마음에 걸렸다. 이 여행을 준비하면서 미처 염두에 두지 못했던 사실이 떠오른 것이다.

누아르무티에에서 보낸 1973년 여름은 어머니 클라리스와 보낸 마지막 여름이었다.

왜 하필 누아르무티에냐고? 〈Let It Be〉를 흥얼거리는 멜라니의 콧노래를 들으며 내달리는 동안 그는 이런 생각을 했다. 그는 과거를 그리워하는 성격이 아니었다. 절대 뒤를 돌아보는 법이 없었다. 그런데 이혼한 뒤로 달라졌다. 문득 정신을 차려보면 현재나 미래보다 과거를 생각하고 있을 때가 더 많았다. 이혼하고 처음 맞은 작년 한 해 동안 끔찍하고 외로운 시간을 보내면서 가슴 저미는 후회와 어린 시절에 대한 그리움과 행복했던 추억에 대한 갈망이 물밀듯 밀려들었다. 그 섬이 떠오른 것도 그 때문이었다. 처음에는 조심스럽게 고개를 내밀던 추억들이 점점 강렬하고 또렷한 모습으로, 우편함 속 우편물처럼 차곡차곡 쌓였다.

위풍당당했던 백발의 할머니와 할아버지. 블랑슈 할머니는 양산을 들고, 로베르 할아버지는 어딜 가든 들고 다니는 은색 시가 상자를 옆에 두고 그늘이 드리워진 호텔 베란다에서 커피를 마셨다.

그러면 정원에 있던 앙투안은 두 사람을 향해 손을 흔들었다. 통통하고 가무잡잡한 솔랑주 고모는 덱체어에 눕듯이 앉아 패션 잡지를 읽고 있었다. 조그맣지만 강단 있는 멜라니는 나풀거리는 모자로 뺨을 가리고 있었다. 클라리스는 하트 모양의 얼굴을 들어 햇볕을 쬐었다. 주말마다 찾아온 아버지에게서는 시가와 도회지 냄새가 났다. 그리고 어렸을 때나 지금이나 볼 때마다 넋을 잃고 마는, 물에 잠기는 자갈길. 구아 대로는 썰물 때만 지나다닐 수 있었다. 1971년에 다리가 만들어지기 전까지 그 길은 육지와 연결되는 유일한 통로였다.

그는 멜라니의 생일에 뭔가 특별한 선물을 준비하고 싶었다. 그래서 4월부터 고민에 고민을 거듭했다. 키득거리는 친구들을 욕실에 숨기고 샴페인을 잔뜩 준비해놓는 그런 깜짝 파티는 싫었다. 색다른 선물을 준비하고 싶었다. 기억에 남을 만한 선물을. 인생을 갉아먹고 있는 직장생활과 나이에 대한 강박과, 무엇보다 올리비에에 대한 미련으로 이루어진 쳇바퀴 속에서 동생을 탈출시켜야 했다.

그는 처음부터 올리비에가 마음에 들지 않았다. 자기 잘난 맛에 사는 건방진 속물. 그는 요리 솜씨가 타의 추종을 불허했다. 초밥을 직접 만들 정도였다. 전공은 동양 미술. 륄리*의 음악을 들었고, 4개 국어를 유창하게 구사했다. 왈츠도 출 줄 알았다. 그런데 육 년을 사귄 멜라니조차 책임지지 않으려 했다. 아직은 정착할 생각

---

* 17세기 이탈리아 태생의 프랑스 궁중음악 및 오페라 작곡가.

이 없다는 것이었다. 마흔한 살이나 되어서는. 그래놓고 멜라니와 헤어지자마자 스물다섯 살짜리 네일숍 직원을 임신시켰다. 올리비에는 이제 자랑스러운 쌍둥이 아빠가 되었다. 멜라니는 그를 절대 용서하지 못했다.

왜 하필 누아르무티에냐고? 그들이 잊을 수 없는 여름을 여러 차례 보낸 곳이니까. 완벽했던 어린 시절, 여름방학은 끝없이 계속되고 언제까지나 아홉 살일 것만 같았던, 아무 걱정 없던 그 시절을 상징하는 곳이니까. 친구들과 함께 바닷가에서 노는 완벽한 하루가 가장 손꼽아 기다려지는 일이었던 그때. 학교가 백 년 전 이야기처럼 느껴지던 그때. 그런데 왜 아스트리드와 아이들은 한 번도 데리고 가지 않았을까? 물론 온갖 이야기들을 들려주기는 했다. 하지만 그도 깨달았다시피 누아르무티에는 그만의 추억이었다. 순수하고 훼손되지 않은, 그와 멜라니만의 추억이었다.

그리고 동생과 같이 시간을 보내고 싶은 마음도 있었다. 단둘이 있고 싶었다. 파리에서 둘은 자주 만나지 못했다. 멜라니는 저자와 점심 혹은 저녁을 같이 먹고 도서 홍보하는 데 쫓아다니느라 늘 바빴다. 그도 지방의 건축 현장을 둘러보고 코앞에 닥친 마감에 맞추느라 정신이 없었다. 아이들이 있었을 때는 일요일 오전에 멜라니가 찾아와 가끔 브런치를 함께 즐겼다. 이 세상에 그녀만큼 부드러운 스크램블드에그를 만들 줄 아는 사람은 없었다. 그는 아슬아슬하고 심란한 이 시기를 동생과 단둘이서 보내고 싶었다. 없어서는 안 될 친구들과 왁자지껄 재미있는 시간을 보내는 것도 좋았지만, 지금 그에게 필요한 것은 멜라니의 격려와 존재감, 멜라니야말로 그와 과거를 잇는 유일한 연결고리라는 깨달음이었다.

그곳에 가려면 파리에서 얼마나 오랫동안 달려야 하는지 그는 잊고 있었다. 차 두 대가 생각났다. 할머니와 할아버지와 고모는 클라리스와 멜라니와 함께 까만 시트로엥 DS를 타고 느릿느릿 달렸고, 앙투안은 아버지가 시가를 문 채 신경질적으로 모는 트라이엄프의 뒷좌석에 앉아 멀미에 시달렸다. 낭트 근처에 있는 아담한 여인숙에서 여유롭게 점심을 해결하는 것까지 포함해 예닐곱 시간 걸리는 거리였다. 할아버지는 음식, 와인, 웨이터에 관해서라면 유난히 까다로웠다.

앙투안은 그 길고 길었던 여행길을 멜라니가 어떻게 기억하고 있을지 궁금했다. 자기보다 세 살 어린 동생이 아닌가. 그녀는 생각나는 게 아무것도 없다고 했다. 그는 그녀를 흘끗 보았다. 멜라니는 콧노래를 멈추고 특유의 집요하고 심각한 표정으로 자기 손을 유심히 들여다보고 있었다. 그녀의 그런 표정을 보면 그는 가끔 겁이 났다.

잘하는 걸까? 그는 이런 생각이 들었다. 그 오랜 세월이 흐른 지금, 잊고 있던 어린 시절의 추억들이 잔잔한 수면처럼 고요히 깃든 곳을 찾아가면 멜라니가 진심으로 기뻐할까?

"여기 생각나?" 자동차가 다리의 넓은 곡선 구간으로 진입한 순간 앙투안이 물었다. 오른편으로는 육지를 따라 줄줄이 늘어선 거대한 은색 풍차들이 돌아가고 있었다.

"아니." 그녀가 대답했다. "차에 앉아서 물이 빠질 때까지 기다렸던 것만 생각나. 구아 대로를 따라 달렸던 것하고. 재밌었는데.

할아버지가 썰물 시간을 또 착각하는 바람에 아버지가 짜증을 냈던 것도 생각난다."

앙투안도 물이 빠질 때까지 기다렸던 것이 기억났다. 서서히 밀려나가는 파도 사이로 구아 대로가 등장하길 몇 시간이고 기다렸던 기억이. 그렇게 한참을 기다리면, 작은 단을 부착한 구조용 기둥이 곳곳에 설치된 4킬로미터의 수륙 겸용 도로가 바닷물에 젖은 자갈을 반짝이며 모습을 드러냈다. 갑작스레 들이닥친 밀물로 갈 곳 잃은 자동차와 보행자를 위한 것이었다.

멜라니가 그의 무릎에 살짝 손을 얹었다 뗐다.

"오빠, 우리 구아 대로에 갈 수 있을까? 다시 한번 꼭 보고 싶은데."

"물론이지!"

동생이 드디어 기억을 떠올린 것 같아 그는 신이 났다. 그것도 구아 대로처럼 소중하고 신비로운 기억을 떠올리다니. 구아. 이름만으로도 매혹적이지 않은가. 보아뱀과 발음이 비슷한, 오래된 길의 옛 명칭.

할아버지는 절대 새 다리로 건너다니지 않았다. 통행료도 비싸고 거대한 콘크리트 구조물 때문에 주변 경관에 흠집이 났다고 투덜거렸다. 그래서 아들의 야유와 오랜 기다림에도 불구하고 구아 대로를 고집했다.

섬을 향해 달려가는 동안 앙투안은 구아 대로에 얽힌 추억들이 고스란히 남아 있음을 깨달았다. 한 편의 영화처럼 재생할 수 있을 정도였다. 멜라니도 그럴까 궁금했다. 대로 초입에 달려 있던 커다랗고 소박한 십자가가 생각났다. 클라리스는 그 십자가가 보이면 그의 손을 꼭 잡고 저희를 보호하고 굽어살피소서, 라고 속삭이곤 했다. 바닷가에 앉아 흔적도 없이 잦아드는 파도를 구경하는데, 눈 깜짝할 사이에 광활한 회색 갯벌이 등장했던 기억도 떠올랐다. 바닷물이 물러나면, 조개를 잡으러 나선 사람들이 새우잡이 그물을 던지며 갯벌을 가득 메웠다. 모래톱을 따라 달리던 멜라니의 조그만 다리와 새조개, 대합, 총알고둥으로 금세 가득찼던 클라리스의 플라스틱 양동이도 생각났다. 코를 톡 쏘던 해초 냄새와 짭조름하던 바닷바람도. 할머니와 할아버지는 나란히 팔짱을 끼고 서서 자상한 표정으로 그런 손주들을 지켜보았다. 바람에 나부끼던 클라리스의 길고 까만 머리칼. 구아 대로를 웅웅거리며 달리던 자동차들. 이제 누아르무티에는 섬이 아니었다. 그는 그 점이 마음에 들었다. 하지만 조만간 가차없이 들이닥칠 바닷물을 생각하면 짜릿하기도 하고 두렵기도 했다.

구아 대로에서 벌어진 끔찍한 사고담은 몇 번을 들어도 싫증나는 법이 없었다. 생피에르 호텔로 돌아가면 정원사 베누아 할아범이 끔찍한 부분까지 세세하게 곁들여가며 이야기를 들려주었다. 그중에서도 앙투안이 가장 흥미롭게 들은 것은 1968년 6월에 일가족 세 명이 익사한 사건에 관한 이야기였다. 대로를 지나다 밀물 때문에 오도 가도 못하게 되었는데, 가까운 구조용 기둥 위로 올라갈 생각을 못했다는 것이다. 이들의 참사는 여러 신문의 헤드라인을 장식했다. 어떻게 자동차가 바닷물에 휩쓸릴 수 있는지, 어떻게 그 안에서 탈출을 못 할 수 있는지 앙투안으로서는 이해가 되지 않왔다. 그래서 베누아 할아범은 그를 데리고 나가 밀물이 구아 대로를 어떤 식으로 살금살금 덮치는지 보여주었다.

한참 동안 아무 일도 없었다. 앙투안은 지루해졌다. 베누아 할아범에게서 지탄*과 레드와인 냄새가 났다. 이제 보니 몰려드는 구경꾼들의 수가 점점 많아지고 있었다. "봐라." 할아범이 속삭였다. "구아 대로가 바닷물로 덮이는 걸 보러 온 사람들이란다. 날마다 만조 때가 되면 이 광경을 보려고 멀리서부터 사람들이 찾아오지."

앙투안은 그들 쪽으로 건너오는 차가 한 대도 없다는 사실을 알아차렸다. 왼쪽으로 보이는 거대한 만이 아무 소리도 없이 투명한 호수처럼 서서히 차오르기 시작했다. 질척질척한 모래톱 위로 찰랑거리는 바닷물이 점점 더 깊어지고 색도 짙어지는 듯했다. 오른쪽으로 고개를 돌려보면 어디에선가 갑작스럽게 등장한 집채만한 파도가 벌써부터 성급하게 대로를 넘보고 있었다. 양쪽에서 출렁이던 물결이 갑자기 하나로 합쳐지며 그를 깜짝 놀라게 했고, 뒤이어 기다란 리본 같은 포말이 자갈길을 덮쳤다. 구아 대로는 밀물에 휩쓸리며 몇 초 만에 자취를 감추었다. 방금 전까지 그 자리에 길이 있었다는 사실을 믿을 수 없을 정도였다. 이제 보이는 것이라고는 푸른 바다와 소용돌이치는 수면 위로 고개를 내민 아홉 개의 구조용 기둥뿐이었다. 누아르무티에는 그렇게 다시 섬이 되었다. 갈매기들이 의기양양하게 끼룩대며 머리 위에서 원을 그렸다. 앙투안은 탄성을 터뜨렸다.

---

* 프랑스에서 판매되는 담배.

"어떠냐?" 베누아 할아범이 말했다. "이렇게 삽시간이란다. 길이 4킬로미터밖에 안 되니까 밀물이 덮치기 전에 섬으로 건너올 수 있을 거라고 생각하는 사람들도 있지. 하지만 아까 그 파도, 너도 봤지? 구아 대로를 절대 얕잡아 보면 안 된다. 명심해."

누아르무티에 주민들은 누구나 밀물과 썰물 시간표를 주머니나 글러브박스 안에 넣고 다닌다는 것을 앙투안도 알았다. 이곳 주민들은 "언제쯤이면 다리를 건널 수 있느냐"고 묻지 않았다. "언제쯤이면 다리를 통과할 수 있느냐"고 물었다. 그리고 구아 대로의 거리를 따질 때도 숫자가 아니라 구조용 기둥을 기준으로 삼았다. 파리지앵이 두번째 기둥에서 발이 묶였다. 엔진도 물에 잠겼다. 이런 식이었다. 앙투안은 어렸을 때 구아 대로에 관한 책이라면 닥치는 대로 읽었다.

그는 멜라니의 생일을 맞이해 준비한 이번 여행을 떠나기 전에 그 책들이 어디 있는지 샅샅이 찾았다. 이혼을 하고 이사를 하면서 종이상자에 담아 창고에 처박아두었다는 걸 떠올리기까지 한참이 걸렸다. 그가 가장 좋아했던 책이 그 안에 들어 있었다. 『구아 대로의 놀라운 역사』. 그는 미소를 지으며 책장을 폈다. 구조용 기둥 밑으로 바닷물이 넘실대는 가운데 범퍼만 비죽 내민 난파 차량을 찍은 흑백사진들을 몇 시간이고 뚫어져라 보았던 시절이 떠올랐다. 여행 갈 때 들고 가야겠다고 생각하며 책장을 덮는데, 하얀색 카드가 나풀나풀 떨어졌다. 그는 무슨 카드일까 궁금해하며 집어들었다.

앙투안의 생일을 기념해서. 구아 대로의 모든 비밀을 파헤칠 수 있기를 바라며. 너를 사랑하는 엄마가. 1972년 1월 7일.

오랜만에 보는 어머니의 글씨였다. 목이 따끔거렸다. 그는 얼른 카드를 치웠다.

멜라니의 목소리가 그를 다시 현실로 불러들였다.

"왜 구아 대로로 안 간 거야?" 그녀가 물었다.

그는 미안하다는 듯 미소를 지었다. "미안. 밀물 때를 미리 확인 했어야 했는데 깜빡했어."

맨 처음 두 사람의 시선을 사로잡은 것은 전보다 근사해진 바르 바트르의 모습이었다. 그들이 기억하는 바르바트르는 바닷가가 내 려다보이는 조그만 마을이었는데, 이제는 현대적인 분위기의 방갈 로와 쇼핑몰까지 갖춘 번화한 곳이었다. 섬으로 가는 길들이 혼잡 해진 것도 뜻밖의 짜증나는 변화였다. 여름휴가가 8월 15일 연휴 로 정점에 달했기 때문이었는데, 섬 북쪽 끝에 도착하고 보니 다행 히도 달라진 것은 거의 없었다. 두 사람은 소나무와 털가시나무가 심어져 있는 가운데 저마다 독특한 스타일의 주택들이 드문드문 자리한 셰즈 숲으로 들어섰다. 어렸을 때 앙투안은 그 집들을 보고 얼마나 신기했는지 모른다. 19세기 고딕 양식의 별장, 로그우드로 만든 오두막, 바스크 분위기의 농가, 영국식 대저택. 문패에 적힌 이름들이 옛친구의 얼굴처럼 떠올랐다. 가야르댕, 발리스, 페쇠르 의 집.

멜라니가 갑자기 큰 소리로 외쳤다. "생각난다!" 그러고는 앞

유리창 쪽으로 손을 내밀었다. "다 생각나!"

즐거워하는 목소리인지, 긴장한 목소리인지 알 수가 없었다. 앙투안으로 말할 것 같으면 조금 불안했다. 두 사람을 태운 차는 하얀 자갈 위를 지나 호텔 입구 쪽으로 방향을 돌렸다. 딸기 덤불과 미모사가 골목에 한 줄로 죽 심어져 있었다. 그는 차문을 세게 닫으며 예전과 변한 게 없다고 생각했다. 아니, 예전과 변함이 없는데 훨씬 작게 느껴졌다. 호텔 앞면을 뒤덮은 담쟁이덩굴도 똑같았다. 짙은 초록색 정문과 파란색 카펫이 깔린 입구와 오른쪽으로 보이는 계단도 변함이 없었다.

두 사람은 정원이 내다보이는 커다란 퇴창으로 다가섰다. 예전처럼 접시꽃이 보였고, 유실수와 석류나무와 유칼립투스와 협죽도도 여전했다. 소름 끼치도록 낯익은 풍경이었다. 심지어 입구에 맴도는 냄새마저 익숙했다. 밀랍 향과 라벤더 향이 섞여 한층 도드라지는 퀴퀴하고 습한 냄새, 깨끗하게 새로 빤 리넨과 영양이 가득한 맛있는 음식 냄새. 바닷가의 오래된 대저택에 세월이 덧입힌 특유의 냄새. 맡으면 당장 알 수 있는 이 냄새에 대해 앙투안이 동생에게 이야기하려는 찰나 프런트에 앉아 있던 가슴이 풍만한 아가씨가 인사를 건넸다. 22호실과 26호실. 2층이었다.

두 사람은 객실로 올라가는 길에 슬쩍 식당을 들여다보았다. 칠을 다시 했는지 요란한 분홍색은 그들의 기억과 달랐다. 하지만 나머지는 예전과 똑같았다. 구아 대로를 촬영한 빛바랜 갈색 사진, 누아르무티에 성과 해안의 늪과 셰즈 숲에서 열린 요트 경주를 그린 수채화. 등나무의자도, 빳빳하게 풀을 먹인 새하얀 테이블보로 덮인 정사각형 테이블도 예전과 똑같았다. 달라진 것은 아무것도 없었다.

멜라니가 속삭였다. "이 계단을 내려와서 저녁을 먹었잖아. 오빠는 머리를 향수로 떡칠을 하고, 감색 재킷이랑 노란색 라코스테 셔츠를 입고……"

"맞아!" 앙투안은 웃음을 터뜨리며 식당 한가운데에 있는 제일 큰 테이블을 가리켰다. "저기 앉았잖아. 저게 우리 자리였어. 넌 빅토르 위고 가에 있는 으리으리한 가게에서 산 분홍색과 하얀색 스목 원피스를 입고, 비슷한 색 리본을 머리에 달았지."

꼬마 신사처럼 머리를 빗고 재킷을 입은 그가 대단한 위인이라도 되는 양 우쭐대며 파란 카펫이 깔린 이 계단을 내려오면, 각자 마티니와 위스키 온 더 록스를 앞에 놓고 테이블에 앉아 있던 할머니와 할아버지가 애정 어린 눈빛으로 그를 지켜보지 않았던가. 고모는 새끼손가락을 들고 샴페인을 홀짝였다. 머리를 깔끔하게 빗어 넘겨 꽃단장하고 두 뺨은 햇볕에 익어 발그스레한 두 아이가 들어서면, 식사를 하던 손님들도 일제히 감탄하는 눈빛으로 그들을 바라보았다. 그들은 레 가족이었다. 부유하고, 점잖고, 흠잡을 데 없이 번듯한 레 가족이었다. 상석은 그들의 차지였다. 팁을 가장 후하게 주는 사람도 그의 할머니였다. 돌돌 말린 십 프랑짜리 지폐가 에르메스 지갑에서 끝도 없이 나왔다. 직원들은 레 가족이 앉은 테이블에 식사 처음부터 끝까지 세심한 관심을 기울였다. 할아버지의 잔은 늘 반쯤 채워져 있어야 했다. 할머니는 혈압 때문에 염분을 철저히 제한했다. 고모가 주문하는 가자미 뫼니에르*는 완벽해야 했다. 자디잔 가시 하나라도 나오면 난리가 났다.

앙투안은 여기에 레 가족을 기억하는 직원이 있을지 궁금했다. 프런트 담당은 너무 어렸다. 귀족 같았던 할머니와 할아버지, 거들 먹거리던 딸, 주말에만 찾아왔던 잘난 아들, 얌전했던 손주들을 기억하는 직원이 있을까?

그리고 아리따웠던 며느리도.

문득 어깨끈이 없는 까만색 원피스를 입고 이 계단을 내려오던 어머니의 모습이 선명하게 떠올라 그의 가슴이 저려왔다. 샤워를 마치고 축축한 채로 틀어올린 검고 긴 머리칼, 스웨이드 샌들을 신은 조그맣고 볼이 좁은 발. 어머니가 멜라니에게 물려준 특유의 발레리나 같은 걸음걸이로 식당에 들어서면 모두 눈을 떼지 못했다. 그 모습이 너무나 선명하게 떠올라 가슴이 아릴 정도였다. 콧잔등에 있던 주근깨. 귀에 걸려 있던 진주 귀걸이.

"왜 그래?" 멜라니가 물었다. "왜 그렇게 이상한 표정을 짓고 있어?"

"아무것도 아냐." 그가 말했다. "우리, 바닷가로 나가자."

---

* 간을 한 생선에 밀가루를 가볍게 묻혀 버터로 구운 요리.

잠시 후 두 사람은 호텔에서 몇 분 거리에 있는 담 해수욕장으로 발걸음을 옮겼다. 앙투안은 이 짧은 길도 생생하게 기억했다. 드디어 바닷가로 나간다는 생각에 가슴이 터질 듯 설레는데 어른들은 어찌나 천천히 걷던지. 그 뒤를 미적미적 따라가려니 얼마나 짜증이 났던가.

조깅하는 사람들, 자전거를 타는 사람들, 킥보드를 타는 아이들, 개와 어린아이를 데리고 나온 가족들로 길이 북적거렸다. 그는 빨간색 덧문이 달린 커다란 갈색 별장 건물을 가리켰다. 어느 해 여름에 할머니 할아버지가 사려고 마음먹었던 집이었다. 그 앞에 아우디 밴이 주차되어 있었다. 앙투안과 비슷한 연배로 보이는 남자와 십대 아이 두 명이 트렁크에서 장 본 물건들을 꺼내고 있었다.

"할머니 할아버지가 왜 결국 저 집을 안 샀는지 모르겠어." 멜라니가 말했다.

"클라리스가 죽고 나서 이 섬을 다시 찾은 사람이 없을걸?" 그가 말했다.

"왜 그랬을까?" 멜라니가 또다시 말했다.

앙투안이 다시 길 건너편을 가리켰다.

"저기 조그만 슈퍼마켓이 있었는데. 할머니가 거기서 사탕 사주고 그랬잖아. 그런데 없어졌네."

두 사람은 한동안 말없이 걸었다. 그러다 길이 끝나는 지점에서 바닷가가 등장하자 둘 다 미소를 지었다. 추억이 파도처럼 밀려들었다. 멜라니는 왼쪽으로 보이는 기다란 나무 잔교를 가리켰고, 앙투안은 비뚤배뚤 일렬로 해변을 장식한 오두막집들을 가리켰다.

"우리 오두막집 생각나? 고무랑 나무랑 소금 섞인 냄새가 났잖아." 멜라니는 웃음을 터뜨리더니 큰 소리로 외쳤다. "와, 저거 봐, 토니오. 플랑티에 등대야! 갑자기 작아 보여!"

앙투안은 호들갑을 떠는 동생을 보고 미소를 지었다. 하지만 맞는 말이었다. 넋을 잃고 바라보던 어린 시절에는 등대가 소나무 위로 우뚝 솟아 있는 느낌이었는데, 지금은 쪼그라든 것처럼 보였다. 네가 큰 거지, 인마. 그는 속으로 중얼거렸다. 네가 커서 그렇게 느껴지는 거야. 하지만 그는 문득 바닷가를 누비며 모래성을 쌓고, 잔교를 달리다 발바닥에 가시가 박히고, 딸기 아이스크림을 하나 더 먹고 싶다며 어머니의 팔을 잡고 조르던 그 시절로 돌아가고 싶었다.

그는 이제 어린아이가 아니었다. 삶이 슬프고 공허한 중년의 외로운 이혼남이었다. 아내는 그를 떠났고, 하는 일은 지겹고, 사랑스럽던 아이들은 매사에 뚱한 십대로 변해버렸다. 문득 등골이 오싹할 정도로 날카로운 환호성이 그의 상념을 깨뜨렸다. 옆에 서 있던 멜라니가 손바닥만한 비키니만 걸친 채 바다로 몸을 던지며 내는 소리였다. 그는 깜짝 놀란 표정으로 동생을 바라보았다. 그녀는 긴 머리칼을 까만 커튼처럼 등뒤로 늘어뜨린 채 기쁨에 겨워 얼굴을 환히 빛냈다.

"바보야, 얼른 들어와!" 그녀가 외쳤다. "정말 완벽해!"

멜라니는 할머니가 그랬던 것처럼 완벽해를 와안-벽해라고 발음했다. 수영복을 입은 동생의 모습은 오랜만이었다. 군살 없이 탄탄한 것이 보기 좋았다. 앙투안보다는 확실히 훌륭했다. 이혼을 하고 끔찍한 일 년을 보내는 동안 그는 몸무게가 늘었다. 외로운 밤이면 컴퓨터나 DVD 플레이어를 끼고 살았더니, 그 여파가 만만치 않았다. 아스트리드가 단백질, 비타민, 섬유질의 완벽한 비율을 따져가며 만들어주던 건강식도 더이상 없었다. 이제는 냉동식품과 포장용 음식으로 연명해야 했다. 전자레인지에 금방 데워 먹는 그 기름진 음식들 덕분에, 감당하기 힘들었던 첫해 겨울 동안 찐 살이 몇 킬로그램이던가. 한때 길쭉하고 호리호리했던 그는 아버지와 할아버지처럼 배가 나오기 시작했다. 다이어트는 너무 버거운 일이었다. 아침마다 침대에서 몸을 일으키고, 쌓여가는 업무를 처리하는 것만으로도 힘에 겨웠다. 결혼해서 지난 십팔 년 동안 가족과 함께 지내다 혼자 살게 된 것만으로도 힘에 겨웠다. 주변의 모든 사람들에게, 특히 자기 자신에게 그래도 잘 지내고 있다고 최면을 거는 것만으로도 힘에 겨웠다.

출렁이는 허연 뱃살에 멈추어질 멜라니의 시선을 생각하니 몸이 저절로 움츠러들었다.

"수영복을 호텔에 두고 왔어!" 그가 외쳤다.

"바보!"

그는 바다 먼 곳까지 뻗어나간 나무 잔교 위로 가서 섰다. 가족 단위로 온 사람들, 노인들, 뚱한 표정의 십대들이 꾸준히 해수욕장을 메우고 있었다. 예전 그대로였다. 세월이 흘러도 달라진 게 없었다. 미소가 떠오르는 한편 눈물이 맺혔다. 그는 화를 내며 눈가를 훔쳤다.

각양각색의 보트들이 파도가 일렁이는 바다 위를 떠다녔다. 그는 금방이라도 무너질 것 같은 잔교 끝까지 걸어가 해변을 돌아보았다가 다시 바다 쪽으로 시선을 돌렸다. 이 섬이 얼마나 아름다운 곳인지 잊고 있었다. 그는 바다 공기를 한껏 들이마셨다.

동생이 물 밖으로 나와 강아지처럼 머리칼을 흔들어 말리는 모습이 보였다. 키는 작아도 다리가 길었다. 클라리스처럼. 멀리서 보면 실제보다 키가 훨씬 더 크게 느껴졌다. 그녀는 트레이닝 셔츠를 걸치고 벌벌 떨며 잔교 쪽으로 걸어왔다.

"진짜 끝내주더라." 멜라니가 그에게 어깨동무를 하며 말했다.

"호텔에서 정원사로 일했던 할아버지 생각나? 베누아 할아범 말이야."

"아니, 생각 안 나……"

"수염이 하얗고 나이 지긋했던 분인데. 구아 대로를 건너려다 물에 빠져 죽은 사람들 이야기를 들려주셨잖아."

"아! 입냄새가 지독했지? 카망베르 치즈랑 싸구려 레드와인이랑 지탄 담배가 한데 뒤섞인 냄새."

"맞아." 앙투안이 키득거렸다. "한번은 그 할아버지가 나를 이 잔교로 데리고 와서 생필리베르 참사에 대해 들려줬어."

"불쌍한 생필리베르한테 무슨 일이 있었길래? 여기 이 누아르무티에에 그 이름을 딴 교회가 있지 않아?"

"그 수도승은 7세기에 죽었어." 앙투안은 미소를 지었다. "내가 들은 건 좀더 최근에 있었던 사건이야. 내가 얼마나 열심히 귀를 기울였다고. 정말 오싹했거든."

"어떤 사건인데?"

"그 수도승의 이름을 따서 붙인 배 이야기야. 1931년엔가 저쯤에서 가라앉았대." 앙투안은 부르뇌프 만灣 쪽을 가리켰다. "아주 비극적인 사건이었어. 타이태닉호의 축소판이라 할 만큼. 아마 여기 담 해수욕장으로 소풍을 나왔다가 생나제르로 돌아가는 길이었을 거야. 날씨도 좋고 모든 게 완벽했는데, 바로 이 잔교를 지나자마자 폭풍이 들이닥쳤어. 엄청난 놈이었지. 파도에 배가 뒤집히면서 오백 명 정도가 목숨을 잃었대. 여자들과 아이들이 대부분이었지. 생존자는 거의 없었고."

멜라니는 헉하고 숨을 내뱉었다. "아니 그 할아버지는 오빠한테 뭐하러 그런 이야기를 들려준 거야? 취미 한번 고약하다! 오빠 그때 완전 어린애였는데."

"고약하다니. 낭만적이잖아. 내가 그 이야기를 듣고 얼마나 가슴 아파했는지 아직도 생각이 나. 낭트에 가면 생필리베르 참사 때

죽은 사람들로 가득한 묘지가 있다면서 나중에 데려다준다고 했었
는데."

"안 끌려가길 천만다행이네. 지금은 그 할아버지가 죽어서 땅속
에 묻혔을 거 아냐."

두 사람은 웃음을 터뜨리고 계속 바다를 바라보았다.

"아무것도 생각 안 날 줄 알았는데." 잠시 후 멜라니가 중얼거렸
다. "여기 이러고 있으니까 속에서 뭔가가 막 북받쳐. 못 참고 울
면 어떡하지?"

앙투안은 동생의 팔을 꼭 잡았다. "나도 마찬가지야. 그러니까
걱정 마."

"이 무슨 울보 모지리 남매야?"

두 사람은 다시 웃음을 터뜨리고, 멜라니가 청바지와 샌들을 벗
어놓은 바닷가로 돌아갔다. 그러고는 모래사장에 앉았다.

"담배 좀 피워야겠다." 앙투안이 말했다. "네가 뭐라 해도 피울
거야."

"오빠 폐가 썩지, 내 폐가 썩나? 내 쪽으로 연기만 뿜지 마."

그는 등을 돌렸다. 그녀는 그의 등에 몸을 기댔다. 바닷바람 때
문에 소리를 크게 질러야 서로의 말을 알아들을 수 있었다.

"떠오르는 추억들이 정말 많다……"

"클라리스에 대한 추억?"

"응." 멜라니가 대답했다. "눈에 선해. 이 해수욕장에 있었던 모
습이. 주황색 수영복을 입었잖아. 보풀이 인 거. 우리를 따라서 바
닷속까지 뛰어들고 그랬는데. 우리한테 수영 가르쳐줬던 거, 오빠

도 생각나지?"

"응. 우리 둘이 같은 해 여름에 배웠잖아. 솔랑주 고모는 너더러 여섯 살밖에 안 됐는데 벌써부터 무슨 수영이냐고 계속 비웃었고."

"고모는 그때부터 참견대장이었어, 그렇지?"

"지금처럼 독신으로 살면서 잘난 척이 하늘을 찔렀지. 파리에서 고모를 따로 만난 적 있어?"

멜라니는 고개를 저었다. "아니. 아버지하고도 자주 안 만나는 눈치던데. 할아버지가 돌아가신 뒤로 둘 사이가 틀어진 것 같더라. 돈 문제일 거야, 유산 문제. 레진하고도 잘 안 맞는 모양이고. 그래도 할머니는 살뜰하게 챙기던데. 의료진도 붙이고 아파트도 깔끔하게 관리하고 그러면서."

"예전에는 나한테 유난히 잘해주셨는데." 앙투안이 말했다. "아이스크림도 사주고, 내 손을 잡고 바닷가도 한참 동안 거닐고. 심지어 내가 보트클럽 친구들이랑 배 타러 나가면 가끔 따라나서기도 하고 그랬어."

"할머니 할아버지는 절대 수영 안 하셨어. 저기 저 카페에 앉아 계시기만 했지."

"연세가 많으셨으니까."

"오빠!" 멜라니는 콧방귀를 뀌었다. "삼십 년도 더 된 일이잖아. 그때 두 분은 육십대였다고."

그는 휘파람을 불었다. "듣고 보니 그러네. 지금 아버지보다 젊었잖아! 그런데 왜 그렇게 노인 행세를 하신 거지? 매사에 조심조심. 유난스럽고. 까다롭고."

"할머니는 지금도 그래." 멜라니가 말했다. "요즘은 뵙고 오면 힘들어."

"나는 잘 안 가." 앙투안은 솔직히 고백했다. "지난번에 갔을 때 정말 끔찍했거든. 컨디션이 안 좋은 날이었는지 입만 열면 푸념을 늘어놓으시잖아. 금세 나와버렸어. 못 있겠더라. 아파트는 또 왜 그렇게 넓고 컴컴하던지."

"햇볕이 안 들어." 멜라니가 말했다. "앙리마르탱 가 그쪽이 원래 그래. 오데트 생각나? 바닥에 광을 낸답시고 펠트 슬리퍼 신고 다니던 그 여자 말이야. 우리더러 늘 조용히 하라고 했잖아."

앙투안은 웃음을 터뜨렸다.

"아들 가스파르가 제 엄마를 빼다박았잖아. 가스파르가 남아줘서 얼마나 다행인지 몰라. 고모가 고용한 간병인 참아가며, 할머니가 내는 짜증 참아가며 그 집을 관리하고 있잖아."

"그래도 할머니가 우리한테는 잘해주셨지?" 그가 물었다. "지금은 폭군이 됐지만."

"글쎄……" 멜라니는 뜸을 들였다. "우리가 시키는 대로 했을 때만 잘해주셨지. 그래서 우리는 늘 시키는 대로 했고."

"그게 무슨 소리야?"

"우리로 말할 것 같으면 조용하고 예의바르고 순해서 나무랄 데 없는 손주들이었어. 성질이나 짜증도 부리지 않고."

"그야 그런 아이로 길러졌으니까." 앙투안이 말했다.

"맞아." 멜라니는 오빠 쪽으로 고개를 돌리고 반쯤 피운 담배를 빼앗더니 오빠의 반발을 무시해가며 모래 속에 묻어버렸다. "우리는 그런 아이로 길러졌지."

"무슨 얘기가 하고 싶은 거야?" 그가 물었다.

그녀는 눈살을 찌푸렸다. "클라리스는 무슨 수로 할머니와 할아버지를 견뎠을까? 우리를 언제 어디서나 말 잘 듣고 예의바른 아이로 키워야 한다는 데 클라리스도 동의했을까?"

그는 뒤통수를 긁적였다.

"모르겠는데." 그는 심드렁한 목소리로 대답했다.

그녀는 그를 보며 미소를 지었다.

"오빠도 알게 될 거야. 그럴 거야. 내가 뭔가를 깨닫기 시작하면 오빠도 그럴 테니까."

오늘밤에는 부둣가에서 기다렸는데 당신이 오지 않았어요. 날이 점점 쌀쌀해져서 잠깐 기다리다가 오늘은 빠져나오지 못했나보다고 생각하고 그냥 돌아왔어요. 저녁식사 후 식구들한테 바닷가를 조금 걷다 오겠다고 하고 나온 길이었는데 내 말을 믿어주었을지 모르겠어요. 어머님은 항상 뭔가를 아는 듯한 눈빛으로 나를 바라보세요. 하지만 아무도 모를 거예요. 아무도 몰라요. 무슨 수로 알겠어요? 어느 누가 짐작이나 하겠어요? 저들의 눈에 비친 나는 예의바르고 멋진 아들과 딸을 둔, 착하고 소심한 현모양처인걸요. 그리고 그들 눈에 당신은…… 아, 누구라도 당신을 만나면 반할 거예요. 어느 누가 당신을 거부할 수 있겠어요? 내가 어찌 당신을 거부할 수 있겠어요? 당신도 알고 있죠? 작년에 우리 둘이 바닷가에서 처음 만났을 때, 당신과 내 눈이 처음으로 마주친 그날부터 그랬다는 걸. 당신은 인간으로 변장한 악마예요.

조금 전까지만 해도 예쁜 무지개가 보이더니 지금은 어둠과 구름이 몰려들면서 금세 밤이 내리고 있어요. 보고 싶어요.

두 사람은 섬 안에서 가장 큰 마을 누아르무티에아닐에 있는 카페 누아르에서 늦은 점심을 먹었다. 섬 주민들이 즐겨 찾는 식당인지 번잡하고 시끌벅적했다. 앙투안은 정어리구이와 화이트와인을 한 잔 주문했다. 멜라니는 베이컨, 버터, 굵은 소금과 함께 살짝 볶은 보노트를 먹었다. 보노트는 이 일대에서 유명한, 작고 동그란 감자였다. 날이 점점 무더워졌지만, 시원한 바람이 더위를 식혀주었다. 식당 테라스에 앉아 있으면 아담한 항구와 폭이 좁고 물이 탁한 운하가 보였다. 운하를 따라 오래된 소금 창고가 줄줄이 이어졌고, 운하는 녹이 슨 고깃배와 조그만 요트로 붐볐다.

"우리, 여기는 자주 안 왔지?" 멜라니가 입안 가득 음식을 문 채 물었다.

"응." 앙투안이 대답했다. "할머니하고 할아버지가 워낙 호텔에 틀어박혀 있는 걸 좋아했잖아. 나가봐야 바닷가 정도였지."

"고모나 클라리스랑도 여기 온 적 없지?"

"고모가 누아르무티에 성하고 성당을 한두 번 구경시켜준 적은 있어. 클라리스도 같이 가기로 했는데 편두통 때문에 호텔에 남았고."

"성은 전혀 기억 안 나." 멜라니가 말했다. "하지만 클라리스의 편두통은 기억나."

앙투안은 옆 테이블을 가득 메운 십대 아이들을 바라보았다. 여자아이들은 대부분 손바닥만한 비키니를 입고 있었다. 기껏해야 그의 딸 마르고와 비슷한 나이로 보이는 아이들이었다. 그는 한참 어린 여자에게 끌린 적이 한 번도 없었는데, 이혼을 하고 인터넷이나 친구를 통해 만난 여자들은 성적으로 너무 대담해서 놀랄 정도였다. 어리면 어릴수록 침대에서 더 노골적이고 격렬했다. 처음에는 그게 더할 나위 없이 짜릿했다. 하지만 금세 싫증이 났다. 낭만은 어디로 사라진 걸까? 감동과 격정과 공감과 그 매력적인 어색함은? 포르노 배우처럼 유연하고 익숙한 몸놀림으로 태연하게 입으로 애무하던 그 여자들을 생각하면 혐오감이 치밀었다.

"무슨 생각 해?" 콧잔등에 선크림을 바르며 멜라니가 물었다.

"요즘 만나는 사람 있어?" 그가 되물었다. "남자친구 있느냐고."

"진지하게 만나는 사람은 없어. 오빠는?"

그는 시끌벅적하게 떠드는 아이들을 다시 바라보았다. 그중 한 여자아이가 유독 눈에 띄었다. 길고 짙은 금발에, 어깨가 넓고 엉덩이가 좁은 이집트인 같은 체격. 하지만 조금 마른 편이었다. 그리고 너무 잘난 척하는 경향이 없지 않았다.

"차 타고 오면서 말했잖아. 없다고."

"하룻밤 만나는 사이도 없어?"

앙투안은 한숨을 쉬고 와인을 한 잔 더 주문했다. 이러면 뱃살 빼는 데 도움 안 될 텐데, 하는 생각이 스치고 지나갔다. 전혀 도움이 안 될 텐데.

"하룻밤 만나는 사이는 이제 지겨워."

"응, 나도 그래."

그는 깜짝 놀랐다. 멜라니도 그런 데 혹할 줄 몰랐던 것이다.

그녀는 콧방귀를 뀌었다. "내가 무슨 요조숙녀라도 되는 줄 알았어?"

"그건 아니야."

"그런 것 같은데. 척 보면 알겠어. 사랑하는 오빠, 내가 뭐 하나 알려줄까? 나 요즘 유부남이랑 만나."

그는 그녀를 빤히 바라보았다.

"그런데?"

그녀는 어깨를 으쓱했다. "그런데 그게 싫어."

"그러면서 왜 만나는 건데?"

"혼자인 걸 못 견디겠으니까. 아무도 없는 침대. 홀로 지새우는 밤들. 그래서 만나는 거야."

멜라니는 거의 으르렁거리다시피 딱딱거렸다. 두 사람은 한동안 아무 말 없이 음식에 집중했다. 잠시 후 그녀가 다시 말문을 열었다.

"나이가 나보다 한참 많아, 육십대거든. 그런 남자를 만나면 내가 젊어진 기분이 드는 것 같아." 그리고 삐딱한 미소. "부인이 잠자리를 질색해. 그 사람 말을 빌리자면 지적인 타입이라나? 그래서 이 여자 저 여자랑 자고 다녀. 잘나가는 사업가야. 금융계에서 일하고. 돈이 많아서 선물도 막 사줘." 그녀는 묵직한 금팔찌를 보여주었다. "색골이야. 내 위로 몸을 던져서 여기저기 얼마나 빨아대는지 몰라. 정신 나간 뱀파이어처럼. 정력으로 말할 것 같으면 한창때 올리비에보다 열 배도 더 되는 사람이야. 아니, 최근 나랑 같이 잔 어떤 남자와 견주어도 손색이 없지."

여자라면 사족을 못 쓰는 육십대 남자와 침대에서 나뒹구는 멜라니라니. 유쾌하달 수 없는 그림이었다. 그녀는 앙투안의 표정을 보고 피식 웃었다.

"여동생의 잠자리는 상상이 잘 안 되지? 부모님의 잠자리가 상상이 잘 안 되는 것처럼."

"아이들의 경우도 마찬가지지." 그가 무뚝뚝하게 덧붙였다.

그녀는 숨을 죽였다.

"어머나! 그 생각은 미처 못했네. 그러게."

멜라니는 꼬치꼬치 캐묻지 않았다. 다행스러운 일이었다. 앙투안은 몇 달 전 자신의 운동가방에 들어 있던 콘돔을 떠올렸다. 아르노가 한동안 빌려 쓰던 가방이었다. 콘돔을 돌려주자 아르노는 멋쩍어하며 씩 웃었다. 결국 그가 아들보다 더 당황하고 말았다.

어떤 전조도 없었다. 귀여웠던 꼬맹이가 하룻밤 새 얼굴이 솜털로 뒤덮인 말라깽이 거인으로 변해 말을 걸면 뭐라고 툴툴거리기만 했다. 앙투안도 예상은 하고 있었다. 친구의 아들들도 똑같이 잔인한 변화를 거치는 걸 보았으니까. 그래도 실제로 닥쳤을 때 힘든 건 마찬가지였다. 아르노의 사춘기가 요란하게 시작됐을 때 아스트리드의 불륜이 밝혀졌으니 더욱 그랬다. 타이밍이 이보다 더 기가 막힐 수가 없었다. 앙투안은 열두시 전에 집으로 들어오기, 숙제부터 끝내놓기, 샤워를 적어도 한 번은 하기 같은 문제를 놓고 주말마다 아들과 부딪쳐야 했다. 아스트리드도 마찬가지겠지만, 그래도 그 집에는 어른이 한 명 더 있지 않은가. 그래서 앙투안보다는 너그럽고 여유롭게 대처할 수 있을지 모른다. 앙투안은 외톨이인 자기 신세를 생각하면 허탈하고 우울했다. 아르노와 부딪치면 부딪칠수록 늘어가는 충격을 홀로 감당해야 하는 것이 그런 기분을 더욱 심하게 만들었다. 과거에 아스트리드와 그는 한 팀이었다. 두 사람은 무엇이든 언제나 함께했다. 결정도 함께 내리고, 적과 맞닥뜨리면 함께 싸웠다. 하지만 모두 다 지난 일이었다. 앙투안은 이제 혼자였다. 금요일 밤이 되고 아이들이 열쇠로 문을 따고 들어오는 소리가 들리면, 그는 출정을 앞둔 병사처럼 어깨를 펴고 온몸에 힘을 주어야 했다.

마르고는 완연한 사춘기로 넘어가기 직전이었다. 앙투안은 이번이 더 힘들었다. 딸아이의 사춘기에는 어떤 식으로 대처해야 할지 알 수가 없었다. 마르고는 고양이—소리를 내지 않고, 몸을 동그랗게 말고, 뒤로 물러나 있는—같았다. 몇 시간이고 컴퓨터로 채팅을 하거나 휴대전화만 들여다보았다. 그러다 '기분 나쁜' 문자메시지를 받으면 울음을 터뜨리거나 무슨 말을 해도 도무지 대꾸를 하지 않았다. 그를 멀리하고 몸이 닿는 것조차 피했다. 그는 딸아이의 포옹과 애교가 그리웠다. 머리를 양 갈래로 땋고 한쪽 입꼬리만 올린 채 웃으며 쉴새없이 종알거리던 수다쟁이는 이제 사라지고 없었다. 젖가슴이 봉긋하게 올라오고, 얼굴은 여드름 때문에 번들거리고, 손으로 벅벅 지워버리고 싶을 만큼 야하게 눈화장을 하고 다니는 가냘픈 애어른이 그 자리를 대신했다. 아스트리드가 없으니 마르고의 복잡한 성장 과정에 대처하기가 훨씬 까다로웠다.

다정한 쪽지 고마워요. 당신의 편지를 간직하고 싶지만, 그러면 안 된다는 거 나도 알아요. 당신도 내 편지를 간직할 수 없잖아요. 조만간 여름이 끝나면 당신이 다시 떠나야 한다니 믿기지가 않아요. 당신은 침착하고 자신감 넘쳐 보이지만, 나는 두려워요. 당신이 나보다 현명한 사람이라 그런 거겠죠? 당신은 걱정하지 않잖아요. 우리에게도 희망이 있다고 생각하잖아요. 우리 둘이 헤쳐나갈 방법이 있을 거라고. 나는 잘 모르겠어요. 겁이 나요. 지난 일 년 동안 내 삶의 중심은 당신이었어요. 당신은 인정사정없이 구아 대로를 덮어버리는 밀물 같아요. 나는 몇 번이고 당신 손에 나를 맡기죠. 하지만 이내 환희가 잦아들고 두려움이 밀려들어요.

어머님이 뭔가를 알아차린 듯한 묘한 눈빛으로 나를 보곤 해요. 조심해야겠다는 생각이 들어요. 하지만 과연 어머님이 알아차릴 수 있을까요? 눈치챌 수 있을까요? 어느 누구라도 그럴 수 있을까요?

양심의 가책은 느끼지 않아요. 당신을 향한 내 마음은 순수하니까. 이 부분을 읽으면서 웃지 말아줘요. 놀리지도 말고요. 나는 서른다섯 살이고, 두 아이의 엄마인데, 당신 옆에 있으면 어린아이가 되어버려요. 당신도 알고 있죠? 당신으로 인해 내 안에서 어떤 변화가 시작됐는지, 당신도 알고 있죠? 나는 당신 덕분에 살아요. 웃지 마요.

당신은 앞서가는 나라에서 왔고, 교양 있고, 책도 많이 읽었고, 학위, 직업, 사회적인 지위도 있죠. 나는 평범한 가정주부고요. 나는 라벤더와 고트 치즈 냄새가 나는 시골에서 자랐어요. 우리 부모님은 시장에서 과일과 올리브유를 팔았죠. 부모님이 돌아가신 뒤에는 언니와 둘이 르비 강에서 노점상을 했어요. 나는 남편을 만나고 난생처음 기차를 타봤어요. 그때가 스물다섯 살이었는데, 새로운 세상을 발견한 거예요. 연휴 때 파리에 놀러갔다가 그길로 고향과 영영 이별하게 됐죠. 그랑 대로에 있는 어느 식당에서 친구와 술을 마시다 남편을 만났거든요. 그이하고는 그렇게 만났어요.

당신이 나의 어떤 점에 매력을 느끼는지 가끔 궁금할 때가 있어요. 하지만 당신이 아무 말 없이 나를 바라보는 순간에도 나를 원하는 당신의 마음이 점점 강렬하게 느껴져요. 당신의 눈빛은 나를 원해요.

내일이면 내 사랑, 당신을 만날 수 있어요.

두 사람은 점심을 먹고 호텔 수영장으로 갔다. 날씨가 너무 더워서 앙투안은 멜라니에게 수영복을 입은 모습을 보일 수밖에 없겠다고 결론을 내렸다. 그녀는 그의 몸매에 대해 아무 말도 하지 않았다. 고마울 따름이었다. 그도 자신이 혐오스러웠다. 따져보니 아스트리드와 같이 살던 때에 비해 몸무게가 8킬로그램도 넘게 늘었다. 뭔가 조치를 취해야 했다. 담배도 마찬가지고.

수영장은 인공적으로 새파란 색이었고, 소리를 질러대는 아이들로 가득했다. 1970년대에는 없던 시설이었다. 할머니 할아버지가 보았더라면 얼마나 질색했을까, 앙투안은 생각했다. 그들은 천박한 문화, 시끄러운 사람들, 벼락부자를 경멸했다. 불로뉴 숲 근처에서도 한적한 앙리마르탱 가에 자리잡은 춥고 널찍한 그들의 아파트는 우아하고 세련미 넘치고 고요한 안식처였다. 심약한 가정부 오데트는 절뚝절뚝 걸어다니며 소리 없이 문을 여닫았다. 심지어 전화벨 소리마저 조용했다. 식사는 한번 시작했다 하면 몇 시간 동안 이어지곤 했는데, 저녁을 먹자마자 잠자리에 들었다가 한밤중에 일어나 선물을 열어봐야 했던 크리스마스이브가 최악이었다. 시차에 적응이 안 된 사람처럼 졸린 눈을 비벼가며 비틀비틀 거실로 걸어갔을 때 느꼈던 그 몽롱한 기분은 절대 잊지 못할 것이다. 밤늦도록 깨어 산타할아버지를 기다리면 왜 안 됐던 걸까? 크리스마스는 일 년에 단 한 번뿐인데.

"네가 한 말 계속 생각해봤어." 앙투안이 말했다.

"무슨 말?"

"클라리스하고 할머니 할아버지 말이야. 네 말처럼 그랬을 것 같아. 두 분 때문에 클라리스가 힘들었을 것 같아."

"뭐 생각나는 거라도 있어?"

"아니, 별로." 그는 어깨를 으쓱했다. "딱히 없지만, 두 분이 워낙 매사에 깐깐했잖아."

"아하, 그러니까 옛 기억이 되살아나는 모양이네……"

"생각나는 게 있어."

"뭔데?"

그는 햇빛 때문에 눈을 찡그리며 동생을 바라보았다.

"싸우는 소리를 들었어. 여기서 보낸 마지막 해 여름에."

멜라니가 벌떡 일어나 앉았다.

"싸우는 소리를 들었다고? 설마. 그땐 모든 게 매끄럽고 조용했는데."

앙투안도 일어나 앉았다. 수영장은 이리저리 날뛰는 아이들과 차분하게 지켜보는 엄마 아빠들로 바글거렸다.

"어느 날 밤엔가 할머니하고 클라리스가 다퉜어. 할머니가 묵는 방에서. 내가 들었어."

"무슨 소리를 들었는데?"

"클라리스가 우는 소리."

멜라니는 아무 말도 하지 않았다.

그는 이야기를 계속했다. "할머니 목소리는 차갑고 냉랭했어. 뭐라고 하는지는 들리지 않았는데 엄청 화가 난 것 같았어. 잠시 후에 클라리스가 뛰쳐나오더니 나를 보고는 눈물을 닦으면서 안아주더라. 그리고 웃으면서 말했어. 할머니랑 조금 다퉜다고. 그러더니 안 자고 뭐 하느냐며 나를 다시 내 방으로 데리고 갔어."

"조금 다퉜다니 그게 무슨 뜻이었을까?" 멜라니가 중얼거렸다.

"글쎄? 나도 모르겠어. 어쩌면 별일 아니었을 수도 있지."

"오빠가 보기에 두 분은 행복하게 잘 살았던 것 같아?"

"클라리스하고 아버지? 응. 그랬던 것 같은데. 클라리스 옆에 있으면 다들 행복해했잖아. 너도 생각나지?"

멜라니는 고개를 끄덕였다. 잠시 정적이 흘렀다.

잠시 후 그녀가 나지막이 속삭였다. "보고 싶다."

그는 울음기 어린 동생의 목소리를 듣고 손을 내밀어 그녀의 손을 잡았다.

"여기 오니까 클라리스에게 돌아온 것만 같아." 그녀가 말했다.

앙투안은 멜라니의 손을 꼭 잡았다. 자신의 눈이 선글라스에 가려 보이지 않는 게 다행이라고 생각하면서.

"그러게. 미안. 그 부분은 미처 생각 못하고 여행 계획을 세웠네."

그녀는 오빠를 향해 미소를 지었다. "미안해할 것 없어. 정반대인걸. 클라리스에 대한 추억을 되살려주다니 얼마나 근사한 선물이야? 고마워."

앙투안은 눈물이 뺨을 타고 흐르도록 내버려두고 싶었지만, 아무 말 없이 감정을 억제했다. 평생 그래왔던 것처럼, 그래야 한다고 배웠던 것처럼.

두 사람은 다시 누워 창백한 파리지앵의 얼굴을 햇볕에 맡겼다. 멜라니의 말이 맞았다. 살금살금 구아 대로를 덮치는 바닷물처럼, 어머니에 대한 기억이 서서히 되살아났다. 그물을 탈출한 나비떼처럼 추억의 편린들이 나부꼈다. 순서에 맞지도, 또렷하지도 않은, 흐릿하고 몽롱한 꿈에 가까웠다. 주황색 수영복을 입고 해변으로 나온 그녀의 모습, 그녀의 미소, 옅은 초록색 눈동자.

할머니가 수영을 하려면 점심을 먹고 두 시간은 지나야 한다는 원칙을 고수했던 게 생각났다. 밥을 먹자마자 수영을 하면 절대 안 된다고 거듭 이야기했다. 그래서 그들은 모래성을 수도 없이 쌓으며 기다려야 했다. 정말이지 긴 기다림이었다. 하지만 할머니가 깜빡 잠이 들 때도 있었다. 긴 치마와 뜨개질한 조끼 차림에 모래투성이가 된 구두를 신은 할머니는, 무릎 위에 뜨개질감을 아슬아슬하게 얹은 채 땀을 뻘뻘 흘리며 파라솔 밑에서 입을 벌리고 곯아떨어졌다. 쇼핑을 하러 나간 솔랑주 고모는 모두에게 줄 선물을 잔뜩 들고 호텔로 돌아올 터였다. 할아버지는 밀짚모자를 한껏 뒤로 넘겨쓰고 지탄 담배를 피우며 호텔까지 어슬렁어슬렁 걸어갔다. 그럴 때면 클라리스는 아이들을 향해 휘파람을 불며 턱으로 바다를 가리켰다. "삼십 분 남았잖아요!" 앙투안이 나지막이 외쳤다. 그러면 클라리스는 사악한 미소를 지어 보였다. "뭐? 삼십 분? 누가 그래?" 세 사람은 그늘에서 코를 고는 할머니를 남겨둔 채 살금살금 바다로 뛰어들었다.

"클라리스 사진 있어?" 앙투안이 물었다. "나는 두어 장뿐인데."

"거의 없어." 멜라니가 말했다.

"어머니인데 사진도 몇 장 없다니."

"그러게 말이야."

그들 바로 옆에서 얼굴이 시뻘게진 여자가 아이를 수영장 밖으로 끌어내자 아이가 울음을 터뜨렸다.

"이제는 클레베르 아파트에도 사진이 없더라고."

"예전에는 있었잖아." 그는 점점 심란해졌다. "너랑 나랑 클라리스랑 불로뉴 숲에 있는 동물원에서 작은 기차를 타고 찍은 사진. 그 사진 어디 갔지? 그리고 두 분 결혼사진도 있었는데."

"나는 둘 다 기억 안 나."

"현관이랑 아버지 책상 위에 있었어. 그런데 돌아가신 뒤에 싹 사라졌거든. 앨범들도 그렇고."

그는 사진과 앨범이 어디 있는지 궁금해졌다. 아버지가 어떤 식으로 처리했을까?

이제는 클라리스가 클레베르 아파트에 십 년 동안 살았음을 증명하는 물건은 하나도 남지 않았다. 그녀의 집이었건만.

새어머니 레진이 아파트를 넘겨받고 전면적으로 개조해 프랑수아 레의 전처 클라리스의 흔적을 모두 없애버렸기 때문이었다. 지금 이 순간에 이르러서야 앙투안은 그 사실을 온전히 깨달을 수 있었다.

당신 품에 안겨 있으면, 지금까지 내가 행복했던 적이 있었나 하는 생각이 들 때가 있어요. 일 년 전, 당신을 만나기 전까지 말이에요. 분명 행복했을 테고, 행복하게 보였을 테고, 나도 나 자신을 행복한 사람이라고 여기며 살았는데, 당신을 만나기 전에 겪은 모든 일들이 이제는 심드렁하고 밋밋하게 느껴져요. 어느 한 군데 흠 잡을 데 없는 왼쪽 눈썹을 치켜세우며 특유의 삐딱한 미소를 지을 당신의 모습이 떠오르네요. 상관없어요. 어차피 이 편지는 갈기갈기 찢길 운명이니 내 마음대로 쓸래요.

나는 강이 내려다보이는 마을에서 행복한 어린 시절을 보냈어요. 우리 고향 사람들이 쓰는 거친 남부 사투리를 시댁 식구들은 못마땅하게 생각해요. 표준어가 아니라고, 촌스럽다고. 당신도 알다시피 난 멍청하지 않아요. 하지만 시댁 식구들은 내가 이런 모습이 아니었다면 절대 나를 받아주지 않았을 거예요. 시댁 식구들이 내 사투

리를 참아주는 이유는 칵테일드레스를 입은 내 모습이 예쁘기 때문
이에요. 내가 예쁘게 생겼기 때문이에요. 당신도 알다시피 내가 주
제 파악을 못해서 이런 소리를 하는 게 아니에요. 예쁜 사람은 자신
이 얼마나 예쁘게 생겼는지 금세 알아차리게 되어 있어요. 사람들
의 시선을 보면 느낄 수 있거든요. 내 딸도 나중에 그럴 거예요. 아
직 여섯 살밖에 안 된 어린아이지만 미인의 자질이 보여요. 내가 왜
당신한테 이런 말을 하는지 알아요? 내가 남부 출신이라도, 이상한
사투리를 쓰더라도 당신은 상관하지 않으니까요. 나를 지금 이 모습
그대로 사랑해주니까요.

두 사람은 분홍색으로 장식된 식당에서 저녁을 먹었다. 앙투안은 예전의 '지정석'을 예약하고 싶었지만, 풍만한 가슴을 자랑하는 프런트 직원이 그 자리는 대가족을 위한 자리라고 했다. 식당 안은 아이들과 남녀 커플과 할머니 할아버지 들로 가득했다. 멜라니와 앙투안은 느긋하게 앉아 주위를 둘러보았다. 모든 게 예전과 똑같았다. 두 사람은 메뉴를 보며 미소를 지었다.

　"그랑 마르니에* 수플레 생각나?" 앙투안이 나지막이 물었다. "딱 한 번 먹어봤었는데."

　멜라니는 웃음을 터뜨렸다. "그랑 마르니에 수플레를 어떻게 잊겠어."

　웨이터가 경건한 의식이라도 치르듯 진지한 표정으로 수플레를

---

* 브랜디와 오렌지로 만드는 프랑스 술.

들고 왔을 때 다른 손님들은 수플레 그릇에서 타오르는 주황색과 파란색 불꽃을 보고 넋을 잃었다. 식당 안에 정적이 흘렀다. 접시가 두 아이 앞에 놓였다. 모두들 숨을 죽였다.

"우린 참 완벽한 가족이었지." 멜라니가 빈정거리는 투로 말했다. "모든 면에서."

"너무 완벽했다는 거야?" 그가 물었다.

그녀는 고개를 끄덕였다. "응. 진저리나도록 완벽했잖아. 오빠네 가족을 봐. 진짜 가족이라면 그래야 하는 거 아니야? 아이들마다 개성도 있고, 성질도 있고, 가끔 입바른 소리도 하고. 나는 그래서 내 조카들이 좋아. 내 기준에서는 오빠네야말로 완벽한 가족이라고."

앙투안은 맥빠진 얼굴로 애써 미소를 지었다. "멜, 이제 우리는 한 가족이 아니야."

그녀는 한 손으로 입을 가렸다.

"토니오, 정말 미안. 오빠가 이혼했다는 걸 내가 아직도 받아들이지 못하나봐."

"나도 그래."

"어떻게 버티고 있어?"

"우리 다른 얘기 하자."

"미안."

멜라니는 얼른 오빠의 소맷부리를 토닥였다. 두 사람은 음식을 주문한 후 아무 말 없이 먹었다. 앙투안은 다시금 밀려드는 공허감을 느꼈다. 중년의 위기가 시작되려고 이렇게 허전한 걸까? 어쩌면 그럴지도 모른다. 인생의 모든 면에서 완벽했던 남자의 몰락이 아닌가. 다른 남자의 품으로 떠나버린 아내. 더이상 즐겁지 않은 건축 일. 어떻게 이럴 수가 있을까? 그렇게 어렵게 설립한 회사인데. 그렇게 치열한 노력 끝에 자리를 잡았는데. 그런데 이제는 기운이 다한 느낌이었다. 모든 게 심드렁하고 김빠지게 느껴졌다. 이제는 심지어 팀원들을 독려하고, 지시하고, 현장 사람들과 어울리는 것조차 싫었다. 그럴 만한 여력이 없었다. 전부 다 소진되어버렸다.

지난달에 열린 파티에서, 열다섯 살 때 스타니슬라스 중학교를 졸업한 이래 처음으로 동창들을 만났던 게 생각났다. 스타니슬라스는 졸업생 성적이 좋고, 종교 교육이 철저하고, 선생들이 인간미 없기로 악명 높은 학교였다("두려움을 모르는 프랑스인, 한 점 부끄럼 없는 그리스도인이 되자"는 것이 엄숙한 교훈校訓이었다). 유들유들했던 꼴불견 아첨꾼 장샤를 드 로동이 인터넷에서 찾았다며 오랜만에 디너파티에서 '회포'를 풀자고 연락했을 때 앙투안은 거절할 생각이었다. 그런데 쓸쓸한 거실을 보는 순간 싫다는 대답이 나오지 않았다. 파티가 열린 곳은 몽소 공원 근처의 어느 후덥지근한 아파트였다. 2세를 꾸준히 양산한 듯한 잉꼬부부들이 한 테이블에 앉아 그의 이혼 이야기가 나올 때마다 안됐다는 듯 눈썹을 치켜세웠다. 그렇게 심한 소외감을 느낀 적은 평생 처음이었다. 동창생들은 저 잘난 맛에 사는 금융업계, 보험업계, 은행업계의 잘나가는 대머리가 되어 있었다. 파리지앵 스타일의 옷과 보석으로 온몸을 휘감은 채 아이들 교육 문제를 놓고 수다에 여념이 없는 그 부인들은 더 밥맛이었다.

　그날 저녁 아스트리드가, 그녀 특유의 독특한 옷차림이 얼마나 그리웠던가. 브론테 소설에 나오는 여주인공의 분위기를 풍기는 짙은 빨간색 벨벳 레딩코트와 벼룩시장에서 산 액세서리, 그리고 레깅스. 그녀의 농담과 시원한 웃음소리가 얼마나 그리웠던가. 그는 다음날 아침 일찍 할 일이 있다는 핑계를 대고 얼른 그 자리를 빠져나왔다. 그러고 나서 17구의 황량한 거리를 자동차로 달리는데, 안도감이 밀려들었다. 드 로동을 비롯한 그 친구들과 삼십 분을 더 보내느니 아무도 없는 집에 있는 편이 훨씬 좋았다.

　몽파르나스에 거의 다다랐을 때 노스탈지 라디오 채널에서 그가 좋아하는 롤링 스톤스의 옛 노래가 흘러나왔다. 〈Angie〉. 그는 노래를 따라 불렀다.

　이 정도면 거의 행복하달 수 있었다.

생피에르 호텔에서 맞이한 첫날, 앙투안은 밤잠을 설쳤다. 시끄러워서가 아니었다. 오랜 역사를 자랑하는 이곳은 조용하고 고즈넉했다. 1973년 이후 처음으로 이곳에서 맞이한 밤. 가장 최근에 이 지붕 밑에서 잠을 청했을 때 그는 아홉 살이었고, 어머니는 살아 있었다. 그렇게 생각하니 왠지 모르게 마음이 어지러웠다.

객실은 달라진 게 거의 없었다. 두툼하고 예스러운 카펫도, 파란색 벽지도, 수영복 차림의 미인들을 찍은 구닥다리 사진들도 예전 그대로였다. 욕실은 새롭게 단장했다. 비데만 있던 자리에 변기가 설치되어 있었다. 예전에는 소변이 마려우면 층계참에 있는 화장실에 가야 했다. 그는 빛바랜 파란색 커튼 뒤에서 어두컴컴한 안뜰을 흘끗 내려다보았다. 아무도 없었다. 밤이 깊었다. 시끌벅적하던 아이들도 마침내 잠자리에 든 것이다.

조금 전 그는 어머니가 예전에 썼던 1층 객실 앞까지 가보았다.

계단이 마주 보이는 그 객실이 아직도 눈에 선했다. 9호실. 그곳에서 아버지를 본 기억은 흐릿했다. 아버지는 섬에 온 적이 거의 없었다. 항상 바빴다. 레 가족이 이 주 내내 머무는 동안 한두 번 잠깐 얼굴을 비치고는 그만이었다.

하지만 얼굴을 비쳤다 하면 귀환한 황제 같은 대접을 받았다. 할머니는 아들의 객실로 싱싱한 꽃다발을 보냈는지 확인하고, 아들이 좋아하는 와인과 디저트를 꼼꼼히 챙기며 호텔 직원들을 닦달했다. 할아버지는 오 분마다 한 번씩 손목시계를 들여다보며 초조하게 지탄을 뻐끔거렸고, 아들이 지금쯤 어디까지 왔을지 계속 얘기했다. 아빠 오신다, 아빠 오신다. 멜라니는 열심히 흥얼거리며 이 방에서 저 방으로 깡충깡충 뛰어다녔다. 그리고 클라리스는 남편이 좋아하는 까만색 원피스를 꺼내 입었다. 무릎이 훤히 드러나는 짧은 원피스를. 고모만 테라스에서 일광욕을 하며, 부모님이 편애하는 아들이자 탕아의 귀환에 아랑곳하지 않았다. 앙투안은 의기양양하게 으르렁거리는 트라이엄프에서 내려 팔다리를 쭉 펴는 아버지의 모습을 좋아했다. 아버지가 맨 먼저 찾는 사람은 언제나 클라리스였다. 그 순간 어머니를 쳐다보는 아버지의 눈빛을 보면, 앙투안은 고개를 돌리고 싶은 마음이 들었다. 원초적이고 노골적인 애정이 담긴 눈빛과 어머니 엉덩이에서 떠날 줄 모르는 아버지의 손이, 소년은 당황스럽기만 했다.

앙투안은 계단을 올라가다 말고 할머니의 객실 앞에서도 걸음을 멈추었다. 할머니는 역시 이전에 모습을 드러낸 적이 없었다. 그와 고모, 멜라니, 클라리스가 할아버지와 함께 맹그로브나무 옆 베란다에서 아침을 먹는 동안, 할머니는 침대에서 아침을 먹었다. 그러다 조그만 양산을 팔에 걸고 뢰르블뢰 향수 냄새를 짙게 풍기며 위풍당당하게 등장하곤 했다.

그날 밤 잠을 설치는 바람에 앙투안은 피곤한 몸으로 잠에서 깨어났다. 이른 아침이고, 멜라니는 아직 일어나지 않은 모양이었다. 호텔이 텅 빈 느낌이었다. 그는 삼십여 년 전 한입에 먹어치웠던 조그맣고 동그란 빵을 지금도 맛볼 수 있음에 감동하며 맛있게 커피를 마셨다. 얼마나 여유롭고 군더더기 없는 생활이었던가. 끝없이 이어지던 느긋했던 여름날.

여름휴가의 하이라이트는 국경일이자 멜라니의 생일인 8월 15일에 담 해수욕장에서 펼쳐지던 불꽃놀이였다. 어렸을 때 멜라니는 그것이 자기를 위해 열리는 불꽃놀이라고, 사람들이 자기 생일을 축하해주러 바닷가에 모이는 거라고 생각했다. 앙투안은 폭우로 불꽃놀이가 취소되는 바람에 모두들 시무룩하게 호텔에 갇혀 있던 어느 해 8월 15일을 떠올렸다. 사나운 폭풍이 들이닥친 해였는데, 멜라니도 기억하고 있을까? 그녀는 폭풍을 무서워했다. 클라리스도 마찬가지였다. 그렇다. 클라리스도 폭풍을 무서워했다. 모든 것이 그의 머릿속에 떠오르고 있었다. 클라리스는 몸을 웅크린 채 두 팔로 머리를 감싸고 부들부들 떨었다. 어린아이처럼.

아침식사를 마친 뒤에도 앙투안은 잠깐 더 멜라니를 기다렸다. 프런트에는 오십대 후반의 여자가 앉아 있었다. 그가 그 앞을 지나가자 여자는 수화기를 내려놓고 그를 향해 환히 웃었다.

"저 기억 못하시죠?" 그녀가 달콤한 목소리로 물었다.

그는 그녀를 유심히 살펴보았다. 눈이 왠지 모르게 낯익었다.

"베르나데트예요."

베르나데트! 예쁘장하고 호리호리하고 까무잡잡하고 매력적이던 베르나데트가 이렇게 점잖은 아주머니가 되었다니. 어렸을 때 그는 베르나데트와, 땋아서 길게 늘어뜨린 그녀의 반짝이는 머리칼을 남몰래 좋아했다. 그녀도 그걸 알아차리고 그에게 고기도 제일 좋은 부위를 주었고, 빵이나 타르트 타탱도 한 조각씩 더 챙겨주었다.

"나는 한눈에 알아봤어요. 멜라니 양도 그렇고요!"

베르나데트와 하얗게 빛나던 그녀의 치아와 나긋나긋했던 몸놀림. 발랄했던 미소.

"이렇게 다시 만나서 반갑네요." 그는 중얼거렸다. 그녀를 몰라보다니 당황스러웠다.

"예전 그대로네요." 그녀는 두 손을 맞잡고 종알댔다. "정말 대가족이었잖아요. 할머님, 할아버님, 고모님 그리고 어머님까지."

"저희 가족을 모두 기억하세요?" 그는 미소를 지었다.

"그럼요, 앙투안 씨. 여름 손님 중에서 할머님이 주신 팁이 가장 많았는걸요! 고모님도 마찬가지였고요! 꼬맹이 웨이트리스가 어떻게 그걸 잊을 수 있겠어요? 그리고 어머님도 워낙 아름답고 상냥하셨잖아요. 발길을 끊으셨을 때 저희 모두 정말 얼마나 상심했는지 몰라요."

앙투안은 그녀를 내려다보았다. 빛나는 까만 눈동자가 예전 그대로였다.

"발길을 끊었을 때요?" 그가 그 말을 따라 했다.

"네." 그녀가 고개를 끄덕였다. "몇 년 동안 여름마다 오시더니 어느 해부터 갑자기 발길을 끊으셨잖아요. 이 호텔 사장이었던 자코 부인 기억하세요? 사장님이 제일 속상해하셨어요. 할머님 할아버님께서 우리 호텔이 만족스럽지 않으셨나, 못마땅한 부분이 있었나 하시면서. 해마다 레 가족을 기다렸는데 두 번 다시 안 오시더라고요. 그런데 오늘 이렇게 찾아주셨네요."

앙투안은 침을 꿀꺽 삼켰다. "저희가 마지막으로 왔을 때가 1973년이었죠?"

베르나데트는 고개를 끄덕이고 잠시 머뭇거리더니, 허리를 숙이고 큼지막한 서랍에서 낡은 까만색 장부를 꺼냈다. 그녀가 장부를 열고 누레진 책장을 몇 장 넘겼다. 그녀의 손가락이 어떤 줄에 연필로 적어놓은 이름 위에서 멈추었다.

"네, 맞네요. 1973년 여름이 마지막이었어요."

"그게 말이죠." 그는 말을 더듬었다. "어머니께서 그 이듬해에 돌아가셨어요. 그래서 여기 오지 않은 거예요."

베르나데트의 얼굴이 새빨개졌다. 그녀는 헉하고 숨을 내뱉으며 부들부들 떨리는 손으로 쇄골을 눌렀다.

어색한 침묵이 흘렀다.

"어머님께서 돌아가셨다고요? 저는 그런 줄도 모르고, 저희는 그런 줄도 모르고…… 죄송해서 어떡해요……"

"괜찮습니다." 앙투안은 중얼거렸다. "모르셨잖아요. 오래전 일인걸요."

"믿기지가 않네요." 그녀는 나지막이 속삭였다. "정말 젊고 아름다우셨는데……"

그는 멜라니가 얼른 나타나주기를 바랐다. 베르나데트가 혹시라도 어머니가 어쩌다 돌아가셨는지 물어보기라도 하면 어떻게 하나 싶어 견딜 수가 없었다. 그는 프런트에 한 손을 올리고 시선을 떨군 채 말없이 멍하니 기다렸다.

하지만 베르나데트는 아무 말도 하지 않았다. 두 뺨이 서서히 원래의 빛깔을 되찾아가는 가운데 안타까워하는 눈빛으로 가만히 서 있을 뿐이었다.

나는 우리의 비밀이 좋아요. 우리의 비밀스러운 사랑이 좋아요. 하지만 언제까지 이럴 수 있을까요? 언제까지 비밀을 유지할 수 있을까요? 벌써 일 년이 지났네요. 나는 비단처럼 매끄러운 당신의 살결을 어루만지며, 정말로 내게 우리의 비밀을 공개하고 싶은 마음이 있기는 한지 고민해요. 어떤 파장이 일지 짐작이 가고도 남거든요. 불어오는 바람에서 비냄새가 느껴지는 것처럼. 그로 인해 어떤 일이 벌어질지, 당신에게는 그것이 어떤 의미일지, 내게는 어떤 의미인지 나는 알아요. 하지만 내가 뼛속 깊이 절감하는 사실이 또 한 가지 있다면 가슴이 아프다는 것, 내게는 당신이 있어야 한다는 것이에요. 내게는 당신이어야 해요. 너무 겁이 나지만, 내게는 당신이어야 해요.

이 상황을 어떤 식으로 해결하면 좋을까요? 우리 아이들은 어쩌면 좋을까요? 이 일로 아이들은 어떻게 될까요? 어떻게 하면 당신과 내가 아이들과 함께 지낼 방법을 찾을 수 있을까요? 어디서? 언제부터? 당신은 세상에 밝히는 게 두렵지 않다고 하죠. 하지만 당신도 알다시피 당신은 나보다 수월한 상황이에요. 혼자 살고, 수입도 있고, 뭐든 당신 맘대로 할 수 있고. 결혼도 안 했고. 아이들이 있는 것도 아니고. 자유로운 몸이잖아요. 하지만 나를 봐요. 나는 세벤 출신의 가정주부예요. 짧은 까만색 원피스를 걸치는 역할에 잘 어울리는.

고향에 다녀온 게 언젯적 일인지 모르겠어요. 동산 사이에 숨어 있는 오래된 돌집. 바짝 마른 우리 안에서 매애 하고 울던 염소들, 올리브나무, 이불을 널던 어머니. 몽테구알의 풍경. 아버지가 거친 손으로 만지작거리던 복숭아와 살구. 부모님이 아직 살아 계셨다면, 아니 내가 북쪽으로 건너와 파리 남자랑 결혼한 뒤로 연락이 끊긴 언니라면 이 상황을 알고 뭐라고 했을까요. 이해해줄까요?

사랑해요, 사랑해요, 당신을 사랑해요.

멜라니는 늦게까지 단잠을 잤다. 눈은 부었지만, 잘 자고 일어난 뒤라 얼굴은 빛났고 어제 쪼인 햇볕으로 발그스름했다. 앙투안은 베르나데트 이야기를 꺼내지 않기로 했다. 두 사람이 어떤 대화를 나누었는지 말해서 무엇하겠는가. 쓸데없는 짓이었다. 그가 아팠듯 멜라니의 마음만 아프게 할 것이다. 그녀가 평화로운 침묵 속에서 아침을 먹는 동안 그는 지역 일간지를 읽으며 갓 내린 커피를 마셨다. 날씨가 계속 좋을 거래. 그의 말에 그녀는 미소를 지었다.

"시체처럼 잔 거 있지?" 그녀가 냅킨을 내려놓으며 말했다. "이렇게 잔 게 얼마 만인지 몰라. 오빠는 어땠어?"

"잘 잤어." 거짓말이었다. 왠지 모르겠지만, 이곳에서 보낸 마지막 여름을 생각하느라 잠을 설쳤다는 이야기는 하고 싶지 않았다. 감은 눈꺼풀 위로 과거의 기억들이 자꾸 새겨지더라는 이야기는 하고 싶지 않았다.

젊은 여자와 어린 남자아이가 들어와 근처 테이블에 앉았다. 아이는 계속 시끄럽게 칭얼거렸고, 엄마한테 혼이 났다.

"오빠네 애들은 저 시기가 지나서 다행이다 싶지 않아?" 멜라니가 목소리를 낮추고 물었다.

그는 눈썹을 치켜세웠다. "요즘은 애들이 남처럼 느껴져."

"그게 무슨 소리야?"

"각자 나는 모르는 세상 속에 살고 있거든. 나랑 지내러 왔을 때도 컴퓨터나 텔레비전 앞에 앉아 있든지 문자메시지를 보내느라 정신없어."

"말도 안 돼."

"진짜야. 밥 먹을 때나 한자리에 모이는데 그때도 한마디도 안해. 심지어 마르고는 식탁까지 아이팟을 들고 와. 뤼카는 아직 그럴 때가 아니라 다행이지만, 조만간 시작되겠지."

멜라니는 오빠를 물끄러미 바라보았다.

"그거 내려놓으라고 하면 되잖아. 아르노하고 마르고한테 말 좀하라고 하면 되잖아."

그는 테이블 맞은편에 앉아 있는 동생을 보았다. 뭐라고 말하면 좋을까. 이애는 아이들, 특히 사춘기 아이들에 대해 아는 게 없을 텐데. 입을 꾹 다물고 있다 버럭 터뜨리고, 분노로 이글거리는 아이들의 속내에 대해 아는 게 없을 텐데. 어떨 때는 아이들의 멸시가 온몸으로 느껴져서 움찔하게 된다고 어떻게 이야기하겠는가.

"아이들한테 존경받는 아버지가 되어야지, 오빠."

존경. 지당하신 말씀. 사춘기 시절에 그는 아버지를 존경해마지 않았다. 절대 선을 넘은 적이 없었다. 반항한 적도 없었다. 고함을 지른 적도, 문을 쾅 닫은 적도 없었다.

"내가 보기에 아이들은 지금 건강하게 정상적으로 자라고 있는 것 같은데?" 그는 중얼거렸다. "그 나이 때는 버릇없고 다루기 힘들기 마련이야. 어떤 식으로든 분출해야 하니까."

멜라니는 말없이 차를 홀짝였다. 그는 조금 더 붉어진 얼굴로 하던 이야기를 계속했다. 옆 테이블 남자아이는 계속 떼를 썼다.

"이 모든 걸 혼자 감당해야 한다는 게 힘들어. 아스트리드 없이 혼자 감당하려니까. 순식간에 벌어진 일이거든. 하룻밤 새. 그 아이들은 내 자식인 동시에 낯선 이방인이야. 어떤 식으로 지내는지, 누굴 만나는지, 어딜 돌아다니는지 전혀 알 수가 없어."

"어떻게 그럴 수가 있어?"

"인터넷 때문이고, 휴대전화 때문이지. 우리가 그 나이 때는 친구들이 집으로 전화해서 아버지나 레진한테 우리를 바꿔달라고 했잖아. 요즘은 안 그래. 자기 아이가 어떤 친구를 만나는지 알 방법이 없어. 아이 친구들과 직접 말할 일도 없고."

"친구들을 집으로 데리고 오지 않는 한."

"그런데 그런 경우도 별로 없거든."

남자아이가 드디어 투정을 멈추고 자기 접시만한 크기의 크루아상을 열심히 우물거리기 시작했다.

"마르고는 요즘도 폴린이랑 친하게 지내?" 멜라니가 물었다.

"응, 당연하지. 하지만 폴린은 아주 특별한 경우야. 여섯 살 때부터 같은 학교에 다닌 사이니까. 너 지금 폴린 만나면 아마 못 알아볼걸?"

"왜?"

"몸매가 메릴린 먼로처럼 변했거든."

"진짜야? 뻐드렁니에 주근깨투성이에다 삐쩍 말랐던 꼬맹이가?"

"그 말라깽이 꼬맹이가."

"맙소사." 멜라니는 놀라워했다. 그러더니 손을 내밀어 그의 손을 가볍게 토닥였다. "오빠, 지금 잘하고 있어. 나는 오빠가 자랑스러워. 사춘기 아이를 둘이나 키우려면 얼마나 힘들겠어."

앙투안은 눈가가 촉촉해지는 게 느껴졌다. 그는 허둥지둥 자리에서 일어섰다.

"아침 수영 어때?" 그는 그녀를 내려다보며 미소를 지었다.

같이 수영을 한 후 점심을 먹고 나서 멜라니는 원고를 마저 읽으러 방으로 올라갔고, 앙투안은 그늘에서 쉬기로 했다. 생각보다 날이 선선했지만 결국에는 수영장으로 들어가게 될 것 같았다. 그는 커다란 파라솔이 그늘을 드리운 나무의자에 자리를 잡고 앉아 멜라니가 준 소설을 몇 쪽 읽어보려고 했다. 그녀가 관리하는 잘나가는 작가 중 한 명이라는데, 이제 막 스무 살을 넘긴 주제에 건방지고, 탈색한 머리뿐 아니라 사람을 대하는 태도도 가관이라고 했다. 앙투안은 금세 시들해졌다.

수영장 주변으로 가족들이 등장했다 사라졌다. 그들을 구경하는 쪽이 훨씬 더 재미있었다. 그와 아스트리드 또래인 사십대 부부가 보였다. 남자는 배도 탄탄하고 팔뚝도 근육질이라 보기 좋은 반면 여자는 너무 통통했다. 사춘기로 접어든 두 아이는 앙투안의 아이들과 똑같았다. 까만색 매니큐어를 칠한 여자아이는 이어폰을 끼고 입을 이만큼 내밀고 있었다. 그보다 어린 남동생은 뤼카와 비슷했는데, 계속 닌텐도에 코를 박고 있었다. 엄마나 아빠가 말을 걸면 둘 다 어깨를 으쓱하거나 으르렁거렸다. 딱 나 같군. 앙투안은 생각했다. 그래도 이들 부부는 함께 헤쳐나가고 있었다. 둘이 한 팀이었다. 폭풍이 들이닥치면 함께 해결할 수 있었다. 하지만 그는 홀로 맞닥뜨려야 했다.

아이들 문제로 아스트리드와 대화를 나눈 게 언제였더라. 기억이 나지 않았다. 아스트리드나 세르주 앞에서 아이들은 어떤 모습일까? 그를 대할 때와 똑같을까? 아니면 더 엉망일까? 더 나을까? 아스트리드는 어떤 식으로 대처할까? 폭발한 적이 있을까? 맞서 고함을 지른 적은? 세르주는 어떨까? 자기 핏줄도 아닌 세 아이를 어떤 식으로 대할까?

이번에는 아이들을 데리고 온, 그보다 젊은 부부가 시야에 들어왔다. 이십대 후반이나 삼십대 초반으로 보였고 어린아이가 둘이었다. 어머니는 딸아이와 잔디밭에 앉아 아이가 큰 퍼즐을 맞추는 것을 참을성 있게 도와주었다. 아이가 제대로 맞출 때마다 손뼉을 치며 다정한 목소리로 속삭였다. 그도 예전에 그랬던 것이 생각났다. 아이들이 아직 어리고 사랑스러웠던, 행복했던 시절에. 그때는 아이들을 끌어안고 간지럼을 태울 수 있었다. 숨바꼭질도 할 수 있었다. 괴물 놀이도 할 수 있었다. 아이들을 뒤쫓아가서 두 팔로 안아올려 목말을 태울 수도 있었다. 그러면 아이들은 아빠의 귀에 대고 비명을 질렀다. 그때는 자장가를 불러 아이들을 재우고, 그 완벽한 이목구비를 몇 시간이고 흡족한 마음으로 바라볼 수 있었다.

앙투안은 아이 아버지가 아들에게 조심스레 턱받이를 채우고 젖병을 물리는 모습을 지켜보았다. 영영 사라져버린 시절이 떠오르면서 슬픔의 파도가 밀려들었다. 아스트리드와 여전히 금슬이 좋았고, 일이 재미있었고, 뭐든 잘하고 있는 기분이 들었고, 마음이 편안했고, 젊게 사는 것 같았던 인생의 황금기. 일요일 아침이면 말라코프를 가로질러 장을 보러 갔었다. 뤼카는 아스트리드가 미는 유모차에 타고 있었고, 두 아이는 따뜻하고 끈적끈적한 손으로 그의 손을 잡고 아장아장 걸었다. 이웃 주민들과 가게 주인들이 손을 흔들고 고개를 끄덕였다. 얼마나 뿌듯했던가. 자신의 세계가 얼마나 단단하게 느껴졌는가. 그 무엇도 그 세계를 무너뜨릴 수 없을 것 같았다. 그 무엇도 달라지지 않을 것 같았다.

언제부터 시작됐을까? 그는 낌새를 알아차리지 못했다. 알아차렸더라면, 미리 경고를 받았더라면 좀더 쉽게 극복할 수 있었을까? 나이를 먹는다는 게 이런 걸까? 앞으로 이렇게 살아야 하는 걸까? 그는 과거의 향수를 자극하는 단란한 가족의 모습을 더는 견딜 수가 없어서 자리에서 일어나 숨을 크게 들이마시고 물속으로 미끄러져들어갔다. 차가운 물이 마음을 진정시켜주었다. 그는 팔과 다리가 욱신거리고 숨이 막힐 때까지 물살을 갈랐다. 그런 다음 다시 의자로 돌아가 잔디밭 위에 수건을 펼쳤다.

뜨거운 태양이 작열했다. 그에게 필요한 것이었다. 사람을 취하게 만드는 장미 향기가 콧구멍을 간질였다. 바로 이 잔디밭의 장미 옆에서 할머니 할아버지와 애프터눈티를 마셨던 게 떠올라 가슴이 아렸다. 가느다랗고 부드러운 마들렌을 우유를 넣은 다르질링에 적셔 먹었지. 할아버지가 뿜어내는 담배 연기에 눈이 매웠어. 할머니의 목소리는 높고 부드러웠고, 고모는 느닷없이 쉰 목소리로 웃음을 터뜨렸다. 어머니와 어머니의 미소, 아이들을 볼 때 반짝이던 그 눈빛도 떠올랐다.

다 지난 일이었다. 이 모든 것이 지난 일이었다. 그는 올해가 저물기 전까지 또 어떤 일들이 벌어질지 궁금했다. 그리고 이 엄청난 슬픔을 무슨 수로 떨쳐버릴 수 있을까 싶었다. 누아르무티에를 다시 찾기 전까지는 이렇게 서글프지 않았는데. 여행을 떠날까? 휴가를 내서 아주 먼 곳, 가본 지 정말 오래된 곳으로 떠나는 건 어떨까? 중국, 아니면 인도? 그런데 혼자 떠날 생각을 하니 망설여졌다. 절친한 엘렌이나 에마뉘엘이나 디디에한테 물어볼까? 말도 안 되는 소리. 요즘 같은 때, 지금 이 나이에 누가 이삼 주 혹은 한 달씩 시간을 낼 수 있겠는가? 엘렌은 손이 많이 가는 세 아이의 엄마였다. 광고업계에서 일하는 에마뉘엘은 최악의 시기를 견디고 있었다. 동료 건축가인 디디에는 절대 일을 쉴 수 없을 것 같았다. 아시아로 당장 떠날 수 있는 사람은 아무도 없었다.

내일은 멜라니의 생일. 그는 누아르무티에에서 최고로 꼽히는 레스토랑, 로스텔르리 뒤 샤토에 예약을 해두었다. 할머니와 할아버지가 정정했을 때도 가보지 못한 곳이었다.

앙투안은 몸을 돌려 바로 누우며 다음주를 생각했다. 휴가를 마치고 파리로 돌아올 사람들. 파리의 길거리를 메울 까무잡잡한 얼굴들. 그가 처리해야 할 수많은 일들. 다시 찾아봐야 할 어시스턴트. 다시 등교를 시작할 아이들. 8월이 끝나면 펼쳐질 9월. 도대체 이번 겨울은 또 어떻게 혼자 보내야 할까?

우리 막내 생일날 그 끔찍한 폭풍이 들이닥쳤을 때 늘 그렇듯 나는 겁에 질렸어요. 하지만 우리 식구들이 촛불을 밝힌 식당에 옹기종기 모여 있었을 때 내 사랑 당신이 그 어둠을 뚫고 나를 찾아왔죠. 전등이 모두 나갔지만, 조명은 필요 없었어요. 열정으로 하얗게 빛나던 당신의 두 손이 마치 광선처럼 나를 향해 눈부시게 반짝였으니까요. 당신은 내가 남편하고 있을 때에도, 다른 어느 누구하고 있을 때에도 가보지 못한 세계로 나를 데려갔어요. 다시 한번 말하지만, 다른 어느 누구하고 있을 때에도 그런 적이 없었어요. 다시 불이 들어왔을 때 나는 가족 곁으로 돌아갔고, 케이크가 나왔죠. 나는 완벽한 현모양처 역할로 돌아갔지만, 당신의 욕망이 남긴 흔적들로 반짝이고 있었어요. 어머님이 또다시 낌새를 알아차린 듯한 눈빛으로, 뭔가를 아는 듯한 눈빛으로 나를 보았어요. 있잖아요, 나는 두렵지 않아요. 이제는 그들이 두렵지 않아요. 좀 있으면 파리로, 일상으로 돌아가야 한다는 걸 알아요. 클레베르 가의 그 고요하고 풍요로운 분위기, 그리고 우리 아이들……

당신한테 우리 아이들 이야기를 너무 많이 하죠? 하지만 내 작은 보물들인걸요. 세상 무엇과도 바꿀 수 없는. 눈에 넣어도 아프지 않다는 표현 알아요? 아이들은 내게 그런 존재예요. 눈에 넣어도 아프지 않을 소중한 천사들. 당신과 함께 사는 것이야말로 내 가장 큰 소원이지만, 아이들과 함께여야 해요. 우리 넷이서. 한 가족처럼. 하지만 과연 그럴 수 있을까요?

이번 주말에 오겠다던 남편이 못 오게 됐대요. 그러니 한밤중에 내 방을 다시 찾아와도 돼요. 기다릴게요. 당신이 나를 어떻게 할지, 내가 당신을 어떤 식으로 인도할지 생각만 해도 온몸이 떨려요.

이 편지는 없애줘요.

오늘밤 동생은 눈부셨다. 머리는 뒤로 넘겨 까만 리본으로 묶었고, 아무 장식 없는 까만색 원피스 밖으로 호리호리한 몸매가 드러났다. 마치 어머니가 그를 똑바로 보고 있는 듯한 느낌이었다. 하지만 그는 그런 말은 하지 않았다. 그만의 추억이었으니까. 레스토랑은 제대로 선택한 것 같아 흡족했다. 누아르무티에 성에서 아주 가까웠는데, 포치가 좁고 황록색 덧문이 달려 있어 겉보기에는 무척 소박한 곳이었다. 안으로 들어가면 크림색 벽에 천장은 높고 뾰족하고 나무 테이블과 커다란 벽난로까지 갖춘 넓은 내실이 펼쳐졌지만, 그는 천막이 쳐진 작고 분위기 있는 테라스 자리를 예약해두었다. 무너져가는 벽을 등지고 자라난 향긋한 무화과나무 아래, 예약석이 그들을 기다리고 있었다. 이곳에는 시끄러운 가족들이 없었다. 빽빽 울어대는 아이들도, 신경질적인 십대 소년, 소녀 들도 없었다. 멜라니의 마흔번째 생일을 축하하기에 완벽했다. 그는

여동생이 좋아하는 로제 샴페인을 두 잔 주문하고, 둘이서 조용히
메뉴판을 훑어보았다.

나무딸기 드레싱과 멜론을 곁들인 푸아그라 구이.
아키텐 캐비어와 파즙을 곁들인 따뜻한 굴.
아르마냐크에 절인 바닷가재.
얇은 사과 크레이프를 곁들인 가자미.

"여기 진짜 좋다, 토니오." 샴페인잔을 부딪쳐 건배를 하며 멜라
니가 말했다. "고마워."

그는 미소를 지었다. 몇 달 전 이번 여행을 계획하면서 그린 그
림이 바로 이런 거였다.

"마흔이 된 소감이 어때?"

멜라니는 얼굴을 찡그렸다. "끔찍해. 진짜 싫어."

그러고는 단숨에 샴페인을 들이켰다.

"마흔치고는 끝내주게 근사해 보여, 멜."

그녀는 어깨를 으쓱했다. "오빠한테 그런 칭찬을 들어도 외롭긴
마찬가지야."

"어쩌면 올해는⋯⋯"

그녀는 빈정거렸다. "그래, 어쩌면 올해는 성공할지 모르지. 어
쩌면 올해는 근사한 남자를 만날지 모르지. 나는 해마다 그렇게 주
문을 걸어. 그런데 오빠도 알고 나도 알다시피 문제는 뭐냐면, 마
흔 살인 여자를 원하는 내 또래 남자는 없다는 거야. 더 어린 여자

를 찾는 이혼남 아니면 독신남인데, 독신남의 경우엔 이혼남보다 의심도 많고 자기 또래 여자는 기피하지."

앙투안은 미소를 지었다.

"음, 나는 어린 여자는 별로야. 겪을 만큼 겪어봤거든. 어린 여자들은 나이트클럽이나 쇼핑이나 결혼 말고는 아무것도 관심이 없어."

"아하." 그녀가 말했다. "결혼. 그게 문제의 핵심이야. 왜 나랑 결혼하고 싶어하는 남자가 없는지 오빠가 좀 가르쳐줄래? 나도 결국 고모처럼 살아야 하는 건가? 뚱뚱하고 저 잘난 맛에 사는 노처녀로?"

멜라니의 초록색 눈동자에 눈물이 맺혔다. 기분좋은 저녁시간을 이렇게 망칠 수는 없었다. 그는 담배를 내려놓고 동생의 손목을 지그시 잡았다. 주문한 음식이 나왔고, 그는 웨이트리스가 자리를 뜰 때까지 기다렸다.

"멜, 아직 제짝을 못 만난 것뿐이야. 올리비에를 잘못 선택해놓고 너무 질질 끌었어. 너 그 녀석의 청혼을 기다렸지? 나는 그 녀석이 네게 청혼하지 않은 걸 고맙게 생각해. 그 녀석은 네게 맞지 않는 사람이었어. 너도 알잖아."

그녀는 천천히 눈물을 닦고 오빠를 향해 미소를 지었다.

"응, 나도 알아. 내 인생에서 육 년을 뭉텅 잘라간 것으로도 모자라 이렇게 엉망진창으로 만들어놓다니. 가끔은 내가 이 업계에서 일하기 때문에 남자를 못 만나는 게 아닌가 싶을 때도 있어. 출판업계에서 일하는 게 문제인 거야. 작가와 기자 중에는 게이나 까다로운 노이로제 환자가 많거든. 심하게 밝히는 늙은 유부남과 만나는 것도 이젠 지긋지긋해. 오빠랑 같이 일할까? 오빠는 하루종일 남자들만 상대하잖아, 안 그래?"

그는 어이가 없어 웃음을 터뜨렸다. 맞는 말이기는 했다. 그는 하루종일 남자들을 상대했고 여자를 만날 일이 거의 없었다. 너무하다 싶을 정도로 매력이 없는 라바니, 끊임없이 받아주다보면 가끔은 아이들보다 더 심하게 짜증을 돋우는 성질 못된 십장들, 오랜 세월을 알고 지내 이제는 상스러운 농담을 들어도 참고 넘기는 경지에 이르게 된 배관공, 목수, 도장공, 전기기사 들.

"내가 상대하는 남자들은 네 마음에 안 들 거야." 그는 굴을 삼키며 말했다.

"오빠가 어떻게 알아? 한번 시험해보자! 건설 현장 갈 때 나 좀 데리고 가."

"알았어." 그는 씩 웃었다. "그럼 레지스 라바니를 소개해줄게. 나중에 나한테 뭐라고 하지나 마."

"레지스 라바니가 누군데?"

"내 인생의 암적인 존재. 젊고 야심만만한 사업가야. 12구청장하고 절친한 사이고. 자기가 파리 학부모들에게 내린 신의 축복인 줄 알아. 두 개 언어로 교육하는 전위적인 어린이집을 줄줄이 설립했거든. 제법 멋진 시설이기는 하지만 안전 승인을 통과하지 못해서 곤란을 겪고 있어. 아이들이 관련된 시설인 만큼 원칙을 고수해야 하고 모험은 하면 안 된다고 아무리 설득해도 먹히질 않아. 내가 자신의 '예술'과 '창작품'을 이해 못한다고 생각해."

그는 라바니의 악명 높은 성질 때문에 벌어진 몇 가지 재미있는 사건을 이야기해 멜라니의 웃음보를 터뜨리고 싶었는데, 동생은 딴 데 정신이 팔려 있었다. 그녀는 그의 어깨 너머를 보고 있었다.

테라스로 들어온 커플이 옆 테이블에 자리를 잡고 앉았다. 남자와 여자 둘 다 오십대였는데, 키가 크고 근사하게 우아한 분위기를 풍겼다. 둘 다 은발에─여자의 머리가 더 하얬고 남자는 희끗희끗한 정도였다─피부는 까무잡잡했는데, 덱체어에서 태운 게 아니라 요트나 승마로 그을린 피부였다. 어찌나 눈부신 커플이던지 한순간 테라스에 정적이 흘렀다. 그들은 쏟아지는 시선에 아랑곳하지 않고 자리에 앉았다. 잠시 후 웨이트리스가 샴페인을 들고 왔다. 앙투안과 멜라니는 그들이 서로 미소를 지으며 건배를 나누고 손을 맞잡는 모습을 지켜보았다.

"와." 멜라니가 나지막이 속삭였다.

"멋지고 잘 어울리는 커플이네."

"진정한 사랑이 저런 걸까."

"그런 게 진짜 존재하는구나."

멜라니는 몸을 앞으로 숙였다. "어쩌면 가짜일지도 몰라. 그런 커플을 연기하는 배우들이 아닐까?"

앙투안은 웃음을 터뜨렸다. "그러니까 뭐야, 질투심을 유발하려고?"

멜라니는 얼굴을 환히 빛냈다. "아니! 희망을 심어주려고. 그런 게 가능하다고 믿게 하려는 거지."

앙투안은 까만 원피스를 입고 샴페인잔을 꼭 쥐고 있는 동생이 안쓰러웠다. 무화과나무를 배경으로 어깨와 두 팔이 그리는 사랑스러운 실루엣. 멜라니 같은 상대에게 홀딱 반할 만한 착하고 근사하고 똑똑한 남자가 반드시 있을 것이다. 그 남자는 옆 테이블 손님처럼 완벽하거나 잘생길 필요는 없지만, 강인하고 진솔하며 멜라니를 행복하게 만들어주어야 한다. 그 남자는 지금 어디 있을까? 몇천 킬로미터 멀리 있을까, 아니면 바로 옆에 있을까? 멜라니가 혼자 나이를 먹는다니 상상만으로도 견딜 수 없었다.

"무슨 생각 해?" 그녀가 물었다.

"네가 행복하게 살았으면 좋겠다는 생각." 그가 대답했다.

그녀는 입술을 실룩였다. "오빠도 그랬으면 좋겠어."

두 사람은 잠시 말없이 식사를 하며 완벽한 커플을 애써 외면했다.

그러다 마침내 멜라니가 입을 열었다. "오빠도 아스트리드를 잊어야지."

그는 한숨을 쉬었다. "어떻게 하면 잊을 수 있을지 모르겠다."

"깨끗하게 잊었으면 좋겠어."

"나도 그러고 싶어."

"오빠한테 저지른 짓을 생각하면 가끔 아스트리드가 미워져." 그녀가 중얼거렸다.

그는 움찔했다. "그러지 마. 미워하지 마."

멜라니는 그의 라이터를 만지작거렸다. "미워하려고 해도 안 돼. 오빠도 그렇잖아. 아스트리드는 미워할 수 없는 친구야."

정말이지 맞는 말이었다. 아스트리드는 미워할 수 없었다. 아스트리드는 햇살 같은 존재였다. 그녀의 미소, 웃음소리, 활기찬 걸음걸이, 키득거림, 노래를 부르는 것처럼 경쾌하고 리듬감 있는 목소리. 그녀는 끌어안고, 입을 맞추고, 나지막이 위로하고, 손을 꽉 잡아주며 친구와 가족 곁을 지키는 사람이었다. 부르면 언제든 달려왔다. 이야기를 들어주고, 고개를 끄덕이며 조언을 하고, 어떻게든 도우려 했다. 절대로 화를 내는 법이 없었다. 화를 내더라도 전적으로 상대방을 위해서였다.

케이크가 등장하자 황혼 속에서 촛불이 반짝였다. 모두들 박수를 쳤고, 아름다운 커플도 다른 손님들처럼 멜라니를 향해 샴페인 잔을 들었다. 앙투안도 미소를 지으며 박수를 쳤다.

하지만 웃음 뒤에는, 해묵은 아픔이 여전히 그대로였다. 그 아픔이 정확하게 급소를 공격해 숨이 막힐 정도였다. 아스트리드가 떠난 건 그 자신 때문이었다. 그는 심지어 그녀가 멀어져가는 것조차 알아차리지 못했다. 아무런 조짐도 느끼지 못했다. 그 사건은 정면충돌과도 같았다.

커피와 허브티를 마시는데 주방장이 나와 테이블마다 돌아다니며 식사가 맛있었느냐고 물었다. 그들 차례가 되었을 때 주방장이 까만 원피스를 입은 멜라니를 보더니 느닷없이 큰 소리로 외치는 바람에 두 사람은 소스라치게 놀랐다. "레 부인!"

멜라니의 얼굴이 홍당무처럼 빨개졌다. 앙투안도 마찬가지였다. 육십대의 주방장이 그녀를 클라리스로 착각한 모양이었다.

그는 멜라니의 손을 잡고 미친듯이 기뻐하며 입을 맞추었다.

"정말 오랜만입니다, 레 부인. 삼십 년이 넘었죠! 하지만 저는 부인을 잊은 적이 없습니다. 그렇고말고요! 생피에르 호텔에 같이 묵는 친구들과 함께 여기서 저녁식사를 하곤 하셨잖아요. 그랬던 게 엊그제 같은데. 당시 저는 막 일을 시작한 신참이었죠."

어색한 침묵이 흘렀다. 주방장이 멜라니와 앙투안을 번갈아 보았다. 그러더니 서서히 사태를 파악하고 조심스레 손을 놓았다.

멜라니는 난처한 표정으로 입가에 살짝 미소만 머금을 뿐, 계속 아무 말도 하지 않았다.

"맙소사, 이런 바보를 보았나! 손님이 레 부인일 리가 없죠. 이렇게 젊은 분이……"

앙투안은 헛기침을 했다.

"그런데 정말 닮으셔서…… 그렇다면……."

"딸이에요." 마침내 멜라니가 침착하게 대답했다. 그러고는 포니테일에서 삐져나온 머리카락을 뒤로 빗어 넘겼다.

"따님이시군요! 역시나! 그럼 손님은……"

"아들입니다." 앙투안은 주방장이 이제 그만 사라져주었으면 좋겠다는 생각을 하며 목소리를 애써 쥐어짰다. 주방장은 어머니가 돌아가신 줄 모르고 있을 것이다. 차마 그 소식을 전할 수는 없었다. 멜라니도 더이상 아무 말 하지 않았으면 좋겠다 싶었는데, 다행히 그의 바람대로 이루어졌다. 주방장이 종알거리는 내내 멜라니는 입을 꾹 다물고 있었다. 앙투안은 계산서로 시선을 돌렸고, 두둑하게 팁을 남겼다. 그러고는 멜라니와 함께 자리에서 일어섰다. 주방장은 굳이 악수를 청했다.

"레 부인께 말씀 전해주세요. 부인께서 직접 이곳을 다시 찾아주시면 더할 나위 없이 기쁘겠지만, 부인의 아드님과 따님을 만난 것만으로도 영광이었다고요."

두 사람은 고개를 끄덕이고 감사 인사를 전한 뒤 도망치듯 빠져
나왔다.

"내가 그 정도로 닮았어?" 멜라니가 나지막이 물었다.

"응. 그 정도로 닮았어."

당신이 방금 객실을 나섰길래 평소에 늘 숨겨두던 곳이 아닌 문 밑으로 이 편지를 넣어요. 당신이 파리행 열차를 타고 떠나기 전에 이 편지를 볼 수 있으면 좋겠어요. 당신한테 받은 장미를 곁에 두고 잤더니 당신과 함께 있는 듯한 느낌이었어요. 당신의 살결처럼, 내가 좋아하는, 이제는 내 것인 당신의 은밀한 부위처럼 어찌나 부드럽고 사랑스럽던지. 그 은밀한 부위에 나를 새기고 싶어요. 당신이 나를 절대 잊지 못하도록, 둘이서 함께 보낸 시간을 절대 잊지 못하도록, 우리가 지난해에 어떤 식으로 처음 만났는지, 처음으로 눈빛을 주고받았을 때, 처음으로 미소를 지었을 때, 첫 마디와 첫 키스를 나누었을 때 어땠는지 절대 잊지 못하도록. 이 부분을 읽으면서 당신은 분명 미소를 짓겠죠. 하지만 나는 상관없어요. 전혀 상관없어요. 우리의 사랑이 얼마나 단단한지 아니까. 당신은 가끔 내가 너무 어리고 바보 같다고 생각하지만요. 조만간 우리 둘이서 세상과 맞설 방법을 찾을 수 있을 거예요. 아주 조만간.

이 편지는 없애줘요.

두 사람은 어깨를 나란히 대고 앉아 고아 대로 위로 서서히 밀려드는 바닷물을 바라보았다. 멜라니는 까만 머리칼을 바람에 나부끼며 침울한 표정으로 앉아서 거의 말이 없었다. 아침을 먹으러 내려왔을 때 잠을 설쳤다고 하더니 눈이 단춧구멍처럼 변해서 거의 동양인처럼 보일 정도였다. 앙투안은 처음에 굳이 이유를 묻지 않았다. 그런데 멜라니는 점점 더 말수가 줄고 자기만의 세계로 빠져들었다. 그가 슬쩍 왜 그러느냐고 물어도 어깨만 으쓱할 뿐이었다. 이제 보니 전화기도 꺼놓은 상태였다. 평소 휴대전화를 손에서 놓지 못하고 수시로 문자와 부재중 통화를 확인하는 멜라니로서는 좀처럼 없는 일이었다. 올리비에 때문일까? 생일이랍시고 올리비에가 전화나 문자메시지로 해묵은 상처를 들추어낸 걸까? 칠칠찮은 놈. 그는 생각했다. 아니면 어제 깜빡하고 전화를 못한 그 늙다리 남자친구 때문일까?

그는 어렸을 때 그랬던 것처럼, 포장도로를 걸신들린 듯 삼키는 바닷물을 넋 놓고 바라보았다. 자. 끝났다. 길이 완전히 사라졌다. 두 번 다시 돌아오지 않을 특별한 순간이 영영 지나가버리기라도 한 것처럼 희미한 아픔이 그의 가슴을 관통했다. 어쩌면 그는 구아 대로가 하얗게 부글거리는 파도로 덮이는 광경보다, 그 단단한 회색 길이 물살을 길게 가르며 나타나는 광경을 더 좋아하는지도 모르겠다. 꼭 누군가가 물에 빠져 죽어가는 모습을 구경하는 것 같아서였다. 지금 그는 이곳을 찾은 것을 후회했다. 오늘따라 왠지 모르게 으스스한데, 멜라니마저 묘한 분위기를 풍기고 있으니 더 그랬다.

어느덧 마지막날 아침이었다. 멜라니가 주변을 신경쓰지 않고 침묵을 지키고 있는 게 그래서일까? 갈매기들이 머리 위에서 선회하고, 바람이 귓전을 때리고, 구아 대로가 물속에 다 잠겨서 사람들이 내륙을 향해 움직이고 있건만. 멜라니는 무릎을 구부려 가슴에 대고 턱을 그 위에 괸 채 두 팔로 다리를 꼭 끌어안았다. 초록색 눈동자는 멍해 보였다. 어머니처럼 편두통이 생긴 걸까? 편두통이 시작되면 어머니는 말 그대로 꼼짝도 못했는데. 그는 파리까지의 머나먼 여정과 피할 수 없을 교통체증을 떠올렸다. 아무도 없는 그의 아파트도. 아무도 없는 멜라니의 아파트도. 어쩌면 멜라니도 그 생각을 하고 있을지 모른다. 정적으로 휩싸인 그 고요한 곳으로 돌아가야 한다는 것을. 기다리는 사람이 아무도 없는 그곳. 몇 시간 동안 운전을 하느라 기진맥진한 몸을 이끌고 들어서도 반갑게 맞아줄 사람 하나, 안아줄 사람 하나 없는 곳. 색을 밝히는 늙은 애인이 있긴 하지만, 이 기나긴 연휴는 아내와 보낼 테지. 멜라니는 어쩌면 내일을 생각하고 있을지 모른다. 생제르맹데프레에 있는 회사로 돌아가 그에게도 이야기한 것처럼 독선적이고 노이로제 환자 같은 저자들 혹은 성격 급하고 까다로운 상사, 기죽어 지내는 보조 편집자를 상대해야 하는 월요일을.

아스트리드가 경쟁 출판사에서 상대하는 사람들도 똑같은 부류였다. 앙투안은 출판계와 동질감을 느껴본 적이 없었다. 끝없이 샴페인이 나오고 작가들이 기자, 출판업자, 편집자, 홍보 담당자 들과 한데 어울리는 화려한 문학 파티에 흥겹게 취해본 적이 없었다. 멋진 칵테일드레스에 하이힐을 신은 아스트리드가 미소를 머금고 이 사람들에서 저 사람들로 스스럼없이 옮겨다니며 계속 우아하게 고개를 끄덕이는 동안, 그는 바에 틀어박혀 줄담배를 피우며 자신이 어울리지 않는 곳에 있는 듯한 비참한 기분을 느꼈다. 그러다 얼마 후부터는 아예 발길을 끊었다. 어쩌면 그게 잘못이었을지도 모른다고 그는 이제서야 생각했다. 아내의 사회생활에 동참하지 않은 것이 그가 저지른 첫번째 실수였을지 모른다. 얼마나 한 치 앞을 못 보는 행동이었던가. 얼마나 어리석었던가.

내일은 월요일. 멘 가에 있는 그의 작고 서글픈 사무실. 사무실을 같이 쓰는 피부과의사는 얼굴이 새하얗고 말수가 적은 여자인데, 환자의 발에 난 사마귀를 지질 때만 즐거운 표정을 지었다.

그의 어시스턴트로 일하는 플로랑스. 그녀의 통통한 뺨과 번들거리는 이마와 반짝이는 검은 눈과 떡이 진 갈색 머리. 저주받은 종아리와 뭉툭한 손가락. 플로랑스는 애초부터 구제불능이었다.

뭐든 제대로 하는 법이 없었다. 거기다 자기는 뭐든 제대로 하는데 그가 제대로 설명을 하지 않는 게 문제라고 굳게 믿었다. 성격도 너무 예민해서, 여성참정권을 부르짖는 운동가처럼 성질을 부리다 결국에는 예외 없이 키보드 위에 엎드려 흐느끼곤 했다.

내일은 월요일이었고, 앞으로 겪어야 할 우울한 저녁시간들이 끝 없는 고속도로 위 교통체증처럼 그의 머릿속에 일렬로 늘어섰다. 고독과 슬픔과 자기혐오로 점철되었던 지난해의 복사판이었다.

여길 다시 찾은 게 잘한 일이었을까? 그는 핼쑥한 여동생의 얼 굴을 슬쩍 훔쳐보았다. 아주 오래전의 유품을 마주한 것이, 어머니 의 눈동자와 목소리와 웃음소리와 바로 이 바닷가를 거닐던 모습 을 되살린 것이, 과연 잘한 일이었을까? 가족에 얽힌 추억으로 괴 로워할 일이 없는 도빌이나 생트로페, 바르셀로나, 암스테르담 같 은 곳으로 떠났어야 했는지도 모른다.

그는 그녀의 어깨에 팔을 두르고 "동생, 기운 내. 좋은 시간 망 치지 말고"라고 말하는 듯 어색하게 흔들었다. 멜라니는 미소를 지어 보이지 않았다. 고개를 돌리고, 그의 눈빛을 해석하려는 듯 뚫어져라 쳐다보았다. 그러더니 뭔가 말하려는 것처럼 입술을 달 싹이다 다시 입을 다물고, 얼굴을 찡그리며 고개를 젓더니 한숨을 쉬었다.

"멜, 왜 그래?"

멜라니는 미소를 지었지만 그는 그 미소가 못마땅했다. 어색하 고 보기 싫은 미소였다. 입술 꼬리만 위로 올라가는 바람에 동생이 더 나이들고 슬퍼 보였다.

"아무것도 아니야." 그녀는 바람에 대고 중얼거렸다. "진짜 아무것도 아니야."

멜라니는 아침이 다 지나도록 끝내 입을 열지 않았다. 그러다 나중에 차에 짐을 실을 무렵에 이르러서야 조금 기분이 풀린 모습을 보였다. 앙투안이 운전대를 잡고 출발하는데, 여기저기 전화를 걸고 심지어 비지스의 흘러간 노래를 따라 흥얼거리기까지 했다. 그는 안도감이 들었다. 그렇다면 아무 문제 없다는 뜻이었다. 머리가 심하게 아팠거나 잠깐 우울했을 뿐, 괜찮아질 거라는 뜻이었다.

낭트를 지났을 때 두 사람은 커피도 마시고 간식도 먹을 겸 고속도로 휴게소에 들렀다. 그때 멜라니가 운전을 하고 싶다고 했다. 그녀는 운전을 잘했다. 어렸을 때부터 그랬다. 그는 자리를 바꾸고, 그녀가 운전석을 앞으로 당기고 안전벨트를 매고 백미러를 눈높이에 맞게 낮추는 모습을 지켜보았다. 다리는 늘씬하고 팔은 가느다란, 작고 가냘픈 동생. 정말로 깨질 듯 연약했다. 그는 동생을 볼 때마다 보호 본능을 느꼈다. 어머니가 세상을 떠나기 전부터 그랬다. 클라리스가 죽고 몇 년에 걸쳐 우울하고 혼란스러운 시기를 보내는 동안, 멜라니는 어둠이 무서워서 스칼릿 오하라의 딸 보니처럼 밤마다 스탠드를 켜고 잤다. 끊임없이 바뀌던 오페어* 중에서

---

* 외국 가정에 입주해 집안일을 하고 약간의 보수를 받으며 언어를 배우는 외국 여자 유학생.

가장 착했던 축도 멜라니가 악몽을 꾸면 어쩌질 못했다. 오직 그만이 동생을 끌어안고 클라리스가 그들에게 불러주던 자장가를 나지막이 불러주며 달랠 수 있었다. 아버지가 나타나는 일은 거의 없었다. 그는 멜라니가 스탠드의 불을 밝히는 것도, 악몽을 꾸는 것도, 밤이면 밤마다 어머니를 찾으며 우는 것도 모르는 듯했다. 앙투안은 멜라니가 클라리스의 죽음을 이해하지 못했던 것을 기억하고 있었다. 동생은 몇 번이고 똑같은 질문을 했다. 엄마 어디 있어? 엄마 어디 있어? 엄마 언제 와? 할아버지도, 할머니도, 그들의 아버지도, 솔랑주 고모도, 어머니가 세상을 떠난 뒤 클레베르 가로 끊임없이 찾아와 그들의 뺨에 립스틱 자국을 남기고 그들의 머리칼을 헝클어뜨리던 집안 친구들도 묵묵부답이었다. 이 절박하고 겁에 질린 여자아이에게 무슨 말을 해줘야 할지 아는 사람은 아무도 없었다. 열 살이었던 그는 죽음이 무엇인지 직감적으로 간파했다. 그 돌이킬 수 없는 최후를, 어머니는 돌아올 수 없다는 사실을 알아차렸다.

운전대를 잡고 있는 멜라니의 작고 가냘픈 손. 어머니의 유품이었던, 아무 장식 없는 굵은 금반지 하나만이 오른손에서 빛나고 있었다. 파리로 돌아가는 길을 따라 앙제로 향하는 동안 교통량이 점점 늘었다. 결국에는 엄청난 체증이 그들을 맞이할 터였다. 그는 담배 생각이 간절했다.

한참 만에 멜라니가 말문을 열었다.

"오빠, 할말이 있어."

잔뜩 긴장한 목소리라 앙투안은 고개를 획 돌려 그녀를 바라보았다. 그녀는 앞을 보고 있었지만, 입가에 왠지 힘이 들어가 있었다.

멜라니는 다시 침묵을 지켰다.

"나한테는 무슨 말이든 해도 돼." 그가 부드럽게 말했다. "아무 걱정 말고."

이제 보니 멜라니의 손은 운전대를 으스러져라 쥐고 있었다. 그의 심장이 좀더 빠르게 쿵쾅거리기 시작했다.

"하루종일 참았는데." 그녀가 황급히 말을 이었다. "어젯밤에 호텔에서 생각난 게 있어. 뭐냐면……"

워낙 순식간에 벌어진 일이라 숨을 고를 겨를도 없었다. 맨 처음에는 멜라니가 먹구름이 드리워진 심란한 눈빛으로 그를 돌아보았다. 그러다 고개를 돌렸는데, 이때 차까지 덩달아 오른쪽으로 기우뚱하는 것 같더니 멜라니의 손이 갑자기 운전대 위에서 속수무책이 되어버렸다. 잠시 후 타이어가 끼이익 날카롭게 바닥을 긁는 소리와 더불어 뒤에서 고막을 찢는 자동차 경적 소리가 들렸다. 곧 몸의 균형이 무너지는 듯 이상하고 속이 울렁거리는 느낌이 들더니 멜라니가 그의 머리 위에서 어른거렸다. 차가 한쪽으로 기우는 동안 멜라니의 비명소리는 점점 멀어졌고, 펑 하고 부풀어오른 새하얀 에어백이 그의 얼굴을 아프게 누르면서 귀가 먹먹해졌다. 멜라니가 지르는 비명이 산산조각이 난 유리창과 찌그러진 차체에 묻혀 신음 소리처럼 느껴졌다. 그리고 잠시 후, 들리는 것이라고는 숨죽인 그의 심장 소리뿐이었다.

오빠, 할말이 있어. 하루종일 참았는데. 어젯밤에 호텔에서 생각난 게 있어. 뭐냐면……

의사가 내 말을 기다리고 있다. 그녀가 던진 질문에 대한 답변을. "동생분이 무슨 이야기를 하고 있었는데요?"

하지만 차가 고속도로를 이탈하기 전에 멜라니가 한 말을 무슨 수로 소리 내어 말할 수 있겠는가? 의사 앞에서는 그 이야기를 꺼내고 싶지 않다. 멜라니가 한 말을 어느 누구에게도 하고 싶지 않다, 아직은. 머리가 아프고, 충혈된 눈은 여전히 눈물 때문에 따끔거리고 간지럽다.

"동생을 볼 수 있을까요?" 마침내 나는 침묵을 깨고 베송 박사에게 묻는다. "얼굴도 못 보고 여기 이렇게 앉아 있으려니 미칠 것 같아요."

그녀는 단호하게 고개를 젓는다. "내일까지 기다리세요."

나는 멍한 눈으로 그녀를 바라본다.

"그러니까 내일까지 여기 있어야 한다는 겁니까?"

의사가 나를 빤히 바라본다.

"동생분은 하마터면 목숨을 잃을 뻔했어요."

나는 침을 꿀꺽 삼킨다. 현기증이 난다.

"네?"

"수술을 했어요. 비장에 문제가 생겨서. 그리고 요추 윗부분도 몇 군데 골절됐고요."

"그게…… 무슨 뜻인가요?" 나는 말을 더듬는다.

"여기 한동안 입원해 있어야 한다는 뜻이에요. 움직일 수 있는 상태가 되면 구급차에 태워 파리로 보내드릴게요."

"얼마나 입원해 있어야 합니까?"

"이삼 주 정도요."

"하지만 괜찮을 거라고 했잖아요!"

"네, 이제 괜찮아요. 회복하려면 시간이 걸린다는 거죠. 선생님은 운이 좋았네요. 다치신 데가 없으니. 지금 검사를 할게요. 이쪽으로 오시겠어요?"

나는 현기증을 느끼며 그녀를 따라 근처 진찰실로 자리를 옮긴다. 병원은 아무도 없는 듯 조용하다. 베송 박사와 나, 단둘이 있는 듯한 분위기다. 그녀는 나를 자리에 앉히더니 내 소매를 걷고 혈압을 잰다. 검사를 받고 있는데, 내가 다친 짐승처럼 옆으로 쓰러진 차에서 스스로 빠져나왔을 때의 기억이 떠오른다. 멜라니는 왼쪽 구석에 웅크린 채 움직이지 않았다. 얼굴은 보이지 않았다. 에어백

에 뒤덮여 있었다. 목청이 터지도록 멜라니의 이름을 불렀던 기억
이 난다.

잠시 후 베송 박사가 혈압만 살짝 높을 뿐 아무 이상 없다고 말
한다. "오늘밤에는 여기 계셔도 돼요. 보호자 대기실이 있어요. 간
호사가 안내해드릴 겁니다."

나는 고맙다고 인사하고 진찰실을 나서 다시 병원 입구로 향한
다. 아버지에게 연락을 해야 한다. 무슨 일이 있었는지 알려야 한
다. 더는 미루면 안 된다. 밤이 깊어가고 있다. 나는 건물 밖으로
나가 담배에 불을 붙인다. 담배를 피우는 사람만 몇 있을 뿐 앞의
주차장에는 인적이 없다. 온 마을이 잠든 것 같다. 머리 위로 남색
하늘이 펼쳐져 있다. 별들이 반짝인다. 나는 나무 벤치에 앉는다.
담배를 다 피우고 꽁초는 멀찌감치 던진다. 클레베르 가의 집으로
전화를 걸어본다. 자동응답기를 통해 레진의 콧소리가 들린다. 나
는 얼른 전화를 끊고 휴대전화로 연락을 취한다.

"무슨 일이냐?" 내가 뭐라고 말을 꺼내기도 전에 아버지가 꾸짖
듯 묻는다.

나는 지금 이 순간 내 손에 쥐어진 한줌의 권력을, 늙어가는 오
만한 폭군 같은 아버지를 상대로 마침내 휘두를 수 있게 된 이 조
그만 권력을 만끽한다. 지금도 그 앞에 서면 내가 아무 쓸모없는
열두 살짜리가 된 것처럼 느껴지게 하는 아버지. 시시하고 별 볼
일 없는 건축가라는 내 직업과, 얼마 전에 겪은 이혼과, 담배를 피
우는 습관과, 아이들을 키우는 방식과, 짧게 자르지 않는 헤어스타
일과, 양복에 넥타이를 매지 않고 청바지를 고집하는 옷차림과, 외

제차와 몽파르나스 묘지가 내려다보이는 프루아드보 가에 새로 얻은 내 우중충한 아파트를 못마땅해하는 아버지에게 말이다. 샤워를 하는 짧은 시간 동안 마스터베이션을 했을 때처럼 짜릿한 쾌감이 느껴진다.

"사고가 나서 멜라니가 입원했어요. 허리가 골절됐고, 비장 수술을 했어요."

나는 그가 헉 숨을 들이마시는 소리를 음미한다.

"지금 어디냐?" 마침내 그가 묻는다.

"로루보트로에 있는 병원이요."

"그게 대체 어딘데?"

"낭트에서 20킬로미터 떨어진 곳이요."

"멜라니하고 둘이서 거긴 뭐하러 간 거냐?"

"멜라니 생일 기념으로 여행을 다녀왔어요."

잠시 침묵.

"운전은 누가 했고?"

"멜라니가요."

"어쩌다 그렇게 됐는데?"

"모르겠어요. 고속도로를 달리던 차가 휘청했어요."

"내 오전중으로 내려가마. 내가 가서 다 처리하마. 그러니까 걱정할 것 없다. 이만 끊는다."

그는 전화를 끊는다. 나는 속으로 신음을 내뱉는다. 내일, 그가, 온다. 간호사들을 쥐고 흔들기 위해. 사람들이 우러러보는 시선을 느끼기 위해. 의사들을 내려다보기 위해. 아버지는 이제 키가 크달 수 없는데, 당신은 여전히 키가 크다고 생각한다. 그가 등장하면 방안에 있는 모든 사람들이 해바라기처럼 그를 향해 고개를 돌린다. 외모가 특출해서가 아니다. 머리는 벗어져가고, 코는 너무 크고, 눈빛은 험상궂게 상대방을 노려보는 듯하다. 젊었을 때는 미남이었다. 종종 나는 아버지를 닮았다는 소리를 듣는다. 키도 같고, 눈동자도 똑같이 갈색이다. 하지만 나는 권위적인 분위기라고는 없다. 그는 살이 쪘다. 지난번에 만났을 때 보니 그랬다. 그게 벌써 육 개월 전이다. 우리는 자주 만나지 않는다. 아이들이 저희끼리 할아버지를 찾아갈 수 있을 만큼 컸으니 더더욱 만날 일이 없다.

우리 어머니는 1974년에 돌아가셨다. 그때부터 멜라니와 나는 어머니 이야기를 할 일이 있으면 이름을 불렀다. 클라리스라고. 엄마라는 단어를 감당할 수 없을 것 같아서였다. 동맥류파열. 아내가 죽었을 때 프랑수아─그렇다, 우리 아버지 이름은 프랑수아 레다. 정말로 권위 있고 위풍당당하게 들리지 않는가─는 고작 서른일곱 살이었다. 지금의 나보다 여섯 살 어렸다. 그가 입술이 얇고 야심만만한 금발의 인테리어 디자이너 레진을 언제, 어디에서 만났는지는 모르겠다. 하지만 1977년 5월, 불로뉴 숲이 내려다보이는 할머니 할아버지의 아파트에서 성대하게 치러졌던 결혼식과, 그날 멜라니와 내가 받았던 충격은 기억이 난다. 아버지는 레진을 전혀 사랑하지 않는 눈치였다. 그녀에게 눈길조차 주지 않았고, 다정한 몸짓을 보이지도 않았다. 그런데 왜 결혼을 하는 건지 우리는 궁금했다. 외로워서? 방치된 집안을 돌볼 여자가 필요해서? 우리는 배신당한 기분이었다. 꽃다운 서른 살의 레진은 뒤태가 형편없는 베

110

이지색 쿠레주* 드레스를 입고 억지웃음을 지으며 등장했다. 하객들은 남편을 잘 잡았다고 수군거렸다. 홀아비이긴 하지만 돈이 많다고. 파리에서 손꼽히는 변호사라고. 잘나가고 존경받는 집안의 후계자라고. 아버지는 유명한 변호사고, 어머니는 고명한 소아과 의사의 딸이자 부동산 재벌의 손녀이며, 센 강 우안에 사는 까다롭고 보수적인 상류층 중에서도 최고라고. 시크하고 취향 좋은 클레베르 가에 자리잡은 근사한 아파트는 또 어떤가. 유일한 걸림돌이 있다면 어머니를 잃은 슬픔에서 아직 헤어나오지 못한 열세 살, 열 살 먹은 두 아이였다. 그녀는 우리를 아무 말 없이 받아들였다. 모든 것을 담담하게 처리했다. 오스만 시대**에 지어져 근사한 균형감각을 자랑했던 아파트도 리모델링을 단행해 초현대적 분위기의 흰 정사각형 공간으로 바꾸고, 벽난로와 벽의 회반죽은 모두 뜯어내고, 낡아서 삐걱거리던 바닥을 들어내 비행기 탑승구처럼 생긴 밤색과 회색의 공간으로 바꾸었다. 부모님의 친구들은 지금까지 이렇게 대담하고 기발한 변신은 본 적이 없다고 했다. 멜라니와 나는 기겁을 했다.

레진은 프랑스 상류층 특유의 딱딱하고 전형적인 양육 방식을 고집했다. 봉주르, 마담. 오르부아르, 무슈. 깍듯한 태도, 우수한 성적, 일요일 오전이면 생피에르 드 샤요 성당에서 드리는 미사. 어

---

* 앙드레 쿠레주. 1960년대 파리에서 미래지향적인 디자인으로 인기를 얻었던 패션 디자이너.
** 1860~70년대에 대대적인 도시 재정비를 통해 파리가 근대화되었던 때를 일컫는다.

떤 종류가 되었건 감정 표현은 절대 자제할 것. 어른들이 말씀하실 때 아이들은 절대 끼어들지 말 것. 정치, 잠자리, 종교, 돈, 사랑에 대해 이야기하는 것은 절대 금물. 어머니의 이름이 누군가의 입에서 나오는 경우는 한 번도 없었다. 우리는 어머니의 이름을 입 밖으로 내지 않는 게 현명한 것임을 이내 깨달았다. 우리는 어머니의 죽음도 절대 입에 담지 않았다. 어머니에 관한 거라면 그 무엇도.

1982년 이복동생 조제핀이 태어나 아버지의 사랑을 독차지했다. 멜라니와 열다섯 살 차이가 나는 동생이었다. 나는 당시 열여덟 살이었고, 생기욤 가에 있는 대학에서 정치학을 공부하며 친구 몇 명과 센 강 좌안의 어느 집에서 함께 살았다.

그러니까 집에서 나온 셈이었다. 클라리스가 떠난 클레베르 가의 그곳을 집이라 부를 수 있을지는 모르겠지만.

다음날 아침 눈을 떠보니 온몸이 뻣뻣하다. 이 병원의 울퉁불퉁한 침대처럼 불편한 잠자리는 평생 처음이다. 잠을 잤다고 할 수나 있을지 모르겠지만. 동생 생각이 머리에서 떠나지 않는다. 괜찮을까? 별 탈 없이 회복할 수 있을까? 나는 횅뎅그렁한 대기실 저 끝에 놓인 내 여행가방과 전용 케이스에 담긴 노트북을 바라본다. 그 엄청난 사고에도 멀쩡하다. 심지어 찢어지거나 긁힌 자국조차 없다. 어젯밤 잠자리에 들기 전에 노트북을 켜보았는데 아무 문제 없이 부팅이 됐다. 어떻게 그럴 수가 있지? 내 두 눈으로 차의 상태를 확인했는데. 그 차 안에 내가 있었는데. 차가 그렇게 만신창이로 변했는데, 여행가방과 노트북과 나는 멀쩡하다.

오늘 아침에 찾아온 간호사는 어제 본 간호사보다 더 통통하고 보조개가 있다.

"이제는 동생분을 만나셔도 돼요." 그녀가 얼굴을 환히 빛내며 알려준다. 그녀를 따라, 잠에서 덜 깬 노인들이 발을 질질 끌며 걸어다니는 복도를 지나 계단으로 한 층 올라갔더니 멜라니가 온갖 종류의 장치들을 주렁주렁 매달고 누워 있는 병실이 나온다. 어깨에서부터 허리까지 상반신 전체에 깁스를 하고 있다. 기린처럼 길고 가는 목이 그 위로 삐죽 나와 있다. 실제보다 키가 크고 호리호리해 보인다.

멜라니는 깨어 있지만 초록색 눈동자 위로 검은 그늘이 드리워져 있다. 안색이 백지장 같다. 이렇게 새하얀 얼굴은 본 적이 없다. 전과 달라 보이는데, 어떻게 달라 보이고 무엇 때문인지 그건 모르겠다.

"토니오." 멜라니가 말문을 연다.

강인하고 듬직한 오빠이고 싶은데, 그애를 본 순간 눈가가 젖어온다. 그애의 몸에 손을 대지도 못하겠다. 그랬다가는 어디가 부러지거나 다칠까 겁이 난다. 나는 어쭙잖은 인간이 된 듯한 기분을 느끼며 침대 옆 의자에 앉는다.

"오빠는 괜찮아?" 멜라니가 소리 없이 입술만 달싹여 묻는다.

"응. 너는?" 나도 소곤소곤 묻는다.

"몸을 못 움직이겠어. 미치도록 가려운데."

멜라니는 정말 괜찮을까, 나중에 다 나아서 몸을 움직일 수 있을까, 베송 박사가 솔직하게 이야기한 걸까, 이런 생각들이 나의 머릿속을 스치듯 지나간다.

"아파?" 내가 묻는다.

멜라니는 고개를 젓는다. "기분이 이상해." 목소리는 낮고 힘이 없다. "내가 누구인지 모르겠어."

나는 그애의 손을 어루만진다.

"오빠." 멜라니가 말문을 연다. "여기 어디야?"

"로루보트로라는 마을이야. 낭트를 출발했을 때 고속도로에서 교통사고가 났어."

"교통사고?"

멜라니는 아무것도 기억하지 못한다.

나는 그녀의 기억을 자극하지 않기로 한다. 당분간은. 나도 기억이 잘 안 난다고 말한다. 멜라니는 내 말에 안심하는 표정을 지으며 내 손을 꼭 잡는다.

잠시 후 내가 운을 뗀다. "조금 있다 오실 거야."

내가 누굴 말하는 건지 멜라니는 안다. 그애는 한숨을 쉬며 고개를 돌리고, 나는 그애의 속눈썹이 파르르 떨리며 창백한 뺨 위로 내려앉는 모습을 바라본다. 그렇게 계속 멜라니를 지켜본다. 그애의 수호천사라도 된 듯한 기분이다. 아스트리드와 헤어진 뒤로 잠든 여자의 얼굴을 지켜보는 것은 이번이 처음이다. 나는 몇 시간이고 잠든 아스트리드를 바라보곤 했다. 그 평화로운 표정과 가볍게 떨리는 입술과 자개 빛깔 눈꺼풀과 천천히 오르내리는 가슴은 아무리 보아도 싫증나지 않았다. 잠이 든 그녀의 모습은 연약하고 마르고처럼 어려 보였다. 일 년 전에 마지막으로 여름휴가를 같이 보낸 이래 아스트리드의 잠든 모습은 본 적이 없다.

결혼생활이 파경에 이르렀던 작년 여름, 아스트리드와 나는 그리스령 낙소스 섬에서 네모반듯하고 새하얀 집을 빌렸다. 6월에 헤어지기로 결론을 내렸지만(헤어진다기보다 아스트리드가 날 버리고 세르주한테 가기로), 이미 빌려놓은 집이나 항공편을 갑작스럽게 취소할 도리가 없었다. 그래서 정식 부부로서 마지막 여름을 함께 보낸다는 엄청난 시련을 강행하기로 한 것이었다. 아이들에게는 아직 알리기 전이라 평소와 다름없는 모습을 보이려고 우리 두 사람은 무던히 애썼다. 그런데 별것 아닌 일에도 신이 난 척 연극을 하다보니 아이들이 수상한 낌새를 알아차렸다. 아스트리드는 휴가 내내 테라스에서 알몸으로 책을 읽었다. 그렇게 초콜릿색으로 태운 살갗을 조만간 세르주가 돼지 앞발 같은 손으로 더듬을 거라는 생각이 들 때마다 구역질이 치밀었다.

고문 같은 삼 주 내내 내 머리에 대고 방아쇠를 당기는 듯한 심정이었다. 나는 오로코스와 플라카 해변이 내려다보이는 1층 테라스에 앉아 미적지근한 우조*를 홀짝이며 줄담배를 피웠다. 경치는 장관이었고, 나는 술기운에 뼈저린 참담함을 느끼며 가끔씩 감탄사를 터뜨렸다. 파로스라는 둥근 모양의 갈색 섬은 헤엄쳐서 갈 만한 거리인 듯했고, 군청색으로 일렁이는 바다에는 거센 바람이 일으킨 하얀 포말이 점점이 떠 있었다. 나는 너무 우울하거나 너무 취하거나 양쪽 모두면, 먼지로 자욱한 비탈진 오솔길을 비틀비틀 걸어내려가 바다로 몸을 던졌다. 그러다 한번은 해파리에 물렸는데, 제정신이 아니라 거의 느끼지도 못했다. 나중에 아르노가 내 가슴팍을 손가락으로 가리키길래 내려다보니 채찍에 맞은 것처럼

---

* 아니스 열매로 빚은 그리스 술.

시뻘겋게 부어 있었다.

　지옥 같았던 여름. 정신적으로 괴로운 걸로도 모자라 산 위에서 들리는 불도저와 드릴 소리가 이른 아침의 평화를 깨뜨렸다. 의욕이 넘치는 이탈리아인이 제임스 본드 영화 세트장처럼 생긴 별장을 짓고 있었다. 파낸 흙을 실은 트럭들이 우리가 머무는 집 바로 앞 오솔길을 낑낑대며 끊임없이 오르내렸다. 나는 꿋꿋하게 테라스에 드러누워 시커먼 매연을 뒤집어썼다. 상냥한 트럭 기사들은 그 흉측한 트럭을 몰고, 한입 먹지도 않은 내 아침상 바로 앞을 지나갈 때마다 내게 손을 흔들었다.

　여기에 엎친 데 덮친 격으로 물탱크의 물이 부족했고, 매일 저녁 전기가 나갔고, 모기떼가 극성을 부렸고, 아르노가 벽에 설치된 최첨단 대리석 변기를 그냥 앉다가 망가뜨렸다. 나는 매일 밤 조만간 헤어질 아내와 한 침대를 썼고, 잠든 그녀의 모습을 바라보며 소리 없이 눈물을 흘렸다. 그녀는 반항하는 아이를 끈기 있게 달래기라도 하듯 계속 앙투안, 내가 당신을 사랑하는 마음이 예전과 같지 않을 뿐이야, 라고 중얼거리며 엄마처럼 나를 품에 안았고, 나는 그녀의 손길이 닿을 때마다 욕망에 몸을 떨었다. 어떻게 이럴 수 있지? 어떻게 이런 일이 일어날 수 있지? 어떻게 충격을 극복할 수 있을까?

　내가 멜라니에게 아스트리드를 소개한 것은 열여덟 해 전의 일이었다. 당시 아스트리드는 경쟁 출판사의 홍보팀 직원이었다. 둘은 이내 친한 친구가 되었다. 극적인 대조를 이루었던 둘의 모습이 지금도 기억에 선하다. 작고 가녀리며 머리칼이 까만 멜라니, 금발에 옅은 파란색 눈을 한 아스트리드. 아스트리드의 어머니 비비는 스웨덴 웁살라 출신으로, 느긋한 성격에 예술적인 감각이 있는 독특한 사람이다. 아스트리드의 아버지 장뤼크는 유명한 영양학자인데, 마주 대하면 내가 콜레스테롤이 잔뜩 낀 게으름뱅이처럼 느껴질 만큼 군살 하나 없는 까무잡잡한 체구를 자랑한다. 그는 원활한 배변에 집착한 나머지 아내가 만드는 모든 음식에 꼭 밀기울을 뿌려 먹는다.

아스트리드 생각을 했더니 그녀에게 사고 소식을 알리고 싶어진다. 나는 조심조심 병실을 빠져나온다. 발신음이 이어지고 또 이어진다. 그녀는 전화를 받지 않는다. 나는 피해망상증 환자처럼, 발신자를 모르도록 걸었어야 했나 생각한다. 짧은 메시지를 남긴다. 아홉시. 그녀는 지금 운전을 하고 있을지 모른다. 우리가 쓰던 낡은 아우디를. 나는 그녀의 일과를 잘 알고 있다. 지금쯤 근처 학교에 뤼카를, 포르루아얄에 있는 고등학교에 아르노와 마르고를 내려주고, 출근길 러시아워를 헤치며 생제르맹데프레의 보나파르트가, 생쉴피스 교회 맞은편에 있는 사무실로 향하고 있을 것이다. 신호에 걸릴 때마다 화장을 하면 옆 차 남자들이 예쁘다고 생각하며 쳐다보겠지. 문득 지금이 8월 중순이라는 사실을 떠올린다. 그녀는 휴가를 즐기고 있을 것이다. 그자와 함께. 어쩌면 아이들과 함께 말라코프로 돌아왔을 수도 있다. 두 사람은 이번 주말에 도르도뉴에 다녀온다고 했다.

멜라니의 병실로 돌아가보니 배가 올챙이처럼 볼록한 노년의 신사가 앞에 서 있다. 나는 몇 초 지난 다음에야 그가 누구인지 알아본다.

그가 나를 와락 끌어안는다. 나는 아버지가 느닷없이 끌어안을 때마다 깜짝 놀란다. 나는 내 아들을 그런 식으로 안은 적이 한 번도 없다. 아르노가 포옹 자체를 싫어하는 나이이기 때문에 가볍게 안고 만다.

그가 뒤로 물러서더니 실눈을 뜨고 나를 올려다본다. 갈색 눈은 툭 튀어나왔고, 전보다 얇아졌지만 여전히 두툼한 붉은 입술은 꼬리가 밑으로 처졌다. 혈관이 튀어나온 손은 금방이라도 부서질 것처럼 보이고, 어깨는 축 늘어졌다. 그렇다. 아버지는 노인이다. 그 사실이 내게는 일종의 충격으로 다가온다. 부모님 입장에서도 자식의 노화가 느껴질까? 아버지 눈에는 여전히 아이 같겠지만, 멜라니와 나도 젊다고 할 수 없는 나이다. 아버지의 여자 친구 중에서 얼굴을 여기저기 조금씩 손본 자넷이 멜라니와 나를 보고 한 말이 생각난다. "친구의 아이들이 중년으로 접어든 걸 보면 기분이 얼마나 이상한지 몰라." 그 말을 듣고 멜라니는 붙임성 있게 미소를 지으며 대답했다. "할머니가 되어버린 부모님의 친구분을 보면 기분이 더 이상한걸요."

아버지는 노쇠해 보일지언정 기백만큼은 예전 그대로다.

"의사 어디 있냐?" 아버지가 으르렁거린다. "이게 대체 어떻게 된 일이냐? 이런 형편없는 병원에서 뭘 하고 있는 게야?"

나는 아무 말도 하지 않는다. 아버지의 호통이라면 이골이 나 있다. 이제는 아무렇지도 않다. 젊은 간호사가 겁먹은 토끼처럼 쪼르르 달려온다.

"멜은 만나보셨어요?" 내가 묻는다.

아버지는 어깨를 으쓱하더니 툴툴거리며 대답한다. "자고 있더구나."

"잘 이겨낼 거예요." 내가 말한다.

아버지가 노여워하는 눈빛으로 나를 노려본다.

"파리로 옮길 생각이다. 여기 둘 필요 없잖니. 최고의 의사들 손에 맡겨야지."

나는 베네딕트 베송의 참을성 있는 적갈색 눈동자와 그녀의 가운 앞섶에 묻어 있던 핏자국과 동생을 살리기 위해 간밤에 그녀가 취한 조치를 떠올린다. 아버지는 바로 옆 의자에 털썩 주저앉는다. 그러고는 대답이나 반응을 기다리는 눈빛으로 나를 쳐다본다. 나는 묵묵부답으로 아무런 반응도 보이지 않는다.

"어쩌다 이렇게 됐는지 다시 한번 들어보자."

나는 이야기한다.

"음주운전이었니?"

"아뇨."

"그런데 고속도로를 달리다 갑자기 휘청했다고?"

"네."

"차는 지금 어디 있니?"

"거의 폐차 직전이에요."

아버지는 의심스러운 눈빛으로 무뚝뚝하게 나를 뜯어본다.

"너희 둘이서 누아르무티에는 어쩐 일로 간 거냐?"

"멜의 생일을 앞두고 준비한 깜짝 선물이었어요."

"깜짝 선물 같은 소리 하고 있네." 아버지가 중얼거린다.

분노가 치민다. 아버지가 여전히 내 신경을 긁을 수 있다니 놀라운 일이다. 여전히 그럴 수 있다니, 내가 지금도 그러도록 내버려 두고 있다니.

"멜라니는 좋아했어요." 나는 발끈한다. "사흘 동안 얼마나 즐겁게 보냈다고요. 정말이지⋯⋯"

나는 말을 하다 말고 멈춘다. 화가 난 어린아이의 말투처럼 들린다. 그것이야말로 아버지가 원하는 바가 아닌가. 아버지는 재미있어하며 입술을 실룩인다. 멜라니는 잠이 든 척하고 있는 게 아닐까? 닫힌 문 뒤에서 우리가 나누는 대화를 한마디도 빠짐없이 듣고 있을 게 분명하다.

아버지가 원래부터 이러지는 않았다. 클라리스가 죽은 이후부터 말수가 줄었다. 성격도 점점 퉁명스럽고 신랄하게 변했고, 늘 시간에 쫓겼다. 미소를 머금은 얼굴로 웃음을 터뜨리던 아버지, 장난스레 우리 머리카락을 잡아당기고 일요일 아침이면 크레이프를 만들어주었던, 행복했던 아버지는 이제 거의 기억나지 않는다. 아무리 바빠도, 아무리 퇴근이 늦어도 우리를 위해 시간을 내주던 아버지. 같이 게임을 하고, 불로뉴 숲으로 놀러가고, 차를 타고 베르사유로 나가 공원에서 산책을 하고 멜라니의 연을 날리곤 했는데.

이제 다시는 우리에게 사랑을 표현하지 않는다. 1974년부터 그랬다.

"나는 예전부터 누아르무티에가 싫었다." 아버지가 딱 잘라 말한다.

"왜요?"

아버지는 숱 많은 눈썹을 치켜세운다.

"하지만 할머니 할아버지는 좋아하셨잖아요. 아닌가요?" 내가 반박한다.

"그랬지. 거기 있는 집까지 한 채 살 뻔하셨지. 너도 기억하지?"

"네." 내가 대답한다. "호텔 근처에 있던 큰 집이었잖아요. 빨간 덧문이 달려 있고. 숲속에 있었던."

"브뤼예르 집안의 소유였고."

"그런데 왜 안 사셨어요?"

아버지는 어깨를 으쓱한다. 하지만 이번에도 대답은 하지 않는다. 나도 알다시피 아버지는 할머니 할아버지와 사이가 좋지 않았다. 할아버지는 말대꾸라면 질색했다. 할머니는 성격이 좀더 부드럽기는 했지만 자식을 애지중지하는 성격은 아니었다. 아버지는 동생인 솔랑주 고모하고도 평생 가깝게 지내본 적이 없었다.

아버지는 부모님의 사랑을 못 받고 자라서 이렇게 모진 성격이 된 걸까? 나는 아버지가 내게 그랬듯 내가 아르노의 날개를 꺾을까 두려운 마음에 물렁하고 너그러운(너무 물렁하고 너무 너그럽다니까! 아스트리드는 아르노와 한바탕 싸운 뒤 나를 향해 투덜거린 적이 있었다) 아버지가 된 걸까? 사실 나는 나약한 아버지처럼 비쳐도 상관없다. 우리 아버지처럼 아들을 엄하게 키울 생각은 없으니까.

"아무짝에도 쓸모없는 사춘기 그 녀석은 잘 지내고?" 아버지가 묻는다. 아버지는 마르고나 뤼카의 안부를 묻는 법이 없다. 아르노가 우리 집안의 장손이라는 것이다.

새하얗고 뾰족한 아르노의 얼굴이 떠오른다. 젤을 발라서 삐죽삐죽 세운 머리, 구레나룻, 피어싱을 한 왼쪽 눈썹. 들쭉날쭉한 수염. 열여섯 살. 몸은 어른이지만 정신연령은 아직 어린아이다.

"잘 지내요." 내가 말한다. "지금은 아스트리드하고 있고요."

나는 그녀의 이름을 내뱉자마자 후회한다. 아버지가 기다렸다는 듯 달려들어 끝없이 혼잣말을 늘어놓을 게 분명하기 때문이다. 어떻게 부인을 다른 남자한테 뺏길 수가 있느냐. 어떻게 이혼을 허락할 수가 있느냐. 너한테, 아이들한테 어떤 영향을 미칠지 생각도 안 해보았느냐. 너는 자존심도 없냐, 배알도 없냐. 어떤 식으로 시작됐건 결론은 항상 배알이다. 아버지의 전면 공격에 대비해 마음의 준비를 하는데 의사가 등장한다. 아버지의 눈썹이 부리나케 제자리로 내려간다. 턱이 불거져나온다.

"현재 상태가 어떤지 정확히 알려주시오. 지금 당장."

"네, 알겠습니다." 그녀의 목소리는 아주 진지하다.

아버지가 몸을 돌려 멜라니의 병실 문을 여는 사이 베송 박사의 시선과 나의 시선이 마주친다. 놀랍게도 그녀가 윙크를 한다.

화가 난 늙은이로 비치는 거로군. 이제 아무도 아버지를 무서워하지 않아. 아버지는 더이상 신랄하고 인상적인 변호사가 아니다. 나는 왠지 모르게 슬퍼진다.

"죄송하지만 따님은 당분간 운신이 불가능합니다." 베송 박사가 타이르듯 이야기한다. 눈빛에서 짜증의 기미가 거의 느껴지지 않는다.

아버지가 고함을 지른다. "파리로 옮겨서 최고 솜씨를 자랑하는 제일 뛰어난 의사들 손에 맡겨야지. 여기 둘 수 있나."

베네딕트 베송은 꿈쩍하지 않는다. 하지만 힘이 들어간 입가를 보면 얼마나 마음이 상했는지 알 수 있다. 그녀는 아무 대꾸도 하지 않는다.

"아가씨의 상사를 만나야겠소. 이 병원 원장 말이오."

"상사는 없습니다." 베송 박사가 차분하게 대답한다.

"그게 무슨 말인가?"

"제 병원이라는 뜻입니다. 제가 원장이에요. 이 병원과 환자들은 모두 제 책임하에 있습니다."

권위가 실린 침착한 목소리에 결국 아버지도 아무 말 하지 못한다.

멜라니가 눈을 뜬다. 아버지가 그 손을 잡더니 앞으로 영영 못 만날 사이라도 되는 것처럼 으스러지도록 움켜쥔다. 그러고는 침대 위로 몸을 숙인다. 그런 식으로 동생의 손을 잡고 있는 아버지의 모습에 가슴이 뭉클해진다. 딸이 구사일생으로 목숨을 건졌다는 사실을 이제야 깨달은 것이다. 우리 꼬맹이 멜라벨. 아주 어렸을 때 아버지가 부르던 애칭이다. 아버지는 늘 주머니에 넣고 다니는 면 손수건으로 눈가를 훔친다. 말이 안 나오는 모양이다. 가만히 앉아서 큰 소리로 숨만 들이쉬고 내쉬고 있다.

멜라니는 그런 감정 표출에 심란해한다. 눈물로 얼룩진 아버지의 일그러진 얼굴을 보고 싶지 않은 것이다. 그녀는 내 쪽으로 눈을 돌린다. 오랜 세월 동안 아버지는 감정을 표현한 적이 없었다. 언짢아하거나 화를 내는 게 고작이었다. 어머니가 돌아가시기 전까지만 해도 다정하고 따뜻했던 아버지가 불현듯 떠오른다.

우리는 한참 동안 아무 말 없이 앉아 있기만 한다. 의사가 병실을 나서며 문을 닫는다. 딸의 손을 움켜쥔 아버지의 손을 보고 있자니 아이들을 들쳐업고 응급실로 달려갔던 순간들이 떠오른다. 뤼카가 자전거를 타다 넘어져서 이마가 깨졌을 때. 마르고가 계단에서 굴러 정강이뼈가 부러졌을 때. 아르노가 그때까지 내가 본 적 없는 고열에 시달렸을 때. 그 절박했던 순간. 그 공포. 나를 붙잡고 놓지 않던 아스트리드. 백지장처럼 새하얗던 그녀의 얼굴. 맞잡은 두 손.

나는 아버지를 바라보며 아버지는 모르겠지만, 아버지는 알아채지 못하겠지만 지금 이 순간 아버지와 내가 말없이 무언가를 공유하고 있음을 깨닫는다. 아이에게 무슨 일이 생겼을 때 부모만 느낄 수 있는 그 심연과도 같은 두려움.

나는 이 병실로, 이 병실에 우리가 이렇게 앉아 있는 이유로 다시 관심을 돌린다. 사고가 나기 직전에 멜라니가 하려던 말이 무엇이었을까? 생피에르 호텔에서 보낸 마지막날 밤에 뭔가 떠오른 게 있다고 했는데. 말을 하고 싶었지만 하루종일 참았다고. 무슨 기억이 떠올랐던 걸까? 나는 우리가 그곳에서 보낸 시간들을 되짚어본다. 수많은 추억들이 밀려든다. 그중에서 뭐가 떠올랐다는 걸까? 말을 하지 않고 참은 이유는 무엇일까? 그래서 아침을 먹은 뒤부터 계속 이상하게 멍한 표정을 짓고 있었던 걸까? 나란히 앉아서 구아 대로를 구경하다 왜 그러느냐는 내 말에 멜라니는 어깨를 으쓱했다. 잠을 설쳐서 그렇다고 중얼거렸다. 그러더니 오전 내내 딴데 정신을 팔았다. 오후에 차를 타고 파리로 출발한 다음에야 기분이 조금 나아지는 기미가 보였다.

간호사가 카트를 밀고 요란하게 등장한다. 멜라니의 혈압을 재고 봉합 부위에 별 이상이 없는지 확인할 시간이라며 아버지와 나에게 잠깐 자리를 비켜달라고 한다. 봉합 부위? 그제야 생각이 난다. 비장에 문제가 생겨서 수술을 했다고 했다. 아버지와 나는 잔뜩 긴장한 얼굴로 어정쩡하게 밖에 서서 기다린다. 아버지는 코끝이 아직 빨갛지만 평정심을 되찾은 듯하다. 나는 이런 상황에서 아버지에게 어떤 말을 건네면 좋을지 열심히 고민한다. 아무것도 생각나지 않는다. 나는 이 얄궂은 상황에 속으로 웃음을 터뜨린다. 아픈 딸의 병상에서 재회했는데도 서로 할말이 없는 아버지와 아들이라니.

고맙게도 뒷주머니에 넣어둔 내 휴대전화가 울린다. 나는 얼른 병원 밖으로 나가 전화를 받는다. 아스트리드다. 울먹이는 목소리다. 멜은 괜찮아질 것 같다고, 우리가 정말 운이 좋았다고 전한다. 그녀는 자기가 아이들과 함께 내려와보는 게 좋겠느냐고 묻는다. 내 마음속에서 환희가 용솟음친다. 나를 아끼는 마음이 아직 남아 있기 때문에 이런 말을 할 수 있는 게 아닐까? 어찌됐건 나를 지금도 사랑한다는 것 아닐까? 내가 뭐라고 대답을 하기도 전에 아르노의 쉰 목소리가 끼어든다. 제 엄마처럼 어쩔 줄 몰라하는 목소리다. 녀석이 고모를 얼마나 좋아하는지는 나도 알고 있다. 아르노가 어렸을 때 멜라니는 자기 아들인 양 아르노를 앞세우고 뤽상부르 공원을 누비고 다녔다. 녀석은 그걸 좋아했다. 멜라니도 마찬가지였다. 나는 멜라니가 당분간 여기 있어야 한다고, 허리에서부터 목까지 깁스를 했다고 전한다. 아이는 문병을 오고 싶다고 말한다. 아스트리드와 함께 다 같이 내려오겠다고 한다. 문 앞에서 아이들을 주고받으며 지친 목소리로 "아 참! 이번에는 기침약 먹이는 거 까먹지 마"라거나 "성적표에 사인하는 거 안 까먹었지?" 따위의 말을 하지 않고, 좋았던 그 옛날처럼 온 가족이 한자리에 다시 모일 수 있다니 노래를 부르며 춤을 추고 싶어진다. 아스트리드가 다시 수화기를 받아들고 길을 묻는다. 나는 최대한 침착하고 태연한 목소리로 대답한다. 아스트리드가 이번에는 마르고를 바꿔준다. 부드럽게 속삭이는 여성스러운 목소리. "아빠, 고모한테 사랑한다고, 우리가 지금 가고 있다고 전해주세요." 천방지축인 셋째 뤼카와는 얘기도 나눌 새 없이 마르고는 전화를 끊어버린다. 우리가 지금 가고 있다고 전해주세요. 마르고는 그렇게 말했다.

나는 담배에 불을 붙이고 맛있게 피운다. 병실로 다시 돌아가 아버지와 대화를 나눌 생각만 해도 끔찍하다. 다시 한 대를 꺼내 이번에도 맛있게 피운다. 우리 가족이 오고 있다. 세르주도 동행하는 건지 궁금해진다.

다시 멜라니의 병실로 돌아가보니 이복동생 조제핀이 벽에 기대 맥없이 서 있다. 아버지와 함께 내려온 모양이다. 여기서 이 아이를 보다니 놀랍다. 그녀는 멜라니와 딱히 가까운 사이가 아니다. 나하고도 그렇지만. 작년 크리스마스 때 클레베르 가에서 만난 뒤로 몇 달 만이다. 우리는 1층에 있는 텅 빈 구내식당으로 향한다. 멜라니는 쉬고 있는 듯하고, 아버지는 차 안에서 통화중이다.

패션모델처럼 비쩍 마른 조제핀은 골반에 걸치는 빛바랜 청바지에 카키색 탱크톱을 입고, 컨버스 운동화를 신고 있다. 금발은 남자아이처럼 짧게 잘랐다. 창백한 피부와 얇은 입술은 새어머니 레진을 닮았고, 갈색 눈은 우리 아버지를 닮았다.

우리는 담배에 불을 붙인다. 우리 둘의 공통점은 이것 하나뿐일 것이다. 담배.

"여기서 담배 피워도 돼?" 조제핀이 내 쪽으로 고개를 숙이고 나지막이 묻는다.

"아무도 없잖아." 나는 어깨를 으쓱한다.

"오빠랑 언니랑 둘이서 누아르무티에에는 무슨 일로 간 거야?" 그녀가 담배 연기를 깊이 들이마시며 묻는다.

조제핀은 에둘러 말하는 법이 없다. 늘 바로 본론으로 들어간다. 그런 점은 나도 마음에 든다.

"멜라니 생일이었거든. 깜짝 선물이었어."

조제핀은 고개를 끄덕이며 커피를 홀짝인다.

"어렸을 때 자주 갔던 곳이지? 친어머니랑."

그 말투 때문에 조제핀을 빤히 보게 된다.

"응. 어머니, 아버지, 할머니, 할아버지랑." 내가 대답한다.

"오빠랑 언니는 친어머니 얘기를 절대 안 하더라." 조제핀이 말한다.

스물다섯 살. 보통은 넘는 머리. 조금 겉멋이 들었지만, 내가 보기에는 내세울 것 없는 선머슴 같은 외모. 같은 아버지 밑에서 태어났지만, 오빠로서 그녀를 챙겨주어야겠다는 생각은 들지 않는다.

"오빠하고 나 사이에 별로 대화가 없긴 하지." 조제핀이 말을 잇는다.

"그래서 싫어?" 내가 묻는다.

그녀는 남자처럼 담배를 입에 문 채 반지를 빙빙 돌린다.

"응. 오빠에 대해서 아는 게 하나도 없잖아."

식당 안으로 들어선 사람들이 우리를 사납게 노려본다. 담배 때문이다. 우리는 담배를 끈다.

"내가 클레베르 가를 떠난 이후에 네가 태어났으니까 그렇지." 내가 말한다.

"그럴지도 모르지. 그렇지만 엄마가 달라도 우리는 남매잖아. 내가 여기까지 찾아온 것도 애정이 있기 때문이야. 나는 언니한테 관심이 있어. 오빠한테도 마찬가지고."

뜻밖의 말이라 나는 입을 벌리고 바라보기만 한다.

그녀는 이죽거린다. "그 입 좀 다무시지."

나는 웃음을 터뜨린다.

조제핀이 말한다. "오빠 친어머니 이야기 듣고 싶어. 그분 이야기는 아무도 하지 않더라고."

"어떤 걸 알고 싶은데?"

조제핀은 한쪽 눈썹을 치켜세운다. "아무거나."

"우리 친어머니는 1974년에 돌아가셨어. 뇌동맥류파열로 서른여섯 살에. 눈 깜짝할 사이 벌어진 일이었지. 학교를 마치고 집에 왔더니 어머니가 병원으로 실려갔다는 거야. 그리고 돌아가셨어." 나는 그녀를 흘끗 본다. "새어머니나 아버지한테서 이 이야기 들은 적 있어?"

"아니." 그녀가 대답한다. "그리고?"

"이게 다야."

"아니, 내 말은 친어머니가 어떤 분이셨냐고."

"멜라니가 어머니를 많이 닮았어. 아담한 몸집, 까만 머리칼, 초록색 눈동자. 웃음이 많은 분이었어. 주변 사람들을 행복하게 만드는 재주가 있었고."

내가 느끼기에 아버지는 클라리스를 떠나보낸 이후부터 얼굴에서 미소가 사라졌고, 새어머니와 결혼한 뒤로 웃음이 더 줄었다. 이런 이야기를 조제핀에게 하고 싶지는 않기 때문에 나는 입을 다문다. 하지만 부모님이 각자의 길을 걷고 있다는 건 그녀도 나만큼 잘 알고 있을 것이다. 아버지는 은퇴한 변호사 친구들을 만나고 서재에 몇 시간씩 틀어박혀 책을 읽거나 글을 쓰고 매사에 투덜거리고, 새어머니 레진은 아버지의 불평불만을 꿋꿋이 견디며 모임에 나가서 친구들과 브리지를 하고 클레베르 가에 아무 문제 없는 척한다.

"가족은? 외가 쪽 식구들 본 적 있어?"

"어머니가 어렸을 때 돌아가셨어. 평범한 시골분들이었고. 어머니한테 언니가 한 분 있었던 걸로 기억하는데 거의 왕래가 없었어. 어머니가 돌아가신 뒤에는 우리 인생에서 사라져버렸지. 지금 어디 살고 계시는지 그것도 몰라."

"오빠 친어머니 이름이 뭐였어?"

"클라리스 엘지예르."

"고향은?"

"세벤."

"오빠, 괜찮아?" 느닷없이 조제핀이 묻는다. "얼굴이 엉망이야."

나는 빙그레 웃는다. "고맙다."

그러고는 잠시 말을 멈추었다 다시 잇는다. "그래, 네 말이 맞아. 솔직히 나 완전 만신창이야. 그런데다 그분까지 등장했으니."

"그러게. 아빠랑 사이 별로지?"

"그런 편이지."

반은 맞고 반은 틀린 대답이다. 클라리스가 살아 있었을 때는 사이가 좋았으니까. 나를 토니오라고 맨 처음 부르기 시작한 사람도 아버지였다. 조용하고 소극적인 소년이었던 나는 아버지와 암묵적으로 공모한 것이 있었다. 아버지는 축구를 하라고 나를 다그치지 않았다. 우리는 주말마다 땀을 삘삘 흘리며 격한 놀이에 매달리는 대신 천천히 동네를 산책했고, 루브르 박물관 중에서도 내가 가장 좋아했던 이집트 관을 자주 찾았다. 가끔 석관과 미라 사이로 속삭임이 들리기도 했다. 저 사람, 프랑수아 레 변호사 아니야? 그러면 나는 아버지의 손을 잡고 있다는 데, 내가 아버지의 아들이라는 데 우쭐해졌다. 하지만 그것 역시 삼십 년도 더 된 옛날 이야기였다.

"아버지가 말은 거칠어도 속마음은 안 그래."

"네 입장에서는 그렇겠지. 너야 아버지의 사랑을 독차지하고 자란 응석받이니까."

조제핀은 내 말에 반박하지 않고 의젓하게 시인한다.

"응석받이 노릇도 쉬운 일은 아니라고." 그녀는 중얼거리고 나서 잠시 후에 묻는다. "오빠네 가족은?"

"지금 오고 있어. 조금만 기다리면 너도 만날 수 있을 거야."

"잘됐네." 지나치게 밝은 목소리다. "하는 일은 어때?"

나는 조제핀이 왜 나를 걱정하는 척 이런 질문들을 이어나가는지 궁금해진다. 조제핀은 담배가 필요할 때 말고는 나한테 뭘 물어본 적이 없었다. 지금 내가 가장 피하고 싶은 화제가 있다면 그건 일 이야기다. 생각만 해도 기운이 빠진다. "여전히 건축 일을 하고 있고, 여전히 지긋지긋해하고 있지."

조제핀이 이유를 묻기 전에 내가 질문을 던진다.

"너는 어때? 남자친구도 그렇고, 하는 일도 그렇고. 어떤 상태야? 나이트클럽 한다는 그 남자랑 계속 만나? 그리고 마레의 그 디자이너 밑에서 일하는 것도 여전하고?"

조제핀이 작년에 만났던 유부남이나, 아버지의 서재에서 DVD를 보거나 어머니의 번쩍번쩍한 검정색 미니를 몰고 쇼핑이나 다니던 시절에 대해서는 묻지 않는다.

조제핀이 느닷없이 나를 보며 활짝 웃는다. 미소라기보다 찡그림에 가깝다. 그녀는 머리칼을 뒤로 넘기고 헛기침을 한다.

"있잖아, 오빠. 사실은 부탁하고 싶은 게 있는데……" 그녀는 잠깐 말을 멈추고 다시 헛기침을 한다. "돈 좀 빌릴 수 있을까?"

조제핀은 갈색 눈을 들어 애원하는 듯하면서도 뻔뻔하게 나를 똑바로 바라본다.

"얼마나?" 내가 묻는다.

"음, 천 유로."

"무슨 난처한 일이라도 생긴 거니?" 나는 아르노를 대할 때 쓰는 아빠 말투로 묻는다.

그녀는 고개를 젓는다. "아니야, 무슨! 그냥 현금이 좀 필요해서 그래. 그런데 두 분한테는 손 벌리기 싫어서."

'두 분'이라면 어머니, 아버지를 가리키는 말일 것이다.

"그만한 돈은 지금 없는데."

"길 건너편에 현금인출기 있더라." 그녀가 얼른 알려준다. 그러고는 기다린다.

"지금 당장 필요한 거야?"

그녀는 고개를 끄덕인다.

"조제핀, 빌려주는 건 상관없지만 갚아야 해. 이혼한 뒤로 나도 여유를 부릴 형편이 못 되거든."

"그럼, 당연하지. 꼭 갚을게."

"그만한 금액을 한 번에 인출할 수 있을지 모르겠다."

"그럼 현금으로 최대한 뽑아보고 정 안 되면 나머지는 수표로 빌려줘."

조제핀은 자리에서 일어나 뼈만 앙상한 엉덩이를 의기양양하게 흔들며 걸어간다. 병원 문을 나서 은행으로 가면서 둘이 같이 담배에 불을 붙이는데, 사기를 당한 기분이 든다. 새삼스럽게 동생인 척 구는 것은 이제 그만 사양하고 싶다.

현금과 수표를 건네자 조제핀은 내 뺨에 가볍게 입을 맞추고 어슬렁어슬렁 사라진다. 나는 시내로 발걸음을 옮긴다. 지금 당장은 병원을 피하고 싶다. 별 특색 없는 지방의 소도시다. 빛바랜 삼색기가 휘날리는 조그만 시청이 소박한 교회당을 마주보고 있다. 담배를 파는 카페 하나, 빵집 하나. '로베르주 뒤 도팽'이라는 간판이 달린 수수한 호텔. 지나가는 사람은 한 명도 보이지 않는다. 담배를 파는 카페도 파리만 날리고 있다. 점심을 먹기에는 아직 이른 시각. 내가 들어가자 뚱한 표정의 젊은 남자가 내 쪽으로 턱을 든다. 나는 커피를 주문하고 자리에 앉는다. 어딘가에 설치된 라디오에서 유럽1 채널의 뉴스가 요란하게 흘러나온다. 상판이 플라스틱으로 덮인 테이블은 만져보니 기름기로 미끌미끌하다. 친한 친구 몇 명에게 전화를 걸어 사고 소식을 알려야 할까? 에마뉘엘, 엘렌, 디디에한테 연락을 해야 할까? 나는 계속 시간을 끌고 있다. 그 단어들을 두 번 다시 입 밖으로 꺼내고 싶지 않은 마음 때문일까? 똑같은 설명을 몇 번이고 반복하고 싶지 않아서일까? 멜라니의 친구들에게는 어떻게 해야 할까? 직장 상사에게는? 회사에는 누가 알려야 할까? 내가 알려야겠지. 멜라니에게 다음주는 중요한 시기다. 가을 시즌이 시작되는 시점이었다. 출판계에서 일하는 사람들에게는 일 년 중 가장 바쁜 때인데, 이것은 나의 전처에게도 해당되는 사항이다. 그리고 내게도 감당해야 할 업무가 있다. 라바니와 그 불같은 성격, 또다시 수정해달라는 설계도, 플로랑스를 자른 다음 다시 찾아봐야 할 어시스턴트.

나는 담배에 불을 붙인다.

"내년부터는 안에서 담배 못 피워요." 젊은 남자가 기분 나쁜 미소를 지으며 이죽거린다. "밖으로 나가서 피워야 한대요. 아니면 아예 이런 데를 드나들지 말든지. 앞으로 장사하기 힘들겠어요. 정말 힘들겠다니까요. 차라리 문을 닫는 게 나을지도 모르죠."

그가 몹시 흥분한 것 같아서 나는 비겁하지만 대화를 피한다. 그저 미소를 지으며 고개를 끄덕이고, 어깨를 으쓱하고는 태평스럽게 내 휴대전화를 들여다보는 데 몰두한다.

나는 아스트리드에게 세르주를 사랑한다는 고백을 듣고 담배를 다시 피우기 시작했다. 십 년 동안 끊었던 담배인데 라이터를 켠 순간 다시 흡연이 시작됐다. 모두 난리법석을 떨었다. 나는 아랑곳하지 않았다. 건강에 광적으로 집착하는 아스트리드는 경악을 금치 못했다. 나는 그래도 아랑곳하지 않았다. 담배야말로 어느 누구도 내게서 빼앗을 수 없는 것이었다. 당시 내게 일말의 만족을 주는 유일한 존재였다. 아이들에게 좋지 않은 영향을 미칠 수 있다는 건 나도 알고 있었다. 특히 아르노와 마르고는 흡연을 짜릿하고 멋진 일로 여길 수 있는, 민감하고 예민한 나이였다. 프루아드보 가에 있는 아파트는 담배 냄새에 절어 있다. 집에 들어서면 그 냄새가 나를 맞이한다. 창밖으로 보이는 공동묘지와 함께. 망자들이 내려다보이는 집이라고 할까. 그렇다고 투덜거리는 건 금물이다. 고인이 된 내 이웃들로 말할 것 같으면 대단한 위인들이니까. 보들레르, 모파상, 베케트, 사르트르, 보부아르. 하지만 나는 습관적으로 거실 창밖을 외면한다. 밤에만, 근엄한 십자가들과 비석들이 보이지 않고 몽파르나스 타워로 향하는 기다란 길이 공허로 채워진 신비로운 암흑의 공간으로 변하는 밤에만 창밖을 내다본다.

나는 그 아파트를 집처럼 꾸미고는 내 집이라고 느끼려 무던히 애썼다. 하지만 소용없었다. 아스트리드의 앨범에서 내가 가장 좋아하는 아이들 사진과 우리 사진을 인정사정없이 가로채 그것들로 벽을 도배하기도 했다. 어쩔 줄 몰라하는 내 품에 안겨 있는 갓난 아르노, 난생처음 드레스를 입은 마르고, 진득진득한 사탕을 휘두르며 에펠탑 꼭대기에서 의기양양하게 포즈를 취한 뤼카. 스키 여행, 여름휴가, 루아르 성 여행, 생일, 학예회, 크리스마스. 우리가 한때 얼마나 행복한 가족이었는지 필사적으로 보여주려는 장황한 전시회.

사진들과 색상이 다채로운 커튼(멜라니가 골라주었다), 유쾌한 분위기의 부엌과 편안한 소파와 독창적인 조명에도 불구하고, 그 집은 왠지 모르게 가슴이 아리도록 공허하게 느껴진다. 내 몫으로 할당된 주말에 아이들이 들이닥치면 그제야 활기를 되찾는 듯했다. 나는 지금도 새 침대에서 눈을 뜨면 여기가 어딘지 어리둥절해서 머리를 긁적인다. 말라코프로 돌아가 우리 옛집에서 새 삶을 시작한 아스트리드를 맞닥뜨리는 것은 못할 짓이다. 사람들이 집에 집착하는 이유는 무엇일까? 집을 정리하면 그토록 마음이 아픈 이유는 무엇일까?

그 집은 십이 년 전 우리 둘이 함께 구입한 것이었다. 당시만 해도 블루칼라들이 모여 사는 보잘것없는 비인기 지역으로 여겨지던 동네라, 우리가 파리 남쪽의 '질 떨어지는 손바닥만한 근교'로 이사한다고 했을 때 의아해하는 사람들이 많았다. 손볼 곳도 한두 군데가 아니었다. 높고 좁은 건물은 축축하고 낡아서 무너지기 직전이었다. 싸게 나온 것도 그 때문이었다. 우리는 그 집을 도전의 기회로 삼았다. 좌절도 겪었고 은행, 동료 건축가, 배관공, 석수, 목수와 이런저런 문제도 있었지만 매 순간을 즐겼다. 밤낮으로 매달렸다. 그러자 마침내 완벽한 집이 탄생했다. 말라코프, 우리의 작은 낙원. 파리에 살던 친구들은 그곳이 시내와 상당히 가깝고 바로 방브 역 너머라는 사실을 깨닫고 부러워했다. 게다가 마당까지 있어서―파리에 마당 딸린 집이 어디 있을까―여름이면 야외에 상을 차릴 수 있었다. 가까운 외곽순환도로에서 낮은 소음이 들리기는 했지만 금세 익숙해졌다. 내가 정성껏 가꾸었던 마당과, 내가 집을 나간 이유는 무엇이고 아스트리드와 한 침대를 쓰는 새로운 남자는 누구인지 아직도 이해 못하는 늙고 어수룩한 래브라도 한 마리. 늙고 착한 우리 티투스.

그 집을 생각하면 아직도 가슴이 아프다. 그곳에서 보낸 겨울들, 아늑했던 벽난로. 세 아이와 개가 여기저기 망가뜨리는 바람에 추레해진 넓은 거실. 뤼카의 낙서. 피우면 머리가 지끈거렸던 아스트리드의 향. 마르고의 숙제. 아르노의 12사이즈 운동화. 낡았지만 그래도 누우면 잠이 들 정도로 편안했던 짙은 빨간색 소파. 오랜 친구처럼 안아주던 푹 꺼진 안락의자들.

우리집. 그 집을 떠나야 했던 날. 문 앞에 서서 고개를 돌리고 마지막으로 집을 눈에 담았던 날. 내 집이라고 마지막으로 부를 수 있었던 순간. 아이들은 그 자리에 없었다. 아스트리드만 아쉬워하는 눈빛으로 나를 바라보았다. 괜찮아질 거야, 앙투안. 이 주마다 한 번씩 주말에 아이들이 찾아갈 텐데, 뭐. 두고 보면 알겠지만, 잘 지낼 수 있을 거야. 나는 차오르는 눈물을 보이기 싫어서 고개를 끄덕였다. 그녀가 말했다. 다 가져가. 당신 거다 싶으면 뭐든 가져가. 나는 화가 나서 씩씩대며 온갖 잡동사니로 상자를 채우기 시작했다. 그러다 마음을 가라앉혔다. 사진 말고는 그 어떤 추억도 필요 없었다. 사진 말고는 아무것도 필요 없었다. 그녀가 나를 다시 사랑해주는 것 말고는, 그 집에서 바라는 게 아무것도 없었다.

예전에 나는 꼭대기 층에서 일을 했다. 이상적인 작업실이었다. 넓고 환하고 조용했다. 내가 직접 설계한 공간이었다. 그곳에서 붉은색을 띤 지붕들과 항상 꽉 막혀 있는 회색의 외곽순환도로를 내려다보노라면, 타이태닉호 갑판에서 수평선을 향해 두 팔을 벌리고 "내가 이 세상의 왕이다!" 하고 외쳤던 리어나도 디캐프리오가 된 듯한 기분이었다. 타이태닉호처럼 비극적인 운명을 맞이한 내 작업실. 나의 은신처이자 아지트였던 곳. 아스트리드가 아이들을 재우고 살금살금 올라오면, 캣 스티븐스가 읊조리는 "슬픈 리사. 리사 리사, 슬픈 리사 리사"를 들으며 카펫 위에서 사랑을 나누곤 했다. 이제는 세르주가 그곳에 작업실을 차렸겠지. 두 사람이 카펫 위에서 어떤 행각을 벌일지는 상상하고 싶지 않다.

칙칙한 카페에 앉아 미셸 사르두가 부르는 진부한 노래를 들으며 가족들이 도착하길 기다리는데, 아버지의 말이 맞을지도 모른다는 생각이 든다.

나는 그녀를 지키겠답시고 싸운 적이 없었다. 소란을 일으킨 적도 없었다. 난리법석을 부린 적도 없었다. 그냥 보내줬다. 얌전하고 예의바르게 처신했다. 어렸을 때 그랬던 것처럼. 깔끔하게 빗어넘긴 머리에 감색 재킷을 입고 다녔던 그때처럼. "부탁드릴게요"와 "고맙습니다"와 "죄송합니다"를 입에 달고 다녔던 그때처럼.

마침내 먼지를 뒤집어쓴 낯익은 아우디가 눈에 들어온다. 나는 가족들이 차에서 내리는 광경을 바라본다. 그들은 내가 여기 있는 줄 모른다. 아직 나를 보지 못한다. 나는 카페를 나선 뒤 주차장 근처에 있는 커다란 나무 뒤로 숨는다. 가슴이 벅차오른다. 한참 만에 보는 얼굴이다. 아르노의 머리는 햇볕에 탈색이 돼서 더 노래졌고 거의 어깨에 닿을 정도로 길었다. 듬성듬성 염소수염을 기르는 중인데, 희한하게 잘 어울린다. 마르고는 머리에 반다나를 둘렀다. 살이 쪄서 이제는 비쩍 말랐다고 볼 수 없다. 자기 몸에 적응이 안 돼서 걸음걸이가 어색하다. 가장 놀라운 아이는 뤼카다. 통통하더니 이제는 팔다리가 길쭉하다. 안에 숨어 있는 사춘기 소년의 모습이 헐크처럼 튀어나오려고 하는 게 느껴진다.

지금 당장은 아스트리드를 보고 싶지 않은데, 참을 수가 없다. 그녀는 내가 좋아하는 빛바랜 청 원피스를 입고 있다. 앞에 단추가 달려 있고 몸에 꼭 맞는 긴 원피스다. 전보다 희끗희끗한 금발은 하나로 묶었다. 기운이 없어 보인다. 그래도 여전히 눈이 부시도록 아름답다. 세르주는 보이지 않는다. 나는 안도의 한숨을 내쉰다.

나는 그들이 주차장을 빠져나와 병원으로 향하는 모습을 지켜본다. 그러다 얼굴을 내민다. 뤼카가 함성을 지르며 달려들어 두 팔과 다리로 나를 감싸안는다. 아르노는 내 머리를 붙잡고 이마에 입을 맞춘다. 이제는 확실히 나보다 키가 크다. 마르고는 멀찌감치에 플라밍고처럼 한 다리로 서 있다가 다가와 내 어깨에 얼굴을 묻는다. 이제 보니 반다나 밑으로 드러난 머리칼이 밝은 주황색이다. 나는 움찔하지만 아무 말도 하지 않는다.

아스트리드는 맨 마지막으로 남겨둔다. 나는 아이들과 충분히 교감을 나눈 뒤 굶주린 사람처럼 그녀를 와락 끌어안는다. 그런들 그녀 입장에서는 여동생을 걱정하는 마음의 표현으로 오해할 수 있지 않을까? 그녀를 다시 안았더니 믿기지 않을 만큼 기분이 좋다. 그녀의 체취, 부드러운 살결, 벨벳 같은 맨팔의 감촉 때문에 현기증이 난다. 그녀는 나를 밀어내지 않는다. 오히려 꼭 안아준다. 나는 충동적으로 입을 맞추려 말고 문득 깨닫는다. 그들은 나를 만나러 온 게 아니다. 멜을 만나러 온 것이다.

나는 그들을 병실로 안내한다. 가는 길에 아버지와 조제핀을 만난다. 아버지는 한 아이씩 와락 끌어안는 것으로 인사를 대신한다.

그러고는 아르노의 염소수염을 잡아당긴다. "이게 도대체 뭐냐?" 아버지는 큰 소리로 나무라고 나서 아르노의 등을 철썩 때린다. "허리 똑바로 펴고 다녀, 이 아무짝에도 쓸모없는 멍청이 녀석. 너희 아버지가 안 가르치더냐? 하긴 너희 아버지도 너만큼이나 형편없지."

농담인 건 나도 알지만, 늘 그렇듯 아버지의 넉살에는 가시가 돋쳐 있다. 아버지는 아르노가 어렸을 때부터 양육 방식을 놓고 나를 들볶았다. 당신 눈에는 모든 게 탐탁지 않았다. 우리는 조용히 멜라니의 병실로 들어간다. 멜라니는 아직도 자고 있다. 아침보다 안색이 더 창백하다. 금방이라도 부서질 것 같고, 갑자기 마흔 살보다 더 나이들어 보인다. 마르고의 눈에 눈물이 고여 반짝인다. 고모의 모습에 충격을 받은 모양이다. 나는 아이의 어깨를 팔로 감싸고 내 쪽으로 끌어당긴다. 아이한테서 짭짤한 땀냄새가 난다. 어릴 때는 계피 냄새가 났는데. 아르노는 입을 벌리고 빤히 바라보기만 한다. 뤼카는 안절부절못하며 나와 제 엄마와 멜라니를 번갈아 쳐다본다.

잠시 후 멜라니가 고개를 돌리더니 천천히 눈을 뜬다. 아이들을 발견하고는 얼굴이 환해진다. 힘없이 미소가 떠오른다. 마르고가 울음을 터뜨린다. 아스트리드도 눈에 눈물이 고이고 입술까지 떨고 있어서 나로서는 감당이 안 된다. 나는 슬그머니 뒷걸음질쳐서 병실을 빠져나온다. 담배를 꺼내 손에 들고 있기만 한다.

"금연이에요!" 나이 지긋한 간호사가 나를 향해 분노의 손가락질을 하며 버럭 고함을 지른다.

"그냥 들고 있기만 하는 거예요." 나는 설명한다. "들고 있기만 하는 거라고요. 피우려는 게 아니라."

그녀는 현장에서 붙잡힌 좀도둑 대하듯 나를 노려본다. 나는 담배를 다시 넣는다. 갑자기 클라리스가 생각난다. 이 자리에 없는 유일한 사람. 살아 있었더라면 지금 딸과 손자들과 함께 저 병실에 있었을 텐데. 남편과 함께. 살아 있었더라면 일흔을 목전에 두었을 텐데. 아무리 애를 써도 예순아홉 살의 어머니는 상상이 되지 않는다. 어머니는 항상 젊은 모습으로 기억될 것이다. 나는 중년이지만. 어머니는 중년이 뭔지 알지 못했다. 사춘기 아이들을 키우는 게 어떤 건지 알지 못했다. 그런 걸 알기 전에 눈을 감았다. 만약 살아 계셨다면 사춘기 시절 우리에게 어떤 어머니였을까. 살아 계셨다면 달랐을 것이다. 모든 게 달랐을 것이다. 멜라니와 나는 사춘기 시절 감정을 억눌렀다. 강제로 순종했다. 분통을 터뜨리거나 고함을 지르거나 문을 쾅 소리 나게 닫거나 상처가 될 만한 말을 한 적이 없었다. 십대 특유의 건전한 반항을 해본 적이 없었다. 깐깐한 새어머니가 우리 입에 재갈을 물렸다. 할머니와 할아버지는 찬성하고 방관했다. 그분들 생각에는 그래야 하는 법이었다. 어른들이 말씀하실 때 아이들은 절대 끼어들지 말아야 했다. 아버지는 하룻밤 새 딴사람이 되어버렸다. 아이들과 아이들의 미래에 관심 없는 사람이 되어버렸다.

우리에게는 사춘기가 허락되지 않았다.

가족들을 데리고 다시 밖으로 나가는데, 하늘색 유니폼을 입은 훤칠한 여자가 내 앞을 지나가며 미소를 짓는다. 명찰을 달고 있지만 간호사인지 의사인지 알 수가 없다. 나도 미소로 화답한다. 누구일까 궁금해하면서, 파리하고는 다르게 이런 지방 병원에서는 만나면 서로 반갑게 인사를 나누어서 좋다는 생각을 한다. 아스트리드가 계속 피곤해 보여서 이 찜통더위에 다시 파리까지 차를 몰아도 괜찮을까 하는 생각이 든다. 더 있다 가면 안 되나? 그녀는 머뭇거리며 세르주가 기다린다는 둥 중얼거린다. 나는 멜라니를 아직 옮길 수 없는 상태라 근처 호텔에 방을 잡았다고 덧붙인다. 거기 가서 잠깐 쉬었다 가면 좋지 않을까? 방은 작지만 시원하다. 그녀가 샤워도 할 수 있다. 그녀는 고개를 갸웃하며 마음이 동하는 기미를 보인다. 나는 열쇠를 건네고, 시청을 지나면 바로 나온다고 호텔의 위치를 손가락으로 가리켜준다. 그러고 나서 멀어져가는 그녀와 마르고를 바라본다.

아르노와 나는 다시 병원으로 돌아가 입구 바로 앞에 있는 나무 벤치에 앉는다.

"괜찮아지겠죠?" 아이가 묻는다.

나는 고개를 끄덕인다. "멜라니 말이냐? 그럼. 멀쩡하게 일어날 거야."

하지만 내가 느끼기에도 내 목소리가 어색하게 들린다.

"차가 고속도로를 이탈했다고 했죠?"

"응. 멜라니가 운전하고 있었는데. 갑자기 그랬어."

"하지만 어쩌다가요? 어쩌다 그렇게 됐어요?"

나는 녀석에게 솔직히 털어놓기로 마음먹는다. 요즘 아르노는 입을 닫고, 나와 거리를 두고, 내가 뭘 물어도 퉁명스럽게 단답형으로 대답하고는 그만이었다. 최근에 제대로 된 대화를 나눈 게 언제인지 기억조차 나지 않는다. 이렇게 다시 녀석의 목소리를 듣고, 내 발치가 아니라 눈을 쳐다보고 있는 녀석을 대하고 있으려니 모든 수단을 동원해서라도 이 예상치 못했던 교감의 순간을 유지하고 싶다.

"나한테 머릿속을 어지럽히던 무언가에 대해 얘기하려던 중이었어. 그러다 사고가 난 거야."

녀석은 아스트리드를 꼭 닮은 푸른 눈으로 내 눈을 똑바로 들여다본다.

"무슨 이야기였는데요?" 녀석이 나지막이 묻는다.

"뭔가 생각났다고 했어. 그래서 심란하다고. 그런데 사고를 당한 뒤로 기억이 안 난대."

아르노는 아무 말이 없다. 이제 보니 손이 참 크다. 어른의 손이다.

"뭐였을 것 같아요?"

나는 크게 한 번 숨을 들이쉰다.

"우리 어머니에 관한 이야기였을 거야."

녀석은 놀란 눈치다. "할머니요? 아빠는 할머니 이야기를 한 적이 한 번도 없잖아요."

"응. 그런데 누아르무티에에서 사흘 동안 지내다보니 예전 추억들이 되살아난 거지."

"고모는 왜 할머니에 얽힌 추억이 생각났을까요?"

공연히 호들갑을 떨거나 시간을 끌지 않고 이런 식으로 요점만 간단하게 짚고 넘어가는 아들 녀석의 방식이 마음에 든다.

"거기 있는 동안 어머니 이야기를 많이 했거든. 이런저런 추억들을 떠올리면서."

나는 말을 하다 말고 멈춘다. 이제 열여섯 살이 된 아들 녀석에게 무슨 수로 설명할 수 있을까? 녀석은 어떻게 생각할까? 관심이나 있을까?

"그런데요?" 녀석이 다그친다. "어떤 추억들을 떠올렸는데요?"

"어머니가 어떤 분이었나, 그런 거."

"그걸 까먹었단 말이에요?"

"그런 뜻에서 한 말이 아니야. 어머니가 돌아가신 날이야말로 내가 지금까지 살면서 겪은 가장 끔찍한 날이었어. 어떤 심정이었을지 너도 한번 생각해봐라. 어머니한테 인사한 다음 오페어 손을 붙잡고 학교에 가서 평소처럼 수업을 받았어. 그리고 여느 오후처럼 초콜릿 빵을 손에 들고 다시 오페어하고 집으로 돌아왔지. 그런데 집에 들어가보니 아버지가 있고, 할아버지와 할머니도 와 있는데, 다들 끔찍한 표정을 짓고 있는 거야. 그런 표정으로 어머니가 돌아가셨다고 하는 거야. 뇌에 문제가 생겨서 돌아가셨다고. 그러고는 너를 병원에 데리고 가서 시트로 덮인 누군가를 가리키며 너희 어머니라는 거야. 시트가 걷히고 너는 눈을 감아버려. 내가 그랬다."

녀석은 충격을 받은 표정으로 나를 뚫어져라 바라본다.

"왜 이제야 이런 이야기를 해주는 거예요?"

나는 어깨를 으쓱한다. "네가 안 물어봤잖니."

한쪽에 보기 싫은 은색 피어싱이 박힌 녀석의 눈썹이 축 처진다.

"그런 말도 안 되는 변명이 어디 있어요?"

"너한테 어떤 식으로 이야기하면 좋을지 모르겠더구나."

"왜요?" 녀석이 묻는다.

이제는 녀석의 질문이 당황스럽다. 하지만 계속 대답해주고 싶다. 처음으로, 마음속의 짐을 벗어던지고, 아들에게 그 이야기를 들려주고 싶은 마음이 간절해진다.

"왜냐하면 어머니가 돌아가시면서 멜과 나의 모든 게 달라졌거든. 어떻게 된 일인지 설명해주는 사람이 아무도 없었어. 1970년대였잖니. 요즘이야 아이들 심정을 헤아리고 그런 일이 벌어지면 정신과 상담도 받게 하지만, 그때 우리는 아무 도움도 받지 못했다. 어머니는 그렇게 우리 인생에서 사라져버렸지. 아버지는 재혼을 하셨고. 그후로 어머니의 이름은 아무도 입 밖에 내지 않았어. 사진들도 모두 사라지고."

"정말요?" 아르노가 중얼거린다.

나는 고개를 절레절레 흔든다. "그렇게 우리 인생에서 어머니가 지워진 거야. 우리는 어쩔 도리가 없었어. 충격으로 정신이 없었고, 어렸고 무력했어. 그리고 마음을 추스를 만한 나이가 되었을 때는 집을 떠나 독립해야 할 시점이었고. 그래서 멜라니와 나는 집을 나왔지. 그러는 동안 우리는 어머니에 대한 모든 것을 상자에 담아 치워버렸어. 어머니가 입던 옷이나 책, 소지품을 이야기하는 게 아니다. 어머니에 얽힌 추억을 치워버린 거야."

갑자기 숨을 쉬기가 힘들어진다.

"할머니는 어떤 분이셨어요?" 아들이 묻는다.

"생김새는 멜라니하고 똑같았어. 머리칼이나 눈 색깔도 그렇고, 몸집도 그렇고. 언제나 명랑하고 쾌활한 분이었지. 생기 넘치는."

나는 말을 하다 말고 입을 다문다. 심장 근처가 저릿하다. 말을 할 수가 없다. 말이 나오질 않는다.

"죄송해요." 아르노가 중얼거린다. "나중에 얘기해요. 그래도 돼요, 아빠."

녀석은 긴 다리를 펴고 애정 어린 손길로 내 등을 토닥인다. 울컥하는 내 모습에 당황스러워서 어쩔 줄 몰라하는 것 같다.

좀 전에 보았던 하늘색 유니폼의 키 큰 여자가 우리 앞을 지나가며 다시 미소를 짓는다. 다리가 예쁘다. 웃는 얼굴도 예쁘다. 나도 미소로 화답한다.

휴대전화가 울리자 아르노가 몸을 일으키며 전화를 받는다. 목소리를 낮추면서 저쪽으로 걸어간다. 전화기에 대고 뭐라고 하는지 알아들을 수가 없다. 나는 아들의 사생활에 대해 아는 게 전혀 없다. 녀석은 친구를 집으로 데리고 오지 않는다. 그나마 머리를 까맣게 염색하고 입술을 자주색으로 칠해서 눈에 거슬리는, 물에 빠져 죽은 오필리아처럼 보였던 여자아이가 내가 본 녀석의 유일한 친구다. 두 아이는 아들 녀석의 방에서 볼륨을 끝까지 키워놓고 음악을 듣는다. 나는 꼬치꼬치 캐묻는 걸 좋아하지 않는다. 예전에 한번 애써 쾌활한 목소리로 물었다가 "아빠가 게슈타포예요 뭐예요?" 하는 차가운 대답을 들은 적이 있다. 그뒤로는 함구하고 지낸다. 내가 아르노 나이였을 때 아버지가 꼬치꼬치 캐물으면 죽도록 싫었던 게 생각난다. 비록 나는 아버지에게 감히 그런 식으로 말대꾸는 하지 못했지만.

나는 담배에 불을 붙이고 일어나 발걸음을 옮긴다. 걸으면서 이제 어떻게 해야 할까, 멜라니가 입원해 있는 동안 어떻게 상황을 정리하면 좋을까 계속 고민한다. 어디에서부터 시작하면 좋을까.

옆에 누가 있는 것 같아 고개를 돌려보니 하늘색 유니폼의 그 키 큰 여자다.

"담배 한 대만 빌릴 수 있을까요?"

나는 허둥지둥 담뱃갑을 건넨다. 말을 듣지 않는 라이터를 켜느라 또 허둥댄다.

"여기 직원이세요?"

그녀의 눈은 희한한 금색이다. 사십대 초반으로 보이지만, 나는 원래 사람 나이를 알아맞히는 데 소질이 없다. 그보다 더 어릴 수도 있다. 아무튼 보고 있으면 기분이 좋아지는 얼굴이라는 건 확실하다.

"네." 그녀가 대답한다.

그렇게 서 있는 우리 사이로 조금 어색한 분위기가 감돈다. 나는 그녀의 명찰을 내려다본다. 앙젤 루바티에르.

"의사예요?" 내가 묻는다.

그녀는 미소를 짓는다. "아뇨, 의사는 아니에요."

내가 다른 질문을 하기에 앞서 그녀가 묻는다. "저기 저 젊은 친구가 아드님이에요?"

"네. 우리는 여기……"

"왜 오신지 알아요." 그녀가 말한다. "작은 병원이잖아요."

낮고 다정한 목소리다. 하지만 그녀에게는 어딘가 특이한 구석이 있다. 현실과 조금 동떨어진 듯한. 정확히 말은 못하겠지만.

"동생분, 운이 좋았어요. 끔찍한 사고였는데. 당신도 운이 좋았고요."

"맞아요. 정말 운이 좋았죠." 내가 말한다.

우리는 아무 말 없이 담배 연기만 내뿜는다.

"그럼 베송 박사님 밑에서 일하겠군요?" 내가 묻는다.

"그분이 여기 원장님이니까요."

나는 고개를 끄덕인다. 그녀의 손에는 결혼반지가 없다. 이제는 그런 게 눈에 들어온다. 예전에는 그러지 않았는데.

"이제 그만 가야겠어요. 담배 감사합니다."

그녀는 이 말을 끝으로 자리를 뜬다. 나는 그녀의 길고 가는 종아리를 보고 감탄한다. 최근에 같이 잔 여자가 누구였는지 기억조차 나지 않는다. 아마 인터넷에서 만난 여자였을 것이다. 몇 시간 동안 이어진 참담한 정사였다. 쓰고 버린 콘돔, 황급히 나누는 작별 인사, 그것으로 끝이었다.

이혼하고 만난 여자 중에서 유일하게 괜찮았던 여자는 유부녀였다. 엘렌. 딸 중 한 명이 마르고와 함께 미술 수업을 들었다. 하지만 그녀는 바람을 피울 생각이 없었다. 그저 친구처럼 지내고 싶어했다. 나도 그편이 나쁘지 않았다. 그녀는 절친하고 소중한 동지가 되었다. 저녁을 같이 먹자며 카르티에라탱의 어느 시끄러운 레스토랑에 데리고 가서 내 손을 잡고 넋두리를 들어주곤 했다. 그녀의 남편은 상관 않는 눈치였다. 나를 보고 질투할 남편이 어디 있겠는가. 엘렌은 할아버지에게 물려받아 거침없이 개조한, 세바스토폴대로의 구불구불한 아파트에서 살았다. 허영심 많은 대통령의 공공연한 상징이라 할 수 있는 레 알*과 퐁피두센터 사이에 끼여 있고, 낡아서 다 쓰러져가는 외관을 자랑하는 건물이었다. 그 아파트에 놀러갈 때마다, 지금은 사라지고 없는 냄새 고약한 노점들을 아버지와 함께 구경하던 어린 시절의 아픈 추억들이 되살아난다. 아버지는 나를 16구에서 끄집어내 파리의 옛 모습과 에밀 졸라의 소설에 등장했던 흔적들을 보여주는 것을 좋아했다. 야하게 차려입고 생드니 가에 일렬로 늘어선 창녀들을 곁눈질하는 나를 보고 아

---

* 파리 한복판에 있는 쇼핑과 문화의 중심지.

버지가 그만 쳐다보라고 엄하게 말하던 생각이 난다.

산뜻하게 샤워를 한 아스트리드와 마르고가 호텔에서 걸어오는 게 보인다. 아스트리드의 얼굴이 매끈해졌다. 아까만큼 피곤해 보이지 않는다. 그녀는 마르고의 손을 잡고 마르고가 어렸을 때 그랬던 것처럼 앞뒤로 흔들고 있다.

조만간 그들은 떠나야 할 것이다. 나는 그 순간을 대비해 마음의 준비를 해야 할 테고. 하지만 그러려면 늘 시간이 조금 필요하다.

하루가 저물어갈 무렵, 하얀 베개를 베고 누운 멜라니의 얼굴에 혈색이 조금 도는 것처럼 느껴진다. 어쩌면 그러길 바라는 마음이 만들어낸 착각일 수도 있지만. 가족들은 떠났고, 우리는 이제 선풍기 돌아가는 소리가 웅웅 울리고 8월의 열기가 서서히 식어가는 이 공간에 단둘이 남았다. 오늘 오후에 멜라니의 상사 티에리 드랑쿠르와 보조 편집자 뤼시 그리고 친구 발레리, 아녜스, 빅토르에게 연락했다. 최대한 침착하게 안심시키는 목소리로 상황을 설명했지만—교통사고가 나서 요추가 골절돼 입원했지만 휴식을 취하면 괜찮아질 거라고—다들 걱정하는 눈치였다. 보내주었으면 하는 건 없느냐고, 도울 일은 없느냐고, 통증이 심하냐고 물었다. 나는 믿음직스러운 목소리로 간단하게 그들을 진정시켰다. 멜라니는 괜찮을 거라고. 아무 일 없을 거라고. 이제 내 손으로 넘어온 멜라니의 휴대전화로 늙다리 남자친구에게서 메시지가 몇 개 왔지만 그에게는 연락하지 않았다.

그러고 나서 복도 저쪽 끝에 있는 남자 화장실로 슬쩍 들어가 내 가장 친한 친구들인 엘렌, 디디에, 에마뉘엘에게 전화를 걸었다. 나는 조금 전과는 전혀 다르게 떨리는 목소리로, 얼마나 겁이 났는지, 깁스를 하고 멍한 눈빛으로 꼼짝 않고 누워 있는 동생을 보면 지금도 얼마나 겁이 나는지 모르겠다고 털어놓았다. 엘렌은 울먹이며 얘기했고, 디디에는 거의 아무 말도 하지 못했다. 에마뉘엘만 귀청을 때리는 특유의 바리톤 목소리와 따뜻한 웃음으로 나를 위로해주었다. 자기가 내려가서 같이 있어주면 어떻겠느냐는 그의 말에 나는 잠시 고민했다.

"나, 두 번 다시 운전 못할 것 같아." 멜라니가 힘없이 중얼거린다.

"아무려면 어때. 아직은 그럴 만한 때도 아니고."

멜라니는 어깨를 으쓱하려다 움찔한다. "애들 많이 컸더라. 뤼카도 이제 어른이 다 됐어. 마르고는 머리를 주황색으로 염색했던데. 아르노는 염소수염을 기르고." 그녀는 터서 갈라진 입술을 옆으로 늘이며 미소를 짓는다. "그리고 아스트리드는······"

"응······" 나는 한숨을 쉰다. "아스트리드."

멜라니는 천천히 팔을 뻗어 내 손을 잡는다. 그러고는 지그시 꼭 쥔다. "이름이 뭐였더라, 아무튼 그 남자는 안 왔지?"

"다행히도."

의사가 저녁 회진차 간호사와 함께 등장하고, 나는 동생에게 작별의 입맞춤을 한 뒤 밖으로 나간다. 복도를 왔다갔다할 때마다 테니스화의 고무 밑창 때문에 찍찍 소리가 난다. 정문으로 향하는데,

정문 바로 밖에서 또다시 그녀와 마주친다.

앙젤 루바티에르. 이번에는 블랙진에 검은색 민소매 티셔츠 차림이다. 한쪽 겨드랑이에 헬멧을 끼우고, 끝내주는 검은색 구형 할리 데이비슨에 앉아 있다. 다른 쪽 손으로는 전화를 받고 있다. 갈색 머리카락이 얼굴을 덮고 있어 어떤 표정을 짓고 있는지는 알 수 없다. 나는 그 자리에 서서 길고 늘씬한 종아리와 아래로 갈수록 점점 날씬해지는 등, 동그랗고 여성스러운 어깨를 위아래로 훑으며 잠깐 그녀를 바라본다. 팔뚝은 가무잡잡하다. 최근에 햇볕에 태운 모양이다. 수영복을 입은 모습은 어떨지 궁금해진다. 어떤 삶을 살고 있는지, 결혼은 했는지, 미혼인지, 아이는 있는지 궁금해진다. 반질반질한 음모로 덮인 그곳에서는 어떤 냄새가 날지 궁금해진다. 그녀가 이상한 낌새를 느꼈는지 자신을 훑어보고 있는 내 쪽으로 홱 고개를 돌린다. 나는 한 걸음 뒤로 물러선다. 당황스러운 마음에 심장이 두근거린다. 그녀는 나를 보고 웃더니 전화기를 주머니에 넣고 손가락을 살짝 까딱인다. 그쪽으로 오라는 뜻이다. 나는 바보 같다고 생각하며 터벅터벅 그녀에게 다가간다.

"동생은 상태가 어때요?" 그녀가 묻는다.

이렇게 환한 불빛 아래 있는데도 눈동자가 금색이다.

"좀 괜찮아진 것 같아요." 나는 우물쭈물 대답한다. "감사합니다."

"가족들이 아주 보기 좋던데요? 부인도 그렇고, 딸도 그렇고, 아들도 그렇고."

"감사합니다."

"다들 갔어요?"

"네."

정적이 흐른다.

"그런데 지금은 이혼했어요." 내가 왜 이런 소리를 하는지 모르겠다. 한심하다.

"한동안 여기 계속 있어야겠네요."

"네. 동생이 꼼짝도 못하니까요."

그녀는 고개를 끄덕이고 오토바이에서 내린다. 안장 위로 어찌나 유연하게 다리를 넘기는지 감탄스러울 정도다.

"술 한잔 할 시간 있어요?" 그녀가 묻는다.

나를 똑바로 바라보면서.

"그럼요." 나는 늘 있는 일인 척하려 노력하며 대꾸한다. "어디좋은 데 있어요?"

"갈 만한 데가 많지는 않아요. 시청 근처에 술집이 하나 있긴 한데. 지금 이 시간이면 아직 문을 안 열었을 거예요. 도팽 호텔에도바가 있고요."

"도팽이면 내가 묵는 호텔인데." 내가 말한다.

그녀는 고개를 끄덕인다. "묵을 만한 데가 거기 한 군데밖에 없어요. 요즘 같은 때 영업을 하는 호텔은 거기뿐이거든요."

그녀는 걸음이 나보다 빠르다. 속도를 맞추려니 숨이 찬다. 우리는 말없이 걷는다. 하지만 부담스러운 침묵은 아니다. 호텔에 도착해보니 바에 아무도 없다. 우리는 잠깐 기다린다. 개미 한 마리 없는 듯하다.

"객실에 미니바 있죠?" 그녀가 묻는다.

또다시 나를 대놓고 똑바로 바라본다. 그녀에게는 두렵게 하면서도 흥분하게 하는 무언가가 있다. 그녀가 나를 따라 객실로 올라온다. 나는 허둥지둥 열쇠를 넣고 돌린다. 열렸던 문이 찰칵 닫히고, 그녀가 내 품에 안기자 탐스러운 머리칼이 내 뺨에 닿는다. 그녀가 내 몸 깊숙이, 구석구석 입을 맞춘다. 그녀의 입에서 박하와 담배 맛이 느껴진다. 그녀는 아스트리드나 최근에 내 품에 안겼던 그 어떤 여자보다 힘이 세고 키가 크다.

서툰 사춘기 소년처럼 어찌할 바를 모른 채 가만히 서서 키스를 받다니, 바보가 된 기분이다. 내 손이 갑자기 정신을 차린다. 나는 그녀를 움켜잡는다. 물속에서 허우적거리다 구명조끼를 잡은 사람처럼 그녀의 잘록한 허리에 손바닥을 밀착시켜 내 쪽으로 당기며 그녀를 와락 껴안는다. 그녀는 내 쪽으로 녹아내리며 몸속 깊은 곳에서 우러난 나지막하고 흥얼거리듯 부드러운 한숨 소리를 낸다. 우리는 침대 위로 쓰러지고, 그녀는 오토바이 위에서 그랬던 것처럼 아무렇지 않게 다리를 벌리고 내 위로 걸터앉는다. 그녀가 눈동자를 고양이처럼 번뜩인다. 그러더니 천천히 미소를 지으며 내 허리띠를 풀고 바지 지퍼를 내린다. 그녀가 정확하면서도 부드러운 육감적인 손길로 어루만지자 나는 금세 딱딱해진다. 그녀는 내가 자신의 몸속으로 들어가는 순간에도 계속 나를 보며 미소를 짓는다. 그녀는 곧바로 내 엉덩이를 움직이지 못하게 막으며 노련하게 속도를 조절한다. 몇 분 만에 끝나는 성급하고 설익은 정사가 아니다. 뭔가 특별한 순간이다.

그녀가 내 위로 올라오고, 나는 그녀의 황갈색 굴곡을 훑어본다.

그녀가 앞으로 몸을 숙여 내 얼굴을 손으로 감싸더니 놀라우리만치 부드럽게 입을 맞춘다. 천천히 여유를 부리며 즐기고 있다. 느긋하고 여유로운 분위기지만, 점점 고조된 느낌이 너무나 폭발적이어서 발끝부터 꼬리뼈를 거쳐 척추까지 불에 댄 듯 화끈거리고 그슬린 듯 아플 지경이다. 그녀가 내 위에 납작하게 누워 가쁜 숨을 내쉰다. 내 손바닥과 맞닿은 그녀의 허리가 축축하다.

"고마워요." 그녀가 속삭인다. "나한테 필요한 순간이었어요."

나는 용케 마른 웃음을 내뱉는다. "천만의 말씀. 나한테 필요한 순간이었죠."

그녀는 테이블 쪽으로 손을 뻗고 담배를 집어 불을 붙인 다음 내게 건넨다.

"당신을 본 순간 알 수 있었어요."

"뭘요?" 내가 묻는다.

"당신을 가질 수 있겠다는 걸."

그녀는 내 손가락에 들려 있던 담배를 빼앗아간다.

문득 정신을 차리고 보니 내가 콘돔을 하고 있다. 그녀가 내게 씌운 기억도 없는데. 상상도 못할 만큼 날렵한 솜씨를 발휘한 모양이다.

"아직도 사랑하죠?"

"누굴요?" 나는 이렇게 묻지만, 누구를 말하는지 알고 있다.

"부인이요."

이 범상치 않은 아름다운 이방인에게 거짓말을 할 필요가 있을까.

"맞아요. 아직도 사랑해요. 일 년 전에 날 버리고 다른 남자한테

갔어요. 기분 더러운 일이죠."

앙젤은 담배를 비벼 끈다. 그러더니 다시 고개를 돌리고 나를 바라본다.

"그런 것 같았어요. 그녀를 쳐다보는 당신의 눈빛을 보니까. 가슴 아프겠어요."

"아파요."

"어떤 일 해요? 그러니까, 직업이요."

"건축가예요. 하지만 지루한 일 전문이죠. 사무실이나 창고를 개조하거든요. 아니면 병원이나 도서관이나 연구소를. 하나도 재미없어요. 내가 직접 만드는 게 아니니까."

"자기 스스로를 깔아뭉개는 걸 좋아하나봐요."

"아뇨." 나는 기분이 나빠진다.

"그럼 그러지 마요."

나는 잠자코 조심스럽게 콘돔을 벗긴다. 그런 다음 욕실에 버리러 가기 위해 침대에서 일어난다. 늘 그렇듯 거울에 비친 내 모습은 외면한다.

"루바티에르 씨, 당신은 어떤가요? 어떤 일 해요?" 나는 배에 힘을 주고 침대 쪽으로 돌아가며 묻는다.

그녀는 태연하게 나를 바라본다.

"나는 장의사예요."

나는 침을 꿀꺽 삼킨다.

그녀는 미소를 짓는다. 치아가 새하얗고 반듯하다.

"하루종일 시신을 만져요. 방금 전에 당신 물건을 어루만졌던 그 손으로."

　나는 그녀의 손을 훔쳐본다. 튼튼하고 유능해 보인다. 그런데 아주 여성스러워 보이기도 한다.

　"내 직업 때문에 흥미를 잃는 남자들도 있어요. 그런 남자들한테는 말 안 하죠. 말하는 순간 발기가 풀어지거든요. 내 대답 듣고 당황스러웠어요?"

　"아뇨." 나는 솔직하게 대답한다. "좀 놀랐어요. 당신이 하는 일에 대해 얘기해줘요. 장의사를 만난 건 처음이라."

　"죽음을 존중하는 법을 배워나가는 직업이에요. 그게 전부예요. 만약 그 사고로 동생분이 어젯밤에 죽었다면—다행히 죽지 않았지만요—평화롭게 눈을 감은 것처럼 보이게 꾸미는 일을 내가 맡았을 거예요. 당신과 가족들이 두려움 없이 그녀의 얼굴을 마지막으로 대면할 수 있게 말이죠."

　"대단하군요."

　그녀는 어깨를 으쓱한다. "일인걸요. 당신이 사무실을 개조하는 것처럼 나는 시신을 꾸미는 거예요."

　"힘든가요?"

　"네. 아이를 맡으면요. 갓난쟁이도 그렇고. 임신부도 그렇고."

　나는 몸을 떤다.

　"당신은 어때요? 아이가 있나요?"

　"아뇨." 그녀가 말한다. "나는 가정적인 인간이 못 되거든요. 그래서 남의 아이들을 보면 사족을 못 쓰나봐요."

　"결혼은 했어요?"

"경찰이에요? 나는 결혼에 어울리는 인간이 아니에요. 궁금한 거 또 있어요?"

나는 미소를 짓는다. "아뇨."

"다행이네요. 이제 그만 가봐야 하거든요. 남자친구가 내가 어디 있는지 궁금해하고 있을 거예요."

"남자친구?" 내 목소리에 당황하는 기색이 역력하다.

그녀는 하얀 이를 반짝인다. "네. 남자친구가 몇 명 돼요."

그녀는 침대에서 일어나 욕실로 들어간다. 잠깐 샤워기 물소리가 들린다. 잠시 후 그녀가 몸에 수건을 감고 나타난다. 나는 그녀를 바라본다. 너무 매혹적이라 눈을 뗄 수가 없다. 그녀도 그 사실을 알고 있다. 그녀가 속옷과 청바지와 티셔츠를 입는다.

"우린 또 만나게 될 거예요. 당신도 알고 있겠지만."

"알아요." 나는 나지막이 속삭인다.

그녀는 내 쪽으로 몸을 숙이고 굶주린 사람처럼 온 입술을 동원해 입을 맞춘다.

"내가 다시 찾아올 거예요, 파리지앵 아저씨. 배 집어넣으려고 그렇게 애쓸 필요 없어요. 안 그래도 충분히 섹시하니까."

문이 찰칵 닫힌다. 그렇게 그녀는 사라진다. 나는 정신을 차리려고 애쓴다. 파도가 내 몸을 휩쓸고 지나가기라도 한 것처럼 여전히 정신이 없다. 샤워를 하는데 여자가 어쩌면 그렇게 대담할까 싶어 계속 웃음이 난다. 하지만 그 당찬 모습 뒤에 엄청나게 매력적인 구석이 있다. 따스함과 거부할 수 없는 매력이. 나는 티셔츠와 청바지로 갈아입으며 그녀가 대단한 업적을 남겼다고 결론을 내린다. 덕분에 나는 몇 년 만에 자기혐오의 그늘에서 벗어날 수 있었다. 나도 모르게 콧노래가 나와 하마터면 큰 소리로 웃음을 터뜨릴 뻔한다.

나는 거울 속의 내 모습을 똑바로 본다. 얼마 만의 일인지 모르겠다. 기름한 얼굴. 두툼한 눈썹. 불룩한 배와 비교되는 가느다란 팔다리. 나는 씩 웃는다. 거울 속에서 나를 마주보고 있는 남자가 이제는 처량해 보이지 않는다. 처량해 보이기는커녕 헝클어진 희끗희끗한 머리칼하며 악동처럼 반짝이는 밤색 눈동자가 섹시해 보인다.

아스트리드가 지금의 내 모습을 보고 있다면 얼마나 좋을까. 아스트리드가 다시 찾아오겠다는 앙젤 루바티에르처럼 나를 원하면 얼마나 좋을까. 나는 신음 소리를 내뱉는다. 언제쯤이면 헤어진 아내를 애타게 그리워하는 마음이 사라질까? 언제쯤이면 그만 포기하고 정리할 수 있을까?

나는 앙젤의 직업에 대해 생각해본다. 장의사들이 정확히 어떤 일을 하는지 전혀 아는 바가 없다. 알고 싶은 마음은 있을까? 얼핏 호기심이 들기는 하지만 구체적으로 파고들고 싶지는 않다. 사후에 시신을 어떻게 수습하는지 텔레비전 다큐멘터리에서 본 기억이 난다. 혈청을 주입하고, 오그라든 얼굴을 부드럽게 펴고, 상처를 꿰매고, 팔다리를 가지런히 정리하고, 특수 화장을 한다고 했다. 나는 같이 보던 아스트리드에게 참 섬뜩한 일 아니냐고 했다. 지방소도시의 이 병원에서 앙젤 루바티에르는 날마다 어떤 죽음을 마주할까? 세상을 하직한 노인들. 교통사고. 암. 심장마비. 문득 그 옛날에도 장의사가 우리 어머니 시신을 손보았을지 궁금해진다. 병원으로 찾아갔던 날이 생각난다. 나는 눈을 감았었다. 멜라니도 그랬을까? 장례식장은 클레베르 가에서 십 분 거리에 있는 생피에르 드 샤요 성당이었다. 어머니가 묻힌 곳은 트로카데로에 있는 가까운 파시 공동묘지다. 레 집안의 묘지. 몇 년 전에 아이들을 데리고 가서 한 번도 만난 적 없는 할머니의 묘지를 보여준 적이 있었다. 장례식은 어땠는지 기억나는 게 거의 없다. 어두컴컴했던 성당과 몇 안 됐던 조문객, 그들이 속삭이던 소리, 새하얀 백합과 코를 찌르던 꽃향기, 우리를 자꾸만 안아주던 낯선 사람들만 언뜻 떠오를 뿐. 동생은 기억하는지, 어머니의 시신이 어땠는지 기억하는지 물어보고 싶지만 지금은 때가 아니다.

차가 고속도로를 이탈하던 순간 멜라니가 하려고 했던 말이 무엇이었을지 다시 생각해본다. 사고를 당한 후 궁금증이 떠나질 않는다. 그것은 마음 깊숙한 곳에서 무거운 짐처럼 나를 내리누른다. 베송 박사에게 이야기하는 게 좋을까? 어떤 식으로 말을 꺼내는 게 좋을까? 그녀는 어떻게 생각할까? 뭐라고 할까? 하지만 지금 당장은 이런 대화를 나누고 싶은 상대가 헤어진 아내뿐인데, 그녀는 지금 여기 없다.

나는 휴대전화를 켜고 메시지를 듣는다. 새로운 계약 건과 관련해서 플로랑스가 남긴 메시지 한 개. 라바니가 남긴 메시지 세 개. 바스티유 근처에 최신식 어린이집을 짓고 싶다는 그의 프로젝트를 수락한 이유는 보수가 많고, 요 근래 일을 까다롭게 고를 상황이 아니었기 때문이다. 매달 아스트리드에게 보내야 하는 양육비가 적지 않았다. 변호사들끼리 정한 액수였다. 내가 어떻게 할 수 있는 부분이 아니었다. 내 수입이 항상 그녀보다 많았으니 그래야 맞는 거였다고 생각한다. 월말마다 쪼들리기는 하지만.

자세한 설명은 생략했지만 파리로 돌아가던 길에 사고가 났다고 어제 문자를 보냈는데도, 라바니는 내가 어디에 있으며 왜 답이 없는지 이해를 못하는 모양이다. 나는 그의 목소리가 싫다. 버릇없이 자란 어린아이처럼 칭얼대는 카랑카랑한 목소리. 운동장 표면에 문제가 있다고 한다. 색깔도 틀렸다고 한다. 배합에 문제가 있다는 것이다. 그는 계속해서 불평하고 아무 말이나 다 내뱉는다. 쥐처럼 생긴 그의 얼굴과 툭 튀어나온 눈과 접시만한 귀가 눈에 선하다. 처음부터 그가 마음에 들지 않았다. 이제 갓 서른을 넘긴 나이에 못생긴 얼굴만큼이나 거만하다. 나는 손목시계를 흘끗 본다. 일곱시. 전화를 걸어도 될 시간이지만 하지 않는다. 그가 남긴 메시지를 모두 지우는 만행을 저지르고 흡족해한다.

다음 메시지는 엘렌이 남긴 것이다. 부드럽고 나긋나긋한 그녀의 목소리. 멜라니는 어떤지, 몇 시간 전에 마지막으로 통화한 이후에 내가 어떻게 지내고 있는지 궁금해한다. 그녀는 여전히 가족들과 함께 옹플뢰르에 있다. 이혼한 이후에 나는 종종 그 집에 놀러가곤 했다. 바다가 내려다보이고, 행복하고 느긋하고 아늑해서 머물면 기분이 좋아지는 곳이다. 엘렌은 소중한 친구다. 어떻게 하면 내가 나 자신과 내 생활에 느끼는 혐오감을 줄일 수 있는지 정확히 안다. 비록 임시방편이기는 하지만. 이혼을 하면 싫은 점 중 하나가 친구들 사이에서 편이 나뉜다는 것이다. 몇 명은 아스트리드를 선택했고, 몇 명은 나를 선택했다. 왜 그랬을까? 정말로 모르겠다. 말라코프에서 내 자리를 꿰차고 앉은 그 녀석과 함께 저녁을 먹는 게 이상하지도 않나? 프루아드보 가의 텅 빈 아파트로 찾아와 잘 지내지 못하는 게 분명한 나를 만나면 슬프지 않나? 몇몇 친구들이 나를 두고 아스트리드를 선택한 이유는 그녀가 행복해 보이기 때문이었다. 행복한 사람과 어울리는 게 더 마음 편할 테니까. 인생의 낙오자 옆에서 같이 고민하고 싶은 사람은 없을 테니까. 내가 얼마나 외로운지, 열여덟 해 동안 가장으로 살다가 가족 없이 지내려니 처음 몇 개월 동안 얼마나 막막했는지 듣고 싶은 사람은 없을 테니까. 탄 바게트 냄새와 라디오에서 와글거리는 RTL 뉴스 시엠송만이 유일한 친구인, 이케아 제품으로 도배한 부엌에서 맞이하는 이른 아침은 얼마나 적막했던가. 나는 그 정적에 마비돼 그 자리에 가만히 서 있곤 했다. 아스트리드가 아이들더러 얼른 준비하라고 고함을 지르는 소리, 아르노가 계단을 엄청나게 쿵쾅거리며 내려오는 소리, 티투스가 신나서 짖는 소리, 뤼카가 운동 가방 못 찾겠다고 비명 지르는 소리. 일 년 뒤에는 정적이 흐르는 새로운 아침에 익숙해졌다는 걸 인정해야겠지. 하지만 그 소음이 그리운 마음은 여전하다.

다른 고객들이 남긴 메시지도 여러 개 있다. 몇 개는 급한 용건이다. 여름휴가가 끝났다. 사람들은 일터로, 일상의 정해진 일 속으로 돌아왔다. 내가 얼마나 더 여기 머물 수 있을까. 이제 곧 사흘째로 접어든다. 그리고 멜은 아직 꼼짝도 못한다. 베송 박사는 더 이상 자세한 설명을 해주지 않는다. 멜라니의 회복 정도를 확인한 뒤에 정확한 진단을 내리려는 모양이다. 망가진 차와 내가 작성해야 할 서류 운운하며 보험회사에서 남긴 메시지도 있다. 나는 조그만 수첩에 열심히 받아적는다.

노트북을 켜고 침대 옆 전화선을 연결해 이메일을 확인한다. 에마뉘엘이 보낸 것과 업무용 이메일이 몇 통 있다. 재빨리 답장을 보낸다. 그런 다음 지금쯤 작업중이었어야 할 프로젝트들이 담긴 오토캐드 파일을 연다. 파일을 보아도 어찌나 심드렁한지 놀라울 지경이다. 새롭게 변신할 사무실, 도서관, 병원, 스포츠센터, 연구소를 상상만 해도 짜릿하던 시절이 있었는데. 이제는 흥이 나지 않는다. 아니, 그 정도가 아니라 감흥이 없는 일에 내 반평생과 에너지를 허비한 것 같은 기분마저 든다. 어쩌다 이렇게 됐을까? 언제부터 김빠진 맥주처럼 된 거지? 아스트리드가 떠나면서부터였을 것이다. 어쩌면 내가 우울증을 앓고 있는지도 모르고, 중년의 위기인지도 모른다. 그런데 내가 미처 몰랐던 것이다. 하지만 우울증이나 중년의 위기 같은 것들이 닥치는 걸 사전에 미리 알아차릴 방법이 있을까?

나는 노트북을 덮고 침대에 눕는다. 시트에 앙젤 루바티에르의 체취가 남아 있어서 좋다. 작고 현대적인 이 객실은 매력은 없지만 굉장히 아늑하다. 벽은 진주색이고, 털이 납작해진 카펫은 빛바랜 베이지색이다. 창밖으로는 주차장이 보인다. 지금쯤 멜라니는 병원에서라면 늘 그렇듯 황당할 정도로 일찍 나오는 저녁식사를 마쳤을 것이다. 내가 선택할 수 있는 건 교외에 있는 맥도널드와 이미 두 번 다녀온 중심가의 조그만 민박집이다. 서비스는 느리고 이가 다 빠진 팔십대 손님들로 가득해도 영양가 있는 음식을 판다. 오늘 저녁은 굶기로 한다. 건강에 도움이 될 것이다.

나는 텔레비전을 켜고 뉴스에 집중한다. 정치적으로 불안한 중동, 폭탄, 폭동, 죽음, 폭력. 나는 눈앞에서 펼쳐지는 광경에 넌더리가 나서 채널을 돌리다 결국 반쯤 지나간 〈사랑은 비를 타고〉에서 멈춘다. 그러고는 언제나처럼, 안경을 낀 볼품없는 진 켈리 주변을 빙글빙글 도는 시드 채리스의 매끈한 다리와 몸에 꼭 맞는 에메랄드색 코르셋에 넋을 잃는다.

그렇게 누운 채로 그 길고 둥그렇고 탄탄한 허벅지에 감탄하는데, 어떤 평온함 비슷한 감정이 나를 채운다. 나는 졸린 아이처럼 얌전하게 계속 영화를 본다. 오래도록 느끼지 못했던 고요한 행복이다. 이유가 뭘까? 궁금해진다. 도대체 오늘밤, 왜 행복해하는 걸까? 상반신에 깁스를 한 동생은 언제 다시 걸을 수 있을지 모르고, 헤어진 아내에 대한 미련은 여전하고, 하는 일은 지겨운데.

하지만 평온한 기분이 거세게 나를 덮쳐 이 모든 어두운 생각들을 덮어버린다. 스프링이 달린 인형처럼 자꾸만 튀어오르는 아스트리드에 얽힌 괴로운 추억들을 씻어내고, 멜라니에 대한 걱정을 가라앉히고, 일에 대한 분노와 좌절감을 지워버린다. 나는 침대에 누워 그 감정에 나를 맡긴다. 하얀 면사포로 온몸을 휘감고, 자주색 세트장을 배경으로 애원하듯 두 팔을 내민 채리스가 어찌나 아름다운지. 다리는 또 어찌나 긴지, 맨발인데도 끝없이 이어지는 듯하다. 앙젤 루바티에르의 사향 냄새와 시드 채리스의 허벅지를 위안 삼으며 그렇게 영원히 누워 있을 수도 있을 것 같다.

휴대전화가 삐 소리를 내며 문자메시지가 도착했음을 알린다. 나는 아쉬워하며 채리스에게서 눈을 떼고 전화기를 집어든다.

내 꿈 꿔요.

모르는 번호가 보낸 문자다. 나는 미소를 짓는다. 누가 보낸 문자인지 알 것 같다. 앙젤 루바티에르밖에 없다. 병원 직원이니 멜라니의 서류를 보고 내 번호를 알아냈을 것이다.

고요한 만족감이 가르릉거리는 고양이처럼 천천히 나를 감싼다. 언젠가는, 어디에선가는 끝날 것임을 알기에 이 기분을 최대한 만끽하고 싶다. 폭풍의 눈 속으로 피신한 격이다.

아무리 그러지 않으려 애를 써도 아스트리드가 세르주를 만난 그 운명적인 여행이 자꾸만 생각난다. 사 년 전의 일이었다. 질풍노도와 같은 아이들의 사춘기가 아직 시작되기 전이었다. 우리는 휴가 때 터키의 팔미예에 있는 클럽 메드에 예약했다. 내가 제안한 여행이었다. 여름이면 우리는 사를라 인근 도르도뉴 지역에 있는 처가에서 장인, 장모와 함께 시간을 보내곤 했다. 우리 부모님에게도 레진이 현대식으로 끔찍하게 개조한 루아르 계곡의 별장이 있었지만, 부모님이 우리를 기꺼이 초대하는 경우는 거의 없었다.

　그런데 처가에서 보내는 여름이 슬슬 부담스러워지기 시작했다. 페리고르 누아르가 제아무리 어마어마하게 아름다워도 장인, 장모와 함께 지내는 것이 날이 갈수록 힘에 부쳤다. 장인은 까다로운 면이 있어서 배변 활동과 변의 농도, 소박한 상차림, 칼로리 계산, 지속적인 운동에 집착했다. 달덩이 같은 얼굴에 보조개가 패어 있고, 눈처럼 하얀 머리를 동그랗게 틀어올린 장모는 행복하게 콧노래를 흥얼거리고 사람 좋게 어깨를 으쓱거려가며 모든 것을 받아들였다. 내가 매일 아침 "아주 나쁜 습관이다! 그러다 쉰 살이면 죽을 거다!"라고 호통치는 장인의 구박을 견뎌가며 설탕을 넣은 블랙커피를 마시고, "담배를 한 대 피울 때마다 수명이 오 분씩 주는 건 알고 있겠지?" 따위의 잔소리를 들어가며 수국 덤불 뒤에 숨어서 급히 담배 한 대를 피우는 동안, 장모는 땀을 최대한 흘리도록 온몸을 비닐로 감고 앞뒤로 스키 스틱을 흔들며 마당을 씩씩하게 걸어다녔다. 노르딕 워킹이라고 했는데, 당신이 스웨덴 출신이었으니 우스워 보이기는 해도 잘 맞는 운동인 듯했다.

1960년대로 시대를 역행한 장인뿐 아니라 수영장과 집안에서 알몸으로 돌아다니는 장모도 거슬리기 시작했다. 축 처진 엉덩이를 보면 가엾다는 생각밖에 안 드는데, 그들은 그런 사실을 전혀 모른 채 나이든 파우누스*처럼 활보하고 다녔다. 적정선을 지키기는 해도 여름이면 나체생활을 즐기는 아스트리드 앞에서 내 입으로 이런 이야기를 꺼낼 수는 없었다. 그런데 저녁을 먹는 자리에서 이제 막 열두 살이 된 아르노가 주요 부위를 내놓고 다니는 할머니 할아버지 때문에 수영장에 친구들을 초대하기가 창피하다고 투덜거리며 경종을 울렸다. 안 그래도 우리 부부는 다시 놀러오기는 하더라도 여름휴가는 다른 데서 보내기로 이미 결심을 굳힌 참이었다.

그렇게 해서 우리는 점점이 떡갈나무가 심어져 있고 숲이 우거

---

* 로마신화에 나오는 숲의 신.

진 도르도뉴와 뮤즐리*와 나체를 사랑하는 장인 장모를 찔 듯이 덥고 분위기가 지나치게 유쾌하고 고열량식을 제공하는 클럽 메드와 맞바꿨다. 처음에 나는 세르주의 존재를 알아차리지 못했다. 위험의 징조를 전혀 감지하지 못했다. 아스트리드는 아쿠아짐 수업과 테니스 강습을 들었고, 아이들은 미니 클럽에 갔고, 나는 바닷가나 물속에서 꾸벅꾸벅 졸거나 수영을 하거나 선탠을 하거나 책을 읽었다. 멜라니가 자기 출판사에서 출간한 재능 있는 신인 작가, 검증받은 작가, 외국 작가 들의 작품이라며 준 책을 그해 여름에 수도 없이 읽은 기억이 난다. 집중하지는 않고 설렁설렁 대충 읽기는 했지만. 그해 여름에는 뭐든 건성이었다. 정신을 바짝 차리고 있었어야 했는데. 그러기는커녕 내 작은 세상이 문제없이 돌아가고 있다고 굳게 믿으며 태양 아래에서 빈둥거렸다.

그녀가 그를 만난 곳은 테니스장이었던 듯하다. 두 사람은 같은 강사에게 배웠는데, 그는 몸에 딱 붙는 흰 반바지를 입고 댄스플로어에 오른 존 트라볼타처럼 거시기를 과시해서 비위에 거슬리는 이탈리아 출신 강사였다. 내가 수상한 낌새를 느낀 것은 한참 뒤 이스탄불로 여행을 떠났을 때였다. 유럽에서 공부했고 뜻밖에도 벨기에 억양을 쓰는 희한한 터키인을 가이드 삼아 클럽 메드 투숙객 열다섯 명이 함께 떠났는데, 세르주도 우리 일행이었다. 우리는 더위로 기진맥진 몽롱한 가운데 토프카피 궁과 블루 모스크, 성소피아 성당, 메두사의 머리를 희한하게 거꾸로 매단 고대 저수지와

---

* 다양한 곡류, 과일, 견과류를 우유나 요구르트에 섞어 먹을 수 있도록 가공한 식품.

시장을 구경했다. 겨우 일곱 살이었던 뤄카는 계속 칭얼거렸다. 일행 중에서 뤄카가 가장 어린아이였다.

제일 처음 내 신경을 끈 것은 아스트리드의 웃음소리였다. 보트를 타고 보스포루스 해협을 지나며 가이드가 아시아에 해당되는 기슭에 자리잡은 여러 관광지를 손으로 짚어주는 동안 아스트리드가 계속 웃음을 터뜨리는 것이었다. 그때 세르주는 어떤 아가씨와 어깨동무를 하고 나를 등진 채 서 있었는데, 두 사람도 같이 웃고 있었다. 그 아가씨는 어리고 머리를 포니테일로 묶은 동안이었다. "여보, 이리 와서 세르주랑 나디아하고 인사해." 나는 어슬렁어슬렁 다가가 악수를 하고 햇볕에 눈을 찡그리며 그의 얼굴을 들여다보았다. 특별한 구석은 없었다. 나보다 키도 작고 투실투실했다. 이목구비도 평범했다. 그런데 아스트리드의 시선이 자꾸 그에게로 향했다. 그도 마찬가지였다. 여자친구와 함께 있으면서 내 아내를 계속 보다니. 나는 그를 보트 밖으로 밀어버리고 싶었다.

그러고 나서 또 한 가지 알아차린 것은 팔미예로 돌아와서도 짜증나게 그를 자꾸 마주친다는 사실이었다. 아니 이런, 터키식 목욕탕에 세르주가 있군. 세르주가 클럽 메드 특유의 희한한 동작을 따라 하며 수영장 옆에서 아이들과 함께 춤을 추고 있군. 우리 옆자리에서 저녁을 먹는데? 나디아가 옆에 있을 때도 있고 없을 때도 있었다. "두 사람은 신식 커플이거든." 아스트리드의 설명이었다. 그게 무슨 뜻인지는 알 수 없었지만, 뭐가 됐든 전혀 마음에 들지 않았다.

그는 아쿠아짐 수업 시간마다 어김없이 아내 옆에서 물살을 갈

랐고, 수업이 끝나고 서로 안마를 해주는 시간이 되면 그녀의 목덜미와 어깨를 주물렀다. 나로서는 그를 제거할 방법이 없었다. 나는 그를 보지 않으려면 일정이 끝날 때까지 기다리는 수밖에 없겠다고 어리숙하게 체념했다. 프랑스로 돌아온 직후부터 두 사람의 불륜이 시작됐을 줄은 꿈에도 몰랐다. 나에게 세르주는 완벽했던 여행에서 딱 하나 마음에 안 드는 부분에 불과했을 뿐이었다. 어쩌면 그렇게 어리석을 수 있었을까.

그때부터 아스트리드가 불안한 조짐을 보이기 시작했다. 자주 피곤해했고 짜증을 냈다. 부부관계도 끊겼다. 그녀는 내게 등을 돌리고 침대 저쪽 구석에 웅크린 채 일찍부터 잠을 청했다. 아이들을 모두 재우고 한밤중에 부엌에서 혼자 울고 있다가 내게 들킨 적도 한두 번 있었다. 그때마다 그녀는 피곤해서라거나 회사에 문제가 생겼다며 둘러댔다. 그리고 나는 그 말을 믿었다.

너무 쉽게 그 말을 믿었다. 그녀에게 아무것도 묻지 않았다. 나 스스로 자문하지도 않았다.

그녀가 눈물을 흘린 것은 그를 사랑하는데 내게 어떤 식으로 고백하면 좋을지 알 수 없기 때문이었다.

다음날 멜라니의 단짝인 발레리가 네 살짜리 딸 레아(멜라니의 대녀이기도 하다), 남편 마르크, 집에서 키우는 잭러셀테리어 로즈와 함께 찾아왔다. 나는 그들 부부가 멜라니와 이야기를 나누는 동안 아이와 개를 데리고 밖에서 기다려야 한다. 개는 스프링이 달렸는지 가만있지 못하고 계속 짖어댄다. 천사같이 생긴 아이도 그 못지않게 애를 먹인다. 이 둘을 달래느라 한 손에는 개 줄을 잡고 다른 손에는 아이 손을 잡고 병원 주위를 뱅글뱅글 도는 내 모습을 앙젤 루바티에르가 1층 창가에서 즐겁게 구경한다. 그녀의 시선이 내 위에서 깜빡이는 동안 사타구니가 서서히 달구어진다. 하지만 울부짖는 아이와 컹컹거리는 개를 끌고 가며 섹시하게 보이기란 힘든 일이다. 로즈는 앙젤의 오토바이 앞바퀴를 비롯해 뭐든 보이기만 하면 흉측하게 다리를 들고 오줌을 갈기고, 레아는 마땅히 놀 만한 곳도 없고 아이스크림을 사먹을 수도 없는 이 한심한 곳에서 나와 함께 8월의 땡볕에 시달려야 하는 이유를 알지 못한 채 엄마만 찾는다. 나는 그 나이대의 어린아이 앞에서 내가 얼마나 속수무책인지 깨닫는다. 그 또래 아이들이 얼마나 엄청난 폭군으로 돌변할 수 있는지, 얼마나 어리석고 시끄러울 수 있는지 그동안 잊고 있었다. 이제는 익숙해진, 어떻게 대처해야 하는지 알고 있는 사춘기 아이들의 안개 같은 침묵이 그리워진다. 도대체 사람들이 아이를 낳는 이유가 뭘까? 내가 이런 고민을 하는 사이, 레아가 우는 소리와 로즈가 짖는 소리가 한데 어우러지면서 간호사들이 창문을 열고 체념 내지는 경멸의 눈빛으로 나를 노려보기 시작한다.

다행히도 잠시 후 발레리가 등장해 울부짖는 한 쌍을 넘겨받는다. 나는 마르크가 나와서 로즈와 레아를 데리고 자리를 비켜줄 때까지 기다렸다가 발레리와 함께 밤나무 그늘 아래 앉는다. 오늘따라 햇볕이 더 뜨겁게 내리쬐어서, 얼음으로 덮인 심연의 피오르로 떠나고 싶은 생각이 간절하다. 스페인에서 까맣게 태우고 온 발레리는 보기에 근사하다. 그녀와 멜라니는 뤼베크 가에 있는 생트마리 드라숑프숑 학교 시절부터 친구다. 문득 발레리가 우리 어머니를 기억하는지 궁금해진다. 묻고 싶지만 참는다. 발레리는 제법 유명한 조각가다. 그녀의 작품은 나도 마음에 들지만, 아이들로 버글대는 집에 두기에는 너무 성적이고 노골적이다. 그녀의 작품을 그렇게 평가하는 이유도 내가 "16구에서 자란 보수적인 부르주아 남자"이기 때문일 것이다. 멜라니가 그런 말로 나를 놀려대는 소리가 들리는 듯하다.

발레리는 심란한 얼굴이다. 나는 며칠 지내는 동안 멜라니의 상태에 익숙해져 있다보니 처음 맞닥뜨린 사람은 충격을 받을 수밖에 없다고 계속 되뇌어야 한다. 손을 내밀어 그녀의 손을 잡는다.

"금방이라도 부서질 것처럼 보였어요." 발레리가 나지막이 속삭인다.

"그래." 내가 말한다. "하지만 첫날에 비하면 훨씬 좋아진 거야."

"나한테 뭐 숨기거나 그러는 건 아니죠?" 그녀가 날카롭게 묻는다.

"숨기다니?"

"예를 들면 멜라니 몸에 마비가 올 거라든지, 뭐 그런 끔찍한 소식 같은 거."

"그럴 리가 있나. 그런데 솔직히 말하면 의사도 말을 아껴. 멜라니가 언제까지 여기 입원해 있어야 하는지, 언제쯤이면 다시 걸을 수 있을지는 나도 잘 몰라."

발레리는 정수리를 긁는다. "병실에서 담당 의사를 만났어요. 괜찮은 사람 같던데."

"맞아, 괜찮은 사람이야."

발레리는 고개를 돌려 나를 본다. "오빠는 어때요? 어떻게 버티고 있어요?"

나는 웃으며 어깨를 으쓱한다. "아직도 뭐가 뭔지 잘 모르겠어."

"그렇게 행복한 주말을 보내고 사고를 당했으니 더 끔찍했겠어요. 생일에 멜라니랑 통화했거든요. 오빠랑 둘이서 재미있게 보내고 있는 것 같았는데."

"맞아." 나는 자신 없는 목소리로 대답한다. "그랬지."

"왜 이런 사고가 났는지 이해가 안 돼요."

그녀는 다시 나를 쳐다본다. 나는 대답할 방도가 없어 시선을 외면한다.

그러다 결국 한숨을 쉰다. "멜라니가 운전하던 차가 고속도로를 이탈했어. 그뿐이야. 그렇게 사고가 났어."

그녀는 까무잡잡하게 태운 팔을 들어 나를 감싸안는다. "내가 며칠 여기 있을게요. 오빠는 마르크랑 파리로 돌아가요. 멜라니 돌보는 일은 당분간 나한테 맡기고."

나는 아무 대답 없이 잠깐 고민에 빠진다.

발레리가 말을 잇는다. "당분간은 여기서 할 일도 없잖아요. 멜라니도 움직이지 못하는 상황이니 집에 다녀와요. 나한테 맡기고 어떻게 하면 좋을지 보자고요. 일도 해야 하고, 주말에 아이들도 만나야 할 거 아니에요. 그런 다음 아버님하고 함께 다시 내려오거나 하면 되잖아요."

"멜라니를 두고 가는 게 왠지 미안해져서."

그녀는 코웃음을 친다. "나 원 참. 나는 멜라니의 가장 오래된, 가장 친한 친구예요. 그애랑 오빠를 위해서 이러는 거예요. 두 사람 모두를 위해서."

나는 발레리의 팔을 지그시 누른다. 그러고는 망설이다 말문을 연다. "발레리, 우리 어머니 생각나?"

"오빠네 어머니요?"

"멜라니하고 알고 지낸 지 오래됐으니까 혹시라도 기억하나 싶어서."

"우리가 만난 게 어머니가 돌아가신 직후였어요. 여덟 살 때였나? 우리 부모님이 멜라니한테 어머니 이야기를 물으면 절대 안 된다고 했던 건 생각나요. 하지만 멜라니가 어머니 사진이랑 편지, 자질구레한 유품을 보여줬어요. 그러다 아버님이 재혼을 하셨죠. 그리고 우리 둘 다 까불까불한 사춘기로 접어들면서 남자나 뭐 그런 데 관심을 기울이기 시작했고요. 어머니 이야기는 별로 한 적이 없어요. 하지만 오빠랑 멜라니가 정말 안돼 보였죠. 내가 아는 사람 중에서 어머니가 돌아가신 친구는 오빠랑 멜라니밖에 없었거든요. 그래서 미안하기도 하고 슬프기도 했어요."

미안하기도 하고 슬프기도 했다. 내 동창들도 그런 식이었다. 나와 더이상 정상적인 대화를 나누지 못할 만큼 충격을 받은 친구도 있었다. 그런 친구들은 내가 말을 걸면 못 들은 척하거나 얼굴을 붉혔다. 교장 선생님은 나에게 어색한 연설을 강요했고, 어머니를 위한 특별 미사가 열렸다. 선생님들도 몇 달 동안 더할 나위 없이 다정하게 대해주었다. 나는 어머니가 돌아가신 아이가 되었다. 사람들은 내 뒤에서 수군거리고, 서로 옆구리를 찌르고, 턱으로 가리켰다. 저기 쟤야. 쟤 어머니가 돌아가셨대.

딸아이와 개를 데리고 오는 마르크가 보인다. 발레리는 동생을 맡겨도 될 만한 친구다. 그녀는 짐을 챙겨왔으니 며칠 있어도 된다고, 쉽고 당연한 일이라고, 그러고 싶다고 한다.

그래서 나는 얼른 결정을 내린다. 마르크, 로즈, 레아와 함께 떠나기로 한다. 짐을 챙기고, 발레리가 묵을 곳을 마련해달라고 호텔에 알리고, 동생과 작별 인사를 나눌 시간이 필요하다. 동생은 절친한 친구의 등장에 행복해하느라 내가 떠나도 신경쓰지 않는 눈치다.

나는 혹시라도 만날 수 있을까 해서 앙젤의 방일 것 같은 곳 앞을 서성인다. 하지만 그녀는 다른 데 있는 모양이다. 지금 무슨 일을 하고 있을지, 어떤 시신을 처리하고 있을지 궁금하다. 발걸음을 옮기는데 베송 박사가 보인다. 나는 동생의 친한 친구에게 동생을 맡기고 떠나지만 조만간 다시 올 거라고 전한다.

그녀는 최상의 의료진이 멜라니를 돌보고 있으니 걱정 말라고 하더니 이상한 말을 덧붙인다.

"아버님을 잘 살피세요."

나는 고개를 끄덕이고 발걸음을 옮기지만, 무슨 말인지 궁금해진다. 아버지가 아파 보인다는 말인가? 나는 모르는 뭔가를 감지한 걸까? 다시 돌아가 무슨 말이냐고 묻고 싶지만, 마르크가 기다리고 있고 벌써부터 아이가 난리법석을 피우고 있어 병원 앞을 든든하게 지키고 서 있는 늘씬한 발레리에게 손을 흔들고 얼른 출발한다.

길고 무더운 길이지만 아이와 개 모두 잠이 든 덕분에 기적적으로 조용하다. 마르크는 과묵한 성격이다. 우리는 별다른 대화를 나누지 않고 클래식 음악만 듣는다. 나로서는 다행스러운 일이다.

집에 도착하자마자 창문부터 모조리 열어젖힌다. 집안 공기가 답답하고 퀴퀴하다. 배기가스와 개똥이 뒤섞인, 칙칙하고 무겁고 찌는 듯한 파리 특유의 여름 냄새가 난다. 시끄러운 프루아드보 가에서는 3층 높이까지 자동차 소음을 끊임없이 토해내고 있다. 워낙 끔찍한 소음이라 절대 창문을 오랫동안 열어놓을 수가 없다.

　냉장고에는 아무것도 없다. 혼자 끼니를 때울 생각을 하니 견딜 수가 없다. 나는 에마뉘엘에게 전화해 자동응답기에 대고 애원한다. 태양이 이글거리는 복잡한 파리를 뚫고 마레에서 이곳으로 건너와 저녁을 같이 먹으며 기운을 북돋아달라고. 에마뉘엘은 분명 내 부탁을 들어줄 것이다. 잠시 후 휴대전화가 울린다. 에마뉘엘이 보낸 문자인 줄 알았는데 아니다.

　이런 걸 줄행랑이라고 하죠. 언제 돌아와요?

　심장이 두근거리고 갑자기 땀이 더 많이 난다. 앙젤 루바티에르다. 나도 모르게 미소가 번진다. 나는 감상적인 사춘기 소년처럼 휴대전화를 감싸쥔다. 얼른 답장을 보낸다.

　보고 싶어요. 조만간 전화할게요.

　보내자마자 바보 같은 짓이었다는 생각이 든다. 꼭 그런 식으로 보내야 했을까? 보고 싶다고 꼭 고백해야 했을까? 나는 제네랄 르클레르 가에 있는 모노프리로 얼른 달려가 와인, 치즈, 햄, 빵을 산다. 가게를 나서는데 휴대전화가 다시 울린다. 이번에는 출발했다는 에마뉘엘의 메시지다.

　나는 그를 기다리며 아레사 프랭클린의 옛 CD를 틀어놓고 볼륨을 높인다. 위층에 사는 할머니는 귀가 어둡고, 아래층에 사는 커플은 아직 휴가를 즐기고 있다. 나는 샤르도네를 한 잔 따르고 〈Think〉를 따라 홍얼거리며 텅 빈 아파트를 서성인다. 아이들이 이번 주말에 찾아올 것이다. 나는 아이들 방을 흘끗 들여다본다. 이혼이 한창 진행중일 때 아이들이 양쪽 집에 방이 있다며 좋아했던 기억이 난다. 그래서 수월하게 끝났다. 나는 자기 방을 저희 나름대로 꾸미도록 아이들에게 맡겼다. 뤼카의 방은 제다이와 다스 베이더로 도배가 되어 있다. 아르노는 감청색으로 벽을 칠해서 방이 꼭 바닷속 같다. 마르고는 제일 흉측한 메릴린 맨슨 포스터를 붙였다. 나는 어쩔 수 없는 경우가 아니면 그 포스터에는 눈길을 주지 않는다. 마르고가 가장 친한 폴린과 둘이서 진하게 화장을 하고 가운뎃손가락을 들고 찍은 심란한 사진도 있다. 기운 넘치고 말 많은 청소 담당 조르주 부인은 아르노의 방에 불만이 많다. 방바닥에 워낙 뭘 많이 늘어놓아서 문을 열 수가 없다고 한다. 마르고의 방도 만만치 않다. 치우려는 노력이나마 하는 아이는 뤼카뿐이다. 나는 지저분한 대로 지내도록 내버려둔다. 나하고 함께하는 시간도 얼마 되지 않는데 청소하라고 똑같은 잔소리를 여러 번 반복하는 것은 내키지 않는다. 잔소리는 아스트리드에게 맡긴다. 그리고 세르주에게.

이제 보니 뤼카가 책상 위에 가계도를 붙여놓았다. 전에 못 보던 그림이다. 나는 와인잔을 내려놓고 자세히 들여다본다. 프랑스와 스웨덴의 핏줄이 섞인 외가는 증조할머니와 증조할아버지까지 포함시켜놓았다. 우리 쪽, 그러니까 레 집안으로 넘어오면 우리 아버지 사진 옆에 물음표가 그려져 있다. 뤼카가 우리 어머니에 대해 아는 게 거의 없구나, 나는 새삼 깨닫는다. 이름이나 알고 있을까. 내가 아이들에게 들려준 이야기가 뭐가 있을까. 거의 없다.

나는 책상 위에 놓인 연필을 들고 '프랑수아 레, 1937' 옆의 작은 네모 칸 안에 '클라리스 엘지예르, 1938~1974'라고 또박또박 적어넣는다.

가계도에 모든 이의 사진이 붙어 있는데 우리 어머니 사진만 없다. 묘한 좌절감이 나를 관통한다.

에마뉘엘의 도착을 알리는 초인종이 울린다. 나는 그를 보자 불현듯 반갑고, 혼자가 아니라는 게 기뻐서 다부지고 건장한 친구의 몸을 덥석 끌어안는다. 그는 아버지가 아이 달래듯 내 등을 토닥인다.

에마뉘엘은 알고 지낸 지 십 년도 넘은 친구다. 우리는 내가 그의 광고회사 사무실 리노베이션을 담당하면서 처음 만났다. 그는 내 또래인데, 정수리가 완전히 벗겨져 더 나이들어 보인다. 그는 숱이 없는 머리 대신 덥수룩하게 기른 적갈색 수염을 만지작거리는 것을 좋아한다. 나는 감히 시도조차 못하는 밝고 특이한 색상의 옷을 자신 있게 입고 다닌다. 오늘 저녁에 입고 온 랄프 로렌 셔츠는 주황색이다. 그는 나를 보며 무테안경에 덮인 하늘색 눈동자를 반짝인다.

그가 와주어서 얼마나 행복한지, 그의 존재가 얼마나 고마운지 전하고 싶지만, 누가 레 집안의 남자 아니랄까봐 단어들을 혀끝에서 맴돌리다 마음속에 묻어버린다.

나는 에마뉘엘이 들고 온 비닐봉지를 받아들고, 그는 나를 따라 부엌으로 들어온다. 그는 바로 요리를 시작하고, 나는 전혀 그럴 필요 없다는 걸 뻔히 알면서도 도와줄까 하고 묻는다. 그는 자기 집인 양 부엌을 점령하고 나는 그렇게 부엌을 맡긴다.

"제대로 된 앞치마 아직도 안 사다놨지?" 그가 툴툴거린다.

나는 문 옆 고리에 걸려 있는 마르고의 분홍색 미키마우스를 가리킨다. 아이가 열 살 때부터 썼던 앞치마다. 그는 한숨을 쉬고 살집 두둑한 허리 위로 앞치마를 대충 묶는다. 나는 애써 웃음을 참는다.

에마뉘엘의 사생활은 베일에 가려져 있다. 그는 성격이 우울하고 복잡한 모니크라는 여자와 그렇고 그런 관계였는데, 그녀와 전 남편 사이에는 사춘기에 접어든 아이가 둘 있었다. 그런데 그녀에게 어떤 매력이 있어서 만나는지는 모르겠다. 게다가 그는 지금처럼 그녀가 아이들을 데리고 노르망디로 휴가를 떠난다든지 해서 옆에 없을 때마다 바람을 피운다. 지금도 아보카도를 다지며 휘파람을 불고, 해마다 이맘때면 자주 등장하는 특유의 짓궂은 표정을 짓고 있는 걸 보니 뭔가 있는 게 분명하다.

에마뉘엘은 남들보다 옷을 한 겹 더 입고 있는 셈인데도 더위로 고생을 하지 않는 눈치다. 옆에 앉아 와인을 홀짝이는 나는 관자놀이와 윗입술이 땀으로 번들거리는 게 느껴지는데, 그는 아주 침착하다. 열린 부엌 창문 너머로 한낮에도 동굴처럼 어두컴컴한 파리의 전형적인 안마당이 이어지고, 옆 건물의 시커먼 창유리와 창문 아래 선반에 걸린 축축한 행주가 보인다. 부엌으로는 바람 한줄기 들어오지 않는다. 찜통 같은 파리가 싫다. 말라코프와 작고 파릇파릇한 마당과 늙은 포플러 나무 밑에서 삐걱거리던 식탁과 의자가 그립다. 에마뉘엘은 제대로 된 칼도 후추 그라인더도 없다고 투덜거리며 부산스럽게 움직인다.

나는 요리를 해본 적이 없다. 우리 둘 사이에서 요리는 아스트리드의 몫이었다. 그녀가 세상에서 가장 맛있고 독창적인 요리를 부지런히 만들어내면 친구들은 감탄사를 연발했다. 문득 우리 어머니는 음식을 만드는 솜씨가 좋았을지 궁금해진다. 클레베르 가의 부엌에서 맛있는 냄새가 풍기던 기억은 없다. 아버지가 레진과 결혼하기 전에는 가정교사가 집안 살림과 우리를 도맡았다. 튈라르 부인. 비쩍 마르고 뺨에 털이 난 여자였다. 묽은 수프. 시들시들한 싹양배추. 질긴 송아지 고기. 눅눅한 리올레*. 문득 통밀빵에 뜨끈뜨끈한 염소치즈를 얹어 먹었던 기억이 난다. 어머니가 만들어준 음식일 것이다. 녹아내리며 혀를 톡 쏘던 치즈, 가루처럼 부서지던 빵의 식감, 달콤하게 감도는 신선한 백리향과 바질 그리고 올리브 오일 한 방울. 어머니가 어렸을 때 세벤에서 염소치즈를 자주 먹었다고 했던 게 생각난다. 그 작고 동그란 치즈 이름이 뭐라고 했더라…… 펠라르동? 피카동?

에마뉘엘이 멜라니는 어떠냐고 묻는다. 나는 발레리가 며칠 말

---

* 쌀에 우유와 설탕을 넣고 끓인 디저트.

아주기로 했다고 대답한다. 그러고 나서 동생의 상태를 정확하게는 모르겠지만 주치의인 베네딕트 베송을 좋아하고 신뢰한다고, 정말 성실하고 친절하다고, 사고 당일 밤에도 얼마나 위로가 됐는지 모른다고, 우리 아버지까지 감당하더라고 이야기한다. 그는 아이들은 어떻게 지내느냐고 물으며 곱게 다진 신선한 야채, 얇게 썬 고다 치즈, 톡 쏘는 요구르트 소스, 이탈리아 햄이 담긴 접시 두 개를 깔끔하게 내놓는다. 이것은 전채 요리에 불과하다. 나는 그의 식욕이 얼마나 대단한지 안다. 같이 먹기 시작하면서 나는 아이들이 이번 주말에 올 거라고 이야기한다. 그러면서 음식을 게걸스럽게 먹어치우는 그를 곁눈질한다. 멜라니가 그렇듯 아이를 키운다는 게 어떤 건지 에마뉘엘은 알고나 있을까? 사춘기 아이들에 대해 얼마나 알고 있을까? 전혀 모를 것이다. 운좋은 친구 같으니. 나는 쓴웃음을 삼킨다. 아무리 애를 써도 아이를 기르는 에마뉘엘의 모습은 상상이 가지 않는다.

나는 그가 자기 접시를 비우고 다시 일어나 연어 요리를 시작할 때까지 기다린다. 손놀림이 빠르고 날렵하다. 그를 지켜보며 솜씨에 감탄한다. 그는 생선 위에 딜*을 뿌리고 내 몫과 레몬 반쪽을 건넨다. 그때 내가 말한다. "어머니에 대한 기억이 떠오르는 바람에 멜라니가 몰던 차가 고속도로를 이탈한 거였어."

그는 놀란 얼굴로 나를 본다. 잇새에 조그만 딜 한 조각이 끼어 있다. 그가 이를 쑤신다.

---

* 허브의 일종.

"지금은 아무것도 생각이 안 난대." 나는 조금씩 연어를 먹어가며 말을 잇는다.

그도 덩달아 입을 우물거리지만, 시선은 내게 고정되어 있다. "하지만 곧 생각날 거야." 그가 말한다. "너도 그렇게 생각하잖아."

"응. 언젠가는 생각나겠지. 그런데 지금은 모르겠다고 하니 내가 자꾸 궁금해지거든. 미치겠어."

나는 그가 연어를 다 먹을 때까지 기다린다. 그런 다음 담배에 불을 붙인다. 그가 질색하는 걸 알지만, 여기는 어디까지나 내 집이다.

"어떤 기억이었을까?"

"아주 심란한 기억이었겠지. 운전대를 놓칠 만큼 엄청난."

나는 말없이 담배를 피우고, 그는 다시 딜을 빼내려고 한다.

"그리고 어떤 여자를 만났어." 내가 말한다.

그의 얼굴에 갑자기 생기가 돌며 한쪽 눈썹이 올라간다.

"장의사야."

그는 껄껄대며 웃는다. "농담이지?"

나는 미소를 짓는다. "얼마나 섹시한지 몰라."

그는 턱을 쓰다듬으며 눈을 반짝인다.

"그리고?" 그가 나를 부추긴다. 에마뉘엘은 이런 대화를 정말 좋아한다.

"곧장 침대로 직행했어. 기가 막힌 여자야. 아주 끝내줘."

"금발이야?"

"아니. 까만 머리. 눈은 황금색이고. 몸매가 예술이야. 유머 감각도 탁월하고."

"어디 사는데?"

"클리송."

"그게 어디야?"

"낭트 근처야."

그는 빙그레 웃는다.

"그 여자, 반드시 다시 만나야겠는데. 너한테 도움이 되고 있거든. 네가 이렇게 기분좋아 보이는 게 얼마 만인가 하면……"

"아스트리드와 헤어지고 처음이지."

"아니, 그보다 훨씬 오래됐어. 이렇게 표정이 환한 건 몇 년 만에 처음 있는 일이라고."

나는 샤르도네 잔을 든다. "앙젤 루바티에르를 위해."

우리의 잔이 쨍 하고 부딪친다.

나는 소도시의 병원에 있는 그녀를 생각한다. 서서히 번지는 그녀의 미소와, 매끄러운 피부와 그 특유의 맛을 생각한다. 그녀를 원하는 마음이 너무 간절해서 몸이 터질 것만 같다. 에마뉘엘의 말이 맞다. 이런 기분은 몇 년 만에 처음이다.

금요일 오후, 나는 아버지를 만나러 사무실을 나선다. 무더위는 여전하다. 온 도시가 이글거린다. 기진맥진한 여행객들이 여기저기 떼를 지어 모여 있다. 나무들은 축 늘어졌고, 흙과 먼지가 모여 잿빛 구름처럼 피어오른다. 나는 맹 가에서 클레베르 가까지 걸어 가기로 한다. 사십오 분쯤 걸리는 거리다. 자전거를 타기에는 날이 너무 더운데 운동 비슷한 걸 하고 싶다.

최근 들어 병원에서 희소식이 들린다. 베송 박사와 발레리가 전화로 멜라니가 기운을 차리고 있다고 알려준다. (앙젤 루바티에르에게도 문자를 몇 통 받았는데, 좀더 에로틱한 분위기라 짜릿했다. 하나도 지우지 않고 모두 전화기에 저장해놓았다.)

앵발리드를 지나 좌회전을 하는데, 주머니 속에서 전화기가 부르르 진동한다. 나는 화면에 뜬 번호를 흘긋 확인한다. 라바니다. 나는 전화를 받고 당장 후회한다.

그는 인사조차 건네지 않는다. 늘 이런 식이다. 나보다 최소 열다섯 살 어리지만 나에 대한 예우라고는 눈곱만큼도 찾아볼 수 없다.

"방금 어린이집에 다녀오는 길입니다." 그가 고함을 지른다. "프로답지 못한 당신의 태도에 경악을 금할 수 없었다고밖에 드릴 말씀이 없군요. 내가 당신한테 일을 맡긴 이유는 당신에 대한 평판이 좋았고, 당신 작품에 감명을 받은 듯한 사람들이 몇 명 있었기 때문이에요."

나는 그가 지껄이도록 내버려둔다. 새삼스러울 것도 없다. 통화할 때마다 거의 매번 있는 일이다. 예전에는 프랑스에서 8월은 공사를 빨리 진행할 수 없는 시기라고, 그러니 결과물을 뚝딱 만들어내는 것도 어려울 수밖에 없다고 최대한 차분하게 일깨워주었지만.

"예정과 달리 어린이집을 9월 초에 개관할 수 없다고 하면 시장님이 좋아하지 않으실 텐데요. 그건 생각해보셨나요? 집안에 문제가 있는 건 알지만, 그걸 핑계로 삼는 게 아닐까 생각될 때도 있단 말이죠."

나는 전화기를 끄지 않은 채 셔츠 주머니에 넣고 더 빨리 걷는다. 센 강 부근에서 속도를 높인다. 어린이집 공사는 유감스러운 사건의 연속이었다. 목조 공사가 잘못됐고, 도장공이(우리 팀원이 아니었다) 엉뚱한 색을 칠했다. 나하고는 전혀 무관한 일이었다. 하지만 라바니는 아랑곳하지 않았다. 나를 들들 볶았다. 그는 처음부터 나를 탐탁지 않아했다. 내가 하는 말이나 행동과는 상관없는 문제였다. 나를 보는 눈빛만 봐도 알 수 있었다. 가끔은 내 구두만 노려볼 때도 있었다. 그의 태도를 언제까지 참아낼 수 있을지 모르겠다. 보수는 평균치를 웃도는 수준으로 두둑하다. 그러니 버텨야 한다. 문제는 무슨 수로 버티느냐는 것이지만.

알마 광장을 지나고, 다이애나 비가 사망한 터널을 내려다보며 눈물을 글썽이는 관광객들을 지나자 프레지당 윌슨 가의 완만한 오르막길이 시작된다. 지나다니는 차가 줄었다. 좀더 주택지에 가깝기 때문이다. 어렸을 때 내가 살았던 곳이다. 조용하고 고즈넉하고 부유하고 보수적이고 어둑어둑한 16구. 파리 사람들은 누가 16구에 산다고 하면 돈이라는 단어부터 떠올린다. 여기가 바로 부자들이 사는 곳, 그들이 부를 과시하는 곳이다. 집안 대대로 부자인 집도 있고 신흥 재벌도 있다. 양쪽이 우아하게 공존한다. 나는 16구가 그립지 않다. 아파트 창밖으로 공동묘지가 보일지언정 센 강 좌안의 시끌벅적함과 다채로움과 트렌디함이 있는 몽파르나스에 사는 게 좋다. 여름이면 이 동네는 놀라우리만치 한산해진다. 모두들 노르망디로, 브르타뉴로, 리비에라로 떠나기 때문이다.

지름길인 롱샹 가를 거쳐 클레베르 가로 걸어가는 동안 어린 시절의 추억들이 되살아나는데, 반갑지가 않다. 회색 플란넬 반바지와 감색 스웨터를 입은, 얌전하고 진지한 예전의 내 모습이 눈에 선하다. 오스만 시대에 지어진 위풍당당한 건물들이 늘어선 이 텅빈 거리가 왜 이렇게 우울하고 불길하게 느껴지는 걸까? 이 길을 따라 걷는데 왜 이렇게 숨이 막히는 걸까?

클레베르 가에 도착하고 시계를 확인해보니 아직 약속시간 전이다. 나는 벨쾨유 가를 따라 좀더 걷는다. 이곳에 온 게 몇 년 만인지 모르겠다. 사람들로 붐비고 생기 넘치는 곳이었다. 어렸을 때 자주 걸었던 길이었다. 이곳은 장터였다. 싱싱한 생선과 육즙이 많은 고기와 오븐에서 갓 구운 바삭바삭한 바게트를 팔았다. 어머니는 고리버들 장바구니를 들고 멜과 나를 대동한 채, 구운 닭고기와 따끈따끈한 크루아상이 침샘을 자극하는 냄새를 맡아가며 매일 아침 이곳에서 장을 보았다. 오늘은 길거리에 인적이 드물다. 근사한 레스토랑이 있던 자리에 맥도널드가 위풍당당하게 서 있고, 극장 대신 냉동식품 판매점이 들어섰다. 노점들은 대부분 세련된 옷가게와 구둣가게로 바뀌었다. 행인들을 유혹하던 냄새도 나지 않는다.

벨쾨유 가의 끝에 다다랐다. 여기서 왼쪽으로 돌아 퐁프 가 쪽으로 내려가면 할머니가 사는 앙리마르탱 가로 곧장 연결된다. 나는 이 길로 할머니를 찾아갈까 잠깐 고민한다. 느릿느릿하고 점잖은 가스파르가 '앙투안 도련님'을 만나서 반가운 마음에 얼굴을 환히 빛내며 맞이할 것이다. 할머니 집 방문은 나중으로 미루고 나는 다시 아버지의 집 쪽으로 발걸음을 옮긴다.

1970년대 중반, 어머니가 돌아가신 후 생디디에 백화점이 저 너머에 들어서 그 흉측하고 거대한 삼각형 건물로 이 일대 고급 맨션 일부와 이제 막 싹을 틔운 쇼핑몰과 슈퍼마켓을 쓸어버렸던 것이 생각난다. 지나가면서 보니 흉하게 나이를 먹은 커다란 건물 겉면에 녹이 슬고 때가 묻었다. 나는 발걸음을 서두른다. 누군가가 음성사서함에 메시지를 두 개 남겼다. 라바니가 남긴 메시지라는 걸 뻔히 알기에 확인하지 않는다.

새어머니가 문을 열어주고 내 뺨에 형식적으로 입을 맞춘다. 얼굴을 토스트처럼 까무잡잡하게 태워서 실제보다 늙고 푸석푸석해 보인다. 평소처럼 쿠레주를 재연한 옷을 입고 샤넬 No. 5 향수 냄새를 풍긴다. 그녀가 멜의 상태에 대해 묻는다. 나는 대답하고 그녀를 따라 거실로 들어간다. 이 집을 다시 찾는 것은 언제나 내키지 않는 일이다. 불행했던 시절로 되돌아가는 듯한 기분이 든다. 내 몸이 그 시절을 떠올리고 자기방어 차원에서 구석구석 긴장하는 게 느껴진다. 이 집도 생디디에 백화점처럼 흉하게 나이를 먹었다. 과감했던 현대식 분위기가 빛을 잃어 이제는 어처구니없을 정도로 시대에 뒤떨어져 보인다. 밤색과 회색이 어우러진 인테리어와 이쪽 끝에서 저쪽 끝까지 깔린 복슬복슬한 카펫은 그 빛과 질감을 잃었다. 모든 게 지저분하고 얼룩덜룩해 보인다.

아버지가 느릿느릿 들어온다. 불과 일주일 전에 만났는데, 그 쭈

192

글쭈글한 모습에 나는 충격을 받는다. 피곤해 보인다. 입술에도 핏기가 없다. 낯빛이 이상하게 누르스름하다. 법정으로 들어서는 순간 상대방을 벌벌 떨게 만들었다던 그 천하무적 변호사가 맞나 하는 생각이 든다.

아버지는 1970년대 초반에 세간을 떠들썩하게 달구었던 발롱브뢰 사건을 맡은 이래 실력 있는 변호사로 명성을 날리기 시작했다. 발롱브뢰 사건이란, 정계에서 고문으로 상당한 영향력을 행사했던 에드가 발롱브뢰가 선거에서 자신이 몸담은 정당이 참패하고 얼마 뒤 보르도 인근 별장에서 자살을 기도했다가 빈사 상태로 발견된 사건이었다. 그는 온몸이 마비되고 말을 할 수 없게 되어, 죽을 때까지 병원 신세를 졌다. 그의 아내 마르그리트는 자살설을 절대 믿지 않았다. 남편이 몇몇 고위 공직자들이 세금을 유용한 증거를 포착했기 때문에 습격을 당한 게 분명하다는 것이었다.

〈피가로〉지에서 젊고 건방진 변호사 프랑수아 레의 기사를 싣는 데 전면을 할애했던 것이 기억에 생생하다. 아버지는 재무부를 상대로 거침없이 칼을 뽑아들어 전 국민이 숨을 죽이고 지켜보는 가운데 몇 주 동안 살 떨리는 공방전을 펼쳤고 발롱브뢰가 실제로 엄청난 재정 비리의 희생양이었음을 밝혀냈다. 그 결과 몇몇 고위급 인사의 목이 날아갔다. 사춘기 시절에 나는 "그 전설적인 변호사"와 아는 사이냐는 질문을 여러 번 받았다. 그러면 당황스럽거나 짜증이 나서 아니라고 대답했다. 멜라니와 나는 아버지의 직업과 무관하게 지냈다. 법정에서 활약하는 아버지의 모습을 접한 적은 거의 없었다. 사람들이 아버지를 존경하고 두려워한다는 것만 알았다.

아버지가 내 어깨를 토닥이고, 바bar로 건너가 부들부들 떨리는 손으로 위스키를 따라 내게 건넨다. 나는 위스키를 싫어하지만, 그것도 모르느냐고 따질 용기가 없다. 그래서 한 모금 마시는 척한다. 아버지는 신음 소리를 내며 자리에 앉아 무릎을 문지른다. 이제 일선에서 물러났지만 은퇴생활을 좋아하지 않는다. 젊은 변호사들이 당신의 자리를 꿰차버리는 바람에 뒷방 늙은이 신세가 되었으니. 하루종일 무얼 하며 지낼까? 궁금해진다. 책을 읽고 친구들도 만날까? 부인과 도란도란 이야기를 나눌까? 나는 아버지가 어떻게 지내는지 전혀 모른다. 아버지도 내가 어떻게 지내는지 전혀 모른다. 그런데 아버지는 안다고 생각하고, 내 생활방식을 못마땅해한다.

조제핀이 뺨과 어깨 사이에 끼운 휴대전화에 대고 뭐라 중얼거리며 거실로 들어온다. 그녀는 나를 보고 웃으면서 무언가를 건넨다. 흘끗 내려다보니 접힌 오백 유로짜리 지폐다. 그녀는 윙크를 하고, 나머지는 나중에 주겠다는 몸짓을 해 보인다.

아버지가 시골집 배관에 문제가 생겼다는 이야기를 꺼내지만, 나는 한 귀로 듣고 한 귀로 흘린다. 거실을 둘러보며 어머니가 살아 계셨을 때는 어떤 분위기였는지 열심히 기억을 더듬는다. 그때는 창가에 화분이 놓여 있었고 바닥은 윤기가 흐르는 밤나무였다. 한쪽 구석에는 책과 꽃무늬 천을 씌운 소파가 있었고, 어머니가 아침 햇살을 맞으며 무언가를 끼적이던 책상도 있었다. 어머니는 무슨 글을 썼을까? 궁금하다. 어머니의 소지품은 다 어디로 갔을까?

194

어머니의 책, 사진, 편지…… 아버지에게 묻고 싶지만 참는다. 그러면 안 된다는 걸 알기 때문이다. 아버지가 이번에는 레진이 새로 고용한 정원사를 놓고 투덜거린다.

우리 어머니에 대해서는 아무도 이야기하지 않는다. 특히 이 집에서는. 어머니는 이 집에서 숨을 거두었다. 어머니의 시신이 저 문지방을 넘어 빨간 카펫이 깔린 저 계단으로 실려 내려갔다. 어머니는 정확히 어디에서 숨을 거두었을까? 거기에 대해서는 한 번도 들은 적이 없다. 현관 바로 옆이었던 당신의 방에서? 끝없이 이어지는 듯한 복도를 지나야 하는 여기 이 부엌에서? 어떻게 돌아가셨을까? 옆에 누가 있었을까? 누가 어머니를 발견했을까?

동맥류파열. 얼마 전에 인터넷에서 그 증상에 대해 찾아보았다. 그럴 수 있다고 했다. 눈 깜짝할 사이에. 나이에 상관없이 그럴 수 있다고 했다. 그렇다고 한다.

지금 내가 앉아 있는 바로 이 집에서 서른세 해 전에 어머니가 숨을 거두었다. 어머니에게 마지막으로 입을 맞춘 순간이 떠오르지 않는다. 그리고 그 순간이 떠오르지 않는다는 데 가슴이 아프다.

"내 말 듣고는 있는 거냐, 앙투안?" 아버지가 비꼬는 투로 묻는다.

집에 도착해보니 아이들이 벌써 와 있다. 계단을 올라가는데, 아이들이 내는 시끄러운 소리가 들린다. 뤼카는 더러운 신발을 소파에 올려놓은 채 텔레비전을 보고 있다. 그러다 내가 들어서자 벌떡 일어나 인사를 건넨다. 마르고가 문 쪽으로 나온다. 주황색 머리에 여전히 적응이 안 되지만 나는 아무 말 하지 않는다.

"아빠, 왔어요……" 마르고가 느릿느릿 인사한다.

뒤에서 누가 움직이는가 싶더니 폴린이 아이의 어깨 너머로 고개를 내민다. 어렸을 때부터 붙어다니는 단짝이다. 폴린은 이제 스무 살처럼 보인다. 얼마 전까지만 해도 조그맣고 비쩍 말랐는데, 지금은 풍만한 가슴과 육감적인 엉덩이를 모른 척하려야 모른 척할 수가 없다. 나는 어렸을 때 안아주던 식으로 그애를 안아주지 않는다. 뺨에 입을 맞추지도 않는다. 서로 어느 정도 거리를 두고 손을 흔든다.

"폴린 여기서 자고 가도 돼요?"

가슴이 철렁 내려앉는다. 폴린이 자고 가면 저녁을 먹을 때말고는 딸아이의 얼굴을 볼 수가 없다. 저녁을 먹자마자 둘이서 마르고의 방에 틀어박혀 밤새도록 키득키득 속닥거릴 테고, 그러면 나는 딸아이와 '값진 시간'을 보낼 수가 없다.

"그럼." 나는 내키지 않는 목소리로 대답한다. "너희 부모님도 괜찮다고 하시니?"

폴린은 어깨를 으쓱한다. "네, 그럼요."

폴린은 여름 동안 키가 더 자랐는지 마르고보다 제법 크다. 짧은 청치마와 몸에 딱 붙는 자주색 티셔츠. 열네 살. 그 아이를 보면 아무도 그 나이라고 믿지 않을 것이다. 월경도 시작했겠지. 마르고는 아직 시작하지 않았다. 얼마 전에 아스트리드에게 그렇다고 들었다. 몸매가 그러니 온갖 어중이떠중이들이 폴린에게 꼬일 것이다. 동급생 남학생들은 물론이고 선배들까지. 내 나이대 남자들도 그럴 것이다. 그 아이의 부모는 이런 문제에 어떤 식으로 대처하는지 궁금해진다. 딸에게 어떤 말을 하는지. 폴린은 어디까지 알고 있는지. 어쩌면 그 아이는 정식으로 만나는 남자친구가 있고, 잠자리도 같이 하고, 벌써 피임약을 먹고 있을지도 모른다. 열네 살에.

아르노가 불쑥 다가와 내 등을 친다. 그러다가 휴대전화가 울리자 "잠깐만요" 하고 전화를 받는다. 그리고 사라진다. 뤼카는 다시 텔레비전 쪽으로 시선을 돌리고, 여자아이들은 방안으로 들어간다. 나 혼자 현관에 남겨진다. 바보가 된 기분이다.

나는 삐걱대는 바닥을 요란하게 밟아가며 부엌으로 들어간다.

아이들이 먹을 저녁을 만드는 수밖에 없다. 모차렐라 치즈, 방울토마토, 신선한 바질, 네모나게 썬 햄을 넣은 파스타 샐러드. 부엌에 서서 치즈를 써는데 인생이 공허하게 느껴져 웃음이 다 나오려고 한다. 나는 웃어버린다. 잠시 후 식사 준비가 끝나지만, 아이들이 와서 앉기까지 한참이 걸린다. 다들 더 재미있는 일이 있다.

"식탁에서는 아이팟, 닌텐도, 휴대전화 금지다." 나는 접시를 탁소리 나게 내려놓으며 단호하게 말한다.

아이들은 내 말에 어깨를 으쓱이고 한숨을 쉰다. 잠시 후 아이들이 음식을 쩝쩝, 우적우적 입안으로 쑤셔넣는 소리만 들릴 뿐 정적이 흐른다. 나는 멀찍이서 몇 안 되는 우리 가족을 바라본다. 아스트리드 없이 보내는 첫여름. 일 분, 일 초도 마음에 드는 구석이 없다.

저녁시간이 바짝 마른 초원처럼 길게 펼쳐진다. 여자아이들은 마르고의 방에 틀어박힌다. 뤼카는 닌텐도를 손에서 놓을 줄 모르고, 아르노는 자기 방에서 인터넷을 하느라 여념이 없다. 집에 와이파이를 설치하고 각 방마다 컴퓨터를 놓아준 게 실수였다. 다들 각자의 공간으로 들어가버리니 서로 얼굴을 맞댈 기회조차 거의 없다. 요즘은 온 가족이 다 같이 텔레비전을 보지 않는다. 인터넷이 텔레비전의 자리를 차지해버렸다. 조용하고 잔인하게.

나는 소파에 누워 DVD를 본다: 브루스 윌리스 주연의 액션 영화다. 어느 정도 보다가 일시정지 버튼을 누른 다음 발레리와 멜라니에게 전화하고, 다음번 약속을 정하려고 앙젤에게 문자를 보낸다. 저녁시간이 느릿느릿 흘러간다. 마르고의 방에서는 두 아이가 숨죽여 키득거리는 소리가 들리고, 뤼카의 닌텐도에서는 조그맣게 픽, 쾅 하는 소리가 들리고, 아르노의 방에서는 헤드폰에서 흘러나오는 금속성 소리가 들린다. 나는 더위에 지쳐 깜박 잠이 든다.

비몽사몽한 가운데 눈을 떠보니 거의 새벽 두시다. 나는 비틀거리며 자리에서 일어난다. 뤼카가 닌텐도에 뺨을 묻은 채 쌔근쌔근 잠들어 있다. 나는 아이가 깨지 않게 최대한 조심하며 아이를 침대로 옮긴다. 아르노의 방문은 두드려보지 않기로 한다. 어쨌거나 지금은 방학이고, 몇시인지 아느냐는 둥, 이 시간까지 왜 안 자고 있느냐는 둥 옥신각신하고 싶지 않다. 딸아이 방으로 다가가는데, 누가 맡아도 담배 냄새임이 분명한 냄새가 코를 간질인다. 나는 문고리를 잡은 채 멈추어 선다. 숨을 죽이고 웃는 소리가 들린다. 나는 방문을 두드린다. 웃음소리가 멈춘다. 마르고가 문을 연다. 방안이 연기로 자욱하다.

"방안에서 담배 피우는 거야?" 억지로 쥐어짠 듯한 비굴한 내 목소리가 스스로에게도 민망하게 들린다.

마르고는 어깨를 으쓱한다. 폴린은 얇은 파란색 팬티와 프릴이 달린 브래지어만 입고 침대에 벌렁 누워 있다. 나는 내 앞으로 달려드는 듯한 둥그스름한 젖가슴에서 시선을 돌린다.

"그냥 몇 대 피운 거예요." 마르고가 눈을 굴린다.

"하지만 너는 이제 겨우 열네 살이야." 나는 엄포를 놓는다. "그게 얼마나 멍청한 짓인지⋯⋯"

"멍청한 짓인 줄 알면서 아빠는 왜 피워요?" 마르고가 빈정거린다.

그러고는 내 면전에서 문을 닫는다.

나는 양손을 허리춤에 얹은 자세 그대로 그렇게 남겨진다. 조심스럽게 문을 다시 두드려보려고 손을 올린다. 하지만 마음을 접는다. 내 방으로 후퇴해 침대에 걸터앉는다. 이럴 때 아스트리드라면 어떻게 했을까? 호통을 쳤을까? 벌을 주었을까? 협박을 했을까? 엄마 집에서도 마르고가 감히 담배를 피울까? 내가 아무짝에도 쓸모없는 인간이 된 듯한 기분이 드는 이유는 뭘까? 이보다 더 비참할 수 있을까? 아니, 이 정도는 약과일까?

수수한 하늘색 병원 유니폼을 입고 있어도 앙젤은 섹시하다. 병원 영안실이지만, 문을 열면 시신들이 있고 상심한 유족들이 바로 옆 대기실에 앉아 있지만, 그녀는 아랑곳하지 않고 나를 두 팔로 꼭 끌어안는다.

그녀의 손길이 짜릿하게 나를 자극한다.

"언제 시간 돼요?" 내가 속삭이듯 묻는다. 삼 주 넘게 그녀를 만나지 못했다. 지난번에는 아버지와 함께 문병을 오는 바람에 앙젤과 보낼 수 있는 시간이 없었다. 아버지가 피곤해서 곧장 집에 모셔다드려야 했다.

앙젤이 한숨을 쉰다. "고속도로 연쇄충돌, 심장마비 몇 명, 암 한 명, 동맥류 한 명. 다들 한날한시에 죽기로 했나봐요."

"동맥류라……" 나는 중얼거린다.

"삼십대 젊은 여자예요."

나는 그녀를 품에 안은 채 매끄럽고 윤기가 흐르는 머리카락을 어루만진다.

"우리 어머니도 삼십대 중반에 동맥류파열로 돌아가셨는데."

그녀가 나를 올려다본다.

"어렸을 때 겪은 일이겠네요."

"그렇죠."

"어머니 시신 봤어요?"

"아뇨. 마지막 순간에 눈을 감아버렸어요."

"동맥류파열로 죽은 사람들은 대부분 보기에 괜찮아요. 내가 말한 젊은 여자도 얼마나 예쁘다고요. 손볼 데가 거의 없었어요."

우리는 대기실 바로 옆 복도에 서 있다. 시원하고 조용하고 아담한 곳이다.

"동생 병실은 들여다봤어요?" 그녀가 묻는다.

"막 도착했어요. 간호사들이 있더라고요. 이제 다시 가봐야죠."

"알았어요. 두세 시간만 있어요. 그때쯤이면 끝날 거예요."

그녀는 내 입술에 따뜻하고 촉촉한 입맞춤을 한다. 나는 멜라니가 있는 병동으로 다시 발걸음을 옮긴다. 병원이 평소보다 복잡하고 분주해 보인다. 동생의 얼굴은 혈색을 되찾아 거의 분홍색에 가깝다. 멜라니는 나를 보더니 눈을 반짝인다.

"얼른 퇴원하고 싶어." 그녀가 속삭인다. "다들 잘해주지만 집에 가고 싶어."

"주치의는 뭐래?"

"조만간 퇴원할 수 있을 거래."

멜라니는 한 주 동안 어떻게 지냈느냐고 묻는다. 나는 어디에서부터 시작하면 좋을까 싶어 씩 웃는다. 모든 면에서 엉망진창이었다. 지긋지긋한 자동차보험 관련 서류. 어린이집 문제로 또다시 한바탕 붙은 라바니. 날이면 날마다 화를 돋우는 플로랑스. 아버지, 나이들고 피곤해 보이는 그 얼굴, 욱하는 그 성격. 아이들하고도 힘겨운 주말을 보냈다. 새 학기가 막 시작되어 모두 신경이 날카로웠다. 아이들을 말라코프로 데려다주면서 속이 다 후련했다. 멜라니한테는 그저 모든 게 어긋난 쓰레기 같은 한 주였다고만 전한다.

나는 잠깐 동생의 곁을 지킨다. 동생이 지금까지 받은 편지와 꽃과 전화를 두고 우리 둘은 대화를 나눈다. 늙다리 애인이 방돔 광장에 있는 보석가게에서 루비 반지를 사서 보냈다고 한다. 가끔 사고 당시 이야기를 꺼내려나 싶을 때도 있지만, 아니다. 아직 아무것도 기억이 나지 않는 것이다. 내 쪽에서 조바심을 내면 안 된다.

"얼른 가을이 되고 겨울이 됐으면 좋겠어." 멜라니가 한숨을 쉰다. "늦여름은 질색이야. 더운 것도 싫고 뭐든 싫어. 쌀쌀한 겨울 아침과 탕파湯婆가 그립네."

베송 박사가 들어오고, 우리는 악수를 나눈다. 몇 주 안으로, 아마 9월 중순이 지나면 멜라니를 구급차에 태워 파리로 옮겨도 될 것 같다고 한다. 물리치료사의 관리 아래 정기적으로 검진을 받으며 최소한 두 달 이상 집에서 요양을 해야겠지만.

"동생분이 얼마나 씩씩하게 버티고 있는지 몰라요." 나중에 진료실로 자리를 옮겨 서류를 작성하는 자리에서 베송 박사가 말한다. 그녀는 사회보장연금 관련 서류와 보험양식을 내게 건넨다. 그러더니 나를 똑바로 본다. "아버님은 어떻게 지내고 계신가요?"

"저희 아버지가 편찮으시다고 생각하시는 거죠?"

그녀는 고개를 끄덕인다.

나는 말한다. "어디가 아픈지 저나 동생한테 아직 아무 말씀이 없어요. 안색이 정말 피곤해 보이기는 한데, 그것 말고는 모르겠네요."

"어머님은요? 어머님도 전혀 모르시나요?"

"어머니는 저희가 어렸을 때 돌아가셨어요."

"아, 죄송합니다." 그녀가 얼른 사과한다.

"아버지는 재혼하셨어요. 그런데 새어머니가 아버지의 건강상태에 대해 저하고 의논을 하실지 모르겠어요. 별로 살가운 사이가 아니라서요."

베송 박사는 고개를 끄덕인다. 정적이 흐른다. 잠시 후 그녀가 말한다. "건강검진을 받고 계신지 확인하고 싶어서요."

"왜 그렇게 걱정하는 거죠?"

그녀는 나를 본다. 빈틈없어 보이는 적갈색 눈동자. "그냥 확인하고 싶은 거예요."

"제가 아버지하고 이야기를 나누어볼까요?"

"네. 검진 받고 계신지 한번 여쭤보세요."

"알겠습니다. 여쭤보죠."

다시 앙젤이 일하는 곳으로 발걸음을 옮기는데, 베송 박사가 아버지에게서 무슨 낌새를 챈 건지 궁금해진다. 전문가의 눈으로 내가 보지 못한 무언가를 간파한 걸까? 짜증이 나는 한편 걱정도 된다. 지난번에 병문안을 온 뒤로 아버지를 만나지 않았다. 통화도 하지 않았다. 하지만 지난 몇 주 동안 어머니 꿈을 꾸면서 아버지 꿈도 꾸었다. 밀물이 구아 대로를 덮고, 구조용 기둥 위로 갈매기 들이 날아다니는 누아르무티에의 기억이 자꾸만 되살아난다. 아버지, 어머니, 바닷가에 있는 젊은 두 분이 등장하는 꿈. 어머니의 미소, 아버지의 웃음소리. 얼마 전 멜라니와 함께 그곳에 머물렀을 때에 관한 꿈. 생일날 저녁 까만색 원피스를 입은 멜라니는 얼마나 아름다웠던가. 우리 쪽을 향해 샴페인잔을 들어 보이던 옆 테이블 의 우아한 커플. "레 부인!" 하고 외치던 주방장. 9호실. 어머니가 머물던 객실. 교통사고를 당한 이래 누아르무티에가 자꾸만 꿈속 에 등장한다. 누아르무티에가 날 떠나지 않는다.

영안실. 표지판에는 그렇게 적혀 있다. 나는 문을 한 번 두드렸다가 잠시 후 두 번 두드린다. 응답이 없다. 나는 문 앞에서 한참을 기다린다. 일이 아직 끝나지 않은 모양이다. 유족들을 위해 마련된 조그만 대기실에 들어가 앉는다. 아무도 없다. 혼자라서 다행이라는 생각이 든다. 시간이 천천히 흘러간다. 휴대전화를 확인한다. 부재중 전화는 없다. 음성메시지도 없다. 문자도 없다.

부스럭 소리에 고개를 든다. 보호 안경과 마스크, 종이 모자, 라텍스 장갑을 하고 고무장화 속에 하늘색 작업복을 쑤셔넣은 사람이 내 앞에 서 있다. 나는 벌떡 일어선다. 상대가 장갑 낀 손으로 보호 안경과 마스크를 벗는다. 조각칼로 깎은 듯 아름다운 앙젤의 이목구비가 모습을 드러낸다.

"힘든 하루였어요." 그녀가 말한다. "계속 기다리게 해서 미안해요."

앙젤의 얼굴은 핼쑥하고 피곤해 보인다.

그녀 뒤로 영안실 문이 조금 열려 있다. 나는 열린 문틈 안을 흘 끗 들여다본다. 작고 파란 방이 보인다. 휑뎅그렁하다. 리놀륨 바 닥. 그 너머로 보이는 또다른 문도 열려 있다. 흰 벽, 흰 타일이 깔 린 바닥. 간이침대. 유리병과 뭔지 모를 다양한 도구들. 허공을 맴 도는 낯설고 지독한 냄새. 그녀에게서도 같은 냄새가 난다. 작업복 에서 풍겨나오는 냄새다. 죽음의 냄새일까? 포르말린 냄새일까? 아무튼 내가 맡아본 적 없는 냄새, 그녀에게서 처음 맡은 냄새인 것만큼은 분명하다.

"무서워요?" 그녀가 다정한 목소리로 묻는다.

"아뇨." 내가 대답한다.

"들어가볼래요?"

나는 망설이지 않는다. "좋아요."

그녀가 장갑을 벗고 따뜻한 손으로 내 손을 잡는다.

"장의사의 소굴로 입장합니다." 그녀가 속삭인다. 그러고는 안 으로 들어가 묵직한 문을 닫는다. 우리가 서 있는 곳이 첫번째 방 이다. "유족들이 고인을 마지막으로 만나는 곳이에요. 대면실인 셈이죠."

나는 이곳에서 어떤 광경이 펼쳐질지 열심히 그려본다. 멜라니 와 나도 이런 방에서 어머니의 시신을 대면했을까? 분명 그랬을 것이다. 머릿속 한구석이 백지로 변해 아무것도 그려지지 않고 아 무것도 기억나지 않는다. 그 옛날에 만약 돌아가신 어머니 시신을 보았다면, 그때 눈을 감지 않았다면, 이런 방에서였을 것이다. 나는 앙젤을 따라 더 넓은 다음 방으로 들어간다. 그곳 냄새는 더 지독해서 코를 찌르는 수준이다. 꼭 유황 냄새 같다. 새하얀 병원 시트로 덮인 시신이 간이침대 위에 누워 있다. 이 안은 아주 깨끗하다. 티끌 한 점 없는 벽과 바닥. 반짝이는 도구들. 얼룩이라고는 보이지 않는 공간. 블라인드 틈새로 쏟아져들어오는 햇빛. 에어컨이 윙윙 돌아가는 소리가 들린다. 병원의 다른 곳들보다 시원하다.

"뭘 알고 싶어요?" 앙젤이 묻는다.

"뭐든 말해주는 거요."

그녀는 미소를 짓는다. "오늘 오후에 들어온 환자를 소개할게요."

그녀가 간이침대를 덮고 있는 시트를 조심스럽게 젖힌다. 아주 오래전에 어머니의 시신을 덮고 있던 시트가 걷혔을 때 그랬던 것처럼, 내 몸이 딱딱하게 굳으며 긴장하는 것이 느껴진다. 하지만 평화롭고 고요한 얼굴이 나를 맞이한다. 하얀 수염을 덥수룩하게 기른 노인이다. 회색 양복에 흰 셔츠를 입고, 감색 넥타이를 매고, 에나멜 구두를 신고 있다. 두 손은 가슴 위에서 깍지를 끼고 있다.

"좀더 가까이 와요." 그녀가 말한다. "설마 물리기라도 하겠어요?"

언뜻 보기에는 잠을 자고 있는 듯한데, 가까이 다가가보니 죽음이 전하는 완벽한 정지상태가 느껴진다.

"이분은 B씨예요. 심장마비로 돌아가셨죠. 여든다섯 살이었고요."

"처음부터 이렇게 상태가 괜찮았나요?"

"처음에는 피가 묻은 잠옷을 입고 있었고, 얼굴은 일그러지고 밝은 자주색이었어요."

나는 움찔한다.

"나는 제일 먼저 환자들 몸을 씻기는 것부터 시작해요. 충분히 시간을 들여서 머리끝에서 발끝까지 씻기죠. 여기 이 특수 호스로요." 그녀는 옆에 설치된 세면대와 수도꼭지를 가리킨다. "스펀지와 세제를 사용해요. 시신을 씻기는 동안 사후경직이 너무 일찍부터 시작되지 않도록 팔다리를 접었다 폈다 해주죠. 눈에는 특수 제작한 조그만 덮개를 씌우고 입은 봉합해요. 나는 봉합이라는 단어를 싫어해서 그냥 입을 다물게 만든다고 표현하지만. 가끔 접착제를 쓸 때도 있어요. 그래야 더 자연스럽거든요. 입을 촘촘하게 꿰매는 장의사도 있는데, 난 그게 정말 싫어요. 얼굴이나 몸에 상처가 있으면 밀랍이나 다른 수단을 동원해서 잘 덮어요. 그러느라 시간이 많이 걸릴 때도 있죠. 그런 다음 방부 처리를 시작해요. 그게 어떤 건지 알아요?"

"정확히는 몰라요." 나는 솔직히 대답한다.

"경동맥에 방부용액을 주사해요. 여기에요." 그녀는 B씨의 목을 손가락으로 가리킨다. "여기에 방부용액을 넣는 거예요. 천천히. 그런 다음 경정맥을 통해 피를 뽑아내요. 방부용액이 어떤 역할을 하는지 알아요?"

"아뇨."

"원래 피부색을 복원시켜줘요. 당분간 부패를 막고요. B씨의 경우에도 자주색이었던 얼굴이 원래 색으로 돌아왔죠. 동맥으로 방부용액을 주입하고 난 다음에는 흡인기로 체액을 모두 빨아들여요. 위, 복부, 심장, 폐, 방광 할 것 없이." 그녀는 잠시 말을 멈춘다. "괜찮아요?"

"괜찮아요." 그렇게 대답하는데, 이번에도 거짓말이 아니다. 시트로 덮여 있던 어머니 말고 다른 시신을 대면하기는 이번이 처음이다. 마흔세 살이지만 그동안 죽음을 목격한 적이 한 번도 없다. 나는 복숭앗빛 분홍 피부에 만족스러운 표정을 짓고 있는 B씨에게 속으로 고마워한다. 어머니도 이런 모습이었을까?

"그런 다음에는요?"

"모든 구멍에 농축 약품을 가득 붓고, 벌어진 틈새와 구멍을 모조리 봉합해요. 그것도 시간이 많이 걸리는 작업이에요. 자세한 설명은 생략할게요. 듣고 싶지 않을 테니까. 그런 다음 내 환자에게 옷을 입히죠."

내 '환자'라는 표현이 마음에 든다. 딱딱하게 굳은 시신이라도 그녀 입장에서는 환자인 것이다. 앙젤은 설명을 하는 내내 장갑을 벗은 맨손을 B씨의 어깨에 얹고 있다.

"마지막으로 하는 것이 화장이에요. 아까 당신이 노크를 했을 때도 그 작업중이었어요. 자연스럽게 보여야 하니까요. 가끔은 내 환자가 살아생전에 어떤 모습이었는지 확인하려고 최근에 찍은 사진을 보여달라고 할 때도 있어요. 그 모습을 최대한 살리려고 노력하죠."

"유족들은 B씨를 만나봤나요?"

그녀는 손목시계를 확인한다.

"내일이에요. B씨는 결과가 아주 만족스러워요. 그래서 당신한테 보여준 거예요. 오늘 맡은 다른 환자들은…… 이만큼 만족스럽지 못해요."

"왜요?" 내가 묻는다.

그녀는 간이침대 옆에서 창가로 자리를 옮긴다. 그 앞에 서서 잠깐 동안 말을 않는다.

"아주 끔찍한 죽음도 있거든요. 그런 경우에는 어떻게 해도, 아무리 열심히 노력해도 시신을 유족에게 보여줄 수 있을 만큼 평온한 모습으로 꾸밀 수가 없어요."

나는 그녀가 날마다 맞닥뜨릴 광경을 상상하며 몸을 떤다.

"어떻게 하면 면역이 되나요?"

앙젤은 고개를 돌리고 나를 바라본다.

"아, 면역이 안 되죠." 그녀는 한숨을 쉬고, B씨의 얼굴 위로 다시 시트를 덮는다. "아버지 때문에 이 일을 시작했어요. 자살을 하셨거든요. 내가 열세 살 때. 내가 발견했어요. 학교에서 돌아왔는데 아버지가 식탁 위에 쓰러져 있고, 온 사방 벽에 뇌수가 튀었더라고요."

"맙소사." 나는 나지막이 속삭인다.

"어머니가 그럴 만한 상태가 아니라 내가 여기저기 연락을 하고, 모든 조치를 취하고, 장례를 치렀어요. 언니는 쓰러졌고요. 나는 그날 어른이 됐어요. 지금 같은 억척꾸러기가 된 거죠. 아버지를 맡은 장의사 솜씨가 아주 좋았어요. 머리를 밀랍으로 다시 만들어놓았더라고요. 덕분에 어머니와 다른 가족들이 아버지를 보고 기절하지 않을 수 있었어요. 하지만 나는 유일하게 아버지의 시신을 봤잖아요. 그러니까 유일하게 전후를 비교할 수 있었죠. 장의사의 솜씨에 얼마나 감동을 받았는지, 어른이 되면 나도 그 일을 하고 싶었어요. 그래서 스물두 살에 시험을 통과하고 장의사가 됐죠."

"힘들었나요?"

"처음에는요. 하지만 사랑하는 사람이 먼저 떠났을 때 그 사람의 시신을 마지막으로 마음 편하게 바라볼 수 있다는 게 얼마나 중요한 일인지 아니까요."

"여자 장의사도 많아요?"

"생각보다 많아요. 갓난아이나 어린아이 같은 경우, 내가 여자라서 부모님들이 다행스러워하죠. 여자 장의사가 사소하고 예민한 부분까지 좀더 신경써가면서 더 정성껏, 더 조심스럽게 다루어줄 것 같은가봐요."

앙젤이 내 쪽을 돌아보고 내 손을 잡는다. 그러더니 얼굴 전체로 서서히 번져나가는 특유의 미소를 짓는다.

"얼른 샤워를 할 테니 그다음에 함께 빨리 나가요. 내 집으로 가요."

우리는 옆방으로 건너간다. 저쪽에 흰 타일이 깔린 화장실이 있다.

"금방이면 돼요." 그녀가 말하고 방을 나간다.

책상 위에 사진이 여러 장 있다. 사십대 남자의 흑백 사진이다. 그녀와 판박이인 것으로 볼 때 아버지일 수밖에 없다. 눈도 똑같고, 턱도 똑같다. 나는 그녀의 책상에 앉아 서류, 달력, 컴퓨터, 편지 들을 들여다본다. 신변용품. 하루의 일과를 전하는 일상의 잡동사니. 휴대전화 옆에 조그만 수첩이 있다. 손을 내밀어 집고 싶은 유혹이 느껴진다. 훑어보고 싶은 유혹이. 매혹적인 앙젤 루바티에르의 모든 것을 알고 싶다. 누구를, 어디에서 만나는지, 어떤 비밀이 있는지. 하지만 참는다. 나 역시 그녀가 쥐락펴락하는 여러 남자친구들 가운데 한 명에 불과하겠지만, 여기 앉아서 그녀를 기다리는 것만으로도 충분하다. 옆방에서 샤워 소리가 들린다. 그녀의 맨살 위로 쏟아지는 물줄기. 나는 계속 그 살결과 부드러운 몸을 쓰다듬는 상상을 한다. 따뜻하고 촉촉한 입술을 계속 떠올린다. 그녀의 집에 도착하면 어떻게 할지 계속 생각한다. 아주 구체적으로 생각한다. 페니스가 엄청나게 부풀기 시작한다. 영안실에서 이래도 되는 걸까?

오랜만에, 사실 처음으로 내 인생이 밝아오는 기분이다. 비가 내린 직후에 산뜻한 햇살이 희미하게 비쳐드는 것처럼. 썰물 사이로 구아 대로가 모습을 드러내는 것처럼.

나는 이 순간을 최대한 즐기고 싶다.

9월 말, 멜라니가 사고를 당한 뒤 처음으로 집으로 돌아간다. 아파트 문지방 앞에 그녀와 함께 서 있는데, 너무나도 연약하고 창백해 보인다. 여전히 목발을 짚고 절뚝거리고, 앞으로 몇 주 동안 열심히 물리치료를 받아야 한다. 하지만 멜라니는 집으로 돌아왔다는 데 행복해서 어쩔 줄 몰라하고, 선물과 꽃다발을 들고 모인 친구들을 보며 환하게 미소를 짓는다.

내가 로케트 가로 찾아갈 때마다, 차를 끓이거나 음식을 만들거나 음악을 같이 듣거나 그녀의 웃음보를 터뜨리는 누군가가 항상 곁에 있다. 멜라니 말로는 별 탈 없으면 봄부터 일을 다시 시작할 수 있을 거라고 한다. 일을 다시 시작하고 싶은 마음이 있는지 없는지는 별개의 문제지만. "출판 일이 예전만큼 재미있을지 잘 모르겠어." 어느 날 저녁을 먹는 자리에서 멜라니가 발레리와 나에게 실토한다. "책을 읽기가 힘들어. 집중이 안 돼. 전에는 이런 적이 없었는데."

그 사고가 동생을 바꾸어놓았다. 이제는 전보다 말이 없고, 생각을 많이 하고, 스트레스를 덜 받는다. 염색도 하지 않아서 까만 머리칼 사이로 은색 머리칼이 몇 가닥씩 반짝이는데, 꽤 잘 어울려서 훨씬 더 귀티가 난다. 친구 하나가 금색 눈에 미나라고 불리는 검은 고양이 한 마리를 선물해준다.

동생과 대화를 할 때마다 "멜, 사고가 나기 직전에 나한테 하려고 했던 말이 뭔지 생각나?" 하고 터뜨리고 싶은 충동이 인다. 하지만 용기가 나지 않는다. 아직도 너무 약해 보여 겁이 날 지경이다. 동생이 무슨 말을 하려고 했는지 생각해내기를 기다리는 것을 거의 포기한 상태다. 하지만 궁금증은 사그라질 줄 모른다.

"색을 밝힌다던 늙다리 팬은 어떻게 됐어?" 어느 날, 나는 가르랑거리는 미나를 무릎에 올려놓고 놀리는 투로 묻는다.

우리는 넓고 환한 멜라니의 응접실에 앉아 있다. 줄줄이 꽂힌 책들, 옅은 올리브색으로 칠한 벽, 큼지막한 하얀 소파, 둥그스름한 대리석 테이블 그리고 벽난로. 이 아파트는 멜라니가 요술 같은 솜씨를 발휘해 만들어낸 작품이다. 십오 년 전 멜라니가 아버지에게서 돈 한 푼 빌리지 않고 샀을 때만 해도 이 집은 인기 없는 지역의 볼품없는 건물 꼭대기 층에 다닥다닥 붙어 있던 여러 개의 조그마한 다락방이었다. 그런데 그녀가 벽을 허물고, 바닥에 쪽마루를 깔고, 벽난로를 설치했다. 내 도움이나 충고조차 받지 않았는데, 당시 나로서는 조금 자존심이 상했다. 하지만 나중에는 멜라니만의 독립 방식으로 이해하게 되었다. 그리고 감탄했다.

멜라니는 고개를 젓는다. "아…… 그 사람? 아직도 편지랑 장미꽃 보내고, 심지어 연휴 때 베네치아에 같이 가자는 말까지 하더라. 목발 짚고 베네치아라니, 말이 돼?" 우리는 웃음을 터뜨린다. "어휴, 마지막으로 남자랑 자본 게 언제더라?" 그녀는 멍하니 나를 바라본다. "기억도 안 나. 아마 상대가 그 사람이었을 텐데. 딱하기도 하지." 그녀는 호기심 어린 눈빛으로 내 쪽을 본다. "오빠의 성생활은 어때? 요즘 들어 아주 묘한 분위기를 풍기던데, 오빠가 이렇게 활기차 보이는 게 얼마 만이야?"

나는 크림처럼 부드러운 앙젤의 허벅지를 떠올리며 미소 짓는다. 언제 다시 만날 수 있을지 알 수 없지만, 초조한 기다림 때문에 한층 더 짜릿해진다. 나는 하루에도 몇 번씩 그녀와 통화를 하고, 문자와 이메일을 주고받고, 저녁이면 뒤가 켕기는 사춘기 소년처럼 방에 숨어 웹캠으로 그녀의 알몸을 감상한다. 나는 기가 막히게 섹시한 장의사와 장거리 온라인 데이트를 하는 중이라고 동생에게 고백 비슷한 것을 한다.

"와." 멜라니가 탄성을 터뜨린다. "에로스*와 타나토스**가 만났잖아? 참 프로이트스러운 조합인걸. 그 여자 언제 만나게 해줄 거야?"

나는 언제 그녀를 다시 제대로 만날 수 있을지 그것조차 모른다고 대답한다. 어느 정도 시간이 지나면 웹캠으로 전해지는 흥분도

---

* 그리스신화에서 사랑의 신.
** 그리스신화에서 죽음을 의인화한 신.

분명 사라질 테고. 그러면 앙젤을 직접 만나서 만지고 느껴야 할 것이다. 진정으로 그녀를 느껴야 할 것이다. 정확히 이런 단어를 써가며 설명하지 않아도 멜라니는 잘 알아듣는다.

나는 나중에 앙젤에게 노골적인 문자메시지를 보내면서 이런 심정을 토로한다. 그녀가 당장 몽파르나스에서 낭트로 출발하는 다음번 열차 시각을 문자로 알려준다. 하지만 그 열차를 탈 수가 없다. 새로운 계약 건으로 중요한 회의가 있다. 12구의 베르시 근처에 은행을 짓는다. 이번에도 따분한 일거리지만 가릴 처지가 못 된다.

앙젤을 향한 그리움은 날이 갈수록 커져만 간다. 다음번에 그녀를 만나면 우리 둘은 뜨겁게 타오를 것이다. 그 생각만으로도 버틸 힘이 생긴다.

10월의 어느 저녁, 지하실에서 횡재를 한다. 원래는 저녁을 먹으면서 엘렌, 에마뉘엘, 디디에에게 대접할 만한, 세 친구가 맛있게 즐기고 기억할 만한 와인을 찾으러 내려온 길이었다. 그런데 크루아제 바주* 대신 오래된 사진첩을 들고 계단을 천천히, 의기양양하게 오르고 있다. 이런 사진첩이 있는 줄도 몰랐는데. 이혼한 뒤로 열어보지도 않은 상자 속, 성적표, 지도, 쭈글쭈글한 베갯잇, 곰팡내 나는 디즈니 비치 타월 아래 숨어 있는 것을 우연히 발견했다. 어쩌다 내 수중에 들어왔고, 어쩌면 이렇게 아무 기억이 없을까? 사진첩에 멜라니와 나의 오래된 흑백사진이 있다. 나의 첫 영성체 날. 일곱 살. 길고 하얀 가운. 진지한 표정. 손목에서 위풍당당하게 빛나는 새 시계. 프릴이 달린 스목 원피스를 입고 뺨은 포

---

* 프랑스 보르도산 와인.

218

동포동한 네 살 멜라니. 앙리마르탱 가에서 열린 파티. 샴페인, 오렌지주스, 그리고 근처 찻집 카레트에서 사온 마카롱. 인자하게 나를 내려다보는 할머니와 할아버지. 솔랑주 고모. 아버지. 어머니. 나는 주저앉고 만다. 여기 어머니가 있다. 까만 머리. 사랑스러운 미소. 내 어깨에 얹은 손. 정말 젊다. 그런데 살날이 앞으로 삼 년밖에 남지 않았다니. 사진을 보면 믿기지가 않는다. 사진 속 어머니의 모습은 젊음 그 자체다.

나는 담뱃재를 떨어뜨리지 않게 조심하면서 천천히 한 장씩 사진첩을 넘긴다. 지하실에 처박아두었더니 곰팡내가 난다. 누아르무티에. 마지막 여름을 보낸 1973년. 이제 보니 어머니가 정리한 사진첩이다. 둥글둥글하고 어린아이 같은 이 필체는 어머니의 것이다. 클레베르 가에서 책상 앞에 앉아 종이 위로 고개를 숙이고 집중하던 어머니의 모습이 눈에 선하다. 풀과 가위. 까만 종이 위에 쓰기 위한 특별한 펜. 삽과 양동이를 들고 썰물의 구아 대로 위에 서 있는 멜라니. 담배를 피우며 잔교 위에서 포즈를 취한 솔랑주 고모. 어머니가 찍은 사진일까? 어머니한테 카메라가 있었던가? 기억이 나지 않는다. 바닷가 잔교에 서 있는 멜라니. 카지노 앞에 서 있는 나. 선탠을 하는 아버지. 호텔 테라스에 있는 우리 가족. 이 사진은 누가 찍었을까? 궁금해진다. 베르나데트가 찍었을까? 다른 웨이트리스가 찍었을까? 전성기 시절 완벽한 레 가족의 모습이다.

사진첩을 덮는다. 그러자 하얀색의 무언가가 팔락팔락 바닥으로 떨어진다. 나는 허리를 숙여 바닥에 떨어진 그것을 집는다. 오래된 탑승권이다. 나는 아연해져서 물끄러미 들여다본다. 1989년 봄, 비아리츠행 비행기표. 아스트리드의 결혼 전 성이 적혀 있다. 그렇다. 나는 그 비행기 안에서 아스트리드를 만났다. 그녀는 친구의 결혼식에 참석하러, 나는 당시 일하던 건축 사무실에서 지은 쇼핑몰을 보수하러 가는 길이었다. 그렇게 젊고 예쁜 아가씨가 내 옆에 앉았다며 혼자 황홀해하던 기억이 난다.

바깥 활동을 즐기는 건강한 스칸디나비아 사람 같은 그녀는 한눈에 나를 사로잡았다. 깔끔하고 고상한 척하는 파리 여자들과는 달라 보였다. 나는 비행 내내 어떻게 말을 걸면 좋을까 머리를 굴렸지만, 그녀는 워크맨 이어폰을 귀에 꽂고 〈엘르〉지만 들여다보았다. 조만간 착륙한다는 비행기가 심하게 덜컹거렸다. 초특급 태풍이 점점 강도를 더해가고 있다는 바스크 지방에 도착한 것 같았다. 조종사가 두 번 착륙을 시도했지만 모두 실패했고, 엔진에서 끽끽 소리가 나며 덜덜 떨렸다. 바람이 사방에서 윙윙거렸고 오후 두시밖에 안 됐는데 하늘이 해 질 무렵처럼 어두워졌다. 아스트리드와 나는 불안한 미소를 주고받았다. 비행기가 앞뒤로 흔들렸고, 급강하할 때마다 뱃속이 무자비하게 뒤틀렸다.

통로 저편에 앉아 있던 수염 기른 남자의 얼굴이 파랗게 질린 것처럼 보였다. 그가 앞좌석 등받이에 들어 있던 종이봉투를 단숨에 꺼내 얼른 열더니 소름 끼치도록 기름진 트림 소리를 내가며 계속 속을 게워냈다. 시큼한 마늘과 토사물 냄새가 아스트리드와 내 쪽으로 흘러왔다. 그녀는 당황스러운 표정으로 나를 흘끗 보았다. 겁에 잔뜩 질린 것이 분명한 얼굴이었다. 나는 아니었다. 나로 말할 것 같으면 비행기가 추락할지 모른다는 생각보다는, 이 어여쁜 아가씨의 무릎에 대고 볼로네세 스파게티를 게우면 어떡하나, 그게 가장 걱정이었다. 여기저기서 승객들의 구토 소리만 들려왔다. 비행기가 빙글빙글 도는 동안 나는 자주색 토사물로 두번째 종이봉투를 채우고 있는 수염 기른 남자 쪽을 보지 않으려고 갖은 애를 썼고, 그때 그녀가 바들바들 떨리는 손으로 천천히 내 손을 잡았다.

나는 그렇게 아내를 만났다. 아내가 그 비행기표를 지금까지 간직하고 있었다니 가슴이 뭉클했다. 어머니가 돌아가시고 아스트리드를 만나기까지의 열다섯 해는 어두컴컴한 터널을 달리듯 희미하다. 그 시절의 기억은 떠올리고 싶지 않다. 나는 자신을 갉아먹는 싸늘한 외로움, 없애버릴 수 없는 그 외로움에 압도되어, 마치 눈가리개를 하고 벌판을 달리는 한 마리 말이나 다름없었다. 클레베르 가를 떠나 센 강 좌안에서 두 친구와 함께 살기 시작하면서 인생이 조금 재미있어지기는 했다. 여자친구도 한두 명 생겼고, 아시아와 미국으로 여행도 다녀왔다. 하지만 아스트리드가 등장한 순간, 문득 서광이 비쳤다. 행복이 찾아왔다. 웃음도. 환희도.

결혼생활이 파경에 이르렀을 때, 아스트리드가 이제는 내가 아니라 세르주를 사랑한다는 사실을 마침내 알게 됐을 때, 내 세상의 기반은 무너졌다. 나는 다시 길고 어두운 터널로 돌아갔다. 아스트리드와 함께했던 시절의 편린들은 꿈속으로 어지럽게 찾아왔고, 낮 동안에도 끊임없이 내 주변을 맴돌았다. 반신반의하는 나와 굳게 결심한 아스트리드가 가차없이 이혼 수속을 밟고 있을 때도 나는 머릿속에 남은 모든 기억에 미친듯이 매달려야 버틸 수 있었다.

그중에서도 계속 되살아나 나를 괴롭히는 추억이 하나 있었다. 단둘이 처음 여행을 떠났을 때의 추억. 여행지는 샌프란시스코였다. 우리 둘 다 스물여섯 살이었고 아르노가 태어나기 한 해 전이었다. 젊고 아무 근심 없는 커플. 서로를 미친듯이 사랑하는. 그 여행에 얽힌 추억이 한두 가지가 아니다. 컨버터블을 타고 골든게이트교를 건널 때 내 얼굴 위로 날리던 아스트리드의 머리칼, 미친듯이 사랑을 나눈 퍼시픽 하이츠의 작은 호텔, 덜커덩거리던 케이블카.

하지만 내 머릿속에서 자꾸만 되살아나는 곳은 앨커트래즈 섬* 이다. 우리는 배를 타고 섬으로 건너가 가이드 투어를 했다. 거리가 3킬로미터도 안 되는 차갑고 위험한 바다 너머로 샌프란시스코의 찬란한 구릉지대가 보였다. 정말 가까우면서도 먼 곳이었다. 창문 사이로 햇볕이 쏟아지는 C동과 D동이 인기 구역이었다. 가이드의 설명에 따르면 죄수들이 선호하는 구역이었다. 추운 겨울밤에도 그나마 따뜻하기 때문이었다. 그리고 예컨대 12월 31일에는 바람만 협조해주면 만 너머의 성 프란체스코 요트클럽에서 열리는 파티 소리도 들을 수 있었다.

오랜 세월 동안 나는 앨커트래즈에 갇힌 죄수처럼, 바람에 실려오는 웃음소리, 노랫소리, 음악 소리, 결코 보지 못할 사람들이 왁자지껄하게 떠드는 소리에 필사적으로 매달리며 살아온 듯한 기분이 든다.

---

* 샌프란시스코 해안에 있는 바위섬. 1934부터 1963년까지 미국에서 가장 위험한 죄수들이 이곳의 연방 교도소에 수감되었다.

우중중한 11월의 어느 오후. 크리스마스까지 넉 주가 남았다. 천박한 창녀처럼 반짝이는 장식 조각들로 잔뜩 치장한 파리. 나는 책상 앞에 앉아서 베르시 은행의 복잡한 공간 배치도를 오늘 아침 들어 다섯번째 수정하고 있다. 이 작업이 끝나면 다시 인쇄를 해야 한다. 프린터가 산모처럼 끙끙 신음 소리를 낸다. 플로랑스는 감기 에 걸렸다. 아직도 그녀를 과감하게 해고하지 못했다. 왠지 모르게 그녀가 정말이지 불쌍해 보인다. 오늘은 계속 코를 풀고 있다. 코 를 풀 때마다 질긴 크리넥스로 감은 검지를 콧구멍에 쑤셔넣고 빙 빙 돌린다. 얼굴을 한 대 때려주고 싶어서 손이 근질거릴 지경이다.

지난 두 달은 갈등과 투쟁의 연속이었다. 아르노는 엉망진창으 로 학교생활을 해왔다. 아스트리드와 내가 두 번씩 불려가 선생님 들과 상담을 했다. 계속 이런 식이면 경고 수준에 그치지 않고 퇴 학을 당할 거라고 한다. 성적은 형편없고, 선생님들에게 불손하고,

기물을 파손하고, 수업을 빼먹고. 우리는 아르노가 저지른 비행을 듣고 경악을 금치 못한다. 귀엽고 성격 좋던 우리 아들이 어쩌다 이런 반항아가 됐을까? 제 오빠가 요란하다면, 마르고는 침묵과 경멸로 이루어진 냉담한 세상 속에 틀어박혀 지낸다. 허구한 날 아이팟을 끼고 다니면서 우리와는 거의 말도 섞지 않는다. 그애와 대화를 나누려면 바로 옆방에 있더라도 문자를 보내야 한다. 비교적 서글서글한 아이는 뤼카뿐이다. 이것도 당분간이겠지만.

내 주변에서 앙젤 말고 유일한 좋은 일이 있다면 멜라니가 빠른 속도로 회복하고 있다는 것이다. 이제는 아무 문제 없이 정상 속도로 걸을 수 있다. 규칙적으로 운동을 하고 물리치료를 받은 덕분에 전보다 체력이 좋아졌다. 다시 일을 시작하려고 서두르지는 않는다. 병가를 최대한 활용하려는 모양이다. 결국 늙다리 애인과 베네치아 여행을 다녀오기는 했지만, 저녁을 먹자는 둥, 콘서트에 가자는 둥, 오프닝 행사에 가자는 둥 데이트를 신청해오는 연하의 남자들이 끊이지 않는 눈치다.

나는 입구에 쪼그리고 앉아 초록색 빨간색 불을 반짝이는 크리스마스트리 쪽으로 등을 돌린다. 얼마 있으면 이혼 후 두번째로 맞는 크리스마스. 아스트리드는 번드르르한 음식 카탈로그에 실릴 "귀한 초밥 사진"(이 표현을 듣고 에마뉘엘은 껄껄대며 웃었다)을 촬영하러 떠난 세르주와 함께 도쿄에 있다. 다음주는 되어야 돌아올 것이다. 아이들이 나와 함께 일주일을 보내게 된 것인데, 덕분에 계속 진을 빼고 있다.

내 휴대전화가 울린다. 멜라니다. 우리는 크리스마스 선물을 놓고 한참 통화한다. 누구에게 무엇이 필요한지, 누가 어떤 선물을 좋아할지. 그런 다음 아버지 이야기를 한다. 어딘가 편찮으신 게 분명한데 당신은 아무 말도 않는다. 물어보면, 레진은 아무것도 모른다고 잡아뗀다. 한번은 내가 조제핀을 통해 알아내려고 한 적도 있었는데, 그애는 겸연쩍은 얼굴로 아버지 안색이 그 정도로 안 좋은지조차 몰랐다고 고백했다.

멜라니가 앙젤 이야기를 꺼내며 나를 놀린다. 멜라니는 그녀를 "오빠의 장의사"라고 부른다. 나는 이미 숨길 것도 없다고, 요즘 그녀 덕분에 산다고 실토한 바 있다. 여름 이후로 몇 번밖에 못 만났지만, 앙젤은 내 생활의 새로운 활력소다. 화가 날 정도로 독립적이고, 다른 남자들도 만나고 있을지 모르고, 자기가 원할 때만 나를 찾는 건 맞지만, 그녀는 내가 헤어진 아내에 대한 집착에서 헤어나오게끔 하는 원동력이다. 그녀로 인해 내가 가진 남자로서의 매력이 모든 면에서 되살아났다. 친구들도 하나같이 달라진 내 모습을 알아차릴 정도다. 나는 앙젤 루바티에르가 경쾌하게 등장한 이래 살이 빠졌고, 성격이 밝아졌고, 더이상 투덜거리지 않는다. 옷차림에도 좀더 신경을 쓴다. 빳빳하게 다린 새하얀 셔츠와 그녀처럼 검정색 스키니진을 즐겨 입는다. 아르노는 이런 내가 "멋지다"고 하고, 심지어 마르고조차 내가 입는 까만색 긴 외투를 인정한다는 눈빛으로 본다. 그리고 매일 아침 앙젤에게 선물 받은 향수를 뿌리는데, 이탈리아에서 건너온 그 자극적인 향은 그녀를, 우리 두 사람을 떠올리게 한다.

멜과 한참 동안 대화를 나누는데, 전화기에서 삑 소리가 들린다.

통화중 대기신호다. 나는 "잠깐만!" 하고 말하고 화면을 본다. 마르고의 번호다. 마르고가 전화를 하는 건 좀처럼 없는 일이다. 나는 동생에게 중요한 전화가 왔다고, 나중에 내가 다시 연락하겠다고 한다.

"안녕, 아빠다!" 명랑한 목소리로 딸에게 말한다.

전화기 너머로 들리는 것은 정적뿐이다.

"마르고, 듣고 있니?"

숨죽인 흐느낌. 심장이 두근거리기 시작한다.

"마르고, 무슨 일이야?"

플로랑스가 호기심 가득한 표정을 지으며 족제비처럼 생긴 얼굴을 내 쪽으로 돌린다. 나는 자리에서 일어나 뚜벅뚜벅 사무실 입구 쪽으로 걸어간다.

"아빠……"

마르고의 목소리가 한참 멀게 들린다. 희미하다.

"더 크게 말해봐, 우리 딸!"

"아빠!" 아이가 이번에는 비명을 지르고 있다. 그 소리에 내 두개골이 흔들린다.

"무슨 일이야?"

손가락이 너무 떨려 전화기를 떨어뜨릴 것만 같다.

아이가 흐느끼며 뒤죽박죽 말을 쏟아낸다. 한마디도 알아들을 수가 없다. "마르고, 진정해봐. 뭐라고 하는지 알아들을 수가 없어!"

플로랑스가 한마디도 놓치지 않겠다는 일념으로 살금살금 다가오느라 내 뒤에서 마룻바닥 삐걱대는 소리가 들린다. 나는 홱 고개

226

를 돌려 얼음처럼 차가운 눈으로 그녀를 노려본다. 그녀는 걸음을 옮기다 말고 그 자리에 얼어붙었다가 슬금슬금 자기 자리로 돌아간다.

"마르고, 뭐라고 말 좀 해봐. 제발!"

나는 사무실 입구 근처 큼지막한 수납장 뒤에 몸을 숨긴다.

"폴린이 죽었어요."

"뭐라고?" 나는 헉 숨을 몰아쉰다.

"폴린이 죽었다고요."

"어쩌다가?" 나는 말을 더듬는다. "지금 어디니? 어떻게 된 거야?"

아이의 목소리는 이제 아무 감정 없이 밋밋하다.

"폴린이 쓰러졌어요. 점심 먹고 체육 수업중에요."

가슴이 두근거린다. 당황스럽고 어찌할 바를 모르겠다. 나는 허둥지둥 내 자리로 돌아가 코트와 목도리와 열쇠를 집어든다.

"아직 체육관에 있는 거니?"

"아뇨. 교실로 다시 돌아왔어요. 폴린은 병원으로 실려갔고요. 그런데 이미 늦었대요."

"학교에서 그애 부모님한테는 연락했고?"

"아마 그랬을 거예요."

차라리 아이가 다시 울음을 터뜨려주었으면 좋겠다. 로봇 같은 목소리를 듣고 있으려니 견딜 수가 없다. 나는 당장 달려가겠다고 말한다. 그러고는 플로랑스 쪽은 보지도 않고 총알같이 튀어나온다. 미친듯이 학교로 달려간다.

머릿속 한구석에서 계속 끔찍한 생각이 밀려온다. 아스트리드가 없잖아. 지금 멀리 있잖아. 그러니까 너 혼자 처리해야 해. 아버지인 네가, 아빠인 네가. 지난 한 달 동안 딸아이가 거의 말도 안 붙이고, 심지어 쳐다보지도 않았던 네가.

나는 추위도 느끼지 못한다. 그저 전속력으로 달린다. 두 다리가 납덩이처럼 무겁다. 뭉게뭉게 토해내는 입김이 내 주변을 감싼다. 타르로 가득찬 폐가 욱신거린다. 학교에 도착해보니 아이들과 어른들이 삼삼오오 밖에 서 있다. 하나같이 퉁퉁 부은 빨간 눈을 하고 심란한 표정들이다. 마침내 마르고가 시야에 들어온다. 눈물로 얼룩덜룩한 얼굴이 흙빛이다. 나는 사람들이 줄을 서서 마르고를 끌어안고 함께 눈물을 흘리는 것을 보고 처음에는 왜 그러는지 의아해한다. 그러다가 곧 깨닫는다. 마르고는 폴린의 단짝이었다. 아장아장 걸어다니던 때부터 이 학교를 같이 다녔다. 그러니까 십 년도 넘었다. 지금까지 살아온 십사 년 중에서 십 년을 함께한 것이다. 얼굴을 아는 선생님 몇 명이 내게 말을 건넨다. 나는 뭐라고 중얼거리면서 인파를 뚫고 딸에게 다가간다. 마침내 다가가 품에 안으니 아이가 금방이라도 부서질 것처럼 느껴진다. 이렇게 안아본 게 얼마 만인가.

"어떻게 하고 싶니?" 내가 묻는다.

"집에 가고 싶어요." 아이가 들릴락 말락 한 목소리로 대답한다.

상황이 이런 만큼 수업도 모두 취소됐을 것이다. 벌써 네시고 어둠이 깔리고 있다. 아이가 친구들에게 인사를 건네고, 우리는 옵세르바투아 가를 터벅터벅 걷는다. 빵빵거리는 경적 소리와 자동차

엔진 소리로 시끄러운 가운데 우리 둘 사이에는 정적만 흐른다. 아이에게 무슨 말을 할 수 있을까. 아무 말도 생각나지 않는다. 아이를 꼭 감싸안고 걸음을 재촉할 따름이다. 문득 아이가 들고 있는 서너 개의 각기 다른 가방이 눈에 들어온다. 무거울 것 같아서 한 개 들어주려고 하자 아이가 사납게 "안 돼요!" 하고 쏘아붙인다. 그러더니 다른 가방을 건넨다. 내게도 익숙한, 마르고의 너덜너덜한 이스트팩이다. 다른 가방은 죽어라고 부둥켜안는다. 폴린의 가방일 것이다.

우리는 생뱅상드폴 병원을 지난다. 우리 아이들이 태어난 병원이다. 그리고 폴린이 태어난 병원이기도 하다. 폴린이 십사 년 전, 여기서 태어났다. 우리가 폴린의 부모인 파트리크와 쉬잔을 만난 곳도 이 병원이다. 두 아이가 이틀 차로 태어나서 아스트리드와 쉬잔이 한 병동에 있었다. 내가 폴린을 처음 본 것도 바로 이 병원에서였다. 우리 딸아이 옆의 조그만 플라스틱 침대에 누워 있던 모습이었다.

폴린이 죽다니. 믿기지 않는다. 말도 안 된다. 정말로 죽었는지 확인하고 싶지만, 마르고에게 질문 공세를 퍼붓고 싶지만, 아이의 초췌한 얼굴이 내 입을 막는다. 우리는 계속 걷는다. 날이 점점 어두워지고 있다. 추위가 제법 혹독하다. 집으로 가는 길이 끝없이 이어질 것처럼 느껴진다. 드디어 당페르로셰로 가의 거대한 사자 동상이 보인다. 이제 몇 분만 더 가면 된다.

아파트로 들어서자마자 나는 차를 끓인다. 마르고는 폴린의 가방을 무릎에 올려놓은 채 소파에 앉아 두 손에 얼굴을 묻는다. 내가 쟁반을 들고 다가가자 나를 흘끗 올려다보는데, 어른처럼 냉랭하고 싸늘한 표정이다. 나는 커피테이블에 쟁반을 내려놓은 뒤 머그잔에 차를 따르고 우유와 설탕을 넣어 아이에게 건넨다. 아이는 아무 말 없이 잔을 받아든다. 담배를 피우고 싶어서 미칠 것 같다. 한 대면 되는데, 지금은 피우면 안 될 것 같다.

"어떻게 된 일인지 얘기해줄 수 있겠니?"

아이는 천천히 차를 홀짝인다. 그러다 긴장한 목소리로 나지막이 대답한다. "아뇨."

갑자기 잔이 쨍그랑 바닥으로 떨어지는 바람에 나는 그 자리에서 펄쩍 뛰고, 우유를 넣은 차는 별 모양 얼룩으로 바뀐다. 컥컥대는 마르고의 눈에 눈물이 고인다. 내가 가까이 다가가지만, 아이는 화가 나서 시뻘겋게 부은 얼굴을 일그러뜨리며 와락 나를 밀쳐낸다. 그렇게 성을 내는 모습은 처음이다. 아이가 내 얼굴에 침을 튀겨가며 고래고래 소리를 지른다.

"왜 이런 일이 벌어진 거예요, 아빠? 왜 하필 폴린이에요? 열네 살밖에 안 됐는데!"

아이를 어떻게 달래면 좋을지 모르겠다. 위로가 될 말이 떠오르질 않는다. 내가 아무짝에도 쓸모없는 인간이 된 듯한 기분이다. 아무 생각도 나지 않는다. 이러지도 못하고, 저러지도 못하겠다. 딸아이한테 무슨 말을 해야 할까? 어떻게 하면 도움이 될까? 나는 왜 아무것도 모르는 거지? 아스트리드가 있었더라면 하는 생각이 든다. 아스트리드는 어떻게 하면 되는지, 어떤 말을 하면 되는지 알 것이다. 엄마들은 안다. 아빠들은 모른다. 적어도 여기 이 아빠는 모른다.

"엄마한테 전화해보자." 나는 힘없이 중얼거리며 일본은 지금 몇시일지 열심히 계산한다. "엄마한테 전화를 하면 어떨까?"

딸아이가 경멸의 눈빛으로 나를 쳐다본다. 그러더니 폴린의 가방을 움켜쥐고 자리에서 일어나 나를 똑바로 마주본다.

"고작 생각해낸 게 그거예요?" 아이가 성난 목소리로 나지막이 속삭인다. "엄마한테 전화해보자고요? 그러면 지금 도움이 될 거라고 생각해요?"

"마르고, 제발……" 나는 우물거린다.

"아빠는 한심해요." 아이가 쏘아붙인다. "오늘은 내 인생 최악의 날이라고요. 그런데 젠장, 어떻게 하면 나를 도울 수 있는지조차 모르다니. 아빠 미워요. 밉다고요."

아이는 몸을 돌려 자기 방으로 성큼성큼 들어간다. 쾅 하고 문이 닫힌다. 아이가 한 말이 가슴을 후벼판다. 가슴을 따갑도록 쏘아댄다. 지금 일본이 몇시건 상관없다. 나는 도쿄의 호텔 전화번호가 적힌 메모지를 찾아든다. 그러고는 부들부들 떨리는 손가락으로 다이얼을 누른다. 아빠 미워요. 밉다고요. 그 말이 머릿속을 떠나지 않는다.

쾅 소리와 함께 현관문이 닫히고 두 아들이 들어온다. 아르노는 평소처럼 전화 통화를 하고 있다. 뤼카가 내게 말을 걸려는 순간 도쿄 호텔에서 전화를 받는다. 나는 손을 들어 조용히 하라는 신호를 보낸다. 나는 아스트리드의 결혼 전 성을 대며 바꿔달라고 했다가 문득 세르주의 성으로 바뀌었음을 떠올린다. 프런트 직원이 현지 시각은 새벽 한시가 다 됐다고 아무 감정 없는 목소리로 전한다. 나는 긴급 상황이라고 한다. 아들들이 놀란 얼굴로 나를 흘끗 쳐다본다. 세르주가 웅얼웅얼 전화를 받는다. 자다 일어났다며 투덜거림이 시작되려는 순간, 나는 말허리를 자르고 아스트리드를 바꿔달라고 말한다. 잠시 후 놀라서 가늘어진 그녀의 목소리가 들린다.

"앙투안, 무슨 일이야?"

"폴린이 죽었어."

"뭐라고?" 머나먼 이국에서 그녀가 헉 숨을 내뱉는다.

아들들이 경악한 표정으로 나를 뚫어져라 본다.

"어떻게 된 일인지는 나도 몰라. 마르고가 충격을 받아서 정신이 없거든. 폴린이 체육시간에 쓰러졌대. 나도 방금 들은 얘기야."

정적. 나는 최신식 욕실과 전망을 갖춘 매끈한 초고층 호텔 객실에서 세르주의 곁에 누워 있다가 어두컴컴한 한밤중에 산발을 하고 일어나 앉는 그녀의 모습을 상상한다. 널찍한 테이블 위에는 '초밥' 카탈로그와 촬영장비가 놓여 있을 것이다. 켜놓은 노트북도 있을 것이다. 소용돌이 모양으로 움직이는 화면보호기가 어둠 속에서 반짝이고 있을 것이다.

"내 말 듣고 있어?" 정적이 길어지자 내가 묻는다.

"응." 그녀가 한참 만에 침착하고 거의 냉정한 목소리로 대답한다. "마르고 좀 바꿔줄래?"

입을 떡 벌린 채 서 있던 아들들이 전화기를 손에 든 내가 지나갈 수 있도록 주춤주춤 뒷걸음질을 쳐 길을 터준다. 나는 딸아이의 잠긴 방문을 두드린다. 아무 대답이 없다.

"엄마 전화야."

아이가 문을 빼꼼 열고 전화기를 낚아채더니 다시 문을 쾅 닫는다. 마르고의 숨죽인 흐느낌과 겁에 질린 목소리가 들린다. 나는 아들들이 멍하니 기다리고 있는 거실로 돌아간다. 뤼카는 새하얗게 질린 얼굴로 눈물을 참고 있다.

"아빠." 녀석이 중얼거린다. "폴린 누나가 왜 죽었대요?"

내가 뭐라고 대답할 겨를도 없이 휴대전화가 울린다. 파트리크의 번호가 뜬다. 폴린의 아버지다. 나는 가슴이 철렁해서 전화를 받는다. 입안이 바짝 마른다. 그는 딸아이가 태어난 그날부터 나와 알고 지낸 사이다. 지난 십사 년 동안 우리는 유치원, 학교, 휴가, 여행, 나쁜 선생님, 좋은 선생님, 누가 누굴 몇시에 데리러 가는가 하는 문제, 디즈니랜드, 생일파티, 파자마파티, 여름캠프를 놓고 수많은 대화를 나누었다. 나는 전화기를 귀에 바짝 갖다대고 겨우 그의 이름만 중얼거린다.

"안녕, 앙투안……" 기진맥진한 그의 목소리는 거의 들리지도 않는다. "있잖아……" 그가 말을 하다 말고 한숨을 쉰다. 어디에서 전화를 거는 걸까? 아마 아직 병원일 것이다. "자네 도움이 필요해서."

"응, 그래! 뭐든……"

"폴린의 소지품이 마르고한테 있을 것 같아서. 가방이랑 옷이랑."

"맞아. 어떻게 해줄까?"

"그냥 잘 보관하고 있어줘. 폴린의…… 학생증, 열쇠, 휴대전화가 그 안에 들어 있거든. 아마 지갑도. 잘 보관하고 있어줘, 알았지? 당분간 가지고 있어줘……"

그의 목소리가 갈라진다. 그의 눈물을 느끼기가 무섭게 내 눈가도 젖어든다.

"파트리크, 어떻게 이런 일이……" 나는 불쑥 내뱉는다.

"알아. 나도 알아." 그는 떨리는 목소리를 애써 가다듬는다. "고마워. 고맙네, 친구."

그 말을 끝으로 그는 불쑥 전화를 끊는다.

눈물이 쏟아져나온다. 굵고 커다란 눈물이. 참을 도리가 없다. 이상하게도 교통사고를 당했던 날처럼 흐느낌이나 딸꾹질이 터지지는 않는다. 그저 굵은 눈물만 흘러내린다.

나는 아주 천천히 휴대전화를 내려놓고, 두 손에 얼굴을 묻은 채 소파 위로 털썩 주저앉는다. 두 아들 녀석은 어쩔 줄 몰라하며 잠깐 그 자리에 서 있다. 그러다 뤼카가 먼저 달려와 내 겨드랑이 사이로 고개를 디밀고, 젖어서 미끈미끈한 뺨을 내 뺨에 댄다. 아르노는 내 발치에 앉아 앙상한 팔로 내 종아리를 감싸안는다.

아들 녀석들 앞에서 눈물을 보이는 것은 이번이 처음이다. 이제 너무 늦었다. 눈물을 멈출 수가 없다. 나는 눈물이 흐르도록 내버려둔다.

우리는 한참 동안 그렇게 있다.

현관 앞에 폴린의 가방이 있고, 깔끔하게 갠 옷 몇 벌이 그 옆에
쌓여 있다. 내 눈이 자꾸만 그쪽으로 향한다. 밤이 깊어 새벽 두시
나 세시쯤 되었다. 이 밤이 끝없는 나락처럼 느껴진다. 눈물은 그쳤
다. 다 말라버렸다. 담배를 반 갑 피웠다. 얼굴이 통통 부어 엉망이
다. 팔다리도 욱신거린다. 하지만 잠자리에 들려니 겁이 난다.

  마르고의 방은 아직 불이 켜져 있다. 방문에 귀를 바짝 대보면
규칙적인 숨소리가 들린다. 지쳐 쓰러져 잠든 것이다. 아들 녀석들
도 마찬가지다. 집안이 고요하다. 프루아드보 가를 지나는 차량도
거의 없다. 나는 가방을 보지 않으려 애써 외면하는데 가방이 자
꾸 나를 부르는 것만 같다. 잠시 후 나는 포기한다. 까치발로 살금
살금 다가가 조심스럽게 가방을 집어든다. 그런 다음 가방과 옷을
무릎에 얹고 소파에 앉는다. 어떻게 이런 일이 일어난 거지? 폴린
이 죽다니. 그런데 그 아이의 소지품은 이렇게 내 무릎에 얹혀 있

다. 나는 지퍼를 내려 가방을 연다. 그런 다음 이리저리 헤집는다. 머리빗. 기다란 금발이 빗에 엉켜 있다. 폴린이 죽었는데 머리카락은 남아 내 손안에서 이렇게 반짝이고 있다. 이해할 수가 없다. 휴대전화는 계속 무음 모드다. 부재중 전화가 서른두 통이다. 폴린의 목소리를 듣고 싶어서 친구들이 하루종일 전화를 한 걸까? 단짝이 죽으면 나 역시 그럴지도 모른다. 교과서. 깔끔한 글씨체. 그애는 모범생이었다. 마르고보다 성적이 좋았다. 장래희망은 의사였다. 파트리크는 그 사실을 자랑스러워했다. 열네 살인데 커서 뭘하고 싶은지 이미 알고 있다니. 지갑. 모조 다이아몬드가 달린 자주색 지갑이다. 학생증. 이 년 전 학생증이다. 사진 속 폴린은 내게도 친숙한 모습이다. 내가 같이 숨바꼭질을 해주었던 비쩍 마른 아이. 화장품, 립글로스, 데오도런트. 수첩. 앞으로 이 주치 숙제. 나는 수첩을 넘긴다. "월요일에 달라드." 그리고 분홍색 하트. 달라드는 마르고의 별명이었다. 폴린은 피투였다. 어렸을 때부터 그랬다. 그애의 옷들. 체육복으로 갈아입느라 벗어놓은 것들이다. 하얀 스웨터와 청바지. 나는 스웨터를 조심스럽게 얼굴에 갖다댄다. 담배 냄새와 달콤한 향수 냄새가 섞여 있다. 폴린은 죽었는데 체취는 스웨터에 남아 있다.

나는 파트리크와 쉬잔을 떠올린다. 지금 어디 있을까? 딸아이의 시신과 함께 있을까? 집에서 잠 못 이루고 있을까? 폴린을 살릴 방법은 없었을까? 어쩌면 심장병이었을지도 모른다. 누군가 그 사실을 알고 있었을까? 만약 농구를 하지 않았더라면 지금 살아 있을까? 온갖 질문들이 머릿속에서 맴돈다. 극심한 공포가 밀려오기 시작한다. 나는 자리에서 일어나 창문을 열고 차가운 공기를 쏘인다. 광활하고 어두컴컴한 공동묘지가 눈앞에 펼쳐진다. 나는 계속 폴린과 그애의 시신을 생각한다. 그애의 치아교정기를 생각한다. 치아교정기는 어떻게 처리할까? 낀 채로 묻으려나? 치과의사가 와서 제거하려나? 아니면 장의사가 하는 일인가? 나는 손을 뻗어 전화기를 집는다. 대화가 간절하다. 앙젤과의 대화가.

신호 두세 번 만에 그녀가 전화를 받는다. 따뜻하고 졸린 목소리.

"안녕, 파리지앵 아저씨. 그렇게 외로워요?"

한밤중에, 이런 끔찍한 순간에 그녀의 목소리를 들으니 너무나 마음이 놓여 하마터면 울음이 터질 뻔한다. 나는 무슨 일이 있었는지 얼른 설명한다.

"저런! 딸이 가엾어서 어떡해요. 친구가 죽는 걸 본 거잖아요. 끔찍해라. 지금 상태가 어때요?"

"별로예요." 나는 솔직히 말한다.

"그런데 부인은 없고요?"

"네."

정적.

"내가 가줄까요?"

너무 단도직입적이라 내 입에서 헉하는 소리가 절로 나온다.

"그래줄 수 있어요?"

"당신이 와달라고 하면요."

당연히 좋죠, 당연히, 와줘요, 제발 와줘요, 당장 그 오토바이 타고 빨리 달려와줘요, 제발, 제발 부탁이에요, 앙젤, 당신이 필요해

요, 와줘요. 와줘요! 내가 그렇게 당장 와달라고 애원하면 그녀는
어떤 반응을 보일까? 나를 약해빠진 남자라고 생각할까? 나를 동
정할까? 지금도 나를 동정하는 걸까?

"부담주고 싶지 않아요. 먼길이잖아요."

그녀는 한숨을 쉰다. "남자들은 왜 이러는지 모르겠다니까요.
왜 대놓고 말을 못해요? 내가 필요하면 달려갈게요. 말만 해요. 지
금은 이만 끊어요. 내일 일찍 일어나야 하니까."

그녀가 전화를 끊는다. 나는 다시 전화를 하고 싶지만 하지 않
는다. 주머니 속에 전화기를 쑤셔넣고 소파에 기댄다. 그러다 깜
빡 잠이 든다. 눈을 떠보니 아들들이 아침을 만들고 있다. 나는 거
울을 흘끗 본다. 미스터 마구*와 보리스 옐친을 한데 섞어서 구겨
놓은 듯한 얼굴이다. 마르고가 벌써 욕실을 점령하고 있는데, 한참
있다 나올 것이다. 샤워하는 소리가 들린다.

나는 딸아이의 방 앞을 지나가며 흘끗 들여다본다. 시트가 뒤로
젖혀져 있다. 신기하네. 나는 속으로 중얼거린다. 새 시트잖아? 한
번도 본 적 없는 시트다. 커다란 빨간색 꽃무늬. 나는 가까이 다가
가 본다. 커다란 빨간색 꽃무늬가 아니다. 핏자국이다. 간밤에 마
르고의 생리가 시작된 것이다. 아스트리드에게 들은 바에 따르면
이번이 초경이다.

괜찮을까? 충격을 받았을까? 기분이 어떨까? 겁이 날까, 안심이
될까, 역겨울까, 당황스러울까, 아플까 아니면 이 모든 것을 다 느

---

* 미국의 만화 주인공. 앞이 점점 보이지 않는 투실투실한 대머리 노인이다.

낄까? 마르고가 생리를 시작하다니. 우리 꼬맹이가. 이제 내 딸은 아이를 가질 수 있다. 배란이 되고 있으니까. 난자를 만들어내고 있으니까. 그래서 기쁜지는 잘 모르겠다. 내가 마음의 준비가 되었는지도 잘 모르겠다. 하지만 아스트리드가 없으니 내가 해결해야 한다. 물론 나도 내 딸이 언젠가는 생리를 시작할 줄 알고 있었다. 하지만 그것은 엄마인 아스트리드의 영역이지, 나하고는 상관없는 일일 거라고 겁쟁이처럼 막연하게 생각했다. 도대체 아버지들은 어떤 식으로 대처해야 하는 걸까? 어떻게 해야 할까? 내가 알아차렸다고 알려야 할까? 네가 자랑스럽다고? 내가 곁에 있으니 필요하면 언제든지 부르라고, 우람한 존 웨인처럼 거들먹거려야 할까? 나로 말할 것 같으면 탐폰에 대해서(어플리케이터가 있는 것도 있고 없는 것도 있다), 생리대에 대해서(소형이 있고 대형이 있다), 생리 전 증후군의 괴로움에 대해서 모르는 게 없다. 나는 요즘 남자다. 딸아이에게 어떻게 생리 얘기를 꺼내야 하지? 특히 오늘 같은 날. 어제 그런 일이 터졌는데. 말도 안 되는 일처럼 느껴진다. 멜라니한테 전화해야겠다는 생각뿐이다. 멜라니는 어떤 식이었고 몇 살 때 생리를 시작했는지 전혀 기억이 없지만, 아스트리드도 없는 상황에 생각나는 여성 동지는 멜라니뿐이다.

욕실 걸쇠가 벗겨지는 소리가 들리기에 나는 살그머니 방에서 나온다. 마르고가 머리를 수건으로 돌돌 말고 등장한다. 눈 밑에 자주색 원이 생겼다. 마르고는 아침 인사를 웅얼거리며 내 옆을 지나간다. 나는 손을 내밀어 어깨를 쓰다듬지만 아이는 몸을 피한다.

"잘 잤니?" 내가 조심스럽게 묻는다. "음…… 기분은 좀 어때?"

아이는 어깨를 으쓱한다. 찰칵 하는 소리와 함께 문이 닫힌다. 저 아이는 어떻게 하면 되는지 알고 있을까? 궁금해진다. 생리에 대해서. 생리대와 탐폰에 대해서. 물론 알겠지. 아스트리드와 친구들한테 들었겠지. 폴린한테 들었겠지. 나는 가서 커피를 끓인다. 아들 녀석들은 학교 갈 준비를 마쳤다. 두 아이가 나를 어색하게 안아주고 막 집을 나서려는데 초인종이 울린다.

폴린의 엄마 쉬잔이다. 현관에서 서로 마주보고 서 있는 가슴 아프고 울컥한 순간. 두 아이가 그녀의 뺨에 가볍게 입을 맞추고 어쩔 줄 몰라하며 사라진 뒤 그녀가 내 손을 잡는다.

얼굴이 퉁퉁 부었고 눈은 단춧구멍 같다. 그런데도 나를 향해 씩씩하게 웃어 보인다. 나는 그녀를 끌어안는다. 그녀에게서 병원 냄새가, 고통과 두려움과 상실의 냄새가 난다. 우리는 그렇게 부둥켜안은 채 천천히 몸을 앞뒤로 움직인다. 그녀는 체구가 작다. 딸의 키가 훨씬 컸다. 그녀가 나를 올려다본다. 눈동자에 그렁그렁 눈물이 맺혀 있다.

"커피를 좀 마실 수 있을까요?"

"그럼요! 당장 준비할게요."

나는 그녀를 부엌으로 안내한다. 그녀는 외투와 목도리를 벗고 의자에 앉는다. 나는 손을 떨며 커피를 따른 다음 그녀를 마주보고 앉는다.

"뭐든 말만 해요, 쉬잔." 생각나는 말이 그것뿐이다.

그녀는 나약하게 들리는 그 말이 마음에 드는지 고개를 끄덕이고 부들부들 떨며 커피를 홀짝인다. 그러다 말문을 연다. "눈을 떠

240

야지. 그런 생각만 계속 들어요. 악몽을 꾸는 것 같아서."

"그러게요." 나는 조심스럽게 맞장구를 친다.

그녀는 초록색 카디건을 입고 있다. 그 안에는 흰 블라우스. 검은 바지. 짧은 부츠. 어제 딸이 죽었다는 전화를 받았을 때도 이 차림이었을까? 전화가 왔을 때 뭘 하고 있었을까? 회사에 있었을까? 운전중이었을까? 학교 전화번호가 떴을 때 무슨 생각을 했을까? 폴린이 수업을 빼먹었나보다고? 아니면 선생님과 문제가 생겼나보다고? 나는 마르고의 전화를 받고 얼마나 섬뜩했는지 말하고 싶어진다.

내 모든 연민과 슬픔과 당혹감을 표현하고 싶은데 입이 떨어지지 않는다. 그녀의 손을 꼭 잡기만 한다. 할 수 있는 게 그뿐이다.

"장례식은 화요일이에요. 시골에서 해요. 틸리에서요. 우리 아버지가 묻힌 곳이죠."

"갈게요. 물론 가야죠."

"고마워요." 그녀가 중얼거린다. "폴린 소지품을 챙기려고 들렀어요. 가방이랑 옷이랑."

"여기 있어요."

가방과 옷을 가지러 자리에서 일어서는데, 마르고가 들어온다. 아이는 쉬잔을 보더니 내 가슴을 후벼파는 외마디 비명을 지르며 몸을 던져 그녀의 어깨에 얼굴을 묻고 그 가녀린 몸이 들썩일 정도로 흐느껴 운다. 나는 쉬잔이 아이의 머리를 토닥이며 달래는 모습을 지켜본다. 마르고는 울면서 어제 내게는 하지 않았던 말들을 쏟아낸다.

"우리는 체육관으로 갔어요. 목요일마다 수업이 있잖아요. 농구를 하고 있었어요. 그런데 피투가 바닥으로 풀썩 쓰러지는 거예요. 선생님이 피투의 몸을 뒤집었을 때 저는 알아차렸어요. 눈동자가 뒤집혔더라고요. 흰자밖에 안 보였어요. 선생님이 텔레비전에 나오는 온갖 응급소생술을 했어요. 한도 끝도 없이요. 누군가가 구급차를 불렀어요. 하지만 구급차가 도착했을 때는 이미 상황이 끝나있었어요."

"아프지 않았대." 쉬잔이 마르고의 젖은 머리를 쓰다듬으며 나지막이 속삭인다. "전혀 아프지 않았대. 몇 초 만에 끝났대. 의사가 그러더구나."

"피투가 왜 죽은 거예요?" 마르고는 몸을 뒤로 젖히고 쉬잔을 올려다보며 단도직입적으로 묻는다.

"폴린의 심장에 문제가 있었던 것 같대. 우리들 그 누구도 몰랐던 문제가. 남동생도 같은 문제가 있는지 이번주에 검사를 받기로 했단다."

"피투가 보고 싶어요." 마르고가 말한다. "작별 인사를 하고 싶어요."

쉬잔의 시선이 내 시선과 만난다.

"말리지 마요, 아빠." 마르고가 내 쪽은 보지도 않은 채 얼른 말한다. "보고 싶단 말이에요."

"말리지 않을 거야. 아빠도 이해해."

쉬잔은 커피를 마저 마신다. "만나도 되고말고. 아직 병원에 있어. 나랑 같이 갈래? 아니면 나중에 엄마랑 같이 오든지."

"엄마는 일본에 계세요." 마르고가 말한다.

"그럼 아빠랑 같이 올래?" 쉬잔이 자리에서 일어선다. "이제 가 야겠구나. 할 일이 너무 많아서. 서류도 그렇고. 장례식도 그렇고. 근사한 장례식이 됐으면 하거든." 그녀는 말을 멈추고 입술을 깨문다. 입술이 실룩인다. "사랑하는 우리 딸을 위해서."

쉬잔은 얼른 고개를 돌리지만, 나는 일그러지는 그녀의 얼굴을 보고 만다. 그녀는 가방과 옷을 얼른 집어들고 발걸음을 옮긴다. 그러다 현관문 앞에 다다르자 출정을 앞둔 병사처럼 어깨를 편다. 나로서는 존경스러울 따름이다.

"나중에 보자." 그녀는 시선을 외면한 채 더듬더듬 현관문 손잡이를 돌리며 나지막이 속삭인다.

폴린의 시신을 보려고 마르고와 함께 피티에 살페트리에르 병원에서 기다리는데, 요즘 들어 영안실에서 보내는 시간이 많다는 생각이 든다. 파리의 이곳은 앙젤이 근무하는 환한 공간과 달리 어두컴컴하고 우울하다. 창문도 없고 칠은 벗겨졌고 리놀륨 바닥은 긁힌 자국투성인데, 분위기를 화사하게 만들려는 노력조차 기울이지 않는 듯하다. 영안실에는 우리 둘뿐이고, 들리는 소리라고는 복도를 두드리는 발소리와 누군가가 나지막이 웅얼거리는 소리뿐이다. 장의사는 뚱뚱한 사십대 남자다. 그는 위로의 말은커녕 미소조차 짓지 않는다. 수많은 시신을 접하다보니 질린 걸까. 심지어 심장마비로 죽은 열네 살 소녀마저 그에게는 큰일이 아닌 모양이다. 하지만 그것은 나의 착각이다. 우리를 안내하러 다시 나온 그가 마르고 쪽으로 고개를 숙이더니 이렇게 묻는다. "네 친구는 다 준비됐다. 괜찮겠니, 꼬마 아가씨?"

마르고는 턱에 힘을 주고 고개를 끄덕인다.

"사랑했던 사람의 시신을 마주 대하는 건 쉬운 일이 아니야. 아빠하고 같이 들어가는 게 좋을 거다."

딸아이는 고개를 들더니 울퉁불퉁하고 불그스름한 그의 피부를 뜯어본다.

"저랑 제일 친한 친구였어요. 그 친구가 죽는 걸 제가 봤고요." 아이가 앙다문 입술 사이로 또박또박 내뱉는다.

아이는 앞으로 죽을 때까지 그 말을 반복할 것이다. 장의사는 고개를 끄덕인다.

"만일의 경우에 대비해서 아버지와 내가 문 앞을 지키고 있으마. 알았지?"

아이는 자리에서 일어나 옷과 머리를 매만진다. 그러고는 또다시 몇 살 더 나이들어 보이는 표정을 짓는다. 나는 아이를 붙잡고 싶다. 품에 안고 보호하고 싶다. 괜찮을까? 아이에게 그만한 강단이 있을까? 쓰러지지는 않을까? 이 충격을 영원히 극복 못하는 건 아닐까? 아이의 소맷부리를 붙잡고 싶은 마음을 애써 누른다.

장의사가 마르고를 옆방으로 안내하고는 문을 열고 안으로 들여보낸다.

쉬잔과 파트리크가 아들과 함께 등장한다. 우리는 아무 말 없이 포옹을 하고 입을 맞춘다. 어린 동생은 헬쑥하고 지쳐 보인다. 우리는 잠자코 기다린다.

잠시 후 마르고의 목소리가 들린다. 내 이름을 부르고 있다. 아빠라고 하지 않고 앙투안이라고 부른다. 지금까지 그런 적이 한 번도 없었는데. 아이는 내 이름을 두 번 연속으로 부른다.

나는 안으로 들어간다. 앙젤이 일하는 병원의 대면실과 규모가 같다. 코를 찌르는 낯익은 냄새가 나를 맞는다. 나는 우리 앞에 놓인 시신 쪽으로 눈길을 돌린다. 폴린은 한참 어려 보인다. 나는 가까이 다가간다. 너무나 어리고 연약해 보인다. 육감적이었던 몸매가 쪼그라든 것 같다. 분홍색 블라우스와 청바지. 컨버스 운동화. 깍지를 끼고 배 위에 얹은 손. 마침내 나는 그애의 얼굴을 흘끗 본다. 화장은 하지 않았다. 피부가 하얗고 깨끗하다. 금발은 깔끔하게 뒤로 빗어 넘겼다. 다문 입술은 자연스러워 보인다. 앙젤도 인정할 만한 솜씨다.

마르고가 내 옆에서 서성인다. 나는 마르고가 어렸을 때 해주던 것처럼 아이의 뒤통수를 어루만진다. 요즘 들어 아이는 내 손길을 계속 뿌리쳤지만 이번만큼은 그러지 않는다.

"정말이지 이해가 안 돼요." 아이가 말한다.

아이는 밖으로 나간다. 나 혼자 폴린의 시신 앞에 서 있다. 아스트리드는 시신을 보지 못할 것이다. 그녀는 화요일에 열리는 장례식에 맞춰 도쿄를 출발한다. 막판까지 망설이다 일정을 바꾸지 않았다. 일주일 혹은 그전에 말라코프에서 폴린을 본 게 마지막이었을 것이다. 아스트리드가 도착하면 폴린은 관 속에 누워 장례식을 기다리고 있을 것이다. 그녀는 죽은 폴린을 볼 일이 없을 것이다. 잘된 일인지 아닌지 모르겠다. 나는 헤어진 아내와 이런 상황을 겪어본 적이 없다.

나는 그렇게 서서 아버지를 생각한다. 어머니도 폴린처럼 눈 깜짝할 사이 세상을 떠났다. 아버지도 이렇게 병원 영안실에 서서 아내의 시신을 바라보며 받아들이려 애썼을까? 아버지는 어디에서 아내가 죽었다는 소식을 들었을까? 누가 연락을 했을까? 1974년에는 휴대전화가 없었다. 아마 샹젤리제 근처에 있던 사무실에서 연락을 받았을 것이다.

나는 내 앞에 누워 있는 시신의 얼굴을 물끄러미 들여다본다. 이렇게 어린데. 이렇게 풋풋한데. 열네 살. 나는 아이의 머리에 가만히 손을 얹는다. 살아 있는 마르고의 뒤통수는 따뜻하지만 폴린은 얼음처럼 차갑다. 내 평생 시신에 손을 대기는 처음이다. 나는 얹은 손을 거두지 않는다. 안녕, 폴린. 안녕, 꼬마 숙녀.

간밤에 폴린의 가방을 들고 있었을 때 느꼈던 공포가 나를 집어삼킨다. 핏기 없는 그애의 창백한 얼굴이 갑자기 흐물흐물 녹아내려 마르고의 얼굴로 바뀌는 것 같다. 나는 몸서리친다. 죽은 아이가 내 딸일 수도 있었다. 내가 지금 내 딸의 시신을 대면한 것일 수도 있었다. 내 딸의 시신을 만지는 것일 수도 있었다. 나는 떨리는 몸을 진정시키려 애를 써본다. 앙젤이 옆에 있으면 얼마나 좋을까. 지금 이 순간, 그녀가 알고 있는 상식과 죽음에 대한 내적 지식이 얼마나 도움이 될까 생각한다. 폴린의 시신을 단장한 사람이 앙젤이었다고, 그녀가 여느 '환자'를 대하듯 조심스럽게 정성을 다했다고 상상하려 애쓴다.

누가 내 어깨에 손을 얹는다. 파트리크다. 그는 아무 말도 하지 않는다. 우리는 그렇게 서서 폴린을 내려다본다. 그에게 나의 떨림이 전해진다. 그가 아무 말 없이 내 어깨를 꽉 쥔다. 나는 계속 몸을 부들부들 떨며 폴린에게 가능했던 모든 미래를 상상해본다. 그 아이도 알 길이 없고 우리도 알 길이 없게 되어버린, 그 아이를 기다리고 있었을 모든 미래의 일들을 상상해본다. 학업. 여행. 연애. 독립. 일. 사랑. 출산. 중년. 노년. 그 아이를 기다리다 사라져버린 모든 생을.

두려움이 잦아들면서 분노가 밀려든다. 열네 살이었다. 빌어먹을, 열네 살이었단 말이다. 왜 이런 일이 벌어진 걸까? 이런 일이 벌어지면 도대체 어떤 식으로 마음을 다잡고 정리해야 하는 걸까? 어디에서 힘과 용기를 얻어야 할까? 종교가 해답일까? 파트리크와 쉬잔은 종교에서 위안을 얻을까? 종교를 통해 도움을 받고 있을까?

"쉬잔이 옷을 입혔어요. 혼자서. 남한테 맡기기 싫다고." 파트리크가 말한다. "옷은 같이 골랐어요. 제일 좋아하던 청바지와 제일 좋아하던 블라우스로."

그가 손을 내밀어 딸아이의 차가운 뺨을 가만히 어루만진다. 나는 분홍색 블라우스를 바라본다. 뻣뻣해진 폴린의 몸에 옷을 입히고 줄줄이 달린 단추를 힘겹게 채웠을 쉬잔의 모습이 떠오른다. 그 모습이 어마어마한 무게로 나를 짓누른다.

마르고는 쉬잔 내외와 같이 있겠다고 한다. 폴린의 곁을 지키려는 그 아이만의 방식인 듯하다. 나는 병원을 나서며 휴대전화를 확인한다. 동생이 남긴 음성 메시지가 있다. "전화 줘, 아주 급한 일이야." 묘하게 차분한 목소리지만, 나는 방금 본 폴린의 시신 때문에 너무 심란해서 전화를 받은 동생에게 그에 관해 아무 말도 하지 않는다. 대신 허겁지겁 폴린의 죽음과 마르고의 반응 등 끔찍했던 일들에 대해 쏟아낸다. 아스트리드의 부재. 마르고의 초경. 폴린의 시신. 파트리크와 쉬잔. 폴린에게 옷을 입힌 쉬잔⋯⋯

"오빠." 멜라니가 날카로운 목소리로 말허리를 자른다. "내 말 좀 들어봐."

"뭐라고?" 나는 거의 짜증을 내다시피 한다.

"할말이 있어. 당장 여기로 와줘."

"안 돼. 사무실로 들어가려던 참이었어."

"와야 해."

"왜? 무슨 일인데?"

짧은 침묵.

"기억이 났어. 어쩌다 사고가 났는지."

묘한 불안이 내 심장을 움켜쥔다. 지난 석 달 동안 이 순간을 기다려왔다. 그리고 바로 지금, 드디어 그 순간이 찾아왔는데 내가 감당할 수 있을지 모르겠다. 내게 그만한 강단이 있을까. 폴린의 죽음으로 진이 다 빠져버렸다.

"알았어." 나는 힘없이 대답한다. "당장 갈게."

병원에서 멜의 집이 멀지 않은데도 바스티유까지 가는 길은 더디기만 하다. 차량들이 굼벵이처럼 기어간다. 나는 차를 몰며 애써 마음을 가라앉힌다. 도착한 다음에는 번잡한 로케트 가에서 주차할 만한 곳을 찾는데 한참이 걸린다. 멜라니가 고양이를 안고 나를 기다리고 있다.

"폴린 일은 정말 안됐다." 멜라니가 나에게 입을 맞추며 말한다. "마르고가 얼마나 충격을 받았을까…… 타이밍이 최악이지만…… 어쩌다보니 이렇게 됐어…… 갑자기 생각이 났거든. 오늘 아침에. 그래서 오빠한테 꼭 알리고 싶었어."

고양이가 폴짝 뛰어내려 내 다리에 대고 몸을 비빈다.

"어떻게 말을 꺼내면 좋을지 모르겠어." 멜라니가 바로 말을 꺼낸다. "오빠한테도 충격적인 소식이 될 거라서."

"얘기해봐."

우리는 마주보고 앉는다. 멜라니는 가느다란 손가락으로 팔찌를

250

만지작거린다. 짤그랑거리는 소리가 신경에 거슬린다.

"호텔에서 보낸 마지막날 밤 자다가 눈이 떠졌어. 그런데 목도 마르고 다시 잠이 안 왔어. 책도 읽어보고 물도 마셔봤지만 소용이 없었어. 그래서 밖으로 나가서 계단을 내려갔지. 호텔 전체가 고요하더라. 모두 잠들었으니까. 나는 로비하고 식당을 거쳐서 다시 2층으로 올라왔어. 그런데 그때 생각이 난 거야."

그녀는 말을 멈춘다.

"무슨 생각이?"

"9호실 기억나?"

"응. 어머니 방이었잖아."

"올라가는 길에 그 방 앞을 지났거든. 그랬더니 갑자기 옛날 기억이 떠올랐어. 다리에 힘이 풀려서 계단에 주저앉을 정도로 강렬한 기억이."

"어떤 기억인데?" 내가 나지막이 묻는다.

"마지막으로 여름휴가를 보낸 1973년의 일이었어. 그때 내가 겁에 질린 적이 있었어. 폭풍이 닥쳤거든. 내 생일날. 생각나?"

나는 고개를 끄덕인다.

"그날 밤에 잠이 오지 않았어. 그래서 호텔 계단을 살금살금 내려가서 어머니 방으로 찾아갔지."

멜라니는 다시 말을 멈춘다. 고양이가 내 몸에 대고 가르랑거린다.

"문이 잠겨 있지 않아서 가만가만 열었어. 방안은 커튼이 젖혀져서 달빛이 비치고 있었어. 그런데 누군가 어머니 옆에 누워 있는 거야."

"아버지가?" 나는 깜짝 놀란 목소리로 묻는다.

그녀는 고개를 젓는다.

"아니. 나는 가까이 다가갔어. 이게 무슨 일이지, 하면서. 겨우 여섯 살이었잖아. 클라리스의 까만 머리가 보였어. 그런데 어떤 사람을 품에 안고 있는 거야. 우리 아버지가 아닌 다른 사람을."

"누구였는데?" 나는 헉 숨을 내뱉는다.

어머니에게 애인이 있었다니…… 우리 어머니가 다른 남자와 함께 있었다니. 시어머니, 시아버지와 자식인 우리가 바로 옆방에서 자고 있었는데. 우리 어머니가. 보풀이 인 주황색 수영복. 바닷가에서 우리와 놀아주었던 어머니가 밤에는 다른 남자를 끌어들였다니.

"모르겠어."

"어떻게 생겼는데?" 나는 흥분해서 묻는다. "전에도 본 적 있는 남자야? 같은 호텔에 묵었었어? 어떻게 생겼는지 기억나?"

멜라니는 입술을 깨물며 시선을 피한다. 그러다 잠시 후 나지막이 속삭인다. "여자였어, 오빠."

"여자였다니?"

"우리 어머니가 여자를 품에 안고 있었다고."

"여자를?" 나는 어안이 벙벙해서 되묻는다.

고양이가 무릎 위로 사뿐히 뛰어올라오자 동생은 있는 힘껏 끌어안는다.

"응, 오빠, 여자였어."

"확실해?"

"응. 가까이 다가가서 봤다니까. 둘 다 자고 있었어. 시트도 안 덮고 알몸으로. 두 사람에게서 아름답고 여성스러운 분위기가 풍긴다고 생각했던 기억이 나. 그 여자는 피부가 까무잡잡하고 늘씬하고 머리가 길었어. 달빛이라 무슨 색인지 잘 보이지는 않았지만. 머리칼은 은빛이 도는 금발이었던 것 같아. 나는 한참 동안 그 자리에 서서 두 사람을 바라봤지."

"두 사람이 정말 애인 사이였을 거라고 생각해?"

멜라니는 쓸쓸한 미소를 짓는다. "그게, 내가 여섯 살이었으니 당연히 아무것도 몰랐지. 그런데 한 가지 아주 생생하게 기억나는 게 있어. 그 여자가 클라리스의 한쪽 젖가슴을 감싸쥐고 있었다는 것. 소유욕을 드러내는 도발적인 자세였다고."

나는 자리에서 일어나 이리저리 서성이다 창가에 멈춰 서서 떠들썩한 로케트 가를 내려다본다. 잠깐 동안 아무 말도 할 수가 없다.

"충격받았어?" 멜라니가 묻는다.

"조금."

또다시 팔찌가 짤그랑거리는 소리.

"오빠한테 털어놓으려고 했어. 오빠도 이상한 낌새를 알아차렸잖아. 더는 못 참겠다 싶어서 올라오는 길에……"

"누구한테 이야기한 적 있어?" 내가 말허리를 자른다. "그 일이 있고 다음에."

"다음날 아침에 고모랑 바닷가로 놀러 나갔을 때 얘기하려고 했어. 그런데 오빠가 들으려고 하질 않는 거야. 저리 가라고 쫓아내기만 하고. 아무한테도 말 안하고 담아두는 동안 조금씩 잊혔지. 그러다 영원히 지워졌고. 그뒤로 완전히 잊고 지내다 삼십사 년 뒤, 그날 밤 호텔에서 갑자기 생각난 거야."

"그 여자를 다시 만난 적 있어? 누구였는지 모르겠어?"

"아니. 다시 만난 기억 없어. 누구였는지도 모르겠고."

나는 다시 의자로 돌아가 멜라니와 마주보고 앉는다. "어머니가 레즈비언이었을까?" 내가 나지막이 묻는다.

"나도 계속 그 질문을 던지고 있었어." 멜라니는 차분한 목소리로 대답한다.

"어느 날 문득 벌어진 한 번의 일이었을까, 아니면 예전부터 다른 여자와 몰래 만나온 걸까?"

"나도 온갖 궁금증이 머릿속에서 떠나질 않아. 그런데 아무리 고민해도 정답을 알 길이 없단 말이지."

"아버지도 알고 계셨을까? 할머니, 할아버지는?"

멜라니는 자리에서 일어나더니 부엌으로 건너가 물을 끓이고 머그에 티백을 넣어 온다. 나는 머리를 세게 한 대 얻어맞은 사람처럼 멍하다.

"오빠가 클라리스하고 할머니가 싸우는 걸 봤다고 했던 거 생각나? 수영장에서 나한테 이야기했었잖아."

"응. 그 일 때문이라고 생각하는 거야?"

멜라니는 어깨를 으쓱한다. "그럴지도 모르지. 점잖은 부르주아인 할머니, 할아버지가 동성애를 환영했을 리 없잖아. 게다가 1973년이었고."

그녀는 내게 머그를 건네고 자리에 앉는다.

"그럼 아버지는?" 내가 묻는다. "아버지는 어디까지 알고 있을까?"

"어쩌면 온 집안사람들이 알고 있었을지도 모르지. 그래서 난리가 났을지도 몰라. 그런데 모두들 쉬쉬한 거지. 입을 꾹 닫고."

"그러다 클라리스가 죽었고……"

"그렇지. 그러다 어머니가 돌아가셨지. 그래서 어느 누구도 두 번 다시 이 이야기를 꺼내지 않았고."

우리는 서로 마주앉아 차를 홀짝이며 잠시 아무 말도 하지 않는다.

"이 모든 것들 중에서 제일 당황스러운 게 뭔지 알아?" 한참 만에 멜라니가 입을 연다. "내가 사고를 낸 것도 그것 때문이야. 지금 이렇게 이야기를 꺼내기만 해도 여기가 아플 정도니까." 동생은 손바닥을 펴서 쇄골에 갖다댄다.

"뭔데?"

"내 이야기를 듣기 전에, 오빠는 뭐가 제일 당황스러운지 말해봐."

나는 심호흡을 한다. "어머니가 어떤 사람이었는지 전혀 모르겠다는 거."

"그래!" 멜라니는 큰 소리로 말하며 오늘 나를 만난 이래 처음으로 미소를 짓는다. 평소처럼 여유로운 미소는 아니지만. "바로 그거야."

"그리고 어머니가 어떤 사람이었는지 알아낼 방법을 전혀 모르겠다는 거."

"나는 그 방법을 알아."

"그게 뭔데?"

"그보다 먼저 짚고 넘어가야 할 게 있어. 오빠는 알고 싶어? 정말로 확인하고 싶어?"

"물론이지! 당연한 걸 왜 묻고 그래?"

또다시 삐딱한 미소.

"모르는 게 나을 때도 있으니까. 진실이 상처가 될 때도 있으니까."

아스트리드의 카메라에서 아스트리드와 세르주가 사랑을 나누는 동영상을 발견했던 순간이 떠오른다. 그때의 충격. 그 엄청난 고통.

"무슨 말인지 나도 알아." 나는 느릿느릿 말을 잇는다. "어떤 고통을 말하는지도."

"그런 고통을 다시 마주할 자신 있어?"

"글쎄." 내 대답은 솔직하다.

"나는 자신 있어." 멜라니는 단호하다. "반드시 마주할 거야. 아무 일도 없었던 척하지 않을 거야. 못 본 척 눈감고 싶지 않아. 어머니가 어떤 사람이었는지 알고 싶어."

나는 멜라니의 말을 들으며 여자들이 남자들보다 훨씬 강하다는 생각을 한다. 사실 그녀가 육체적으로 강인한 것은 아니다. 늘씬한 청바지와 베이지색 스웨터를 입은 모습은 오히려 그 어느 때보다 여려 보인다. 하지만 엄청난 기운과 결의가 느껴진다. 멜라니는 두려워하지 않지만, 나는 두렵다. 동생은 내가 무슨 생각을 하고 있는지 안다는 듯 엄마처럼 내 손을 잡는다.

"우울해하지 마, 오빠. 이제 집에 가서 마르고를 돌봐줘. 그애한
테는 오빠가 필요해. 마음의 준비가 되면 그때 가서 다시 이야기하
자. 서두를 것 없어."

고개를 끄덕이고 자리에서 일어서는데, 머리가 아찔하다. 목이
멘다. 다시 사무실로 돌아가 플로랑스와 나를 기다리고 있을 일거
리를 마주 대할 자신이 없다. 멜라니에게 입을 맞추고 현관 쪽으로
걸어가 밖으로 나가려다 말고 돌아서서 말한다. "방법을 안다고
했지?"

"응."

"뭔데?"

"할머니."

할머니. 그렇지. 할머니는 답을 알고 있을 것이다. 일부분이나
마. 하지만 우리에게 그 답을 가르쳐줄지, 그건 알 수 없는 문제다.

나는 사무실로 가지 않고 곧장 집으로 향한다. 집으로 가는 길에 플로랑스에게 메시지를 남겨 곧바로 퇴근한다고 간단하게 전한다. 나는 커피를 끓이고 담배에 불을 붙인 다음 식탁에 앉는다. 아직도 목이 멘다. 허리가 아프다. 뒤늦게 피로가 몰려온다.

죽은 폴린의 얼굴이 자꾸만 떠오른다. 그리고 멜라니가 보았다는 광경도. 내가 직접 목격한 것은 아니지만 달빛 비치는 객실이라면 충분히 상상이 가능하다. 어머니와 어머니의 연인. 여자. 이렇게 얼떨떨한 게 어머니가 바람을 피웠기 때문일까? 아니면 어머니가 양성애자였다는 데 더 충격이 큰 걸까? 어느 쪽이 더 당황스러운지는 잘 모르겠다. 같은 여자로서 멜라니는 어떨까? 남자에게는 아버지가 게이인 것보다 어머니가 레즈비언인 편이 낫기 때문에 내 충격이 덜한 걸까? 정신과의사에게는 흥미로운 주제일 것이다.

나는 동성애자 친구인 마틸드, 밀레나, 다비드, 매튜를 생각하며, 그들이 어떻게 커밍아웃했고 부모님의 반응은 어땠는지 들은 이야기를 떠올린다. 받아들이고 이해한 부모님도 있었고, 전면 부정한 부모님도 있었다. 그런데 어머니나 아버지가 게이라는 걸 늦은 나이에 알아차린 경우라면 어떨까? 아무리 편견 없고 마음 넓은 사람이라도 마른하늘에 날벼락 같을 것이다. 특히 어머니나 아버지가 돌아가신 후라 질문에 대한 답도 들을 수 없는 경우라면 더더욱.

요란한 문소리와 함께 아르노가 어슬렁어슬렁 들어오고, 까만 립스틱을 바르고 뚱한 표정을 한 여자아이 하나가 따라 들어온다. 요즘 만나는 아이인지 아닌지 모르겠다. 다들 똑같아 보인다. 고딕풍, 철제 치아교정기, 길고 까만 옷. 아르노가 씩 웃으며 손을 흔들어 보인다. 여자아이는 인사도 제대로 않고 바닥만 내려다본다. 두 아이는 녀석의 방으로 직행한다. 음악 소리가 쿵쾅댄다. 몇 분 뒤, 다시 한번 요란한 문소리와 함께 뤼카가 등장한다. 나를 보더니 표정이 밝아진다. 아이가 내 품으로 달려드는 바람에 하마터면 커피를 쏟을 뻔한다. 나는 오늘 좀 쉬고 싶어서 일찍 퇴근했다고 말한다. 진지한 녀석. 어찌나 아스트리드를 닮았는지 어떨 때는 보고 있기만 해도 가슴이 아프다. 녀석은 엄마가 언제 돌아오는지 궁금해한다. 나는 장례식에 맞춰 화요일에 온다고 알려준다. 문득 이 아이를 장례식에 데리고 가는 게 잘하는 일일까 싶다. 너무 어린 것 아닐까? 꼭 참석해야 하나? 열한 살밖에 안 됐는데. 폴린의 장례식이라고 하면 나조차도 겁이 난다. 나는 녀석에게 조심스럽게 의견을 묻는다. 아이는 잘근잘근 입술을 씹는다. 그러더니 우리 둘, 그러니까 아스트리드와 내가 함께해준다면 견딜 수 있을 것 같다고 한다. 나는 엄마하고 의논해보겠다고 말한다. 녀석이 작은 손으로 내 손을 덮는다. 아랫입술을 떨고 있다. 난생처음 죽음을 맞닥뜨린 순간이다. 그것도 속속들이 잘 알고, 함께 자라다시피 한 사람의 죽음이다. 폴린은 우리와 수많은 여름과 스키 휴가를 함께 보낸 친구다. 이 아이보다 기껏해야 세 살 많은.

나는 아들 녀석을 달래려고 애를 써본다. 그런데 과연 내가 이런 데 소질이 있을까? 어머니가 돌아가셨을 때 나는 이 아이 나이였지만, 아무도 나를 위로해주지 않았다. 그래서 내가 먼저 손을 내밀고 아끼고 응원하는 마음을 표현하는 데 서툰 걸까? 어린 시절의 상처와 비밀과 숨은 아픔은 언제까지고 우리에게 영향을 미친다.

토요일이 되어도 마르고는 파트리크와 쉬잔 곁을 떠날 줄 모른다. 그 아이에게 그들이라는 존재가 필요하고, 그들에게 그 아이라는 존재가 필요하기라도 한 것처럼. 아스트리드가 있었다면 마르고가 집 밖을 전전하지 않았을까? 내가 위로가 못 될 것 같아서, 도움이 못 될 것 같아서 거기 가 있는 걸까? 이런 질문을 하는 내가 싫지만 짚고 넘어가야 할 문제다. 이런 질문들을 너무 오랫동안 피해왔다.

늘 그렇듯 아르노는 오늘밤에 파티가 있다는 둥, 늦을 거라는 둥 하며 나간다. 형편없는 성적과 조만간 날아올 성적표를 운운하며 파티 대신 공부에 신경써야 하는 거 아니냐는 말에 아이는 눈을 부라리며 내 쪽을 노려보더니 쾅 소리 나게 문을 닫는다. 당장 녀석의 목덜미를 낚아채 계단 아래로 그 뼈만 앙상한 엉덩이를 걸어차고 싶다. 나는 아이들에게 손을 댄 적이 없다. 지금까지 살면서 누구를 때린 적이 한 번도 없다. 하지만 그러면 좋은 사람이 되는 걸까?

뤼카가 우울해하는 것이 걱정스럽다. 나는 녀석이 제일 좋아하는 스테이크와 감자튀김과 케첩을 준비하고 초콜릿 아이스크림을 곁들인다. 심지어 콜라까지 허락한다. 엄마한테는 비밀로 하자는 약속을 하고. 건강식 신봉자인 아스트리드가 알면 경악할 일이다. 녀석은 저녁 들어 처음으로 미소를 짓는다. 나와의 사이에 비밀이 생겼다는 게 좋은 것이다. 나는 뤼카가 허겁지겁 저녁을 해치우는 모습을 지켜본다. 이렇게 단둘이 보내는 시간이 얼마 만인지. 마르고, 아르노와 씨름을 하다보면 끊임없는 전쟁 혹은 끝나지 않는 레슬링 시합을 치르는 것 같다. 지금처럼 평온하게 흘러가는 값진 순간들을 차곡차곡 모아 소중히 간직하고 싶다.

간밤에 잠을 설쳤으니 오늘은 일찍 잠자리에 들기로 한다. 뤼카도 피곤한지 이제 그만 자야겠다는 내 말에 군소리가 없다. 아이는 방문을 열고 복도 등을 켜놓고 자도 되느냐고 묻는다. 몇 년 만에 처음 있는 일이다. 나는 순순히 허락한다. 그러고는 간밤의 기억에 시달리지 않길 기도하며 침대 속으로 들어간다. 죽은 폴린의 얼굴. 딸에게 옷을 입히는 쉬잔. 이제는 달빛 비치는 객실에서 낯선 사람을 품에 안고 있는 어머니가 등장할까? 그런데 신기하게도 금세 잠이 쏟아진다.

한밤중에 울린 전화벨 소리가 나를 깨운다. 나는 더듬더듬 스탠드와 수화기를 찾는다. 침대 가에 놓인 알람시계가 두시 사십칠분을 가리키고 있다.

한 남자의 무뚝뚝한 목소리가 들린다.

"아르노 레의 아버지 되십니까?"

나는 침대에서 벌떡 일어나 앉는다. 입안이 바싹 말라 있다.

"네……"

"10구 파출소의 브뤼노 경관입니다. 당장 와주셔야겠습니다. 아드님한테 문제가 생겨서요. 미성년자라 보호자의 동의가 없으면 석방이 안 됩니다."

"무슨 일입니까?" 나는 숨가쁘게 묻는다. "아이는 괜찮은가요?"

"지금 취객용 유치장에 있습니다. 걱정할 만한 상태는 아닙니다만, 당장 와주셔야겠습니다."

그는 루이 블랑 가 26번지라고 주소를 알려주고 전화를 끊는다. 나는 비틀비틀 일어나 기계적으로 옷을 갈아입는다. 취객용 유치장이라니. 그렇다면 술에 취했다는 뜻이 아닌가. 그런 사람들을 집어넣는 곳이니까. 아드님한테 문제가 생겨서요…… 무슨 문제일까? 다시 한번 도쿄로 전화를 해야 하나? 그럴 필요가 있을까. 아스트리드가 거기서 할 수 있는 일이 뭐가 있다고. 그렇지. 머릿속에서 내가 질색하는 그 조그만 속삭임이 들린다. 이 일을 처리해야 할 사람은 너야. 최전방에 서 있는 사람은 너라고. 폭풍 속으로 뛰어들어야 하는 사람, 적을 맞닥뜨려야 하는 사람은 너야. 그게 너의 임무라고. 네가 아빠니까. 네가 아버지니까. 얼른 서둘러, 이 친구야!

뤼카! 뤼카를 혼자 두고 갈 수는 없다. 자다 깼는데 집에 아무도 없는 걸 알면 어떻게 하라고. 데리고 가야겠다. 아니지. 또다시 속삭임이 들린다. 데리고 가면 안 되지. 만약 아르노가 처참한 상태면 어쩌려고. 뤼카에게 어떤 악영향을 미칠지 생각해봐. 안 그래도 죽은 폴린 때문에 괴로워하고 있는데, 그러면 안 되지. 형이 취객용 유치장에 있다고 연약한 열한 살짜리를 한밤중에 파출소로 데리고 가면 쓰나. 다시 한번 잘 생각해보세요, 아버님.

나는 수화기를 집어들고 멜라니의 번호를 누른다. 수화기 너머로 들리는 목소리가 어찌나 또렷한지, 한순간 안 자고 있었나 하는 생각이 든다. 나는 간단하게 상황을 설명한다. 그러고 나서 문 앞 매트 밑에 열쇠를 둘 테니 와서 집을 지켜줄 수 있느냐고 묻는다. 뤼카를 혼자 두고 갈 수 없는데, 달리 부탁할 사람이 없다고. 멜라니는 물론이라고, 당장 달려오겠다고 한다. 택시를 타고 오겠다고 한다. 대답하는 목소리가 차분하고 듬직하다.

파출소는 파리 동역東驛 뒤편, 생마르탱 운하 근처다. 토요일 밤의 파리는 썰렁한 법이 없다. 이렇게 추운 날씨에도 레퓌블리크 광장과 마젠타 대로가 인파로 버글거린다. 차를 몰고 가서 주차를 하느라 어느 정도 시간이 지체된다. 나는 입구에서 만난 경찰에게 아르노 레의 아버지라고 말한다. 그는 고개를 끄덕이고는 나를 안으로 들인다. 파출소 안은 병원 영안실만큼이나 스산하고 음울하다. 키가 작고 호리호리하고 눈동자가 옅은 회색인 남자가 다가와 자기소개를 한다. 브뤼노 경관이다.

"어떻게 된 일인지 좀 들을 수 있을까요?" 내가 묻는다.

"아드님은 다른 십대 청소년들과 함께 체포됐습니다."

"어쩌다가요?"

그의 무심한 태도에 짜증이 난다. 내 얼굴을 구석구석 뜯어보며 뜸을 들이는 듯한 분위기다.

"어떤 아파트를 엉망으로 만들어놓았거든요."

"그게 무슨 말씀이신지……"

"아드님이 초대받지도 않은 파티에 난입했어요. 친구 두어 명과 함께요. 에밀리 주슬랭이라는 여학생이 연 파티였죠. 집은 여기서 모퉁이만 돌면 나오는 포부르 생마르탱 가고요. 아무튼 아드님은 그 파티에 초대를 받지 못했는데, 친구들과 함께 집안에 들어가자마자 다른 친구들까지 불러들였습니다. 휴대전화가 있으니 쉬운일이었죠. 그래서 다른 친구들이 떼로 나타났습니다. 그리고 그 친구들의 친구들이 나타나고, 그런 식이 된 겁니다. 백 명은 됐을 거예요. 하나같이 취했고요. 다들 술을 들고 왔거든요."

"그러고는 무슨 짓을 벌였나요?" 나는 애써 침착한 목소리로 묻는다.

"그 집을 난장판으로 만들어놓았죠. 벽에 스프레이로 낙서를 하고, 도자기를 깨뜨리고, 부모님의 옷을 자르고. 뭐 그런 식이었습니다."

나는 침을 꿀꺽 삼킨다.

"충격받으셨다는 거 압니다. 믿기지 않으시겠지만 자주 있는 일이에요. 우리 서만 해도 최소 한 달에 한 번은 이런 사건을 처리합니다. 요즘 애들은 주말여행을 떠나는 부모님한테 파티를 열겠다고 알리지도 않아요. 이 여학생도 부모님께 알리지 않았더군요. 열다섯 살인데, 친구 두어 명만 부르겠다고 했답니다."

"제 아들과 같은 학교에 다니는 학생인가요?"

"아뇨. 하지만 파티를 연다고 페이스북에 떠벌렸답니다. 거기서 사달이 시작된 거죠."

"제 아들이 이 일에 연루되었다는 건 어떻게 장담하십니까?"

"파티가 걷잡을 수 없는 분위기로 흘러가고 있다는 걸 알아차린 이웃 주민들이 신고를 했어요. 출동한 우리 대원들이 잡을 수 있는 아이들을 전부 체포했죠. 대부분 도망을 쳤어요. 그런데 아드님은 너무 취해서 제대로 움직이지도 못했답니다."

나는 앉을 만한 의자가 있는지 주위를 둘러본다. 하나도 없다. 신고 있는 신발을 흘끗 내려다본다. 평범한 가죽 로퍼다. 늘 신는 신발이다. 나는 지금 평상시에 늘 신는 신발을 신고 있다. 그런데 오늘은 이 신발을 신고 폴린의 시신을 보러 병원 영안실에 다녀왔고, 그런 다음 멜라니의 아파트로 건너가 자동차 사고를 일으킨 원인에 대해 들었고, 지금은 한밤중에 여기 이 파출소에서 술 취한 아들을 대면하려는 참이다.

"물 한 잔 드릴까요?" 브뤼노 경관이 묻는다.

그도 결국에는 인간인 것이다. 나는 달라고 하고, 저쪽으로 걸어가는 그의 비쩍 마른 몸을 바라본다. 그는 금세 돌아와 내게 잔을 건넨다.

"아드님이 이쪽으로 오는 중입니다." 그가 말한다.

잠시 후 경찰관 둘이 취객처럼 발을 질질 끌며 휘청휘청 걷는 아르노를 부축하고 온다. 아들 녀석은 얼굴이 새하얗고 눈에는 핏발이 서 있다. 그런 채로 나를 외면한다. 수치심과 분노가 나를 관통한다. 아스트리드라면 어떤 반응을 보였을까? 지금 이 아이한테 뭐라고 했을까? 나무랐을까? 달랬을까? 아니면 잡고 흔들었을까?

나는 몇 장의 서류에 서명을 한다. 아르노는 몸을 가누지도 못한다. 술냄새가 코를 찌르지만, 상황 파악을 할 만큼은 정신을 차렸다. 브뤼노 경관이 말하길 여학생의 부모가 고소할 가능성이 높으니 변호사를 알아보는 게 좋을 거라고 한다. 우리는 경찰서를 나선다. 나는 아들 녀석을 부축하고 싶은 생각이 없다. 차를 세워놓은 곳까지 비틀비틀 따라오도록 내버려둔다. 그러는 동안 녀석에게 한마디도 하지 않는다. 심지어 녀석의 몸에 손을 대고 싶지도 않다. 혐오스럽다. 난생처음으로 내 피붙이에게 진절머리가 난다. 나는 녀석이 어설프게 차에 오르는 모습을 지켜본다. 순간적으로 아이가 너무 어리고 여리게 보여 일말의 동정심이 인다. 하지만 반감이 다시 자리를 잡는다. 녀석은 안전띠를 채우지 못해 더듬거린다. 나는 꼼짝하지 않는다. 녀석이 간신히 성공할 때까지 기다린다. 녀석은 어렸을 때처럼 씩씩대며 입으로 숨을 쉰다. 귀여운 꼬맹이 시절에 그랬던 것처럼. 목말을 태우고 다녔던 그 시절에는 지금의 뤼카처럼 나를 올려다보곤 했는데. 지금처럼 키만 멀대같이 크고, 싸늘한 비웃음을 흘리며 남을 얕잡아보지 않았는데. 나는 아이들을 하룻밤 새 우리가 전혀 알지 못하는 존재로 바꾸어놓는 호르몬의 작용이 놀랍기만 하다.

새벽 네시가 다 되어가는 시각이라 거리에는 인적이 없다. 봐줄 사람이 아무도 없는 크리스마스 장식들만 차가운 어둠 속에서 반짝인다. 나는 아들에게 계속 아무 말도 하지 않는다. 우리 아버지라면 이런 상황에서 어떻게 했을까? 입가에 냉소가 떠오르는 것을 어쩔 수 없다. 곤죽이 될 때까지 두들겨 팼을까? 아버지는 나를 때린 적이 있다. 얼얼하도록 뺨을 후려갈겼다. 어쩌다 한 번씩. 나는 내 오른편에 앉아 있는, 건방지고 버릇없는 이 녀석과 달리 사춘기 시절에도 조용한 아이였다.

우리 둘 사이에 정적이 흐른다. 녀석은 이 정적이 불편할까? 오늘밤에 무슨 일이 벌어졌는지 알고는 있을까? 나를 무서워하고 있을까? 나한테 무슨 소리를 들을까 싶어서? 피할 수 없는 일장 연설에 대해서? 그 결과에 대해서? 용돈 금지, 외출 금지, 성적을 올릴 것, 근신할 것, 부모님에게 사과 편지를 쓸 것……

녀석은 문에 기댄 채 잠이 든 것 같다. 프루아드보 가에 도착해 녀석의 갈비뼈를 쿡 찌르자 벌떡 일어난다. 녀석은 휘청휘청 계단을 올라간다. 나는 녀석을 기다리지 않는다. 멜라니가 문 앞 매트 밑에 열쇠를 숨겨두었다. 문을 열고 들어가니 동생이 소파에 웅크리고 누워 책을 읽고 있다 일어나서 나를 안아준다. 우리는 비틀거리며 들어오는 아르노를 바라본다. 녀석은 고모를 보더니 한쪽 입꼬리를 올리고 씩 웃는다. 하지만 아무도 미소로 화답하지 않는다.

"어휴, 왜들 이러세요. 저도 숨 좀 돌리자고요." 녀석이 징징댄다.

나는 손을 들어 녀석의 얼굴을 있는 힘껏 후려친다. 순식간에 벌어진 일인데도 신기하게 내 손의 움직임이 슬로모션처럼 눈에 하나하나 보인다. 아르노가 헉 숨을 멈춘다. 녀석의 뺨에 시뻘건 손자국이 남았다. 나는 그때까지도 아무 말 하지 않는다.

녀석이 성난 눈빛으로 나를 노려본다. 나도 노려본다. 그렇지. 머릿속에서 속삭임이 들린다. 그래야지, 네가 아빠잖아. 네가 아버지니까 원칙을 정해야지, 너만의 원칙을. 어쩌다보니 네 아들로 태어난 이 자식이야 그 원칙을 마음에 들어하건 말건 간에.

나는 뚫어져라 녀석을 노려본다. 이런 눈빛으로 아들 녀석을 보는 것은 난생처음이다. 결국 녀석이 시선을 떨군다.

"자, 젊은 친구." 멜라니가 녀석의 팔을 잡으며 씩씩하게 말한다. "당장 샤워하고 자는 게 좋겠다."

동생이 녀석을 안으로 데리고 들어간다. 내 심장이 아프도록 두근거린다. 거의 움직이지 않았는데도 숨이 차다. 천천히 소파에 앉는다. 샤워기에서 물이 쏟아지는 소리가 들리고, 멜라니가 돌아온다. 내 옆에 앉더니 내 어깨에 머리를 기댄다.

"오빠 그렇게 화난 얼굴 처음 봐." 그녀가 속삭인다. "무서웠어."

"뤼카는?"

"꿈나라에."

"고마워." 나는 중얼거린다.

둘이서 그렇게 나란히 앉아 있는데, 동생에게서 익숙한 향기가 난다. 라벤더와 향신료 냄새다.

"아스트리드가 없는 동안 많은 일들이 생기네." 멜라니가 말한다. "폴린이 죽고. 오늘밤에는 아르노가 사고를 치고. 우리 어머니도 그렇고."

신기하게도 지금 내 머릿속에 떠오르는 사람은 아스트리드가 아니다. 앙젤이다. 그녀라는 존재가, 그녀의 따뜻하고 유연한 몸과 삐딱한 미소와 그 놀라운 다정함이 그립다.

"오빠, 아르노 때렸을 때 꼭 아버지 같았어." 멜라니가 차분한 목소리로 말한다. "우리한테 화가 냈을 때 아버지가 짓던 표정 같았다고."

"아르노를 때린 건 이번이 처음이야."

"기분 안 좋아?"

나는 한숨을 쉰다. "모르겠어. 그냥 화가 나. 네 말이 맞아. 이렇게 화가 난 적은 처음이야."

아르노가 그런 짓을 저지른 게 어쩐지 내 잘못 같아서 내 자신에게 화가 난다는 것까지 실토하지는 않는다. 나는 왜 물러터지고, 존재감이 희박한 아버지로 지냈을까? 아이들 앞에서 단호한 태도를 취하고, 우리 아버지처럼 원칙을 따진 적이 없기 때문에? 아스트리드에게 버림받았을 때, 아이들에게 이래라저래라 하면 나를 사랑하는 아이들의 마음이 줄어들까 두려웠기 때문에?

"더이상 아무 생각 하지 마, 오빠." 위로하는 멜라니의 목소리가 들린다. "가서 자. 좀 쉬어."

지금 졸린지조차 잘 모르겠다. 멜라니는 마르고의 방으로 향한다. 나는 누아르무티에에서 찍은 사진들이 들어 있는 오래된 흑백 사진첩을 뒤적이며 조금 더 시간을 보낸다. 어머니의 사진을 들여다보는데, 낯선 사람을 대하는 기분이다. 그러다 깜빡 잠이 든다.

일요일 아침, 뤼카와 멜라니는 다게르 가로 브런치를 먹으러 나간다. 나는 샤워하고 수염을 깎는다. 마침내 아르노가 제 방에서 나오지만, 나는 그 녀석에게 하고 싶은 말이 단 한마디도 없다. 녀석은 내 침묵이 불안한 모양이다. 나는 〈디망슈〉지에 코를 박고 커피를 마실 뿐, 녀석이 부엌을 요란하게 왔다갔다해도 고개조차 들지 않는다. 쭈글쭈글하고 지저분한 감색 잠옷 바지만 입고 있을 게 뻔하다. 고개를 들고 확인할 필요도 없다. 말라비틀어진 등과 툭 튀어나온 갈비뼈. 앙상한 견갑골 사이에 모여 있는 빨간색 여드름. 떡이 진 긴 머리.

"어디 편찮으세요?" 마침내 녀석이 요란하게 콘플레이크를 씹으며 중얼거린다.

나는 계속 신문만 본다.

"뭐, 이를테면 대화 같은 건 나누어도 되지 않나요?" 녀석이 징징댄다.

나는 일어나서 신문을 접고 부엌에서 나온다. 녀석과 멀찌감치 떨어져 있어야겠다는 생각이 든다. 간밤에 차에서 느꼈던 혐오감이 다시 밀려온다. 그럴 수 있을 거라고 생각해본 적도 없다. 부모한테 넌더리를 내는 아이들은 많아도 그 반대의 경우는 없지 않은가. 아무도 입에 올리지 않는 금기 사항 비슷한 건가? 아니면 내가 이례적인 부모일까? 아스트리드도 이런 감정을 느끼게 될까? 아니, 그럴 리 없을 것이다. 그녀 자신이 낳은 아이들 아닌가. 자기 뱃속에 품고 있던 아이들이 아닌가.

초인종이 울린다. 나는 손목시계를 흘끗 본다. 정오가 다 된 시각이다. 나간 지 얼마 안 됐으니 아직 멜과 뤄카가 돌아올 때는 아니다. 아마 열쇠를 깜빡한 마르고일 것이다. 딸을 대면하려니 긴장이 된다. 일생일대 가장 위태롭고 힘든 순간을 맞이하고 있을 아이를 아끼고 걱정하는 마음을 어떻게 표현하면 좋을지 모르겠다. 나는 두려움마저 느끼며 문을 연다.

그런데 문 앞에서 나를 기다리고 있는 사람은 호리호리한 마르고가 아니다. 까만색 퍼펙토 재킷*과 블랙진에 까만색 부츠를 신고 허리춤에 헬멧을 들고 있는 키 큰 여자다. 나는 당장 두 팔을 벌리고 그녀를 으스러져라 안는다. 그녀에게서 가죽 냄새와 머스크 향이 난다. 사람을 취하게 만드는 조합이다. 뒤에서 아르노가 삐걱거리는 마루를 밟으며 걸어오는 소리가 들리지만 상관없다. 녀석은 내가 제 엄마가 아닌 다른 여자와 함께 있는 걸 한 번도 본 적 없을 테지만. "침대에서 살짝 치료를 받으면 좋지 않을까 싶어서요." 그

---

* 미국의 '쇼트 NYC' 사에서 생산하는 오토바이용 가죽 재킷.

녀가 내 귀에 대고 속삭인다.

나는 그녀를 따뜻한 아파트 안으로 들인다. 그곳에 아르노가 명하니 서 있다. 건방진 사춘기 소년의 분위기는 온데간데없다. 퍼펙토 재킷에서 눈을 떼지 못한다.

"안녕. 난 앙젤이라고 해. 너희 아버지의 팬클럽 회장이고." 앙젤이 그를 위아래로 훑어보며 느릿느릿 말한다. 그러더니 손을 내밀고, 흠 잡을 데 없이 새하얀 이를 반짝이며 엉큼한 미소를 짓는다. "우리, 올여름에 병원에서 만났지?"

아르노는 놀라움과 충격과 불쾌감과 즐거움이 한데 어우러진 표정을 짓는다. 그런 표정으로 앙젤과 악수하고, 수줍은 토끼처럼 허둥지둥 사라진다.

"괜찮아요?" 그녀가 내게 묻는다. "당신 지금 얼굴이……"

"볼만하죠?" 나는 얼굴을 찡그린다.

"예전처럼 생기발랄하지는 않군요."

"지난 이틀의 시간이 정말이지……"

"흥미진진했나봐요?"

나는 그녀를 다시 끌어안고 윤기가 흐르는 정수리에 코를 비빈다.

"엉망진창이었다고 해야 맞을 거예요. 어디서부터 얘기하면 좋을지 모를 만큼."

"그럼 얘기하지 마요. 당신 방이 어느 쪽이에요?"

"뭐라고요?"

얼굴 위로 느릿느릿 번지는, 갈망의 미소.

"못 들었어요? 당신 방이 어느 쪽이냐고요."

내 몸에 남은 그녀의 체취를 느끼며 침대에 누워서, 일요일 밤의 정적을 가르며 요란하게 질주하는 할리 데이비슨의 소리를 듣는다. 그녀는 하루종일 머물다 갔다. 하지만 다시 찾아와줄 것임을 알기에 그 생각만으로도 위안이 된다. 앙젤이 내게 새로운 활기를 불어넣어준 듯한 기분이다. 환자들에게 방부 용액을 투여해 안색을 자연스럽게 만드는 것처럼. 잠자리만을 말하는 게 아니다. 그것도 우리 관계에서 중요하고 짜릿한 부분이기는 하지만, 내 인생의 골치 아픈 문제들을 현실적으로 대하는 그녀의 심상한 태도까지 포함해서 하는 말이다. 우리는 내 침대에서 서로 끌어안은 채 각각의 문제점들을 하나씩 짚고 넘어갔다.

마르고. 상담은 받았어요? 자기가 보는 앞에서 단짝 친구가 죽은 일에 대해 이야기할 만한 사람이 있나요? 그런 사람이 절대적으로 필요해요. 나는 새겨들었다. 앙젤은 십대 청소년들이 어떤 식으로 죽음을 받아들이는지도 알려주었다. 망연자실하고 좌절하고 충격을 받는 아이도 있는가 하면, 그 옛날의 자기처럼 빠른 시간 안에 어른이 되지만 어떤 부분이 메말라서 죽을 때까지 변하지 않는 아이도 있다고 했다.

아르노. 아이를 때려서 기분은 나아졌을지 몰라도 서로 대화를 나누는 데에는 도움이 안 될 거예요. 그녀 말로는 녀석을 붙잡아 앉혀놓고 진지하게, 정말로 진지하게 대화를 나누어야 하는 때가 올 거라고 했다. 녀석의 행동에 선을 그어야 하는 것도 맞고, 내가 엄하게 나가야 하는 것도 맞지만, 새로이 취하는 단호한 태도를 고수하는 게 관건이었다. 그녀가 그렇게 말했을 때 나는 미소를 지으며 부드럽고 둥그스름한 그녀의 맨엉덩이를 쓰다듬었다. 그러고는 사춘기 아이들에 대해 잘 아느냐고 중얼거렸다. 어디 숨겨두고 깜빡해서 말을 안 한 아이라도 있는 거냐고. 그녀는 돌아보더니, 희미한 불빛 속에서 나를 노려보았다. 그러면서 직업 말고 자기 사생활에 대해 아는 게 있느냐고 물었다. 나는 거의 없다고 시인했다. 그녀에게는 이혼하고 낭트에서 사는, 나이 차가 얼마 나지 않는 언니가 있다. 이름이 나데주인 그 언니에게 아이가 셋인데 열여덟 살, 열여섯 살, 열네 살로 하나같이 말을 안 듣는 사춘기다. 아이들 아빠는 재혼을 해서 육아에 별 도움이 안 된다. 이때 옆에서 도운 사람이 앙젤이었다. 그녀는 아이들을 엄격하게 다루되 솔직하고 공정하게 대했다. 매주 낭트에 있는 언니 집을 찾아가 하룻밤 자고 온다고 했다. 로루보트로 병원에서 겨우 20킬로미터 거리니 어려울 것 없는 일이다. 그녀는 가끔 골머리를 썩이긴 해도 그런 조카

들을 사랑한다. 그러니 사춘기 아이들에 대해 모르는 게 없다고 봐
도 무방하다.

클라리스. 나는 앙젤에게 사진들을 보여주었다. "정말 미인이
군요!" 그녀는 감탄했다. "당신 동생하고 꼭 닮았어요." 그런 다
음 나는 멜라니가 어쩌다 핸들을 놓쳤는지 이야기했다. 그녀의 표
정이 곧 진지해졌다. 적절한 말을 찾으려고 애쓰고 있다는 것을 알
수 있었다. 그녀는 죽음을 다루는 법도 알고 사춘기 아이들을 다루
는 법도 알았지만, 이번만큼은 어려운 문제였다. 그녀는 몇 분 동
안 말이 없었다. 나는 우리 어머니가 어떤 사람이었는지 애써 설명
했다. 솔직하고 단순했던 사고방식, 우리가 아는 것이 아무것도 없
는 시골의 외가, 부유한 레 가문과 극적인 대조를 이루었던 시골
소녀 시절. 하지만 어머니에 대한 기억을 더듬어가며 어머니의 진
면모를 설명하려니 자신이 없고 역부족이었다. 그렇다. 바로 그것
이 문제였다. 바로 그것이 우울한 문제였다. 어머니라는 사람이 내
게 낯선 사람이라는 것. 멜라니의 기억이 되살아나고부터는 더욱
낯선 사람이 되었다는 것.

"이 문제는 어쩔 생각이에요?" 앙젤이 물었다.

"마음의 준비가 되면, 조만간 될 것 같은데, 장례식을 치르고 크리
스마스를 보내고 나서 멜라니와 함께 할머니를 찾아가볼까 해요."

"왜요?"

"어머니와 그 여자에 대해 할머니는 뭔가 아는 게 분명하거든요."

"아버지한테 물으면 안 되고요?"

이렇게 단순하고 쉬운 질문이 있나. 나는 퍼뜩 놀랐다.

"우리 아버지요?"

"네. 그러면 되잖아요. 아버지도 아는 게 있지 않겠어요? 부인의 일인데."

아버지. 나이든 얼굴, 쪼그라든 실루엣. 그 뻣뻣한 태도. 권위의식. 대리석으로 만든 기사장* 석상 같은 분.

"나는 아버지하고 대화를 별로 하지 않아요."

"뭐, 나도 아버지하고 대화를 하지 않았어요." 그녀가 말끝을 길게 빼가며 느릿느릿 말했다. "하지만 내 경우는 아버지가 돌아가셨기 때문에 그랬고요."

나도 모르게 미소가 지어졌다.

"다투고 연락을 끊은 거예요?" 그녀가 물었다.

"아뇨." 내 대답이 얼마나 이상하게 들릴지 알고도 남았다. "아버지하고는 평생 대화를 한 적이 없어요. 대화다운 대화를 나눈 적이 없는 거죠."

"하지만, 왜요?" 그녀는 어리둥절한 목소리로 물었다.

"원래부터 그랬으니까요. 우리 아버지는 대화를 나누고 그럴 만한 상대가 아니에요. 사랑이나 애정을 표현한 적도 없어요. 늘 대장으로 대접받기만을 바라셨죠."

"그리고 당신은 그렇게 대접해드렸고요?"

"네." 나는 실토했다. "그랬어요. 그러는 게 더 쉬웠으니까요. 그래야 날 괴롭히지 않으셨으니까요. 가끔은 감정을 폭발시키는

---

* 모차르트의 오페라 〈돈 조반니〉에 나오는 기사장을 의미한다.

아들이 감탄스럽기도 해요. 나는 단 한 번도 아버지한테 대든 적이 없었거든요. 우리 집안에서는 아무도 대화라는 걸 나누지 않아요. 우리 남매는 그러면 안 된다는 교육을 받고 자랐어요."

그녀는 내 목에 입을 맞추었다.

"흠, 당신 아이들한테는 그러지 마요."

멜라니, 뤼카, 아르노. 나중에 드디어 집으로 돌아온 마르고의 틈바구니 속에 섞인 앙젤의 모습을 관찰하는 것은 흥미로웠다. 다들 그녀에게 차갑게 굴거나 그녀라는 존재에 분개할 수 있었다. 가뜩이나 지금은 온갖 불안한 사건들로 고통스럽고 두렵고 화가 나서 정신없고 골치 아플 때가 아닌가. 하지만 모두 그녀의 유머 감각과 단순명쾌한 태도와 따뜻한 마음씨에 매력을 느끼는 눈치였다. 그녀가 멜라니에게 "내가 그 유명한 장의사예요. 만나서 정말 반가워요"라고 했을 때 잠깐 어색한 분위기가 감돌긴 했지만, 곧바로 멜라니 쪽에서 깔깔대며 웃음을 터뜨렸고 이렇게 대면할 수 있어서 동생은 진심으로 기꺼운 듯했다. 마르고는 커피를 마시며 그녀의 직업에 대해 물었다. 나는 살금살금 부엌을 빠져나왔다. 앙젤에게 넘어가지 않은 유일한 사람은 뤼카였다. 뤼카는 뚱한 표정으로 자기 방에 틀어박혔다. 나는 왜 그러느냐고 묻지 않아도 본능적으로 알 수 있었다. 제 엄마한테 의리를 지키는 아이라 내가 푹 빠진 게 분명해 보이는 여자와 한집에 있으려니 기분이 나빴던 것이다. 나는 그 자리에서 당장 그 문제를 놓고 대화를 나눌 용기가 나지 않았다. 지금은 고민할 거리가 너무 많았다. 나중에 방법을 찾을 것이다. 나중에 뤼카와 대화를 나눌 것이다. 나는 아버지처럼 모든 걸 덮어두기만 하지 않을 것이다.

다시 부엌으로 돌아가니 마르고가 소리 없이 흐느끼고 있고 앙젤이 아이의 손을 잡고 있었다. 나는 어쩌면 좋을지 알 수 없어서 문 앞에 서서 머뭇거렸다. 앙젤의 시선이 나의 시선과 만났다. 그녀의 황금색 눈동자가 노인의 눈처럼 슬프고 지혜로워 보였다. 나는 다시 자리를 비켰다. 거실로 건너가니 멜라니가 책을 읽고 있었다. 나는 그 옆에 앉았다.

"그분이랑 같이 있으니까 좋다." 잠시 후 동생이 말했다.

나도 좋았다. 하지만 그녀는 그날 밤에 떠나야 했다. 방데의 집으로 향하는 길고 추운 길. 그리고 나는 다시 만날 날을 손꼽아 기다려야 할 것이다.

폴린의 장례식을 하루 앞둔 월요일 아침, 나는 유명한 인터넷 풍수 전문 사이트 사장인 그자비에 파랭베르를 만나러 몽테뉴 가에 있는 사무실로 찾아간다. 한참 전에 잡힌 약속이다. 그를 개인적으로 알지는 못하지만, 소문은 익히 들어 알고 있다. 그는 체구가 작지만 강단 있고, 나이는 육십대 초반으로 보이는데 『베네치아에서의 죽음』에 나오는 아셴바흐처럼 머리를 염색했고, 매의 눈으로 체중을 관리하는 사람처럼 외모가 말쑥하다. 장인과 똑같은 부류다. 그런 부류에 대해서라면 점점 견디기가 힘들어지고 있다. 그는 나를 은색과 하얀색으로 단장한 넓은 사무실로 안내하더니 살랑거리는 부하 직원을 손짓으로 내보내고 자리를 권한 뒤 당장 본론으로 들어간다.

"선생의 작품을 보았습니다. 특히 레지스 라바니를 위해 설계한 어린이집이 인상적이더군요."

다른 때 같았으면 그 말을 듣고 가슴이 철렁했을 것이다. 라바니와의 공동작업은 행복한 결말을 맺지 못했다. 그가 나를 칭찬하고 다녔을 리 없다. 하지만 그뒤로 폴린이 죽어서 내일 장례식을 앞두고 있고, 어머니에 대한 혹독한 진실이 부메랑처럼 되돌아온데다 아르노의 주거 침입이 폭동으로 번졌다. 때문에 이제는 라바니라는 이름을 오리 궁둥이에 묻은 물처럼 털어낼 수 있고, 이 말쑥한 육십대 노인이 나를 헐뜯더라도 별 상관이 없다.

그런데 그는 나를 헐뜯지 않는다. 깜짝 놀랄 만큼 감미로운 미소를 지어 보인다.

"어린이집 자체도 인상적이지만, 내가 보기에 가장 매력적은 부분은 따로 있더군요."

"어떤 부분이요? 풍수적 측면에서 하시는 말씀인가요?"

그는 내 빈정거림을 듣고 의례적으로 쿡쿡 웃는다.

"라바니 씨를 다룬 방식을 이야기하는 겁니다."

"좀더 구체적으로 어떤 걸 말씀하시는지 들을 수 있을까요?"

"내가 알기로 나 말고 그 친구한테 꺼지라고 말한 사람은 선생밖에 없거든요."

그날의 기억이 떠오르자 이번에는 내가 쿡쿡 웃을 차례다. 그가 나나 우리 팀과는 상관없는 문제로 마지막으로 사납게 나를 몰아붙인 날이었다. 나는 그 목소리에 신물이 나서 수화기에 대고 또박또박 말했다. "이제 그만 꺼져주시지?" 깜짝 놀라던 플로랑스의 표정이란.

그자비에 파랭베르가 그걸 어떻게 알았을까 하는 부분까지는 미처 생각이 미치지 못한다.

그는 설명을 시작하려는 듯 다시 미소를 짓는다.

"레지스 라바니가 내 사위입니다."

"그것 참 유감스러운 일이로군요." 내가 말한다.

그는 고개를 끄덕인다. "저도 종종 탄식한답니다. 하지만 딸아이가 사랑하는 남자니까요. 사랑에 관한 한……"

책상에 놓인 전화가 울리자 그가 깔끔하게 손질한 우아한 손을 뻗친다.

"음? 아니, 지금은 안 되는데. 어디? 알겠네."

통화가 이어지는 동안 나는 소박한 척 위장한 주변에 시선을 돌린다. 나는 풍수에 대해 아는 게 없다. 바람과 물이 우리의 안녕을 좌우하고 주변 환경이 우리에게 어떤 식으로 영향을 미치는지 이야기하는, 중국의 오래된 학설이라는 것뿐. 지금까지 내가 본 사무실 중에서 가장 깔끔한 곳이다. 잡동사니도 없고, 서류도 없고, 시선을 어지럽히는 것은 아무것도 없다. 한쪽에는 수족관이 벽 전체를 차지하고 있다. 구불구불하고 희한하게 생긴 까만색 물고기가 물방울을 헤치며 흐느적흐느적 헤엄친다. 다른 쪽 귀퉁이에는 잎이 무성한 이국적인 식물들이 서 있다. 향 다발에서 마음을 진정시키는 향기가 은은하게 풍겨져나온다. 책상 뒤 게시판에는 파랭베르가 유명인사들과 찍은 사진들이 연달아 붙어 있다.

그가 드디어 전화를 끊고 내 쪽으로 주의를 돌린다.

"녹차와 밀기울 스콘 드시겠습니까?" 그가 마뜩찮아하는 아이에게 특별한 간식을 권하는 사람처럼 명랑한 목소리로 묻는다.

"좋죠." 거절해봐야 먹히지 않을 것 같아서 나는 그렇게 대답한다.

그가 책상에 달린 전용 버저를 누르자 흰옷을 입은 늘씬한 동양 여자가 쟁반을 들고 들어온다. 그녀는 눈을 내리깐 채 허리 숙여 인사한 다음, 무슨 의식이라도 치르듯 숙련되고 우아한 솜씨로 묵직하고 장식이 화려한 주전자에 담긴 차를 따른다. 파랭베르는 차분하게 이 모습을 지켜본다. 나는 딱딱해 보이는 페이스트리 한 조각을 건네받는데, 밀기울 스콘인 모양이다. 파랭베르는 침묵 속에서 엄숙하리만치 조용하게 먹고 마신다. 나도 스콘을 한 입 깨물지만, 곧바로 후회한다. 고무처럼 질긴 것이 껌 못지않다. 파랭베르가 차를 크게 한 모금 후루룩 들이켜더니 맛있다는 듯 입맛을 다신다. 나도 그런 식으로 달려들어 마시기에는 차가 너무 뜨겁다.

"자." 입맛을 다시던 그가 마침내 운을 뗀다. "이제 일 얘기를 할까요?"

체셔 고양이* 같은 의뭉스러운 미소. 제 갈 곳을 잃은 초록색 차 찌꺼기들이 그의 치아에 묻어 있어 푸릇푸릇한 미니 정글이 잇몸에서 자라난 것처럼 보인다. 웃음을 터뜨리고 싶지만, 폴린이 죽은 이래 웃고 싶어진 게 처음이라는 생각에 가슴 한구석이 아려온다. 죄책감이 밀려온다. 웃고 싶었던 마음이 잦아든다.

"내가 계획한 게 하나 있어요." 파랭베르가 알쏭달쏭한 말을 한다. "그런데 정말이지 선생이야말로 이 일에 적임자라는 생각이 들어서 말이죠."

---

* 루이스 캐럴의 소설 『이상한 나라의 앨리스』에 등장하는 고양이.

그가 무게를 잡고 기다린다. 나는 고개를 끄덕인다. 그가 하던 이야기를 계속한다.

"선생이 생각의 돔을 그려주었으면 해요."

그는 '성배'나 '달라이라마'라도 되는 양 경외감에 목소리까지 떨어가며 생각의 돔이라는 두 단어를 발음한다. 나는 고개를 끄덕이고 부연 설명을 기다리는 한편, 생각의 돔이 무엇인지 이해하려 애쓰며 내가 너무 멍청해 보이지 않기만을 기도한다.

파랭베르는 자리에서 일어나 주름 하나 없이 다린 회색 바지의 주머니에 손을 넣고 반질반질한 바닥을 걷는다. 그러더니 사무실 한복판에 다다르자 연극배우처럼 걸음을 뚝 멈춘다.

"생각의 돔은 내가 아주 조심스럽게 엄선한 몇몇 사람들이 모여 한마음으로 명상에 전념할 공간입니다. 바로 여기, 이 자리에 놓을 거고요. 지성의 이글루를 닮았으면 하는데. 무슨 말인지 알겠죠?"

"그럼요." 나는 대답한다. 또다시 키득거리고 싶은 충동에 온몸이 근질거린다.

"아직까지 아무한테도 공개하지 않은 계획이에요. 선생에게 전권을 위임하겠습니다. 나는 선생이 이 일에 완벽한 적임자라는 걸 알아요. 그래서 선생을 선택한 겁니다. 보수도 아주 만족스러울 겁니다."

그가 상당히 후한 액수를 제시하지만, 나로서는 생각의 돔이 어느 정도 크기여야 하는지, 어떤 소재로 만들어야 하는지 여전히 감이 잡히지 않는다.

"여러 가지 아이디어를 내보세요. 그리고 그걸 종이에 옮겨서 보여주세요. 긍정적인 에너지에 푹 젖어보세요. 독창적이어야 합니다. 과감해야 해요. 내면의 힘을 믿으세요. 두려워 말고. 생각의 돔은 내 사무실과 가까운 데 있어야 합니다. 이 층의 도면을 보내드리겠습니다."

나는 그의 사무실을 나서 몽테뉴 가를 걷는다. 명품 숍들이 크리스마스를 앞두고 북적거린다. 세련된 여자들이 디자이너 쇼핑백을 잔뜩 들고 하이힐을 또각거리며 걸어간다. 차들이 빵빵거린다. 하늘은 잿빛이다. 나는 센 강 좌안 쪽으로 방향을 틀며 폴린을 생각한다. 장례식. 폴린의 가족들. 비행기를 타고 날아와 잠시 후에 착륙할 아스트리드를 생각한다. 한 십대 소녀가 죽었는데 크리스마스는 거침없이 다가오고, 여자들은 여전히 몽테뉴 가에서 쇼핑을 즐기고, 파랭베르 같은 남자들은 심각하기 그지없다.

내가 운전대를 잡고 있는 지금, 조수석에는 아스트리드가, 뒤에는 두 아들과 마르고가 타고 있다. 이혼 후 처음으로 온 식구가 다 같이 아우디에 탑승한 순간이다. 예전에 그랬던 것처럼. 지금 시각은 오전 열시, 하늘은 어제처럼 잔뜩 흐리다. 아스트리드는 시차에 적응하느라 고생중이다. 아까부터 별말이 없다. 나는 아침 일찍 말라코프로 그녀를 데리러 갔다. 세르주도 가느냐는 내 질문에 그녀는 아니라고 했다.

    폴린의 외갓집이 있는 조그만 마을 틸리까지는 한 시간 거리다. 같은 반 친구들이 모두 모일 것이다. 뤼카도 함께 가기로 결정을 내렸다. 녀석이 난생처음 참석하는 장례식이다. 어머니의 장례를 치른 다음 내가 처음 참석한 게 누구의 장례식이었더라? 아마 할아버지의 장례식이었을 것이다. 그다음은 교통사고로 죽은 친구. 그다음은 암으로 죽은 친구. 문득 생각해보니 마르고도 이번이 처음이고, 아르노 역시 마찬가지다. 나는 룸미러로 두 아이의 얼굴을 흘끗 훔쳐본다. 아이팟이 보이지 않는다. 얼굴이 퀭하고 핼쑥하다. 아이들은 오늘을 기억할 것이다. 영원히 기억할 것이다.

아르노는 토요일부터 얌전하다. 나는 아직 녀석과 부자간의 진솔한 대화를 나누지 않았다. 얼른 날을 잡아야 한다고, 미루어봐야 소용없다고 생각하고는 있다. 아스트리드는 아르노의 일을 아직 모른다. 내가 알려야 한다. 장례식 후에.

장례식 후에. 그러면 상황이 정리될까? 쉬잔과 파트리크는 충격을 극복할 수 있을까? 마르고는 서서히 나아질 수 있을까? 시골길은 인적이 없고 고요하다. 단조로운 겨울 풍경. 잎이 떨어져 생기를 잃은 나무들. 해가 비쳐 이 음울함을 밝혀주면 얼마나 좋을까. 눈을 감고 살갗을 간질이는 아침의 다사로운 첫 햇살을 쪼이고 싶은 심정이다. 하느님, 이름이 뭐가 됐든 하늘에 계신 신께 바라노니 폴린의 장례식에 햇빛을 내려주소서. 나는 하느님 안 믿어요. 마르고는 영안실에서 사납게 말했다. 하느님이 있다면 열네 살짜리를 죽게 내버려둘 리 없어요. 나는 내가 어린 시절에 받았던 종교교육을 떠올려본다. 생피에르 드 샤요 성당에서 매주 일요일에 드리던 미사, 나의 첫영성체, 멜라니의 첫영성체. 어머니가 돌아가셨을 때 나도 신의 존재에 의문을 제기했던가? 우리 어머니를 돌아가시게 했다고 신을 원망했던가? 암울했던 그 시절을 떠올릴 때마다 남은 기억이 거의 없음을 깨닫는다. 아픔과 슬픔만 되살아날 뿐. 그리고 혼란스러움도. 어쩌면 나도 지금 우리 딸처럼 신이 나를 저버렸다고 생각했을지 모른다. 하지만 차이점이 있다면 마르고는 내게 그런 이야기를 할 수 있다는 것이다. 나는 아버지 앞에서 감히 그런 소리를 입 밖에 내지 못했다. 엄두도 못 냈다.

아담한 성당 안이 꽉 찼다. 폴린의 같은 반 친구들과 선생님들이 모두 참석했다. 다른 반, 다른 학교에서 온 친구들도 있다. 조문객들이 이렇게 어린 장례식은 처음이다. 검은색 옷을 입고 흰 장미를 손에 든 십대 아이들이 줄줄이 끝도 없이 이어진다. 쉬잔과 파트리크가 문 앞에 서서 들어오는 사람들에게 일일이 인사한다. 그 의연함이 감동적이다. 나와 아스트리드가 이런 상황이었다면 어떻게 했을지 절로 상상이 된다. 보아하니 아스트리드도 마찬가지다. 그녀가 으스러져라 쉬잔을 끌어안는다. 파트리크가 그녀에게 입을 맞춘다. 아스트리드는 벌써부터 눈물 바람이다.

우리는 둘째 줄에 앉는다. 의자가 바닥을 긁는 소리가 서서히 잦아든다. 잠시 후 내가 지금까지 들은 중에서 가장 맑고 애달프게 찬송가를 부르는 한 여자의 목소리가 어디에선가 들려온다. 목소리의 주인공은 보이지 않는다. 파트리크와 그의 형제들과 아버지가 관을 들고 입장한다.

마르고와 나는 폴린의 시신을 보았다. 그래서 폴린이 분홍색 셔츠와 청바지에 컨버스 운동화를 신고 관 속에 누워 있다는 것을 안다. 시신을 보았기 때문에 머리를 어떤 식으로 빗어 넘기고, 깍지 낀 두 손을 어떤 식으로 배 위에 올려놓았는지도 안다.

얼굴이 상기된 젊은 신부가 미사를 시작한다. 그의 목소리는 들리는데, 무슨 소리를 하는지는 귀에 들어오지 않는다. 이 자리가 버겁게 느껴진다. 심장이 아프도록 빠르게 쿵쾅거리기 시작한다.

나는 바로 앞에 서 있는 파트리크의 등을 바라본다. 어떻게 저렇게 꼿꼿하게 서 있을까? 어디서 그런 기운이 날까? 신앙이라는 게 결국 이런 것일까? 정체를 알 수 없는 이 끔찍한 기분을 해결할 방법은 오직 신뿐일까?

미사가 계속 이어진다. 우리는 앉았다 일어선다. 기도를 한다. 잠시 후 마르고의 이름이 호명된다. 나는 깜짝 놀란다. 마르고가 장례식장에서 단상에 오를 줄은 몰랐다. 아스트리드가 알고 있었냐는 표정으로 내 쪽을 흘끗 본다. 나는 고개를 젓는다.

마르고가 친구의 관 옆에 가서 선다. 잠시 정적이 흐른다. 아이가 과연 해낼 수 있을까, 걱정스럽다. 이야기를 할 수 있을지, 아무 말이라도 할 수 있을지. 그런데 딸아이의 목소리가 어찌나 힘차게 울려퍼지는지 나는 깜짝 놀란다. 소심한 십대 소녀의 목소리가 아니다. 자신감 넘치는 아가씨의 목소리다.

"'시계를 전부 다 멈추어라. 전화선을 끊어라.'"

W. H. 오든, 「망제」. 아이는 원고를 보지도 않는다. 자기가 쓴 시인 양 낭송한다. 분노와 아픔을 삭이느라 목소리가 딱딱하고 낮게 깔린다.

아이는 힘차고 자신감 있게 계속 낭송해나간다.

그러다 잠시 후 처음으로 목소리가 흔들린다. 아이가 눈을 감는다. 교회 안은 쥐 죽은 듯 고요하다. 아스트리드가 내 손을 아플 정도로 세게 움켜쥔다. 마르고가 깊게 숨을 들이쉬자 목소리가 되돌아오지만, 이제는 작고 낮은 속삭임 수준이라 들릴락 말락 한다.

"제 친구는 지금 절망이 무엇인지 이야기하고 있습니다."

아이가 제자리로 돌아오자 팽팽하고 가슴 저미는 정적이 영원히 그치지 않을 듯 성당 안을 가득 메운다. 아스트리드는 뤼카를 안는다. 아르노는 제 누이동생의 팔을 잡는다. 공기가 눈물로 넘실거리고 부르르 떨린다. 잠시 후 신부가 뭐라고 중얼거리고 다른 아이들이 앞으로 나와서 말을 하지만, 이번에도 무슨 소리를 하는지 내 귀에는 들리지 않는다. 나는 돌바닥을 노려보며 이를 악물고 이 시간이 끝나기만을 기다린다. 눈물도 다 말라버렸다.

폴린이 죽은 날 눈물을 펑펑 쏟았던 내 모습이 기억난다. 이제는 아스트리드가 내 옆에서 눈물을 흘리고 있다. 내가 그날 그랬던 것처럼 눈이 퉁퉁 붓도록 울고 있다. 나는 그녀의 어깨를 팔로 감싸고 바짝 끌어안는다. 그녀는 절박하게 내게 매달린다. 뤼카가 우리를 지켜본다. 낙소스 섬에 다녀온 뒤로 그런 우리의 모습은 처음인 것이다.

밖으로 나가보니 내 기도가 응답을 받았는지, 희끄무레한 태양이 구름 뒤에서 소심하게 반짝이고 있다. 우리는 폴린의 관을 따라 천천히 바로 옆 묘지로 이동한다. 인원이 제법 많다. 동네 주민들이 창가에서 우리를 물끄러미 바라본다. 어린아이들이 정말 많다. 마르고는 반 친구들과 함께 앞쪽으로 갔다. 그 아이들이 폴린의 하관식을 맨 앞에서 지켜본다. 한 명씩 관 위로 장미를 던진다.

아이들은 대부분 목놓아 운다. 부모들과 선생님들은 조용히 눈물을 훔친다. 이번에도 영원히 끝나지 않을 것 같다. 여학생 하나가 희미한 비명을 지르며 쓰러진다. 사람들이 달려간다. 한 선생님이 아이를 조심스럽게 안아서 저쪽으로 데리고 간다. 아스트리드가 다시 내 손을 잡는다.

장례식이 끝난 뒤 폴린의 외갓집에 음식이 차려진다. 하지만 대부분 자리를 뜬다. 각자의 일상과 생활과 일터로 얼른 돌아가고 싶은 것이다. 우리는 남아서 점심을 먹는다. 폴린은 마르고의 단짝 친구였다. 자리를 지키고 있어야 할 것 같다. 가까운 친구와 가족들로 식당 안은 발 디딜 틈이 없다. 대부분 우리도 아는 사람들이다. 여학생 네 명은 폴린과 단짝이었다. 늘 뭉쳐 다니던 사이였다.

우리도 아는 아이들이다. 발랑틴, 에마, 베레니스 그리고 가브리엘. 부모들끼리도 알고 지내는 사이다. 슬픔에 잠긴 아이들의 표정을 관찰하는데 아이들이 무슨 생각을 하고 있는지, 우리 모두 각자 무슨 생각을 하고 있는지 알 것 같다. 우리 딸의 장례식이었을 수도 있었다는 생각. 이런 일이 우리에게 일어났을 수도 있었다는 생각. 그 조그만 묘지, 그 무덤 안에 흰 장미로 뒤덮인 관 속에 누워 있는 아이가 우리 딸이었을 수도 있었다는 생각.

늦은 오후, 벌써 어스름이 하늘을 어둑어둑하게 물들이기 시작할 무렵 우리는 집으로 출발한다. 가장 늦게까지 자리를 지킨 가족이다. 아이들은 기나긴 여행을 마친 것처럼 지쳐 보인다. 차에 오르자마자 눈을 감고 잠을 청하는 듯하다. 아스트리드도 말이 없다. 도르도뉴로 긴 드라이브를 다니던 시절에 그랬던 것처럼 내 허벅지에 한 손을 올려놓고 있다.

고속도로로 향하는 대로에 다다랐을 때 두툼한 진흙 더미에 바퀴가 미끄러진다. 끼이익 하는 소리가 신경을 긁는다. 도로를 흘끗 내다보아도 무엇으로 덮여 있는지 알 수가 없다. 숨막히는 악취가

차 안으로 스멀스멀 들어오자 아이들이 움찔하며 깬다. 무언가가 썩는 역겨운 냄새다. 아스트리드가 화장지로 코를 막는다. 천천히 달리는데 바퀴에서 계속 진흙이 튄다. 잠시 후 뤼카가 조그맣게 비명을 지르며 앞을 가리킨다. 길 한복판에 무언가가 꼼짝 않고 누워 있고, 우리 앞차가 그걸 피하느라 황급히 방향을 꺾는다. 두툼한 짐승의 사체다. 이제 보니 온 사방에 내장이 흩뿌려져 있다. 나는 지독한 악취와 싸워가며 핸들을 꽉 잡는다. 뤼카가 다시 비명을 지른다. 형체를 알아볼 수 없을 만큼 짓이겨진 몸뚱이가, 또다른 짐승의 부러진 사지가 불쑥 눈앞에 나타난다. 경찰이 경광등을 반짝이며 속도를 늦추라는 신호를 보낸다. 인근 도축장에서 폐기 처분할 동물의 유해를 싣고 달리던 트럭의 수화물이 모조리 도로에 쏟아졌다는 것이다. 핏물로 범벅이 된 내장, 가죽, 껍질, 비계, 창자, 도축당한 짐승의 나머지 부분들이 그 뒤로 5킬로미터 동안 이어진다.

지옥의 풍경이 이렇지 않을까. 우리는 꿈틀꿈틀 움직인다. 썩은 내가 견딜 수 없을 지경이다. 드디어 고속도로의 시작점을 알리는 표지판이 보인다. 안도의 한숨 소리가 들린다. 우리는 파리를 향해 전속력으로 달린다. 나는 곧장 말라코프의 에밀 졸라 가에 있는 집으로 향한다. 그런 다음 시동을 끄지 않은 채 차에서 내린다.

"저녁 먹고 가지 않을래?" 아스트리드가 묻는다.

나는 어깨를 으쓱한다. "그러지, 뭐."

아이들이 줄줄이 차에서 내린다. 티투스가 울타리 저편에서 즐겁게 짖는 소리가 들린다.

"세르주 있어?" 내가 조심스럽게 묻는다.

"아니, 없어."

나는 어디 갔느냐고 묻지 않는다. 상관없으니까. 없으면 그것으로 된 거다. 그자가 내 집에 있는 풍경은 아직도 적응이 되지 않는다. 그렇다, 이곳은 여전히 내 집 같다. 내 집, 내 아내, 내 마당. 내 개. 내 예전 생활.

우리는 내가 심혈을 기울여 설계한 개방형 부엌에서 예전처럼 저녁을 먹는다. 티투스는 좋아서 정신이 없다. 그 축축한 주둥이를 내 무릎에 올려놓고, 믿을 수 없다는 듯 황홀에 젖은 눈빛으로 나를 계속 올려다본다. 아이들은 우리와 잠깐 시간을 보내다 자러 들어간다. 세르주는 어디 갔을까? 당장이라도 현관문을 박차고 들어올 것 같은데. 아스트리드는 세르주 이야기를 꺼내지 않는다. 아이들과 오늘 있었던 장례식 이야기만 한다. 나는 잠자코 듣고만 있다. 몇 광년 앞으로 이동한 듯한 이 기분을 어떻게 설명할 수 있을까? 세상이 창조되는 순간을 목격한 듯한 이 기분을.

나는 그녀의 이야기를 들으며 벽난로를 지핀다. 한참 동안 아무도 손을 대지 않은 듯하다. 쇠살대에 아무것도 없고 먼지만 굴러다닌다. 장작도 몇 년 전에 내가 사다놓은 것이다. 세르주와 아스트리드는 난롯가에 마주앉아 도란도란 속삭이지 않는 모양이다. 나는 손을 내밀어 불을 쬔다. 아스트리드도 바닥으로 내려와 내 팔에 머리를 기댄다. 나는 아스트리드가 질색하는 것을 알기 때문에 담배를 피우지 않는다. 우리는 불꽃을 바라본다. 이 순간, 우연히 창밖을 지나가는 사람이 본다면 우리가 행복한 커플인 줄 알 것이다. 행복한 부부인 줄 알 것이다.

나는 아르노 이야기를 꺼낸다. 파출소는 어땠고, 아르노는 어떤 상태였는지, 다음날 아침에 내가 얼마나 냉정하게 대했는지. 녀석이 어떤 반응을 보였는지. 아직은 아니지만, 조만간 녀석과 대화를 나눌 생각이라고. 그리고 유능한 변호사를 찾아야 한다고. 그녀는 깜짝 놀란다.

"왜 나한테 전화 안 했어?"

"전화할까 고민을 안 한 건 아니야. 하지만 당신이 도쿄에서 뭘 어쩔 수 있었겠어? 게다가 폴린의 죽음으로 이미 충격을 받았을 테고."

그녀는 고개를 끄덕인다. "하긴."

"마르고는 초경을 했어." 내가 말한다.

"알아. 마르고한테 들었어. 당신더러 아빠치고 제법 훌륭하게 대처했다고 하더라."

자부심으로 가슴이 벅차오른다.

"그래? 다행이네. 폴린이 죽었을 때는 그러지 못했거든."

"그게 무슨 소리야?"

"무슨 말을 하면 좋을지 모르겠더라고. 제대로 달래주지 못했어. 그래서 당신한테 전화를 하자고 했지. 그랬더니 불같이 화를

294

내더라."

나는 어머니 이야기를 꺼내려다 그만둔다. 지금은 때가 아니다. 지금은 작은 우리 가족, 우리 아이들, 아이들 각자의 문제에 집중할 때다. 아스트리드가 냉장고에 둔 리몬첼로*를 가지러 가더니 오래전 내가 방브 역 벼룩시장에서 산 조그만 크리스털잔과 함께 들고 온다. 우리는 말없이 리몬첼로를 홀짝인다. 나는 파랭베르와 생각의 돔에 대해 이야기한다. 풍수 사무실과 까만색 물고기, 녹차, 밀기울 스콘에 대해서도 이야기한다. 그녀가 웃음을 터뜨린다. 우리 둘 다 웃음을 터뜨린다.

세르주는 어디 간 걸까? 나는 궁금해진다. 왜 여기 없는 거지? 그녀에게 묻고 싶어진다. 하지만 묻지 않는다. 우리는 멜라니 이야기를 한다. 그애가 얼마나 빠르게 회복하고 있는지. 아스트리드의 일 이야기도 한다. 다가오는 크리스마스 이야기도 한다. 그녀가 말라코프에서 크리스마스를 같이 보내면 어떻겠느냐고 제안한다. 작년에는 아이들이 크리스마스이브는 그녀와 보내고, 12월 31일은 나와 보내느라 너무 정신없었다고. 올해는 한데 뭉치면 어떻겠느냐고. 폴린의 죽음으로 모든 것이 너무나 서글프고 불안해졌다고. 그래, 좋지, 내가 대답한다. 하지만 세르주는 어쩌나, 하는 생각이 든다. 그는 어디서 지내라고? 나는 아무 말 하지 않지만, 그녀가 내 머릿속에서 오가는 질문들을 감지한 모양이다.

"당신이 도쿄로 전화했을 때 세르주가 폭발했어."

---

* 레몬으로 만든 이탈리아 전통 리큐어.

"왜?"

"그 사람은 아이들의 아버지가 아니니까. 아이들이 그이한테는 의미가 없는 거지."

"그게 무슨 소리야?"

"아직 어리잖아. 그래서 이런 문제들을 어떤 식으로 처리하면 좋을지 모르는 거야."

장작불이 즐겁게 탁탁거린다. 티투스가 드르렁드르렁 코 고는 소리가 들린다. 나는 잠자코 기다린다.

"떠났어. 생각할 시간이 필요하대. 리옹에 있는 자기 부모님 집으로 갔어."

왜 안도감이 밀려오지 않는 걸까? 안도감 대신 조심스러운 감각의 마비상태가 찾아와 어리둥절하다.

"괜찮아?" 나는 부드럽게 묻는다.

그녀는 내 쪽으로 고개를 돌린다. 얼굴이 피로와 아픔으로 얼룩져 있다.

"아니." 그녀가 나지막이 속삭인다.

이 대답을 신호로 삼았어야 한다. 이제 그녀를 품에 안을 수 있는 순간이라고, 그녀를 되찾을 수 있는, 오랫동안 기다려왔던 그 순간이라고. 모든 것을 되찾을 수 있는 순간이라고.

프루아드보 가로 이사하고 처음 며칠 밤 동안 텅 빈 잠자리에 들며 살아갈 이유가 하나도 남지 않은 듯한 기분을 느꼈을 때 꿈꾸었던 바로 그 순간이 아닌가. 낙소스 섬에 다녀온 이래, 그녀가 떠난 이래 고대해오던 순간이 아닌가. 더없이 생생하게 상상해오던 순간이 아닌가.

하지만 나는 아무 말도 하지 않는다. 그녀가 듣고 싶어하는 말을 해줄 수가 없다. 그녀를 바라보며 안됐다는 듯 고개만 끄덕일 따름이다. 그녀는 내 표정과 눈빛을 살핀다. 그러다 원하는 것을 찾지 못하자 울음을 터뜨린다.

나는 그녀의 손을 잡고 가볍게 입을 맞춘다. 그녀는 흐느끼며 뺨을 훔친다. 그러고는 속삭인다. "있잖아. 가끔은 되찾고 싶어. 정말로 간절하게."

"뭘 되찾고 싶은데?"

"앙투안, 당신을 되찾고 싶어. 예전 생활을 되찾고 싶어." 그녀의 얼굴이 다시 일그러진다. "전부 다 되돌리고 싶어."

아스트리드는 내 얼굴에 열띤 키스 세례를 퍼붓는다. 짭짤한 키스다. 그녀의 온기, 그녀의 향기. 나도 같이 울며 그녀의 얼굴에 입 맞추고 싶지만, 그럴 수가 없다. 그러고 싶은 마음보다 더 강력한 무언가가 나를 붙잡는다. 나는 그녀를 꼭 끌어안는다. 그러다 결국 입을 맞추기는 하지만, 열정적인 키스는 아니다. 열정은 사라지고 없다. 그녀가 나를 어루만지며 목과 입술에 입을 맞추자 마지막으로 이랬던 게 이 년 전이 아니라 엊그제 같다. 과거를 기념하는, 추억을 기념하는 의미에서 욕망이 불끈 솟구치다 사그라진다. 나는 이제 그녀를 딸아이를 안아주듯, 여동생을 안아주듯 안고 있다. 어머니가 살아 계셨다면 안아드렸을 방식으로. 그렇게 든든하게 안아준다. 오빠가 여동생에게 하듯 그렇게 입을 맞춘다.

의구심이 서서히 밀려온다. 어떻게 이럴 수가 있을까? 나는 이제 아스트리드를 사랑하지 않는다. 아이들 엄마로서 끔찍이 아끼기는 하지만, 더이상 사랑하지는 않는다. 애틋하게 아끼고 존중하지만, 예전처럼 사랑하지는 않는다. 그리고 그 사실을 그녀도 안다. 그녀도 느낀다. 그녀가 입맞춤과 섬세하게 쓰다듬던 손길을 멈춘다. 몸을 뒤로 빼고, 힘이 빠진 손가락 사이로 얼굴을 묻는다.

"미안." 그녀가 떨리는 숨을 크게 들이쉬며 말한다. "내가 무슨 생각으로 그랬는지 모르겠어."

그녀는 코를 푼다. 한참 정적이 이어진다. 나는 그녀에게 시간을 준다. 그녀의 손을 잡아준다.

"뤼카가 당신 여자친구 얘기하더라. 키 크고 까무잡잡하다고."

"앙젤이야."

"만난 지 얼마나 됐어?"

"교통사고 났을 때 만났어."

"사랑해?"

나는 이마를 긁적인다. 내가 앙젤을 사랑하나? 물론이다. 하지만 지금 이 자리에서 아스트리드에게 시인할 도리가 없다.

"같이 있으면 행복해."

아스트리드는 미소를 짓는다. 씩씩한 미소다.

"잘됐네. 다행이야. 나도 기뻐." 다시 정적. "아, 갑자기 너무너무 피곤하네. 이제 그만 자야겠어. 티투스 데리고 나가서 마지막으로 볼일 좀 보게 해줄래?"

티투스가 벌써 문간에서 기대감에 꼬리를 흔들며 기다리고 있다. 나는 외투를 걸치고 녀석과 함께 살을 에는 듯한 문밖으로 나선다. 녀석은 한쪽 다리를 들고 즐겁게 어기적어기적 마당을 걷는다. 나는 손을 비비며 입김을 분다. 따뜻한 집안으로 다시 들어가고 싶다. 아스트리드는 벌써 2층으로 올라갔다. 티투스는 꺼져가는 벽난로 앞에 털썩 주저앉고, 나는 작별 인사를 하러 올라간다. 뤼카의 방은 불빛이 꺼졌다. 아르노의 방도 불이 꺼졌다. 마르고의 방만 불이 환하다. 나는 노크를 해도 될까 싶어 망설이지만, 아이가 내 발소리를 듣는다. 빠꼼 문이 열린다.

"잘 가요, 아빠." 아이가 하얀 잠옷을 입은 꼬마 유령처럼 나를 향해 달려들어 잠깐 안아주고는 얼른 몸을 뗀다. 나는 좁은 복도를 지나 예전에 우리 부부의 침실이었던 곳으로 걸어간다. 달라진 게 거의 없다. 아스트리드는 옆에 딸린 욕실에 있다. 나는 침대에 앉아 그녀를 기다린다. 그녀가 이혼했으면 좋겠다는 말을 꺼낸 곳이 이 방이었다. 그를 사랑한다고. 내가 아니라 그와 함께 지내고 싶다고. 정말 미안하다고. 더이상 거짓말을 못하겠다고. 그때 받았던 충격과 상처가 아직도 생생하다. 내 결혼반지를 내려다보며 이건 꿈일 거라고 생각했다. 그녀는 우리의 결혼생활이 다 낡아서 헐렁해진 슬리퍼처럼 너무 편안하게 늘어졌다고 말을 이었고, 나는 그 이미지를 떠올리며 움찔했다. 그녀가 어떤 의미에서 그런 말을 하는지 알고 있었다. 그녀가 어떤 의미에서 그런 말을 하는지 정확히 알고 있었다. 하지만 그게 전적으로 내 잘못이었을까? 언제나 남편의 잘못일까? 우리의 단조로운 생활에서 쏴 하고 김이 빠져나가도록 내가 그냥 내버려두었기 때문에 그렇게 된 걸까? 그녀에게 꽃을 선물하지 않았기 때문에? 근사하고 나이도 어린 왕자님이 나타나 그녀를 내 손에서 채가도록 보고만 있었기 때문에? 아스트리드는 세르주의 어떤 면에 매력을 느꼈을까? 나는 종종 그게 궁금했다. 그의 젊음? 열정? 그에게 아이가 없다는 점? 나는 그녀를 지키기 위해 미친듯이 싸우지 않고 한발 물러섰다. 바람 빠진 풍선처럼. 처음에는 같은 회사 동료의 조수와 하룻밤을 함께하는 치기를 부려보기도 했다. 하지만 아무 소용 없었다. 나는 결혼생활 내내 바람을 피운 적이 거의 없었다. 그런 데 재주가 없었다. 재주가 있는 남자들도 있지만. 뤼카가 태어난 직후에 출장을 갔다가 젊고 매력적인 아가씨와 잠깐 만난 적이 있기는 했다. 그런데 기분이 더러웠다. 죄책감을 감당하기 버거웠다. 불륜이란 복잡한 일이었다. 그래서 포기했다. 그뒤로 한참 동안 무미건조한 결혼생활이 이어지다가 세르주 일이 터졌다. 우리의 부부관계는 시들했고, 나는 깊이 파고들 생각조차 하지 않은 채 게으르게 굴었다. 어쩌면 모르는 척하고 싶었던 것인지 모른다. 어쩌면 나는 그녀가 다른 남자를 사랑하고 갈망한다는 것을 속으로는 이미 알고 있었는지도 모른다.

아스트리드가 긴 티셔츠 차림으로 욕실에서 나온다. 그러더니 지친 한숨을 쉬며 침대 안으로 들어간다. 그녀가 손을 내민다. 나는 그 손을 잡고 옷을 입은 채 옆에 눕는다.

"좀 있다 가." 그녀가 중얼거린다. "내가 잠들 때까지 있다 가줘. 부탁이야."

그녀가 머리맡에 있는 스탠드를 끈다. 처음에는 방안이 어두컴컴하게 느껴진다. 그러다 잠시 후 가구와 커튼 사이로 스며드는 희미한 가로등 불빛이 보이기 시작한다. 나는 아스트리드가 완전히 잠들 때까지 누워 있다가 조용히 일어선다. 온갖 그림들이 한꺼번에 소용돌이친다. 길바닥에 널브러져 있던 동물들의 사체. 폴린의 관. 그자비에 파랭베르와 그의 거만한 미소. 어머니와 어머니의 품에 안겨 있던 여자. 그러고 나서 귀청이 떨어져라 울려대는 알람 소리에 정신을 차린다. 지금 몇시인지, 여기가 어디인지 모르겠다. 라디오 소리가 울려퍼진다. 프랑스 뉴스다. 지금은 오전 일곱시. 이곳은 말라코프에 있는 아스트리드의 방이다. 내가 깜빡 잠든 모양이다. 내 살갗에 닿는 그녀의 따스한 손이 느껴지는데, 너무 달콤해서 떼어내질 못하겠다. 잠기운에 계속 몽롱해서 눈이 떠지질 않는다. 안 돼. 머릿속에서 속삭임이 들린다. 안 돼, 안 돼, 안 돼, 이러면 안 돼, 이러면 안 돼. 그녀의 손이 내 옷을 벗긴다. 안 돼, 안 돼, 안 돼. 좋아. 몸은 이렇게 속삭인다. 아주 좋아. 나중에 후회할 거야. 너는 지금 이 세상에서 가장 멍청한 짓을 저지르려 하고 있어. 너희 둘 모두에게 상처가 될 짓을. 아, 벨벳처럼 부드러운 그녀의 익숙한 살결. 내가 얼마나 그리워했던가. 아직 늦지 않았어, 앙투안. 지금이라도 일어나서 옷을 입고 당장 여기서 나가. 그녀는 어떤 식으로 나를 어루만지면 되는지 알고 있다. 잊지 않은 것이다. 아스트리드와 내가 마지막으로 사랑을 나눈 게 언제였더라? 아마 바로 여기, 이 침대 위에서였을 것이다. 이 년 전. 이 바보. 이 천하에 둘도 없는 멍청이. 환희의 전율이 번쩍하고 나를 관통한다. 나는 두근거리는 심장을 달래며 그녀를 꼭 끌어안는다. 나는 아무 말도 하지 않고, 그녀도 마찬가지다. 우리 둘 다 실수임을 아는 것이다. 나는 천천히 일어나 그녀의 머리칼을 어색하게 쓰다듬는다. 그런 다음 옷가지를 주

섬주섬 들고 욕실로 들어간다. 그녀는 내가 방에서 나올 때까지 나에게 등을 돌린 채 침대에 누워 있다. 1층으로 내려가보니 뤼카가 아침을 먹고 있다. 녀석이 나를 보더니 얼굴을 환히 빛내며 씩 웃는다. 나는 가슴이 철렁 내려앉는다.

"아빠! 여기서 잤어요?"

나는 속으로는 뜨끔하지만 미소로 화답한다. 아스트리드와 내가 재결합하는 것이 녀석의 소원임을 나도 알고 있다. 녀석은 자신의 본심을 숨기지 않는다. 멜라니에게도 이야기했고, 나와 아스트리드에게도 이야기했다. 녀석은 아직도 그게 가능하다고 생각한다.

"응, 피곤해서."

"엄마 방에서 잤어요?"

녀석은 기대감에 눈빛을 반짝인다.

"아니." 이렇게 거짓말을 하는 내가 싫다. "여기 이 소파에서 잤어. 욕실 쓰느라 올라갔다 온 거야."

"아." 녀석은 김이 샌 목소리다. "오늘밤에 또 오실 거예요?"

"아니. 오늘밤은 안 와. 하지만 내가 뭐 하나 알려줄까? 우리, 크리스마스를 다 같이 보낼 거야. 바로 여기서. 옛날처럼. 어때?"

"좋아요!" 녀석은 내 말을 듣고 행복해하는 눈치다.

밖은 아직 어둑어둑하고, 나는 금세 다시 잠이 든 것처럼 보이는 말라코프를 뒤로한 채 피에르 라루스 가를 빠져나와 파리로 직행한다. 레몽 로스랑 가를 지나면 프루아드보 가가 나온다. 방금 전에 있었던 일에 대해서는 생각하고 싶지 않다. 기분이 좋기는 했지만 그래도 무릎을 꿇은 거나 마찬가지다. 이제는 짜릿했던 느낌마

저 사라지고 없다. 가슴을 찌르는 쓸쓸한 후회 말고는 남은 게 아무것도 없다.

말라코프에서 보낸 크리스마스는 성공적이었다. 아스트리드가 준비를 아주 잘해주었다. 멜라니도 왔고, 좋아 보이기는커녕 전보다 더 피곤해 보이는 아버지와 레진, 조제핀까지 출동했다. 이렇게 많은 레 집안사람들이 한자리에 모이다니 실로 오랜만의 일이었다.

세르주는 그 자리에 없었다. 어떻게 되어가고 있느냐고 조심스럽게 물었더니 아스트리드는 한숨을 쉬었다. "복잡해." 저녁상을 치우고 선물을 열어보고 모두들 거실에서 모닥불을 앞에 두고 이야기꽃을 피우고 있을 때, 아스트리드와 나는 세르주의 서재에서 아이들 얘기를 했다. 아이들이 어떤 식으로 변해가고 있는지, 우리가 얼마나 속수무책인 기분인지. 아이들을 키운 대가로 얻는 것은 모멸감뿐, 존경과 애정과 사랑이 아니라는 얘기. 마르고는 우리가 소개한 상담사를 만나지 않겠다고 거부하고 침묵으로 일관하며 우리를 무시하는 듯했다. 예상했듯 아르노는 퇴학당했다. 그래서 랭스 근교의 엄격한 기숙학교로 옮겼다. 사건을 맡은 변호사는 주슬랭 가족에게 피해보상을 하는 선에서 합의가 될 것 같다고 했다. 금액이 어느 정도 될지는 아직 알 수 없었다. 다행히 우리만 연루된 게 아니었다. 이 모든 것이 정상적인 과정이자 요즘 사춘기 아이들에게 따라다니는 위험 요소겠지만, 그걸 알고 있다고 해서 감당하기가 쉬워지는 것은 아니었다. 우리 둘 다 그랬다. 나는 아스트리드도 똑같이 혼란스러워하고 있다는 데 안도하며 이런 심정을 그녀에게 표현하려고 했다. "당신은 이해 못해." 그녀가 말했다. "나는 더 심각하다고. 내가 직접 낳은 아이들이잖아." 나는 아르노가 체포되던 날 밤에 느낀 혐오감에 대해 얘기했다. 그녀는 놀라워하는 한편 지혜로운 표정으로 고개를 끄덕였다. "당신이 무슨 뜻에서 그런 말 하는지 알겠어, 앙투안. 하지만 나는 더 심각해. 내 뱃속에서 나온 아이들이잖아." 그녀는 손바닥을 배 위에 올려놓았다. "아직도 느껴진단 말이야. 사랑스럽기 그지없었던, 내가 낳은 아이들이 몇 년 새 이렇게 변하다니." 나는 그저 머뭇머뭇 거드는 수밖에 없었다. "알아. 아이들이 태어났을 때 나도 옆에 있었잖아." 그녀는 억지웃음을 지었다.

1월 초, 금연법이 프랑스를 강타한다. 희한하게도 금연법을 따르기는 생각보다 쉽다. 게다가 이 추위에도 나처럼 음식점이나 사무실 앞에서 담배를 피우는 사람들이 하도 많다보니, 다 같이 작당한 듯한 기분마저 든다. 손가락이 시퍼렇게 얼어붙은 사람들의 모임이랄까. 세르주가 돌아왔다고 한다. 뤼카가 말하길 이제 같이 지낸다고 한다. 아스트리드가 폴린의 장례식날 밤에 있었던 일에 대해 세르주에게 말했을지 궁금해진다. 그랬다면 그가 어떻게 받아들였을지도. 한편 일 얘기를 하자면 파랭베르는 신물나는 그의 사위 못지않은 골칫덩어리로 밝혀졌다. 온화한 외모와 그럴듯한 미소로 위장하고는 전권을 휘두른다. 의견을 조율하는 게 너무 힘들어 진이 다 빠진다.

내 암울한 일상에 한줄기 빛을 비춘 사건이 있었다면 엘렌과 디디에와 에마뉘엘이 마련한 깜짝 생일파티였다. 파티가 열린 곳은 디디에의 아파트였다. 디디에는 나와 같은 일을 하는데, 한 가지 차이점이 있다면 시작한 시점은 거의 비슷하지만 그는 성공과 번영으로 이루어진 다른 차원의 세계로 이동했다는 것이다. 하지만 그래도 절대 잘난 척하지 않는다. 그는 잘난 척을 할 자격이 있는 사람이다. 이제 우리 둘 사이에 남은 유일한 공통점은 그의 아내도 그를 버리고 파리 출신의 젊고 콧대 높고 세계 여행이나 다니는 은행업자를 선택했다는 것이다. 나도 상당히 좋아했던 그의 전 부인은 포시 스파이스*의 판박이가 되었다. 눈에 확 띄었던 그녀의 그리스풍 코가 이제는 전기 플러그처럼 바뀌었다. 디디에는 키가 크고 수척하며, 손가락이 길면서 가늘고, 웃음소리가 깜짝 놀랄 만큼 우렁찬 친구다. 사는 집은 20구, 메닐몽탕 근처의 근사한 로프트인데, 다 쓰러져가는 두 건물 사이에 끼여 있던 널찍하고 오래된 창

---

* 영국의 축구 스타 베컴의 아내 빅토리아 베컴이 스파이스 걸스로 활약하던 시절에 불린 별명.

고를 개조한 곳이다. 오래전 그가 이 집을 사들였을 때 우리는 겨울이면 얼어죽고 여름이면 쪄 죽게 생겼다고 킬킬대며 비웃었다. 그가 못 들은 척 유리와 벽돌을 동원해 그곳을 중앙 냉난방이 되는 걸작으로 서서히 개조했을 때 우리는 하나같이 질투심에 휩싸였다.

나는 며칠 앞으로 닥친 마흔네번째 생일에 대해 별 생각이 없었다. 내가 한 집안의 가장이었을 때 생일은 아이들이 준비한 선물을 받는 가슴 뿌듯한 날이었다. 서툰 솜씨로 그린 그림, 한쪽으로 기운 도자기. 하지만 이제 나는 한 집안의 가장이 아니다. 그리고 생일날 저녁을 혼자 보내게 될 줄 진작부터 알고 있었다. 작년에도 그랬으니까. 그날 아침, 멜라니와 아스트리드가 문자메시지를 보냈다. 동부로 긴 여행을 떠난 파트리크와 쉬잔도 문자메시지를 보내왔다. 나도 딸을 잃었다면 그렇게 멀리 떠났을 것이다. 아버지는 평소에 내 생일을 기억하는 법이 없었다. 그런데 그날은 웬일로 내 사무실로 전화를 걸어왔다. 아버지의 목소리는 약하고 피곤하게 들렸다. 거만하고 쩌렁쩌렁 울리던 예전의 목소리가 아니었다.

"생일이니까 와서 저녁이나 같이 먹을래?" 아버지가 물었다. "너랑 나랑 단둘이서 말이다. 레진은 브리지 모임이 있다는구나."

클레베르 가. 주황색 갈색이 어우러진, 조명이 지나치게 밝은 1970년대식 식당. 타원형 탁자에 마주앉은 아버지와 나. 검버섯이 난 손을 부들부들 떨며 와인을 따르는 아버지. 가야지, 앙투안. 아버지도 이제는 늙어서 외로우실 거야. 이번 한 번만이라도 아버지를 위해 뭔가 노력을 해야지. 이번 한 번만이라도.

"말씀은 감사하지만, 오늘밤엔 약속이 있어서요."

거짓말쟁이. 겁쟁이.

전화를 끊었을 때 죄책감이 밀려들었다. 다시 전화를 걸어서 어찌어찌 시간을 낼 수 있게 됐다고 해야 마땅했다. 하지만 나는 뒤숭숭한 마음을 달래며 다시 컴퓨터 쪽으로 돌려앉아 생각의 돔 일에 집중했다. 처음에는 킬킬거리면서 맡았던 이 일에 엄청난 에너지를 쏟아붓고 있는데, 뜻밖에도 좋은 방향으로 소진이 되고 있다. 프로젝트를 맡고 이렇게 즐겁고 짜릿하고 흥미진진한 게 얼마만인지 모르겠다. 나는 이글루의 역사와 특수성을 조사했다. 돔에 대해 찾아보고, 피렌체와 밀라노에서 본 근사한 돔들을 떠올렸다. 내가 생각해낼 수 있을 거라고 상상조차 못했던 형태와 모습을 끊임없이 스케치했고, 내가 착안할 수 있을 거라고 생각조차 못했던 아이디어들을 쏟아냈다.

이메일이 도착했음을 알리는 조그만 소리가 들렸다. 디디에가 보낸 이메일이었다. "중요한 계약을 앞두고 자네 조언이 필요해. 자네하고 일했던 사람이거든. 오늘밤 여덟시쯤에 우리집에 들러줄 수 있을까? 급한데."

나는 답장을 보냈다. "그럼. 물론이지."

디디에의 집 앞에 도착했을 때 나는 아무것도 기대하지 않았다. 그는 무표정한 얼굴로 나를 맞이하고 안으로 들였다. 그를 따라 넓은 거실로 들어가보니 정적이 드리워진 듯 묘하게 고요한데, 느닷없이 사방에서 환호성과 고함소리가 들렸다. 어리둥절한 내 앞에 엘렌 부부, 멜라니, 에마뉘엘, 그리고 누군지 모를 두 여자가 나타났다. 알고 보니 두 여자는 에마뉘엘과 디디에의 새 여자친구였다.

음악 소리를 최대한으로 키웠고, 샴페인을 마셨고, 고기파이와 타라마*, 샐러드, 샌드위치, 과일, 초콜릿 케이크의 뒤를 이어 선물 세례가 펼쳐졌다. 즐거운 시간이었다. 몇 년 만에 처음으로 느긋하게 샴페인을 마시며 내게 집중되는 이목을 만끽했다.

디디에가 계속 손목시계를 확인하는데, 나는 왜 그런지 몰랐다. 초인종이 울리자 그가 달려나갔다.

"에헴." 그가 선포했다. "오늘의 주인공 등장이오."

그러면서 요란하게 문을 열었다.

한겨울임을 감안했을 때 놀라운 선택이라 할 수 있는 하얀색의 기다란 드레스를 입고 밤색 머리칼을 하나로 묶은 그녀가 입가에 수수께끼 같은 미소를 머금은 채 홀연히 등장했다.

"생일 축하해요, 파리지앵 아저씨." 앙젤이 메릴린 먼로처럼 나지막이 속삭이더니 내게 다가와 입을 맞추었다.

모두들 박수를 치며 환호성을 터뜨렸다. 멜라니와 디디에가 득의양양한 눈빛을 주고받는 걸 보니 나 몰래 둘이서 꾸민 일인 듯했다. 어느 누구도 앙젤에게서 눈을 떼지 못했다. 에마뉘엘은 넋을 놓고 보다 나를 향해 슬그머니 엄지를 들어 보였다. 여자들—엘렌, 파트리샤, 카린—은 앙젤이 하는 일에 대해 묻고 싶어 안달이 난 눈치였다. 그녀는 이런 상황에 익숙할 것이다. 날마다 이런 식으로 심문을 당할 테니까. "무슨 수로 하루종일 시체를 만져요?" 이런 식의 소심한 질문이 맨 처음 등장했을 때 그녀는 신중하게 대

---

* 생선 알, 올리브유, 레몬으로 만드는 그리스식 전채 요리.

답했다. "그래야 다른 사람들이 계속 살아갈 수 있으니까요."

환상적인 밤이었다. 백설공주처럼 하얀 드레스를 입은 앙젤. 차가운 밤하늘을 향해 활짝 열린 채광창. 디디에의 아름다운 로프트. 우리는 웃고, 마시고, 심지어 춤까지 추었다. 멜라니는 정말 오랜만에 추는 춤이라고 했다. 이 말에 다들 다시 한번 박수를 쳤다. 나는 샴페인과 환희의 시너지 효과로 현기증이 났다. 디디에가 아르노는 어떻게 됐느냐고 물었을 때 나는 심드렁하게 대답했다. "망했지." 그가 하이에나를 닮은 웃음을 터뜨리자 다른 사람들까지 전염이 됐다. 나는 아들이 퇴학을 당했을 때 남자 대 남자로 어떤 대화를 나누었는지 이야기하기 시작했다. 돌이켜보면 혼내고 꾸짖고 손가락질했던 내 모습이 어찌나 우리 아버지와 닮았는지 가슴이 철렁하다고. 그런 다음 자리에서 일어나 아로노의 구부정한 자세와 불만으로 찡그린 표정을 흉내냈다. 유행에 민감한 십대 특유의 귀에 거슬리고 느릿느릿한 말투까지 따라 했다. "아빠, 아빠가 제 나이였을 때는 인터넷도 없고, 휴대전화도 없는 중세시대였잖아요. 내 말은요, 아빠, 1960년대에 태어난 아빠가 무슨 수로 요즘 세상을 이해하겠어요?" 그러자 여기저기서 야유를 퍼부었다. 나는 우쭐한 기분이 들었고, 지금까지 경험해보지 못한 충동을 느꼈다. 내가 사람들을 웃기고 있다니. 내 평생 처음 있는 일이었다. 예전에는 아스트리드가 종알종알 재미있게 떠드는 역할이었다. 그녀가 농담을 던지고 사람들을 배꼽 잡게 만들었다. 나는 말없는 구경꾼이었다. 하지만 오늘밤은 달랐다.

"내가 새롭게 모시게 된 파랭베르는 또 어떤 사람인지 알아?"

나는 청중에게 운을 뗐다. 물론 그들도 파랭베르가 어떤 사람인지 알고 있었다. 그의 모습이 담긴 포스터가 모든 길모퉁이를 도배했고, 텔레비전이나 컴퓨터를 켰다 하면 의뭉스럽게 웃는 그의 얼굴이 등장했다. 나는 그가 어떤 식으로 사무실 안을 뚜벅뚜벅 걸어다니는지 흉내를 냈다. 호주머니 깊숙이 주먹을 찔러넣고 어깨를 웅크리고, 자신이 얼마나 힘들게, 얼마나 열심히 정신을 집중하고 있는지 전하려는 사람처럼 특유의 우거지상을 지은 채―이거야말로 내가 완벽하게 마스터한 표정이었다―할머니처럼 입술을 내밀었다가 아랫입술과 윗입술을 훅하고 빨아들여 말라비틀어진 자두처럼 만드는 그의 모습을. 특정 단어를 강조하기 위해 저음으로 그 단어에 힘을 줘가며 말하는 그의 말투도 흉내냈다. "자, 앙투안. 선생의 등줄기를 이루고 있는 산등성이가 얼마나 튼튼해야 하겠습니까. 선생을 둘러싼 티끌 하나하나가 얼마나 생생하게 살아 있겠습니까. 얼마나 열정과 지혜로 가득하겠습니까. 선생의 내적 공간을 순화하는 것이 절대적인 과제임을 명심해주기 바랍니다."

나는 그들에게 생각의 돔 이야기도 들려주었다. 끔찍하면서도 엄청나게 자극이 되는 복잡한 일이라고. 파랭베르는 허세를 부리느라 차마 안경은 쓰지 못하고 내가 제시한 초안들을 열심히 들여다보지만, 좋다 싫다 대답이 없고 그 때문에 엄청난 걱정거리가 생긴 양 당혹스러운 표정만 지을 따름이라고. 나는 생각의 돔이 어떤 형태여야 하는지 파랭베르 자신도 전혀 감을 잡지 못하는 게 아닐까 의심스러워지기 시작했다. 생각의 돔이라는 발상만 좋아하는 게 아닐까 싶었다. "자, 앙투안, 생각의 돔은 어떻게 하면 인간을 족

쇄에서 벗어나게 할 수 있는지 사실상 알고 있는 가능성의 비눗방울이자 해방의 암자이자 닫힌 공간이에요." 다들 배꼽을 잡고 웃느라 정신이 없었다. 엘렌은 눈물까지 닦았다. 나는 파랭베르가 초대한 세미나에 참석해 파리 서쪽의 멋들어진 교외에 지어진 현대식 복합건물에서 하루종일 그의 팀원들을 소개받은 이야기도 했다. 그의 사업 파트너는 유령 가면을 쓰고 있는 것처럼 생겨서 섬뜩한 분위기를 풍기는, 남자인지 여자인지 가늠이 되지 않는 동양인이었다. 파랭베르와 함께 일하는 사람들은 하나같이 쓰러지기 직전이거나 약물에 취한 것처럼 보였고, 흐리멍덩한 표정을 짓고 있었다. 입은 옷은 검은색 아니면 하얀색이었다. 이제 막 대학을 졸업한 듯한 아주 젊은 친구들도 몇 있었다. 나머지는 나이들이 제법 많았다. 눈곱만큼이나마 정상으로 보이는 사람은 한 명도 없었다. 한시가 되자 뱃속이 요동을 치기 시작해서 나는 점심시간을 손꼽아 기다렸다. 그런데 시간이 흐르고 흘러도 점심을 먹자는 소리가 없었다. 파랭베르는 깜빡이는 화면을 등지고 저 앞에 서서 웹사이트가 성공적으로 운영이 되고 있다는 둥, 자신을 통해 전 세계가 확대되고 있다는 둥 그런 이야기만 늘어놓았다. 나는 말라 비틀어졌지만 우아한 옆자리 숙녀에게 점심은 언제 먹느냐고 조심스럽게 물었다. 그녀는 내가 '수간'이나 '혼음' 같은 단어를 내뱉기라도 한 듯한 표정으로 나를 빤히 쳐다보았다. "점심이라고요?" 그녀는 혐오스럽다는 투로 나지막이 되물었다. "우리는 점심을 먹지 않아요. 절대로." 나는 괴로워하며 왜냐고 물었다. 뱃속에서 더 큰 난리가 났다. 그녀는 대꾸조차 하지 않았다. 네시가 되었을 때 녹차와 밀기울 스콘이 위풍당당하게 등장했다. 하지만 내 위장이 거부했다. 나는 기절할 지경이 되어 세미나가 끝날 때까지 버틴 다음 가장 가까운 빵집으로 달려가 바게트 한 줄을 통째로 허겁지겁 먹어치웠다.

"오빠 오늘 진짜 웃겼어." 집을 나서면서 멜라니가 말했다. 디디에, 에마뉘엘, 엘렌도 맞장구를 쳤다. 다들 감탄하며 놀라워했다. "자네가 그렇게 재미있는 사람인 줄 몰랐어."

나중에 내 백설공주를 바짝 끌어안고 잠을 청하는데 행복했다. 나는 행복한 사람이었다.

토요일 오후. 멜라니와 나는 할머니가 사는 건물의 거대한 철제 대문 앞에 서 있다. 오늘 아침 우리는 전화를 걸어 나긋나긋하고 성격 좋은 가스파르에게 할머니를 찾아뵙겠다고 알렸다. 지난여름 들른 이래 처음이다. 육 개월여 만에 처음 찾은 것이다. 멜라니가 비밀번호를 누르고, 우리 둘은 빨간색 카펫이 깔린 널찍한 홀로 들어간다. 관리인이 관리실 레이스 커튼 뒤에서 고개를 내밀더니 지나가는 우리를 향해 고개를 까딱인다. 달라진 게 거의 없다. 카펫이 전보다 조금 낡아 보이는 정도다. 삐걱거리던 구식 엘리베이터가 철제와 유리로 만든, 놀라우리만치 조용한 엘리베이터로 바뀌었다.

할머니, 할아버지는 칠십여 년 동안 이 집에서 살았다. 결혼 후에 죽 여기서 살았다. 우리 아버지와 솔랑주 고모도 여기서 태어났다. 당시에는 오스만 시대에 지어진 으리으리한 이 건물의 대부분이 할머니의 할아버지인 에밀 프로메 소유였다. 부유한 지주였던 그는 16구의 파시 일대에 집을 몇 채 소유하고 있었다. 어린 시절 우리는 에밀 프로메 할아버지의 이야기를 종종 들었다. 고집이 세 보이는 그의 초상화가 벽난로 선반 위에 걸려 있었다. 다행히 할머니는 그 무시무시한 턱을 물려받지 않았지만 당신의 딸 솔랑주가 물려받았다. 우리는 블랑슈 할머니와 로베르 레 할아버지의 결혼이 성대한 잔치였음을, 변호사로 이루어진 왕국과 의사와 지주로 이루어진 집안의 완벽한 결합이었음을 아주 어렸을 때부터 알고 있었다. 자라온 환경도 같고 출신도 같고 종교도 같은, 반듯하고 평판 좋고 유력한 부자들 간의 만남. 우리 아버지가 남부 시골 출신과 결혼한 사건은 1960년대였던 그 당시에 엄청난 파장을 일으켰을지 모른다.

가스파르가 우리에게 문을 열어준다. 좌우 균형이 맞지 않는 그의 얼굴이 뿌듯함에 붉게 상기되었다. 이 사람을 생각하면 안타깝기 그지없다. 기껏해야 나보다 다섯 살 정도 많을 텐데, 우리 아버지뻘로 보인다. 가족도 없고, 자식도 없고, 레 가문이 삶의 전부인 사람. 어머니 뒤를 졸졸 따라다니던 어린 시절부터 그의 얼굴은 주름이 자글자글해 보였다. 가스파르는 자신의 어머니 오데트처럼 레 가문을 헌신적으로 돌보며 평생을 이 집 다락방에서 지냈다. 오데트는 죽는 그날까지 우리 할머니, 할아버지 밑에서 종살이를 했다. 그녀는 어린 우리에게 협박을 일삼았고, 막 광을 낸 나무 바닥에 발자국이 남지 않게 펠트 슬리퍼를 신겼고, 쉬는 "마님"과 집무실에서 〈피가로〉를 읽는 "주인님"을 방해하면 안 된다며 조용히 하라고 다그쳤다. 가스파르의 아버지가 누구인지 아는 사람은 아무도 없었다. 가스파르의 아버지가 누구냐고 묻는 사람도 없었다. 멜라니와 내가 어렸을 때 가스파르는 집 안팎의 잡일과 온갖 심부름을 도맡으며 학교는 만날 빼먹는 듯했다. 십 년 전 그의 어머니가 돌아가시면서 이 집을 관리하는 게 그의 몫이 되었다. 덕분에 그에게는 새로운 자부심이 생겼다.

멜라니와 나는 인사를 건넨다. 우리의 등장이 그에게는 이번주의 하이라이트다. 말라코프에서 함께 살았던 그 옛날 호시절에 아스트리드와 내가 아이들을 데리고 오면 그는 좋아서 어쩔 줄 몰라 했다.

이 집에 들어설 때마다 늘 그렇듯 나는 어두컴컴한 분위기에 압도당한다. 북향이라 더 그렇다. 450제곱미터 넓이의 아파트에 햇살 한 줌 비치는 법이 없다. 한여름에도 묘지처럼 음산하다. 솔랑주 고모는 집에서 나가려던 참이다. 한참 만에 보는 얼굴이다. 고모는 짤막하지만 무뚝뚝하지는 않게 인사를 건네고 멜라니의 뺨을 토닥인다. 하지만 우리 아버지의 안부는 묻지 않는다. 오빠는 클레베르 가에, 여동생은 부아시에르 가에, 이렇게 오 분 거리에 사는 남매지만 절대 만나는 법이 없다. 두 사람은 사이가 좋지 않다. 앞으로도 영원히 그럴 것이다. 이미 엎질러진 물이다.

천장에 몰딩 처리를 한 으리으리한 방들이 계속 이어진다. (너무 넓고 너무 커서 절대 쓰지 않는) 큰 응접실, 작은 응접실, 식당, 서재, 집무실, 네 개의 침실, 두 개의 구식 욕실 그리고 저쪽 끝에 달린 구닥다리 부엌. 오데트는 날마다 음식이 가득 쌓인 테이블을 끽끽 소리나게 밀면서, 부엌에서 식당까지 끝이 안 보이는 복도를 오가곤 했다. 그 바퀴 소리가 아직도 생각난다.

오는 길에 우리는 할머니를 어떤 식으로 공략하면 좋을지 의논했다. "며느리가 다른 여자와 바람피운 걸 알고 계셨나요?" 이렇게 대놓고 물을 수는 없는 노릇이었다. 멜라니는 집안을 둘러보자고 했다. 나는 그게 무슨 소리냐고 반문했다. 염탐을 하자는 건가? 맞다고, 염탐을 하자는 거라고 대답하는 멜라니의 표정이 너무 익살맞아 나도 모르게 미소가 떠올랐다. 우리 둘이서 신기하고 낯선 모험을 떠나기라도 하는 것처럼 이상하게 흥분이 됐다. 하지만 가스파르는 어쩌고? 내가 물었다. 매처럼 집안을 지키고 있을 텐데. 멜라니는 천연덕스럽게 손사래를 쳤다. 가스파르는 걱정할 것 없어. 어딜 뒤지면 되느냐, 그게 문제지.

"오빠." 내가 앙리마르탱 가에 주차를 하는데, 멜라니가 명랑한 목소리로 나를 불렀다.

"응?"

"나, 남자 생겼어."

"또 나이 많은 색골이야?"

동생은 눈동자를 굴렸다.

"아니야. 나보다 조금 어려. 직업은 기자고."

"그리고?"

"끝."

"그게 다야?"

"지금 당장은."

오늘 당직 간호사는 처음 보는 여자다. 하지만 그녀는 우리를 아는지 우리 이름을 부르며 인사를 건넨다. 그러고 나서 할머니는 아직 주무시는 중인데, 어젯밤에 워낙 잠을 설치셔서 깨우지 않는 게 좋겠다고 한다. 한 시간 정도 기다려주실래요? 어디 가서 커피를 마시거나 잠깐 쇼핑을 하시면 어때요? 그녀는 환하게 미소를 지으며 우리의 의사를 묻는다.

멜라니가 집 안쪽으로 고개를 돌리고 가스파르의 위치를 파악한다. 그는 멀지 않은 곳에서 청소부에게 지시를 내리고 있다. 그녀가 내게 속삭인다. "내가 염탐해볼게. 오빠는 가스파르를 맡아줘."

그녀는 이 말을 끝으로 사라진다. 나는 제대로 된 일꾼을 찾기가 힘들다는 둥, 신선한 과일이 많이 비싸졌다는 둥, 4층에 새로 이사 온 사람들이 얼마나 시끄러운지 모른다는 둥, 한도 끝도 없이 이어지는 가스파르의 넋두리를 들어준다. 한참 만에 돌아온 멜라니가 '아무것도 찾지 못했다'고 말하는 듯 두 손을 펼쳐 보인다.

우리는 한 시간 뒤에 다시 오기로 한다. 현관 쪽으로 발걸음을 옮기는데, 가스파르가 허둥지둥 차나 커피를 대접하고 싶다고 한다. 작은 응접실에 앉아 있으면 자기가 갖다주겠다는 것이다. 오늘 바깥 날씨가 이렇게 추운데, 따뜻한 집안에서 기다리라고. 어찌나 간절하게 붙잡는지 거절할 수가 없다. 우리는 작은 응접실에서 기다린다. 청소부가 복도를 쓸고 있다. 그녀는 응접실 앞을 지나가면서 우리를 향해 고개 숙여 인사한다.

이곳은 이 집에서 가장 많은 추억이 깃든 공간이다. 발코니를 내다볼 수 있는 유리문. 짙은 초록색 벨벳 소파와 의자. 크고 낮은 유리 테이블. 할아버지가 쓰시던 은색 시가 상자도 아직 여기 있다. 할머니, 할아버지가 함께 커피를 마시거나 텔레비전을 볼 때 애용했던 곳이다. 우리가 동작 보고 알아맞히기 게임을 했던 곳이기도 하다. 어른들이 나누는 대화를 들으면서.

가스파르가 쟁반에 내가 마실 커피와 멜라니가 마실 차를 받쳐 들고 온다. 그는 조심스럽게 커피와 차를 따르고, 우유와 설탕을 건넨다. 그러고는 맞은편 의자에 앉아서 주먹을 쥔 손을 무릎에 얹고 바닥과 직각이 되도록 등을 꼿꼿하게 편다.

우리는 그에게 요즘 할머니 상태가 어떠냐고 묻는다. 그는 별로 안 좋다고, 심장이 다시 말을 안 듣기 시작했고 거의 하루종일 잠만 주무신다고 대답한다. 약에 취해 정신을 못 차린다고.

"우리 어머니 기억하죠?" 멜라니가 차를 홀짝이며 느닷없이 묻는다.

그는 환하게 웃는다.

"아, 어머님이요! 작은 마님. 그럼요, 당연히 기억하죠. 잊을 수 없는 분인걸요."

똑똑한 사람 같으니라고. 나는 생각한다.

멜라니가 말을 잇는다. "어떤 분이셨는데요?"

가스파르의 얼굴이 한층 더 밝게 빛난다.

"정말 아름답고 마음씨가 고운 분이셨죠. 저한테 새 양말, 초콜릿, 이런 조그만 선물들을 주곤 하셨어요. 가끔은 꽃도 주셨고요. 돌아가셨을 때 제 마음이 다 무너졌죠."

집안이 갑자기 고요해진다. 심지어 청소부가 큰 응접실을 치우는 소리조차 죽어버린 듯하다.

"그때 가스파르가 몇 살이었어요?" 내가 묻는다.

"음, 제가 앙투안 도련님보다 다섯 살 많으니까 열다섯 살이었죠. 얼마나 슬펐는지 모릅니다."

"어머니가 돌아가신 날에 대해 기억하는 거 있어요?"

"끔찍했죠, 끔찍했죠…… 마님이 실려나가는 걸 보고 있으려니…… 그 들것 위에……"

그는 갑자기 손을 비틀고 발을 어색하게 움직이며 거북스러워한다. 이제는 우리 쪽을 보지도 않는다. 카펫만 내려다볼 뿐.

"그때 가스파르도 클레베르 가에 있었어요?" 멜라니가 놀란 목소리로 묻는다.

"클레베르…… 가요?" 그는 당황하며 말을 더듬는다. "모르겠어요. 워낙 끔찍했던 날이라. 기억이 안 나네요."

그는 벌떡 일어나 허둥지둥 응접실을 빠져나간다. 우리도 얼른 자리에서 일어나 그를 따라 나간다.

"가스파르." 멜라니가 단도직입적으로 말한다. "묻는 말에 대답해줘요. 어머니가 실려나가는 걸 보았다고 말한 이유가 뭐예요?"

우리 셋은 어두컴컴하게 그늘이 진 문가에 서 있다. 높은 책장들이 앞으로 기운 것처럼 느껴진다. 머리 위에 걸린 오래된 그림 속 창백한 얼굴들은 뭔가를 기대하고 감시하는 듯한 표정이다.

가스파르는 얼굴을 붉히며 아무 말도 하지 못한다. 몸을 부들부들 떨 뿐이다. 갑자기 쏟아진 땀으로 이마가 번들거린다.

"어디 아파요?" 멜라니가 조용히 묻는다.

그가 꿀꺽 소리가 나게 침을 삼키자 커다란 울대뼈가 위로 올라갔다 내려온다.

"아뇨, 안 됩니다." 그는 속삭이며 뒷걸음질치고 고개를 젓는다. "말 못합니다."

나는 그의 어깨를 잡는다. 값싼 천 밑으로 앙상하고 가냘픈 그의 팔뚝이 느껴진다.

"우리한테 할말이 있는 거죠?" 내가 동생보다 단호한 목소리로 묻는다.

그는 몸서리를 치고 손등으로 이마를 훔치며 다시 뒷걸음질을 친다.

"여기서는 안 됩니다!" 그가 간신히 쉰 목소리로 외친다.

멜라니와 나는 눈빛을 주고받는다.

"그럼 어디로 갈까요?" 그녀가 묻는다.

그는 이미 앙상한 다리를 부들부들 떨며 복도를 반쯤 걸어가고 있다.

그가 소곤소곤 말한다. "제 방으로 오세요. 6층이에요. 오 분 뒤에."

그러고는 이 말을 끝으로 사라진다. 갑자기 진공청소기가 켜지는 소리에 우리는 화들짝 놀란다. 우리는 잠깐 동안 서로의 얼굴을 마주본다. 그리고 잠시 후 집을 나선다.

다락방에 가려면 엘리베이터가 없는 좁고 구불구불한 계단을 올라가야 한다. 이 호화로운 아파트에 사는 가난한 사람들은 날마다 이 가파른 계단을 힘겹게 오르내리려야 한다. 위로 올라갈수록 페인트가 벗겨져 얼룩덜룩하다. 냄새도 더 고약해진다. 손바닥만하고 환기가 안 되는 방들이 다닥다닥 붙어 있는데다 제대로 된 욕실이 부족해서 그렇다. 층계참에 있는 공동 화장실에서 나는 악취도 거기에 더해진다. 나는 이 위쪽까지 올라와본 적이 없다. 멜라니도 마찬가지다. 으리으리하고 화려한 아파트와 지저분한 콩나물시루 같은 이 지붕 밑 공간은 불편한 대조를 이루고 있다.

　6층. 우리는 아무 말 없이 계단을 오른다. 할머니의 집을 나선 뒤 우리 둘은 서로에게 아무 말이 없다. 온갖 질문들로 내 머릿속이 어지럽다. 멜라니도 마찬가지일 것이다.

　꼭대기 층에 도착해보니 딴 세상 같다. 밑은 맨바닥이고, 구불구불한 복도 양옆으로 숫자가 적힌 문들이 수도 없이 늘어서 있다. 윙윙거리는 헤어드라이어 소리. 시끄럽고 귀에 거슬리는 텔레비전 소리. 외국어로 싸우는 사람들. 울려대는 휴대전화. 빽빽거리는 갓난쟁이. 문이 하나 열리더니 험상궂게 생긴 여자가 나와서 우리를 노려본다. 여자의 뒤로 얼룩덜룩하고 비스듬한 천장, 꼬질꼬질한 카펫, 지저분한 가구가 보인다. 가스파르가 사는 곳은 어디일까? 그것까진 알려주지 않았는데. 숨어 있는 건가? 겁이 나서? 그가 부들부들 떨리는 손을 비틀며 우리를 기다리고 있을 거라는 직감이 든다. 용기를 그러모으고 있는 것이다.

나는 겨울용 외투로 감싼 멜라니의 좁고 반듯한 어깨를 바라본다. 그녀의 발걸음은 단호하고 흔들림이 없다. 알아내고 싶은 것이다. 두렵지 않은 것이다. 나는 두려운데, 동생은 어째서 그렇지 않은 걸까?

가스파르가 복도 끝에 서 있다. 아직까지 얼굴이 벌겋다. 그는 우리가 온 것을 아무한테도 들키고 싶지 않은 사람처럼 얼른 우리를 안으로 들인다. 냉기가 흐르는 계단을 걸어올라온 뒤라 사방이 막힌 그의 조그만 방이 답답하게 느껴진다. 전기 히터가 희미하게 윙윙거리며 맹렬히 돌아가는 소리가 들리고, 머리카락 탄내와 먼지 냄새가 난다. 방이 워낙 작아서 그와 멜라니와 내가 서로 부딪친다. 좁은 침대에 앉는 수밖에 없다. 나는 주위를 둘러보며 먼지 하나 없이 깨끗한 바닥, 벽에 걸린 십자가, 금이 간 세면기, 비닐 커튼이 달린 간이 찬장을 눈에 담는다. 신산한 가스파르의 인생이 고스란히 드러나 있다. 할머니를 야간 간호사에게 맡기고 여기로 올라오면 무얼 하며 시간을 보낼까? 텔레비전도 없다. 책도 없다. 조그만 선반에 놓여 있는 성경책과 사진 한 장이 전부다. 나는 최대한 조심스럽게 사진의 정체를 살핀다. 놀랍게도 우리 어머니 사진이다.

가스파르는 앉을 자리가 없어 서 있다. 그런 채로 멜라니와 나를 번갈아 보며 우리가 먼저 말을 꺼내주길 기다린다. 옆방에서 라디오 소리가 들린다. 벽이 워낙 얇아서 뉴스에서 뭐라고 하는지 한마디도 빠짐없이 알아들을 수 있을 정도다.

"가스파르, 우리는 믿어도 돼요." 멜라니가 말한다. "알잖아요."

그는 두려움에 눈을 휘둥그레 뜨고 얼른 손가락을 입술에 갖다 댄다.

"조용조용히 말씀하셔야 해요, 멜라니 아가씨." 그가 소곤거린다. "여기서는 다 들려요!"

그가 우리 쪽으로 바짝 다가온다. 암내가 코를 찌른다. 나도 모르게 몸이 움츠러든다.

"작은 마님은……" 그가 중얼중얼 운을 뗀다. "저의 유일한 친구였어요. 저를 진심으로 이해해주신…… 유일한 분이었죠."

"그랬군요." 멜라니가 대꾸를 하고, 나는 그애의 참을성에 혀를 내두른다. 나는 그런 데 관심이 없다. 얼른 본론으로 들어가주었으면 좋겠다. 내가 무슨 생각을 하고 있는지 정확히 아는 듯 멜라니가 내 팔 위로 손을 얹는다.

"작은 마님은 저랑 비슷했어요. 남부의 변변찮은 집안 출신이었고, 까다롭거나 유난스럽지 않았죠. 순박하고 착한 분이었어요. 자기 생각만 하는 경우가 절대 없었고요. 너그럽고 따뜻하셨어요."

"그래요." 멜라니가 다시 대꾸하고, 나는 짜증이 나서 주먹을
쥔다.

옆방 라디오가 꺼지자 정적이 이 작은 공간을 채운다. 가스파르
는 다시 식은땀을 흘리며 불안해하는 표정을 짓는다. 손을 맞잡고
비틀며 계속 문 쪽을 훔쳐본다. 왜 저렇게 안절부절못하는 걸까?
그가 허리를 숙이고 침대 밑에서 조그만 트랜지스터라디오를 꺼
내더니 더듬더듬 스위치를 켠다. 이브 몽탕의 관능적인 목소리가
들린다. "'세 시 봉, 드 파르티르 냉포르트 우, 브라스 드쉬 브라스
드쉬……'"*

"우리 어머니가 돌아가신 날에 대해 이야기하기로 했잖아요."
나는 결국 말리는 멜라니의 손짓을 무시하고 운을 뗀다.

가스파르는 용기를 그러모아 내 얼굴을 똑바로 본다.

"이해해주세요, 앙투안 도련님. 이게…… 저로서는 얼마나 힘
든 일인지……"

"'세 시 봉……'" 몽탕이 유쾌하고 만사태평한 목소리로 흥얼
거린다.

우리는 기다린다. 하지만 가스파르는 말을 잇지 않는다.

멜라니가 그의 팔에 손을 얹는다.

"우리는 두려워할 필요 없어요." 멜라니가 소곤거린다. "전혀
그럴 필요 없어요. 우리는 친구잖아요. 태어났을 때부터 알고 지낸

---

* 정말 좋아, 어디로든 떠나는 건, 팔짱을 끼고, 팔짱을 끼고.

사이잖아요."

그가 고개를 끄덕이자 볼살이 젤리처럼 출렁인다. 눈가에 눈물이 고인다. 울상이 되는가 싶더니 놀랍게도 소리 없이 눈물을 흘리기 시작한다. 우리로서는 기다리는 수밖에 달리 방법이 없다. 나는 핏기 없이 일그러져 안쓰러워 보이는 가스파르의 얼굴에서 시선을 돌린다. 이윽고 이브 몽탕의 노래가 끝난다. 다른 노래가 시작되는데, 많이 들어본 곡이다. 누가 불렀는지 생각은 나지 않지만.

"제가 지금 말씀드리려는 이야기는 아무한테도 한 적이 없어요. 아무도 몰라요. 아무도 모르고, 1974년 이후에 아무도 입에 올린 적이 없어요."

가스파르의 목소리가 너무 낮아 우리 둘 다 몸을 앞으로 기울여야 한다. 몸을 움직이자 침대가 삐걱거린다.

은밀한 냉기가 느껴진다. 나의 착각일까 아니면 실제로 등골이 서늘한 걸까? 가스파르는 바닥에 쭈그리고 앉아 있다. 한가운데가 휑한 그의 정수리가 보인다.

다시 가스파르의 속삭임이 들린다. "작은 마님은 돌아가시던 날에 할머님을 뵈러 오셨어요. 아침 일찍. 할머님은 아침식사를 하고 계셨죠. 할아버님은 그날 외출을 하셔서 안 계셨고요."

"그때 가스파르는 어디 있었나요?" 멜라니가 묻는다.

"저는 부엌에서 어머니를 돕고 있었어요. 오렌지주스를 만드는 중이었죠. 작은 마님은 신선한 오렌지주스를 좋아하셨거든요. 특히 제가 만든 것을요. 마시면 남프랑스가 생각난다면서." 가슴 뭉클한, 애처로운 미소. "저는 그날 아침에 두 분의 어머님을 뵈어서

얼마나 신이 났는지 몰라요. 자주 안 오셨거든요. 사실 크리스마스
이후로 한참 만에 오신 거였어요. 제가 문을 열어드렸는데, 햇살이
층계참을 비추는 줄 알았어요. 미리 연락을 안 하셔서 작은 마님이
오시는 줄 몰랐어요. 우리 어머니께 언질도 없었고요. 어머니는 짜
증을 냈어요. 작은 마님은 늘 그런 식이라며 공연히 투덜거렸죠.
작은 마님은 빨간 외투를 입고 계셨는데, 길고 까만 머리에 하얀
피부, 초록색 눈이 얼마나 예뻤는지 몰라요. 지금의 멜라니 아가씨
처럼 말이에요. 아가씨가 작은 마님을 어찌나 닮았는지, 보고 있으
면 가끔 가슴이 아프답니다." 또다시 그의 눈에 눈물이 고인다. 하
지만 이번에는 흐르게 두지 않고 애써 참는다. 그는 서두르지 않고
천천히 호흡을 가다듬는다. "저는 그때 부엌에서 청소를 하고 있
었어요. 겨울이지만 화창한 날이었죠. 할 일이 많아서 하나씩 꼼꼼
히 처리하는 중이었어요. 그런데 어머니가 새하얗게 질린 얼굴로
뛰어들어오지 뭐예요. 금방이라도 구토를 할 것처럼 손으로 입을
막고 있었어요. 순간 저는 끔찍한 일이 벌어졌다는 걸 알았죠. 제
나이 열다섯 살이었지만, 알 수 있었어요."

냉기가 가슴을 타고 스멀스멀 허벅지로 번지고 허벅지가 떨리기
시작한다. 동생 쪽을 돌아볼 용기가 나지 않는다. 하지만 내 옆에
멜라니가 얼마나 뻣뻣하게 앉아 있는지 느낄 수 있다.

한심한 노래가 흘러나온다. 가스파르가 라디오를 꺼주었으면 좋
겠다.

"'팝 팝 팝 뮤직, 팝 팝 팝 뮤직, 토크 어바웃 팝 뮤직……'"

"어머니는 한동안 아무 말도 하지 못했어요. 그러다 소리를 질

렸어요. '다르델 박사님한테 연락해, 얼른! 서재에 있는 주인님 주소록에서 전화번호를 찾아봐. 박사님한테 지금 당장 와달라고 해!' 저는 서재로 달려가 부들부들 떨며 전화를 했고, 박사님은 당장 오겠다고 하셨죠. 누가 편찮으신 거지? 무슨 일일까? 마님이 쓰러지신 건가? 마님의 혈압이 높은 건 저도 알고 있었어요. 그즈음에도 새로 처방을 받아서 식사 도중에 별의별 약을 다 드셨으니까요."

다르델 박사라면 나도 아는 이름이다. 할머니, 할아버지의 절친한 친구이자 주치의였다. 1980년대 초반에 돌아가셨다. 체구가 다부지고 백발로, 소문난 명의였다.

가스파르가 말을 하다 말고 멈춘다. 무슨 이야기를 하려는 걸까? 왜 이렇게 장황하게 늘어놓는 걸까?

"'뉴욕 런던 파리 뮌헨 에브리바디 토크 어바웃 팝 뮤직.'"

"제발 얼른얼른 합시다." 나는 이를 앙다물고 중얼거린다.

그는 허둥지둥 고개를 끄덕인다.

"마님은 가운 차림으로 작은 응접실에 계셨어요. 작은 응접실을 서성거리고 계셨어요. 작은 마님은 보이지 않았고요. 이게 무슨 일인가 싶었어요. 그런데 작은 응접실 문이 조금 열려 있었고, 그 틈새로 빨간 외투가 살짝 보이는 거예요. 바닥에서. 작은 마님한테 무슨 일이 생긴 거였죠. 모두들 쉬쉬했던 무슨 일이."

문 앞을 삐걱삐걱 지나가는 발소리가 들린다. 그는 말을 멈추고, 발소리가 멀어질 때까지 기다린다. 내 심장이 어찌나 세게 쿵쾅거리는지 두 사람에게 분명 그 소리가 들릴 것 같다.

"다르텔 박사님이 한달음에 달려오셨어요. 작은 응접실 문이 닫혔어요. 그리고 잠시 후, 구급차 소리가 들렸어요. 사이렌 소리가 이 건물 바로 앞까지 이어졌죠. 제가 질문을 퍼부어도 어머니는 대답을 해주지 않았어요. 오히려 입 다물라고 하고는 제 귀를 손으로 막았죠. 사람들이 들어와서 작은 마님을 싣고 나갔어요. 그때가 마지막으로 마님을 뵌 순간이에요. 까만 머리로 얼굴을 가린 모습이 꼭 주무시는 것 같았어요. 얼굴은 새하얬지만. 그렇게 마님은 들것에 실려나갔죠. 그리고 나서 몇 시간 뒤에 돌아가셨다는 소식을 들었어요."

멜라니가 주춤주춤 몸을 일으키더니 라디오를 발로 걷어찬다. 라디오가 꺼진다. 가스파르도 비틀비틀 일어선다.

"가스파르, 그게 무슨 소리예요?" 멜라니가 목소리를 낮추어야 한다는 것도 잊고 날카롭게 쏘아붙인다. "그러니까 어머니의 동맥류가 여기서 파열됐다는 거예요?"

그는 겁에 질린 얼굴로 더듬더듬 대답한다. "저희 어머니가…… 작은 마님이 여기서 돌아가셨다는 얘기는 절대 하면 안 된다고 하셨는데."

멜라니와 나는 입을 벌린 채 그를 본다.

"왜요?" 내가 가까스로 묻는다.

"어머니가 아무한테도, 절대 말하지 말라고 했어요. 이유는 저도 몰라요. 정말이에요. 물어본 적도 없고요." 그는 다시 울음을 터뜨릴 것만 같은 얼굴이다.

멜라니가 울음 섞인 목소리로 묻는다. "우리 아버지는요? 할아버지는요? 솔랑주 고모는요?"

그는 고개를 젓는다.

"그분들이 어디까지 알고 계시는지는 저도 몰라요, 멜라니 아가씨. 이런 이야기를 누구한테라도 꺼낸 건 이번이 처음이에요." 그는 시든 꽃처럼 고개를 떨군다. "죄송합니다. 정말 죄송합니다."

"담배 좀 피워도 될까요?" 내가 불쑥 묻는다.

"네, 네, 그럼요. 피우세요."

나는 조그만 창가에 서서 불을 붙인다. 가스파르가 선반에 놓인 사진을 집는다.

"작은 마님은 저에게 속마음을 털어놓으셨어요. 열다섯 살밖에 안 된 어린 저를 믿어주셨어요." 그는 무한한 자부심이 깃든 목소리로 말한다. "작은 마님이 믿었던 몇 안 되는 사람들 가운데 한 명이 저였죠. 작은 마님은 저를 만나러 이 방까지 올라와서 이런저런 이야기를 들려주셨어요. 파리에 친구가 없었거든요. 그래서 저한테 이런저런 이야기를 하신 거예요."

"여기 올라오셔서 우리 어머니가 무슨 이야기를 하셨는데요?" 멜라니가 묻는다.

"정말 많은 이야기를 들려주셨답니다, 멜라니 아가씨. 엄청나게 많은 근사한 이야기를요. 세벤에서 자란 어린 시절에 대해서도 들려주셨어요. 르 비강 근처의 조그만 마을에서 살았는데, 결혼한 뒤로 한 번도 찾아가보지 못했다고 했어요. 작은 마님의 아버지와 어머니는 시장에서 과일을 팔았대요. 그런데 두 분 다 작은 마님이 어렸을 때 돌아가셨대요. 아버지는 교통사고로, 어머니는 심장병으로. 그뒤로 엄한 언니 밑에서 자랐는데, 작은 마님이 파리 남자랑 결혼한다고 했을 때 언니분이 안 좋아하셨대요. 작은 마님은 가끔 외로워하셨어요. 남부의 소박한 생활과 태양을 그리워하셨어요. 마님은 작은 주인님께서 출장을 너무 자주 가셔서 외로워하셨어요. 앙투안 도련님과 멜라니 아가씨 이야기도 하셨죠. 두 분을 얼마나 자랑스러워하셨는지 몰라요. 마님이 사는 세상은 오직 두 분을 중심으로 돌아갔죠."

잠깐 정적이 흐른다.

"두 분이 있기 때문에 모든 걸 견딜 수 있다고 하셨어요. 그런 어머니가 얼마나 보고 싶겠어요. 멜라니 아가씨, 앙투안 도련님. 그런 어머니가 얼마나 보고 싶으셨어요. 저희 어머니는 사랑을 표현해주신 적이 없답니다. 하지만 작은 마님은 사랑 그 자체였어요. 품고 있는 모든 사랑을 저희한테 베풀어주셨죠."

돌아보지 않아도 알 수 있다. 그의 두 눈에는 눈물이 그렁그렁 맺혀 있을 것이다. 멜라니도 돌아볼 필요가 없다. 나는 다 피운 담배를 창밖, 안마당으로 던진다. 차가운 바람이 들이닥친다. 옆방에서 화들짝 놀랄 만큼 시끄러운 음악 소리가 울려퍼진다. 나는 손목시계를 흘끗 본다. 여섯시가 다 되어가고 있고 어스름이 깔렸다.

"이제 할머니의 아파트로 돌아가야겠어요." 멜라니가 떨리는 목소리로 말한다.

가스파르는 공손하게 고개를 끄덕인다. "알겠습니다."

내려가는 내내 아무도 한마디도 하지 않는다.

간호사가 덧문을 닫은 넓은 침실로 우리를 안내한다. 등받이를 살짝 올린 병원용 침대와 그 위에 누운 자그마한 체구의 할머니가 거의 보이지 않을 정도로 어둑어둑하다. 우리는 간호사에게 자리를 비켜달라고 정중하게 부탁한다. 할머니와 셋이서 이야기를 나누어야 한다. 간호사는 순순히 따른다.

멜라니가 머리맡 스탠드를 켜자 이제 드디어 할머니의 얼굴이 보인다. 할머니는 눈을 감고 있다가 멜라니의 목소리에 눈꺼풀을 껌뻑인다. 늙고 피곤하고 사는 게 지긋지긋해진 사람처럼 보인다. 할머니는 천천히 눈을 떠 멜라니의 얼굴을 물끄러미 쳐다보다 내게로 시선을 돌린다. 아무 반응이 없다. 우리가 누구인지조차 기억을 못 하는 걸까? 멜라니가 할머니의 손을 잡고 말을 건다. 또다시 시선만 멜라니에게서 내게로 말없이 움직인다. 주름이 두툼한 목걸이처럼 쭈글쭈글 목을 덮고 있다. 헤아려보니 이제 곧 아흔네 살

332

이다.

이 방도 변한 게 없다. 묵직한 아이보리색 커튼, 두툼한 카펫, 책장, 창문 앞에 놓인 경대 그리고 아주 오래전부터 경대 위를 지키고 있던 낯익은 물건들. 파베르제 달걀*, 금제 코담뱃갑, 조그만 대리석 피라미드 그리고 은으로 된 액자 속에서 먼지를 뒤집어쓰고 있는 사진들. 어린 시절의 우리 아버지와 솔랑주 고모, 할아버지, 그 옆에 멜라니, 조제핀 그리고 나. 우리 아이들의 아깃적 사진도 몇 장 있다. 아스트리드의 사진은 없다. 레진도. 우리 어머니도.

"어머니 이야기를 하러 왔어요." 멜라니가 분명하게 전한다. "클라리스요."

눈꺼풀이 다시 껌뻑이더니 감긴다. 나가라는 뜻인 듯하다.

"어머니가 돌아가신 날에 대해 듣고 싶어요." 멜라니가 감긴 눈꺼풀을 무시한 채 말을 잇는다.

바짝 마른 눈꺼풀이 바들바들 떨리면서 열리고, 할머니는 아무 말 없이 한참 동안 우리 둘을 골똘히 쳐다본다. 한마디도 하지 않을 게 분명하다.

"1974년 2월 12일에 이 집에서 무슨 일이 있었는지 들려주실수 있어요, 할머니?"

우리는 기다린다. 아무 대답이 없다. 멜라니에게 부질없는 짓이라고 말하고 싶다. 소용없을 거라고. 그런데 할머니가 느닷없이 눈을 크게 휘둥그레 뜨더니 기이한 눈빛을 한다. 비열해 보이는 눈

---

* 러시아를 대표하는 보석세공인 파베르제가 만든 부활절 달걀.

빛. 불안해진다. 나는 할머니의 쭈글쭈글한 가슴이 힘겹게 오르락내리락하는 것을 바라본다. 죽음의 그림자가 드리운 해골 같은 얼굴에 박힌 시커먼 두 눈이 깜빡이지도 않고 거만하게 우리를 노려본다.

시간이 느리게 흐르고, 할머니는 절대로 입을 열지 않을 거라는 깨달음이, 알고 있는 사실을 무덤까지 가지고 갈 생각이라는 깨달음이 나를 찾아온다. 할머니가 혐오스러워진다. 그 역겹고 쭈글쭈글한 피부, 부유하고 잘나가는 훌륭한 집안에서 태어나 16구에 사는 블랑슈 비올레트 제르맹 레 네 프로메의 모든 것이 혐오스러워진다.

할머니와 내가 그렇게 한참을 서로 노려보는 동안, 멜라니는 깜짝 놀란 얼굴로 우리 둘을 번갈아 흘끗거린다. 나는 이 혐오감을 할머니가 낱낱이 느낄 수 있게, 최대한 확실히 느낄 수 있게 얼룩한 점 없는 그녀의 잠옷 위로 모조리 쏟아낸다. 할머니가 어찌나 경멸스러운지 머리끝에서부터 발끝까지 부들부들 떨릴 지경이다. 수를 놓은 베개를 집어 그 새하얀 얼굴을 덮어버리고 싶어서, 오만하게 이글거리는 눈빛을 없애고 싶어서 손이 근질거릴 지경이다.

무언의 격투가 할머니와 나 사이에서 영원할 것처럼 이어진다. 침대 옆 테이블에 놓인 은색 알람시계가 째깍거리는 소리, 문 앞을 서성이는 간호사의 발소리, 가로수가 늘어선 앞길을 달리는 자동차 소리가 들린다. 동생의 불안한 숨소리, 늙은 할머니의 허파가 쌔근거리는 소리, 내 심장이 조금 전 가스파르의 방에서 그랬던 것처럼 쿵쾅거리는 소리도 들린다.

이윽고 눈이 감긴다. 할머니의 마디진 손이 바짝 마른 곤충처럼 침대보 위를 아주 천천히 움직여 벨을 누른다. 귀에 거슬리는 벨소리가 울린다.

즉시 간호사가 들어온다.

"레 부인께서 이제 피곤하다고 하시네요."

우리는 아무 말 없이 방을 나선다. 어디에도 가스파르는 보이지 않는다. 나는 엘리베이터를 두고 계단으로 내려가면서 빨간 외투를 입고 들것에 실려 바로 그곳을 지나갔을 어머니를 생각한다. 가슴이 뻐근하다.

밖은 그 어느 때보다 춥다. 멜라니와 나는 아무 말도 하지 못한다. 완전히 기진맥진하다. 얼굴이 해쓱한 걸 보니 멜라니도 마찬가지인 듯하다. 나는 그녀가 휴대전화를 확인하는 동안 담배에 불을 붙인다. 그리고 집까지 태워주겠다고 한다. 토요일 밤이라 트로카데로에서 바스티유까지 교통체증이 극심하다. 우리는 아무 말 하지 않지만, 멜라니도 나와 똑같은 생각을 하고 있음을 알 수 있다.

어머니의 죽음에 얽힌 진실. 너무 끔찍해서 입을 다물고 있는 것이다.

파랭베르의 개인 비서는 카속*처럼 생긴 너풀거리는 검은색 원
피스로 넘치는 살을 감춘, 클로디아라는 우람한 여자다. 내게 말을
걸 때 생색내듯 사근사근하게 굴어 신경을 긁는다. 그녀는 월요일
아침 일찍부터 전화를 걸어 생각의 돔 마감시한을 들먹이며 나를
괴롭힌다. 기획안은 통과되었는데, 색상을 바꿔가며 돔 내부를 전
면 장식할 특수 야광 스크린의 납품 기일을 업체가 맞추지 못하는
바람에 제작이 늦어지고 있다. 다른 때 같았으면 가만히 앉아서 그
녀의 공격을 듣고만 있었을 것이다. 하지만 더는 아니다. 카페인으
로 착색이 된 그녀의 치아, 수염이 난 윗입술, 파촐리 냄새가 나는
향수, 모차르트의 밤의 여왕을 연상시키는 째지는 목소리가 떠오
르자 혐오감과 역정과 짜증이 부글부글 끓어올라 압력솥처럼 효율

---

* 성직자 등이 입는 검은색의 평상복.

적이고 정확하게 폭발한다. 어찌나 속이 후련한지 정사를 벌이고 난 뒤의 기분과 비슷하다. 옆방에서 플로랑스가 깜짝 놀라는 기척이 들린다.

나는 쾅 소리 나게 수화기를 내려놓는다. 쌀쌀한 안마당에서 얼른 담배 한 대 피우고 싶다. 나는 외투를 걸친다. 그때 휴대전화 벨이 울린다. 멜라니다.

"할머니가 돌아가셨대." 멜라니가 담담하게 전한다. "오늘 아침에. 방금 전에 고모한테 연락을 받았어."

할머니의 죽음은 나와 아무 상관 없는 일이다. 나는 할머니를 사랑하지 않았다. 앞으로 보고 싶지도 않을 것이다. 토요일에 할머니의 머리맡에서 느꼈던 증오심이 아직도 생생하다. 하지만 우리 아버지의 어머니였기에 아버지 생각이 난다. 아버지한테 연락을 해야 할 것이다. 솔랑주 고모에게도 전화를 해야 할 것이다. 하지만 나는 전화를 걸지 않는다. 추운 밖으로 나가서 담배를 문다. 할머니의 유산 때문에 앞으로 얼마나 골치가 아플까, 고모와 아버지가 얼마나 심하게 다툴까. 추악한 싸움이 될 것이다. 몇 년 전 할머니가 멀쩡히 살아 계실 때도 그랬다. 우리는 배제되었다. 모두들 우리에게 쉬쉬했지만, 그래도 남매간에 갈등과 문제가 복잡하다는 것을 알아차릴 수 있었다. 솔랑주 고모는 오빠 프랑수아가 부모님의 사랑을 독차지했고 늘 혜택을 누렸다고 생각했다. 고모는 그런 일이 있고 얼마 뒤부터 아버지를 멀리했다. 우리도 마찬가지 취급을 받았다.

멜라니는 나중에 잠깐 들러 할머니의 시신을 보겠느냐고 묻는다. 나는 생각해보겠다고 한다. 동생과 나 사이에 살짝 거리감이 느껴진다. 새로운, 전에는 없었던, 전에는 한 번도 느끼지 못했던 거리감이다. 그녀는 할머니를 시큰둥하게 대하고 지난 토요일에 그런 식으로 내려다보며 본심을 드러낸 내가 못마땅한 것이다. 멜라니가 아버지한테 연락할 거냐고 묻는다. 나는 하겠다고 대답한다. 또다시 못마땅해하는 눈치다. 그녀는 아버지를 만나러 가는 길이라고 한다. 분위기를 보아하니 나도 아버지를 만나러 와야 한다는 투다. 그것도 지금 당장.

결국 저녁이 다 되어서야 나는 아버지의 집으로 건너간다. 마르고는 가는 내내 말이 없다. 이어폰을 귀에 꽂고 휴대전화에 시선을 고정한 채 날렵한 손놀림으로 계속 문자메시지만 보낸다. 뤼카는 뒷자리에서 닌텐도를 하느라 여념이 없다. 나 혼자 차를 타고 가는 기분이다. 아이들은 요즘 들어 유래가 없을 정도로 말이 없다.

멜라니가 문을 열어준다. 얼굴이 창백하고 슬퍼 보인다. 눈에는 눈물이 그렁그렁하다. 이애는 할머니를 사랑했을까? 궁금해진다. 앞으로 보고 싶어할까? 우리는 요즘 들어 할머니를 거의 찾아가지 않았다. 멜라니에게 할머니는 어떤 존재였을까? 생각해보니 우리에게 할머니는 블랑슈 한 명뿐이었다. 외할머니, 외할아버지는 어머니가 어렸을 때 돌아가셨다. 할아버지는 오래전, 우리가 십대였을 때 돌아가셨다. 동생이 우는 것은, 할머니가 우리의 어린 시절을 떠오르게 만드는 마지막 연결고리였기 때문이다.

아버지는 벌써 잠자리에 들었다고 한다. 놀라운 일이다. 나는 손목시계를 확인한다. 일곱시 삼십분이다. 아버지가 얼마나 피곤해

했는지 모른다고 멜라니가 나지막이 전한다. 나무라는 투로 들린 것은 나만의 착각일까? 어디가 안 좋으신 거냐고 묻지만 멜라니는 내 말을 못 들은 척한다. 화장을 진하게 한 레진이 뚱한 표정으로 등장했기 때문이다. 레진은 무뚝뚝하게 우리를 한 명씩 건성으로 포옹하고 나서 음료수와 크래커를 권한다. 나는 아르노가 기숙학교에 있어서 장례식에나 맞춰 나올 거라고 전한다.

"장례식 얘기는 꺼내지도 마라." 레진이 크고 묵직한 자기 잔에 떨리는 손으로 위스키를 따르며 투덜거린다. "나는 이런 거 저런 거 준비하기 싫으니까. 나하고 어머님은 사이도 안 좋았잖니. 어머님이 날 예뻐하지도 않았는데, 내가 왜 장례식을 준비해야 하는지 모르겠구나."

조제핀이 들어온다. 평소보다 좀더 우아해 보인다. 그녀는 우리에게 입을 맞추고 자기 어머니 옆에 앉는다.

"제가 좀 전에 고모하고 통화했어요." 멜라니가 딱 부러지게 말한다. "고모가 알아서 다 준비하겠대요. 그러니 아무 걱정 마세요."

"솔랑주가 맡겠다고 하면 우리는 준비할 게 아무것도 없겠구나. 가엾은 너희 아버지도 마찬가지고. 너희 아버지는 지금도 너무 지쳐서 솔랑주를 상대할 기운조차 없거든. 어머님과 솔랑주는 나를 위아래로 훑어보면서 항상 못되게 굴었지. 내 인물이 못났다고, 우리집에 돈이 없다고." 레진은 위스키를 좀더 따라 벌컥벌컥 들이켠 다음 하던 이야기를 계속한다. "나한테 프랑수아는 과분하다는 듯이, 나는 레 집안에 걸맞은 사람이 아니라는 듯이. 끔찍했던 어머님에 그보다 더 끔찍했던 딸이라고나 할까."

뤼카와 마르고는 놀란 표정으로 눈빛을 주고받는다. 조제핀은 요란하게 한숨을 토한다. 나는 레진이 단순히 취한 게 아니구나 하는 생각이 든다. 멜라니만 시선을 떨구고 있다.

"레 가문에 걸맞은 사람은 아무도 없지." 레진이 침을 튀겨가며 이야기하자 립스틱이 치아에 묻는다. "그들은 누구라도 그 사실을 모를 수 없도록 확실히 못을 박았어. 제법 돈이 있는 좋은 집안 출신이라도 소용없어. 인맥이 훌륭한 집안 출신이라도 소용없어. 망할 레 집안의 사람이 되기에는 누구라도 자격 미달이야!"

그녀가 울부짖기 시작하자 빈 잔이 테이블에 부딪히며 덜거덕거린다. 조제핀이 나무라는 듯한 눈으로 보더니 다정하면서도 단호하게 어머니를 일으켜세운다. 몸에 밴 태도로 보건대 자주 있는 일인 모양이다. 그녀가 흐느끼는 레진을 끌고 간다.

멜라니와 나는 서로 마주본다. 나는 앞으로 남은 과제를 생각해본다. 할머니의 시신이 나를 기다리고 있을, 앙리마르탱 가의 촛불 밝힌 침실.

하지만 오늘밤 내가 두려운 것은 죽은 할머니를 맞닥뜨려야 하기 때문이 아니다. 할머니는 이틀 전 내가 찾아갔을 때 이미 죽은 사람이었다. 나를 노려보던 그 섬뜩한 눈만 예외였을 뿐.

내가 두려운 것은 그 집을 다시 찾아가야 하기 때문이다. 어머니가 죽음을 맞이한 그곳을 다시 찾아가야 하기 때문이다.

멜라니가 아이들을 집까지 데려다준다. 그녀는 솔랑주와 아버지와 함께 일찌감치 할머니의 시신을 대면했다. 그래서 나 혼자 할머니의 집을 찾아간다. 늦은 시각이다. 거의 열한시가 다 됐다. 피곤하다. 하지만 고모가 기다리고 있을 것이다. 나는 하나뿐인 손자다. 얼굴을 보여야 할 의무가 있다.

우아하게 차려입고 샴페인을 홀짝이는 낯선 사람들이 커다란 응접실을 놀라울 만치 가득 채우고 있다. 고모의 친구들일 것이다. 간소한 회색 양복을 차려입은 가스파르가 그렇다고, 고모의 친구들이라고, 오늘밤에 솔랑주 고모를 위로하러 온 손님들이라고 한다. 그러면서 나지막이 덧붙이길 나에게 긴히 할말이 있다고 한다. 가기 전에 잠깐 시간을 내줄 수 있겠느냐고. 나는 알았다고 한다.

고모가 세상을 등지고 사는 외톨이인 줄 알았는데, 오늘 모인 사람들을 보니 내가 착각을 한 모양이다. 내가 고모에 대해 아는 게 뭐가 있을까? 아무것도 없다. 고모는 예전부터 우리 아버지와 사이가 좋지 않았다. 결혼도 하지 않았다. 자기만의 인생을 살았고, 어머니가 돌아가시고 누아르무티에에서 보내던 여름휴가가 중단된 이후에는 우리와 만나는 일도 거의 없었다. 하지만 할머니만큼은 살뜰히 돌보았다. 그녀의 아버지이자 우리 할아버지가 세상을 떠난 뒤에는 더욱 그랬다.

현관에 서 있는 내게 솔랑주 고모가 다가온다. 진주 목걸이를 하고, 지금 같은 상황에 조금 화려하다 싶은 자수가 놓인 원피스를 입고 있다. 그녀가 내 손을 잡는다. 얼굴은 퉁퉁 부었고 피곤한 눈빛이다. 돌볼 어머니가 돌아가셨으니 간호사를 고용할 필요도 없을 텐데, 그 거대한 아파트를 관리하며 앞으로 어떻게 살아갈까? 그녀가 할머니의 방을 향해 앞장선다. 나도 따라가는 수밖에 없다. 사람들이 침대 주변에 서서 기도를 하고 있다. 모르는 사람들이다. 촛불 하나가 방안을 밝힌다. 나는 침대에 조용히 누워 있는 형체를 물끄러미 바라본다. 하지만 떠오르는 것이라고는 나를 노려보던 그 끔찍한 눈빛뿐이다. 나는 고개를 돌린다.

고모가 이번에는 아무도 없는 작은 응접실로 나를 이끈다. 손님들이 두런두런 이야기를 나누는 소리가 여기서는 거의 들리지 않는다. 그녀가 문을 닫는다. 턱이 훨씬 더 튀어나오기는 했지만 우리 아버지를 많이 닮은 얼굴이 불현듯 딱딱하게 굳으면서 험상궂게 변한다. 불길한 예감이 든다. 이 방에 있는 것 자체가 이미 불편하다. 나는 계속 카펫을 내려다본다. 이 방에서 우리 어머니가 쓰러졌다. 바로 여기, 내 발치에서.

"너희 아버지, 오늘밤은 좀 어떠니?" 그녀가 진주 목걸이를 만지작거리며 묻는다.

"못 뵈었어요. 주무시고 계시더라고요."

그녀는 고개를 끄덕인다. "잘 견디고 있다고 들었다."

"할머니 돌아가신 거요?" 내가 묻는다.

잠깐 정적이 흐른다. 진주 목걸이만 달가닥거린다.

"아니. 암 말이다."

나는 그 자리에서 꼼짝 않는다. 암. 그래. 암. 아버지가 암에 걸렸구나. 얼마나 됐을까? 무슨 암일까? 상태가 얼마나 심각할까? 이 집안사람들은 비밀이 너무 많다니까.

침묵이 훨씬 낫다. 클로로포름 냄새가 나는 느릿느릿한 침묵. 슬금슬금 다가와 산사태처럼 모든 것을 와락 덮고 목을 조르는 치명적인 침묵.

고모가 알아차렸을까? 궁금해진다. 내 표정을 보고, 아버지의 병에 대해 지금까지 모르고 있었다는 것을 알아차렸을까? 병명을 지금 이 자리에서 처음으로 들었다는 것을.

"네." 나는 정색을 하고 대답한다. "맞아요. 잘 견디고 계시죠."

"나는 이제 손님들한테 가봐야겠구나." 이윽고 그녀가 말한다. "잘 가렴, 앙투안. 와줘서 고맙다."

고모는 등을 꼿꼿하게 펴고 나간다. 현관 쪽으로 걸어가는데, 가스파르가 큰 응접실에서 쟁반을 들고 나온다. 나는 1층에서 기다리겠다고 신호를 보낸다. 그러고는 1층으로 내려가 건물 바로 앞에서 담배에 불을 붙인다.

몇 분 뒤 가스파르가 나온다. 침착하고 조금 피곤해 보이는 얼굴이다. 그는 단도직입적으로 이야기를 꺼낸다.

"앙투안 도련님, 드릴 말씀이 있어서요."

그는 헛기침을 한다. 한결 차분해 보인다. 요전날 그의 방에서 만났을 때와 다르다.

"큰 마님도 이제는 저세상으로 떠나셨고 하니까요. 저는 마님이 무서웠어요. 정말 무서웠어요. 이해하시죠? 하지만 이제는 무서워할 필요가 없어요." 그는 잠깐 말을 멈추고 넥타이를 당긴다. 나는 재촉하지 않기로 한다. "작은 마님이 돌아가시고 몇 주 지났을 때 어떤 여자가 큰 마님을 찾아왔어요. 제가 문을 열어드렸죠. 미국인이었어요. 큰 마님은 그 여자를 보더니 이성을 잃으셨어요. 고래고래 고함을 지르면서 당장 나가라고 했죠. 노발대발하면서. 그렇게 화를 내시는 건 저도 처음 봤답니다. 그날 집에는 큰 마님과 저밖에 없었어요. 어머니는 장을 보러 나가셨고, 주인님은 외출을 하셨고요."

밍크코트를 멋지게 걸친 여자가 우리 쪽으로 걸어온다. 샬리마르 향수 냄새가 훅 풍긴다. 우리는 아무 말도 하지 않고, 그녀가 아파트 안으로 들어갈 때까지 기다린다. 이윽고 가스파르가 내 쪽으로 한 걸음 더 다가와 하던 이야기를 계속한다.

"그 미국 여자는 프랑스어를 곧잘 했어요. 그 여자도 큰 마님한테 소리를 질렀죠. 왜 자기가 전화를 해도 받지 않느냐고, 왜 사설 탐정을 동원해 자기를 미행하느냐고. 그런 다음 목청껏 고함을 질렀어요. '어쩌다 클라리스가 죽었는지 당장 말해!'"

"그 미국 여자, 어떻게 생겼는데요?" 이렇게 묻는데, 심장이 터질 것처럼 두근거린다.

"사십대였고, 거의 백발에 가까운 금발을 길게 길렀고, 키가 크고 운동선수 같은 타입이었어요."

"그다음에 어떻게 됐어요?"

"큰 마님이 여자더러 당장 나가지 않으면 경찰을 부르겠다고 했어요. 그러더니 저더러 손님을 밖으로 안내하라고 했죠. 그 말을 끝으로 나가버리시는 바람에 방안에 저랑 미국 여자만 남게 됐어요. 여자는 영어로 상스럽게 들리는 단어를 내뱉고, 제 쪽은 보지도 않은 채 문을 쾅 닫고 나갔어요."

"요전날은 왜 그 이야기를 하지 않았죠?"

그의 얼굴이 벌게진다. "큰 마님이 돌아가시기 전에는 아무것도 말씀드릴 수가 없었어요. 저는 이 집 일이 좋아요, 앙투안 도련님. 제가 평생 해오던 일이잖아요. 보수도 후하고요. 저는 도련님의 집안을 존경합니다. 분란을 일으키기 싫었어요."

"할 이야기는 이걸로 끝인가요?"

"또 있어요." 그는 열심히 고개를 주억거린다. "미국 여자가 사설탐정 어쩌고 하니까 큰 마님께서 업체의 전화를 서너 번 받았던 게 문득 생각이 나지 뭡니까. 제가 호기심이 많은 성격이 아니라 당시에는 그 전화를 대수롭지 않게 여겼는데, 두 분이 옥신각신하는 걸 들었더니 갑자기 생각이 난 거예요. 그러고 나서 미국 여자가 찾아온 다음날, 큰 마님이 쓰시는 휴지통에서 음…… 그러니까…… 도움이 될 만한 물건을 발견했어요."

그의 얼굴이 전보다 더 벌게진다. "도련님께서 오해를 하지 않으셨으면 좋겠는데……"

나는 웃어 보인다.

"그럼요. 가스파르가 딴마음을 먹고 그랬겠어요? 휴지통을 비우려다 본 거잖아요, 안 그래요?"

그가 어찌나 안심하는 표정을 짓는지 보는 내 입장에서는 웃음이 나올 것 같다.

"그동안 계속 보관하고 있었습니다." 그가 속삭이며 쭈글쭈글한 종이를 건넨다.

"왜 가지고 있었어요?"

그는 허리를 꼿꼿이 펴고 똑바로 선다. "작은 마님을 위해서요. 저는 그분을 존경했으니까요. 도련님을 돕고 싶으니까요."

"나를 돕고 싶다?"

그의 목소리는 차분하다. 눈빛은 엄숙하기 짝이 없다.

"그날 어떤 일이 있었는지 알아낼 수 있도록 돕고 싶습니다. 작은 마님이 돌아가신 그날에요."

나는 천천히 종이를 편다. 9구의 암스테르담 가에 있는 사설탐정업체인 비아리스 에이전시에서 할머니에게 보낸 청구서다. 확인해보니 청구한 액수가 제법 크다.

"작은 마님은 정말 훌륭한 분이셨어요, 도련님."

"고마워요, 가스파르." 나는 그와 악수를 한다. 어색한 순간이지만 그는 만족한 눈치다.

나는 아파트 안으로 들어가는 그의 뒤틀린 허리와 앙상한 다리를 바라본다. 그러고 나서 최대한 빨리 집으로 차를 몬다.

집에 도착하자마자 인터넷을 검색한 결과, 우려했던 일이 현실로 밝혀진다. 비아리스 에이전시가 문을 닫은 것이다. 뤼비 데텍티브라는 이름의, "감시, 미행, 비밀작전 수행, 업무 확인, 신용 조회" 서비스를 제공하는 좀더 큰 전문수사업체와 합병됐다. 이런 업체가 아직까지 존재하리라고는 상상도 못했는데. 기발한 플러그인을 갖춘 최신식 홈페이지에 따르면 존재하는 정도가 아니라 성업중이다. 사무실은 오페라 역 근처다. 이메일 주소가 보인다. 나는 이메일을 통해 상황을 설명하기로 한다. 우리 할머니 블랑슈 레가 1973년에 의뢰한 업무의 결과를 알고 싶다고. 나는 청구서에 적힌 번호를 첨부한다. 가능한 한 빨리 연락을 주셨으면 합니다. 급한 일입니다. 감사합니다. 내 휴대전화 번호도 적는다.

멜라니에게 전화를 걸어 전후 상황을 알려주고 싶지만 참는다. 새벽 한시가 다 돼가고 있다. 나는 한참 동안 침대에 누워 이리저리 뒤척이다 마침내 잠이 든다.

암에 걸린 아버지. 며칠 뒤 치러질 할머니의 장례식. 키가 큰 금발의 미국 여자.

어쩌다 클라리스가 죽었는지 당장 말해.

다음날 아침, 나는 출근하자마자 로랑스 다르넬의 연락처를 찾아본다. 그녀는 다르넬 박사의 딸로, 지금쯤 오십대 중반이 됐을 것이다. 박사는 가까운 친구이자 우리 집안의 주치의였고, 가스파르가 말했던 것처럼 1974년 2월 운명의 그날, 앙리마르탱 가에 맨 먼저 도착한 사람으로서 어머니의 사망증명서에 서명을 했다. 로랑스도 의사가 되어 아버지의 단골과 그 가족들을 거의 대부분 맡게 됐다. 나는 그녀를 오랫동안 만나지 못했다. 우리는 그렇게 친한 사이가 아니었다. 그녀의 진료실로 전화를 걸어보니 오늘은 병원에서 환자를 보는 날이라고 한다. 만나고 싶으면 예약을 하는 수밖에 없는 모양이다. 그런데 예약이 가능한 날짜가 일주일 뒤다. 나는 고맙다고 하고 전화를 끊는다.

내가 기억하기로 그녀의 아버지는 롱샹 가에서 가까운 스퐁티니 가에 살았다. 거기에 진료실이 있었다. 그녀의 진료실은 모차르트 가에 있지만, 아버지한테 물려받은 스퐁티니 가의 아파트에 살고 있을 것이다. 어렸을 때 어머니가 돌아가신 후 그 집에서 그들 부부와 차를 마셨던 기억이 난다. 우리보다 훨씬 어린 아이들이 있었다. 어떻게 생겼는지 기억은 안 나지만. 남편 이름이 뭐였는지도 모르겠다. 그녀는 일 때문에 결혼 후에도 성을 바꾸지 않았다. 아직도 스퐁티니 가에 사는지 알아보려면 직접 찾아가보는 수밖에 없다.

나는 오전 내내 열심히 일을 하고, 점심때 아버지에게 전화한다. 레진이 전화를 받더니 아버지가 우리의 예상대로 생피에르 드 샤요 성당에서 열릴 장례식 문제로 고모와 의논중이라고 알려준다. 나는 오늘 저녁에 너무 늦지 않게 다시 전화하겠다고 한다. 늦은 오후에는 파랭베르의 사무실에서 막바지 회의가 있다. 생각의 돔 공사가 시작돼서 자질구레한 부분들을 처리해야 한다.

나는 사무실로 들어섰을 때 눈엣가시 같은 그의 사위 라바니도 있는 것을 보고 깜짝 놀란다. 그런데 라바니가 자리에서 벌떡 일어나더니 입맛이 떨어질 정도로 잇몸을 활짝 드러내고 전에 없는 미소를 지으며 내게 악수를 청하고, 생각의 돔이 정말 훌륭하다고 극찬하는 게 아닌가. 파랭베르는 늘 그렇듯 혼자 흐뭇해하며 의뭉스러운 미소를 짓고 있는데, 가르랑거리는 소리가 들릴 것만 같다. 라바니는 흥분해서 어쩔 줄 몰라한다. 시뻘겋게 달아오른 얼굴로 땀을 뚝뚝 흘린다. 놀랍게도 말까지 더듬는다. 그는 생각의 돔과 색이 바뀌는 발광판으로 이루어진 구조가 예술적으로나 심리학적으로 더할 나위 없이 의미심장하고 혁신적인 콘셉트라고 장담하며, 내가 허락만 해준다면 좀더 개발을 하고 싶다고 한다. "엄청난 사업이 될 겁니다." 그가 숨을 헐떡이며 말한다. "전 세계로 시장이 확대될 수 있어요." 그는 심혈을 기울여 꼼꼼하게 계획을 세웠다고 말한다. 나는 계약서에 서명만 하면 되는데, 물론 변호사를 통해 검토를 해야겠지만 빠른 속도로 진행을 해야 하고, 잘만 되면 내가 조만간 돈방석에 앉을 수 있다고 한다. 그도 마찬가지고. 이쯤 되면 상대방이 숨을 돌리느라 말을 멈출 때까지 기다리는 수밖에 없다. 마침내 그가 따발총처럼 쏟아내느라 시뻘게진 얼굴로 말을 멈춘다. 나는 그가 내민 계약서를 덤덤하게 주머니에 챙기고, 생각해보겠다고 한다. 내가 차갑게 대할수록 그는 저자세로 나올 것이다. 그가 애정을 갈구하는 강아지처럼 내 곁을 서성이는 바람에 저러다 정말로 나한테 입이라도 맞추는 게 아닐까 하는 끔찍한 생각에 두려워지는데, 마침내 그가 밖으로 나간다.

파랭베르와 나는 작업에 착수한다. 그는 좌석이 마음에 안 든다고 한다. 엄청나게 지적인 노동이 이루어져야 하는 공간인데 너무 편안해 보인다는 것이다. 고지식한 선생님의 수업을 들을 때처럼, 앉으면 자세가 직각이 될 수밖에 없는 딱딱하고 금욕적인 좌석이었으면 좋겠다고 한다. 나른한 나태에 젖어서는 안 될 일이라고.

말투가 아무리 부드러워도 파랭베르는 까다로운 고객이다. 생각했던 것보다 훨씬 늦게 그의 사무실을 나서는데 온몸을 두들겨맞은 듯한 기분이다. 나는 곧장 스퐁티니 가로 찾아가보기로 한다. 지금 이 시각이면 차가 막히겠지만 그래도 이십 분이면 충분할 것이다. 빅토르 위고 가 근처에 주차를 하고 카페로 들어가 좀더 기다려본다. 뤼비 에이전시 쪽에서는 아직 소식이 없다. 동생에게 전화해 앞으로의 계획을 알릴까 고민하며 휴대전화를 꺼내든 순간, 벨이 울린다. 앙젤이다. 그녀의 전화를 받을 때마다 늘 그렇듯 심장이 두근거린다. 나는 로랑스 다르델의 집으로 찾아갈 생각이라고 말하려다 입을 다문다. 이걸 수색작전이라고 해야 할지 뭐라고 해야 할지 모르겠지만, 아무튼 나만의 비밀로 간직하고 싶다. 진실을 밝히기 위한 여정이랄까. 나는 화제를 돌려 며칠 앞으로 다가온 주말을 둘이 보내기로 한 것에 대해 이야기한다.

그런 다음 아버지에게 전화한다. 아버지 목소리에 힘이 없다. 전혀 아버지답지 않다. 늘 그렇듯 우리의 대화는 간단하고 사무적이다. 엄청나게 높고 두꺼운 벽이 아버지와 나 사이를 가르고 있는 듯하다. 우리는 서로 대화를 나누지만 교감이라고는 없다. 애정이나 사랑을 주고받는 법이 없다. 친밀감을 주고받는 법도 없다. 평생 그래왔다. 그런데 이제 와서 바꿀 필요가 있을까? 어떤 식으로 실마리를 마련해야 할지 모르겠다. 암에 대해 묻는 게 좋을까? 이미 알고 있다고, 그래서 걱정이 된다고? 말도 안 되는 소리. 아버지는 나를 그런 식으로 키우지 않았다. 아버지와 통화를 마치고 전화를 끊는데, 늘 그렇듯 절망감이 고개를 든다.

이제 여덟시가 다 됐다. 로랑스 다르델은 퇴근했을 것이다. 스퐁티니 가 50번지. 나는 비밀번호를 모르기 때문에 밖에서 담배를 피우고 추위를 이기느라 왔다갔다 걸으며 안에서 나오는 사람이 있을 때까지 기다린다. 수위실 문에 걸린 명단을 보니 푸르카드 다르델 가족은 3층에 살고 있다고 적혀 있다. 걸어올라가는데, 오스만 시대에 지어진, 위풍당당하고 빨간 카펫이 깔린 아파트들은 모두 똑같은 냄새를 풍긴다는 생각이 든다. 냄비에서 흘러나오는 맛있는 냄새, 밀랍 광택제 냄새, 꽃향기 방향제.

초인종을 눌렀더니 헤드폰을 낀 이십대 젊은 남자가 문을 연다. 나는 신분을 밝히고, 어머니가 있느냐고 묻는다. 그가 대답을 하기도 전에 로랑스 다르델이 모습을 드러낸다. 그녀는 나를 보더니 웃으며 말한다. "앙투안 맞지? 프랑수아 아저씨 아들."

그녀는 헤드폰을 낀 채 건들건들 사라지는 아들 토마에게 내 소개를 하고, 나를 거실로 안내한다. 시간이 이렇게 많이 흘렀는데 그녀는 예전 모습 그대로다. 내가 기억하는 그대로 얼굴은 작고 선이 분명하며 뾰족하고, 눈썹은 옅은 갈색이고, 머리는 하나로 깔끔하게 묶었다. 그녀가 와인을 한 잔 권하기에 나는 잔을 받아든다.

"〈피가로〉에서 할머님의 부고 읽었어." 그녀가 말한다. "다들 얼마나 상심이 크겠니. 우리도 당연히 장례식에 참석할 거야."

"나는 할머니하고 별로 애틋한 사이도 아니었어요." 내가 말한다.

그녀는 한쪽 눈썹을 치켜세운다.

"어머. 나는 너하고 멜라니가 할머니를 엄청 좋아하는 줄 알았는데."

"아니에요."

정적이 흐른다. 우리가 앉아 있는 거실은 진부하고 부르주아적이다. 어느 것 하나 반듯하지 않은 게 없다. 옅은 회색 카펫은 얼룩한 점, 먼지 한 톨 보이지 않는다. 판에 박힌 가구들, 상상력을 자극하지 않는 그림들, 끝도 없이 꽂혀 있는 의학서적들. 하지만 나는 전문가다운 시선으로 보기 흉한 이중 천장, 불필요한 벽판, 거추장스러운 문 들을 골라내며 이 집도 걸작으로 탈바꿈할 수 있다는 생각을 한다. 아까부터 솔솔 풍기던 음식 냄새가 코를 자극한다. 생각해보니 저녁 먹을 시간이다.

"아버지는 어떠셔?" 로랑스가 깍듯하게 묻는다.

이러니저러니 해도 그녀는 의사가 아닌가. 괜히 연극할 필요는 없다.

"암이에요."

"응."

"알고 있었어요?"

"안 지 꽤 됐어."

"언제부터 알고 있었어요?"

그녀는 한 손을 턱에 대고 입술을 내민다. "우리 아버지한테 들었는데?"

가슴이 살짝 쓰라려온다.

"하지만 아버님은 1980년대 초반에 돌아가셨잖아요."

"그렇지. 1982년에."

그녀는 자기 아버지처럼 체구가 다부지고 손도 뭉툭하다.

"그럼 우리 아버지가 1982년부터 편찮으셨다는 거예요?"

"응. 하지만 치료를 받고 회복이 되셨어. 그러고는 한동안 잘 지내셨지. 얼마 전까지는."

"당신이 우리 아버지 치료를 맡고 있나요?"

"아니. 하지만 우리 아버지가 돌아가시기 직전까지 너희 아버님의 주치의였지."

"요즘 들어 피곤해 보이세요. 아니, 기진맥진해 보이세요."

"화학요법 때문이야. 그게 사람 진을 빼거든."

"효과는 있고요?"

그녀는 침착하게 나를 바라본다. "모르겠다, 앙투안. 내가 치료를 맡은 게 아니라서."

"그럼 재발했다는 건 어떻게 알았어요?"

"얼마 전에 뵈었는데 알겠더라고."

그러니까 로랑스 다르델도 베송 박사처럼 한눈에 알아차린 것이다.

"아버지는 멜라니한테도 나한테도 아프다는 걸 숨겼어요. 고모는 알고 계시더라고요. 두 분이 말을 섞는 경우도 거의 없는데, 어떻게 알아내셨는지 모를 일이죠. 나는 심지어 무슨 암인지도 몰라요. 우리 둘 다 아는 게 아무것도 없어요. 아버지는 끝까지 말씀 안 하실 거예요."

그녀는 고개만 끄덕일 뿐 아무 말도 하지 않는다. 그러더니 남은 와인을 다 마시고 잔을 내려놓는다.

"그런데 여긴 어쩐 일이니? 내가 도울 일이라도 있는 거야?"

내가 뭐라고 대답을 하기도 전에 현관에서 찰칵 소리가 들리더니 건장하고 머리가 벗어진 남자가 들어온다. 어렴풋하게나마 남편의 얼굴이 생각난다. 로랑스가 내 소개를 한다.

"앙투안 레. 이게 얼마 만인가! 나이들수록 점점 아버지를 닮아가는구만."

나는 그런 소리가 정말 싫다. 그의 이름이 생각난다. 시릴. 그는 할머니의 죽음에 조의를 전하는 등 잠깐 이야기를 나눈 뒤에 다른 방으로 건너간다. 로랑스가 손목시계를 훔쳐보는 것이 내 눈에 들어온다.

"시간 많이 빼앗지 않을게요, 로랑스. 도움이 필요해서 왔어요." 나는 잠깐 하던 말을 멈춘다.

그녀는 기다리는 눈빛으로 나를 본다. 눈빛이 힘있고 유능해 보여 다부진 분위기를 풍긴다. 꼭 남자 같다.

"우리 어머니의 진료 기록을 찾아봐주었으면 해요."

"이유를 물어도 될까?"

"확인하게 싶은 게 있어서요. 예를 들면 사망증명서 같은 거요."

그녀가 눈을 가늘게 뜬다. "정확히 어떤 걸 알고 싶은데?"

나는 몸을 앞으로 숙이고 단호하게 말한다. "어머니가 정확히 어디서, 어떻게 돌아가셨는지 알고 싶어요."

그녀는 깜짝 놀란 표정을 짓는다. "꼭 알아야 하는 거니?"

그녀의 반응이 내 신경을 건드린다. 나는 불편한 심기를 드러낸다. "내가 알면 안 되나요?"

생각했던 것보다 훨씬 날카로운 목소리가 튀어나온다.

그녀는 나한테 찔리기라도 한 것처럼 펄쩍 뛴다.

"안 될 거야 없지, 앙투안, 화낼 필요는 없잖아."

"그럼 볼 수 있는 거죠?"

"찾아봐야지. 어디 있는지 확실치가 않거든. 시간이 좀 걸릴지도 몰라."

"시간이 좀 걸릴지도 모른다니요?"

그녀는 다시 손목시계를 들여다본다.

"아버지 서류가 여기 다 있긴 한데, 지금 당장은 찾아줄 시간이 없거든."

"그럼 언제쯤이면 시간이 될까요?"

이번에도 나도 모르게 고약한 말투가 튀어나오고, 우리 둘 사이에 긴장감이 고조된다. 놀랍게도 서로를 향한 적의가 느껴진다.

"최대한 빨리 찾아볼게. 찾으면 연락하고."

"알았어요." 나는 이렇게 말하고, 얼른 자리에서 일어난다.

그녀도 뾰족한 얼굴을 붉히며 자리에서 일어난다. 그녀가 나를 올려다보며 말문을 연다.

"너희 어머니가 돌아가셨을 때를 똑똑히 기억해. 너희 가족으로서는 힘겨운 시기였겠지. 나는 그때 스무 살 무렵이었고, 시릴을 만난 직후였고, 의과대학에서 공부를 하고 있었어. 아버지가 나한테 전화해 클라리스 레 부인이 동맥류파열로 돌아가셨다고 알려주었던 기억이 나. 가보니 벌써 숨이 끊겨 있었다고. 손쓸 방법이 없었다고."

"그래도 기록을 꼭 보고 싶어요." 나는 딱 잘라 말한다.

"과거를 되짚어봐야 좋을 것 하나도 없어. 너도 그걸 알 만한 나이잖니."

나는 아무 말도 하지 않는다. 주머니에 손을 넣어보니 명함이 잡힌다. 나는 그녀에게 명함을 건넨다.

"여기 내 연락처예요. 서류 찾는 대로 꼭 전화 부탁할게요."

나는 작별 인사도 하지 않은 채 화끈거리는 뺨을 달래며 황급히 발걸음을 옮긴다. 등뒤로 현관문을 닫고 나와, 종종걸음으로 조용히 계단을 내려간다. 건물 밖으로 채 다 나오기도 전에 담배에 불을 붙인다.

　분하기도 하고, 내가 모르는 게 무엇일지, 내가 알아차리지 못한 게 무엇일지 두렵기도 하지만, 차가운 어둠을 뚫고 차를 세워놓은 곳을 향해 달리는 동안 어머니와 가까워진 듯한 기분이 든다. 오랜 세월을 통틀어 그 어느 때보다 더 어머니와 가까워진 듯한 기분이다.

다음날 날이 거의 저물 무렵, 뤼비 에이전시에서 연락이 온다. 델핀이라는 매력적이고 유능한 직원이 말하길 자료를 넘겨주는 데 아무 문제가 없다고 한다. 삼십몇 년이 지난 사건인데도. 이제 내가 그들 사무실로 찾아가기만 하면 된다. 사무실로 찾아가 그 직원에게 신분증을 보여주고 서류에 서명만 하면 된다.

몽파르나스에서 오페라까지 가는 데 시간이 한참 걸린다. 나는 엄청난 교통체증에 발이 묶인 채 라디오를 듣고, 심호흡을 하고, 불안감으로 무너지지 않게 마음을 추스른다. 지난 몇 주 동안 계속 잠을 설쳤다. 밤마다 잠은 안 오고, 질문은 끝이 없다. 뭔지 모를 것에 눌려 자꾸 작아지는 듯한 기분이다. 멜라니에게 전화해 내가 알아낸 모든 것을 알려주고 싶은 마음이 굴뚝같지만 계속 참는다. 나 혼자 힘으로 전말을 파악하고 싶다. 유리한 고지를 점령하고 싶다. 뤼비 에이전시에서 받기로 한 일체의 자료. 우리 어머니와 관련된 다르델 박사의 진료 기록. 그걸 입수하고 나면 어떻게 해야 할지, 멜라니에게 어떤 식으로 알려야 할지 알 수 있을 것 같다.

델핀은 아이보리색과 주홍색으로 이루어진 근사한 대기실에서 나를 족히 십 분은 기다리게 한다. 배우자의 불륜을 의심하는 사람들이 불안감을 달래며 기다리는 곳이 여기일까? 늦은 시각이라 안에는 아무도 없다. 마침내 새빨간 옷을 입고 등장한 델핀이 여성스러운 분위기를 물씬 풍기며 따뜻한 미소를 환하게 지어 보인다. 요즘 사설탐정들은 콜럼보를 닮지 않은 모양이다.

내가 양도 계약서에 서명하고 신분증을 보여주자 그녀가 밀랍으로 두툼하게 봉한 큼지막한 베이지색 봉투를 건넨다. 보아하니 한참 동안 아무도 개봉한 적이 없는 듯하다. 까만색으로 크게 '레 REY'라고 타자가 찍혀 있다. 그 안에 우리 할머니에게 보낸 각종 서류의 원본이 들어 있다고 한다. 나는 차에 오르자마자 봉투를 열어보고 싶어 손이 근질거리지만 가까스로 참는다.

집으로 가서 커피를 끓이고 담배에 불을 붙이고 식탁에 앉는다. 그러고 나서 심호흡을 한다.

아직 늦지 않았다. 지금이라도 이 봉투를 어딘가로 치워버릴 수 있다. 지금이라도 봉투를 건드리지 않을 수 있다. 지금이라도 진실을 덮을 수 있다. 나는 낯익은 방안을 둘러본다. 보글거리며 끓는 주전자, 싱크대 위에 흩뿌려진 빵 부스러기, 마시다 만 우유가 들어 있는 컵. 집안이 조용한 것을 보니 뤼카는 분명 잠이 들었고, 마르고는 컴퓨터 앞에 앉아 있을 것이다. 나는 가만히 기다린다. 한참을 기다린다.

그러다 칼을 들고 봉투를 가른다. 봉인이 반으로 나뉘면서 떨어진다. 됐다.

가장 먼저 쏟아져나온 것은 〈보그〉와 〈주르 드 프랑스〉에서 오려낸 흑백의 잡지 기사들이다. 1967년, 1969년, 1971년, 1972년, 이런저런 칵테일파티, 사교계 행사, 경마 대회에 참석한 우리 부모님의 모습. 프랑수아 레 부부. 디오르, 자크 파트, 스키아파렐리를 입은 레 부인. 빌린 옷이었을까? 어머니가 이런 옷들을 입은 기억이 나지 않는다. 정말로 눈부시다. 풋풋하고 더없이 아름답다.

다른 기사들도 있다. 이번에는 〈르 몽드〉와 〈르 피가로〉 스크랩이다. 우리 아버지와, 1970년대 초반에 아버지를 일약 스타로 만든 발롱브뢰 사건을 다룬 기사들이다. 그보다 좀더 작은 기사 조각도 있다. 〈피가로〉의 인물동향란에 실린 나와 멜라니의 탄생 소식이다. 그리고 나서 큼지막한 마닐라 봉투가 나온다. 안에 흑백사진 세 장과 컬러사진 두 장이 들어 있다. 부옇고 선명하지 않은 클로즈업 사진. 하지만 어머니의 사진이라는 것을 한눈에 알아볼 수 있다. 키가 크고 머리는 백발에 가까운 금발이며 어머니보다 나이가 많아 보이는 여자가 옆에 있다. 석 장의 흑백사진은 파리의 길거리에서 찍은 것이다. 어머니가 그 여자를 올려다보며 웃고 있다. 손을 잡지는 않았지만 둘은 가까워 보인다. 가을 아니면 겨울이다. 둘 다 외투를 입고 있다. 두 장의 컬러사진은 어느 음식점이나 호텔 바에서 찍은 것이다. 둘이 한 테이블에 앉아 있다. 금발의 여자는 담배를 피우고 있다. 보라색 블라우스에 진주 목걸이를 하고 있다. 어머니는 눈을 내리깔고 입을 꾹 다물고 있어서 심각해 보인다. 어떤 사진에서는 이 여자가 어머니의 뺨을 쓰다듬고 있다.

나는 사진들을 한 장씩 조심스럽게 식탁에 늘어놓는다. 그러고는 한참 동안 들여다본다. 어머니와 이 이방인으로 이루어진 모자이크. 멜라니가 어머니의 객실에서 보았다는 그 여자일 것이다. 가스파르가 말한 그 미국인이다.

비아리스 에이전시에서 할머니에게 타이프로 쳐서 보낸 편지도 봉투 안에 들어 있다. 보낸 날짜는 1974년 1월 12일. 어머니가 돌아가시기 한 달 전이다.

레 부인께
부인의 지시사항과 쌍방 간의 계약에 의거하여 클라리스 레엘지예르 부인과 준 애시비 양과 관련해 요청하신 자료를 동봉합니다. 미국 국적의 애시비 양은 1925년에 위스콘신 주 밀워키에서 태어났고 뉴욕 시 웨스트 57번가에서 화랑을 운영합니다. 파리로 매달 출장을 오며, 1구의 피라미드 광장에 있는 레지나 호텔에 묵습니다.

애시비 양과 레 부인은 1973년 9월부터 12월까지 몇 주 동안, 애시비 양이 파리에 올 때마다 도합 5회 만났습니다. 매번 레 부인이 오후에 레지나 호텔로 찾아가 애시비 양의 객실로 곧장 올라가는 형식이었습니다. 12월 4일에는 부인이 저녁 이후에 찾아와 다음날 동틀 무렵에 나서기도 했습니다.

동봉하는 청구서를 참조해주시기 바랍니다.

비아리스 에이전시, 사설탐정 사무소

나는 준 애시비의 사진들을 꼼꼼히 뜯어본다. 매력이 넘치는 여자다. 눈동자는 검은색인 것 같은데, 사진이 선명하지 않아 확신할 수는 없다. 광대뼈는 높이 솟아 있고, 어깨는 수영선수처럼 떡 벌어졌다. "부치butch"*처럼 보이지는 않는다. 어딘지 모르게 매우 여성스러운 분위기마저 풍긴다. 길고 가는 팔다리, 목에 두른 구슬 목걸이, 달랑거리는 귀걸이. 할머니를 찾아왔을 때 그녀가 영어로 뭐라고 했을지 궁금하다. 가스파르의 표현에 따르면 아주 상스럽게 들렸다는데. 지금은 어디서 사는지, 우리 어머니를 기억하는지도 궁금하다.

나는 인기척을 느끼고 얼른 고개를 돌린다. 가운을 걸친 마르고가 바로 뒤에 서 있다. 머리를 묶어서 아스트리드와 닮아 보인다.

"이게 다 뭐예요, 아빠?"

---

* 레즈비언 중에서 남자 역할을 하는 쪽을 가리키는 단어.

처음에는 얼굴을 붉히며 사진들을 봉투 안에 쑤셔넣고 옛날 서류를 정리하는 중이었다고 둘러댈까 하는 마음이 든다. 하지만 나는 꼼짝하지 않는다.

　이제 와 거짓말을 할 수는 없다. 아무 말 없이 지나갈 수도 없다. 모르는 척할 수도 없다.

　"오늘 저녁에 받은 서류야."

　아이는 고개를 끄덕인다.

　"흑갈색 머리 여자요. 고모랑 진짜 닮았다…… 할머니예요?"

　"응. 우리 어머니셔. 금발은…… 할머니 친구고."

　마르고는 자리에 앉아 호기심 어린 눈빛으로 사진을 한 장씩 들여다본다.

　"이게 다 뭐예요?"

　거짓말은 금물이다. 침묵도 금물이다.

　"아빠의 할머니가 사설탐정을 동원해서 아빠의 어머니와 이 여자를 미행했대."

　마르고가 나를 멀뚱멀뚱 쳐다본다.

　"왜요?" 그러다 아이는 깨닫는다. 이제 겨우 열네 살인 것이다. "아." 아이가 얼굴을 붉히며 느릿느릿 말한다. "두 분이 애인 사이였구나, 그렇죠?"

　"응, 그랬대."

　잠깐 정적이 흐른다.

　"할머니가 이 여자랑 바람을 피운 거예요?"

　"응."

마르고는 생각에 잠긴 얼굴로 머리를 긁적인다. 그러다 나지막이 묻는다. "모두들 쉬쉬하는 우리 집안의 엄청난 비밀, 뭐 이런 건가요?"

"그런 것 같구나."

아이가 흑백사진을 한 장 집어든다.

"고모랑 얼굴이 정말 똑같다. 신기해요."

"그렇지?"

"할머니 친구라는 이분은 누구예요? 아빠도 만난 적 있어요?"

"미국인이야. 아주 오래전에 있었던 일이고. 만난 적이 있을지는 모르지만 기억은 안 나."

"이걸 가지고 뭘 어쩔 생각이에요, 아빠?"

"나도 모르겠어." 나는 솔직히 대답한다.

문득 바닷물이 헛바닥을 날름거리며 구아 대로를 덮어가는 모습이 눈앞에 떠오른다. 잠시 후 구조용 기둥들만 남아 저 아래 잠긴 대로의 존재를 알린다. 불안감이 나를 휩쓸고 지나간다.

"아빠, 괜찮아요?"

마르고가 내 팔을 가볍게 쓰다듬는다. 요즘 들어 없던 일이라 놀랍기도 하고 가슴 뭉클하기도 하다.

"괜찮아, 얘야. 고맙다. 이제 그만 자야지."

아이는 내가 입을 맞추어도 피하지 않는다. 잠시 후 아이가 사라진다.

이제 봉투 안에 남은 것은 구겼다가 편 얇은 종이 한 장뿐이다. 생피에르 호텔의 편지지다. 적힌 날짜는 1973년 8월 19일. 어머니

의 필체를 보고 머리를 한 대 얻어맞은 듯한 충격이 나를 강타한
다. 나는 쿵쾅거리는 심장을 달래며 처음 몇 줄을 읽는다.

　당신이 방금 객실을 나섰길래 평소에 늘 숨겨두던 곳이 아닌 문
밑으로 이 편지를 넣어요. 당신이 파리행 열차를 타고 떠나기 전
에 이 편지를 볼 수 있었으면 좋겠어요……

며칠 전 가스파르의 방에서 그랬던 것처럼 심장이 아프도록 쿵쾅거리지만 머리는 조금 맑아진 듯하다. 나는 컴퓨터 앞에 앉아 구글 검색창에 '준 애시비'를 입력한다. 맨 처음 뜨는 기사는 뉴욕 시 57번가에 있는, 그녀의 이름을 딴 화랑이다. 전문 분야는 근현대 여성 작가들의 작품이다. 그녀에 대한 자료를 찾아보지만, 홈페이지에는 나와 있지 않다.

나는 다시 구글 검색창으로 돌아가 스크롤을 내린다. 그리고 잠시 후 이런 기사를 발견한다.

준 헨리에타 애시비가 1989년 5월, 뉴욕 시 마운트시나이 병원에서 호흡부전증으로 사망했다. 향년 64세. 그녀가 1966년에 설립한 57번가의 유명한 화랑은 현대 유럽 여성 작가들의 작품을 미국의 예술 애호가들에게 소개하는 데 주력해왔다. 현재는 공동경영자인 도나 W. 로저스가 운영중이다. 애시비 양은 동성애자 인권운동가였고, 뉴욕 레즈비언 모임이자 시민단체인 '도터스 오브 호프'의 공동설립자이기도 하다.

준 애시비가 죽었다니 안타까움에 가슴이 찢어지는 것 같다. 어머니가 사랑했던 여자, 1972년 여름 어머니가 누아르무티에에서 만났던 여자를 나도 만나고 싶었는데. 어머니가 일 년 넘게 남몰래 사랑했던 그녀를. 어머니가 더불어 세상과 맞설 준비를 했었던, 함께 우리를 키우고 싶어했던 그녀를. 하지만 늦었다. 십구 년이나 늦었다.

나는 기사를 출력해 다른 서류들과 함께 봉투에 넣는다. 그런 다음 도나 W. 로저스와 '도터스 오브 호프'를 구글에서 찾아본다. 도나는 빈틈없어 보이는 인상에 적갈색 머리를 짧게 잘랐고 주름살이 많은 칠십대 여자다. 레즈비언 모임 홈페이지는 내용이 풍성하고 흥미진진하다. 나는 홈페이지를 둘러보며 집회, 콘서트, 모임에 관한 글들을 읽어본다. 요리 수업, 요가, 시 세미나, 정치 협의회 소개도 있다. 몇 년 전에 같이 일한 적 있는 동료 건축사 마틸드에게 홈페이지 주소를 보내준다. 그녀의 여자친구 밀레나는 라틴지구에서 근사한 술집을 하는데, 나도 자주 가는 곳이다. 마틸드는 이 늦은 시간에도 컴퓨터 앞에 있는지 바로 답장을 보낸다. 그 홈페이지 주소를 왜 보냈는지 궁금해한다. 나는 이 단체의 공동설립자가 어머니의 애인이었다고 설명한다. 잠시 후 내 휴대전화가 울린다. 마틸드다.

"이런! 당신 어머니가 레즈비언이었는지 몰랐어." 그녀가 말한다.

"나도 몰랐어."

잠깐 정적이 흐르지만, 어색한 정적은 아니다.

"언제 알게 됐어?"

"얼마 전에."

"기분이 어때?"

"솔직히 말해서 묘해."

"어머니도 당신이 눈치챘다는 걸 아셔? 어머니한테 직접 들은 거야?"

나는 한숨을 쉰다. "우리 어머니는 1974년에 돌아가셨어, 마틸드. 내가 열 살 때."

"아, 미안." 그녀가 얼른 말한다. "내가 실수했네."

"괜찮아."

"어머니가 레즈비언이었다는 거…… 아버지도 아셨을까?"

"나도 모르겠어. 아버지가 어디까지 알고 계신지."

"바에서 술 한잔 하면서 같이 얘기 좀 할래?"

그럴까, 하는 마음이 든다. 마틸드는 만나면 재미있는 친구고, 그녀의 여자친구가 하는 바는 즐겁게 시간을 보낼 수 있는 곳이다. 하지만 오늘밤은 너무 피곤하다. 내가 그렇게 말하자 그녀는 조만간 들르겠다는 다짐을 받아야겠다고 한다. 나는 약속한다.

늦게 침대 속으로 들어가 앙젤에게 전화를 건다. 음성사서함으로 넘어간다. 메시지는 남기지 않는다. 집으로 전화를 해본다. 응답이 없다. 짜증을 내지 않으려고 마음을 다잡지만 짜증이 난다.

그녀가 다른 남자들을 만나는 거야 나도 아는 사실이다. 대놓고 만나지는 않지만. 만나지 말라고 하고 싶다. 나는 조만간 말을 하기로 마음먹는다. 하지만 그녀가 뭐라고 할까? 우리는 결혼한 사이가 아니라고? 자기는 일편단심이라는 단어에 알레르기가 있다고? 자기는 클리송에, 나는 파리에 사는데, 이 상황을 어떻게 해결할 수 있겠느냐고? 다 좋은데, 어떻게 해결할 수 있겠느냐고? 그녀가 파리로 올라올 가능성은 전무하다. 그녀는 지저분하고 시끄러운 파리를 질색한다. 그렇다면 그 작은 마을에 처박힌 내 모습은 상상이 되는가. 그리고 그녀가 얼마 전에 아스트리드와 잤는데 왜 말을 안 했느냐고 내게 물어볼 가능성도 있다. 아마 그녀도 눈치챘을 테니까.

쓸쓸한 마음으로 텅 빈 침대에 누워 앙젤을 그리워하는 동안 수많은 질문들이 내 머릿속에서 소용돌이친다. 빈틈없고 빠르게 돌아가는 그녀의 머리가 그립다. 그녀의 몸과 체취가 그립다. 나는 눈을 감고 그녀를 떠올리며 얼른 절정의 순간을 만끽한다. 해방감 비슷한 무언가가 느껴지기는 하지만, 기분이 좋아지지는 않는다. 그 어느 때보다 외롭다. 나는 일어나 컴컴한 정적 속에서 담배에 불을 붙인다.

준 애시비의 섬세한 이목구비가 떠오른다. 노여움과 슬픔이 깃든 얼굴로 자신만만하고 위협적인 분위기를 풍기며 레 집안의 초인종을 누르는 그녀의 모습이 그려진다. 정면으로 마주한 그녀와 블랑슈 할머니. 파리 16구에서 구현된 신대륙과 구舊유럽의 충돌.

어쩌다 클라리스가 죽었는지 당장 말해.

나는 그녀의 목소리를 들은 적이 없고 앞으로도 들을 일이 없겠지만, 낮고 힘찬 목소리가, 세련된 프랑스어에 밴 강한 미국 억양이 오늘밤 내 귓가에 들리는 듯하다. 그녀가 미국식으로 마지막 음절에 힘을 싣고 r 발음을 굴려가며 '클라리스'라는 이름을 부르는 소리가 들리는 듯하다.

  어쩌다 클라리스가 죽었는지 당장 말해.

  마침내 잠이 들었을 때, 바닷물이 구아 대로를 덮어버리는 불길한 광경이 자꾸만 내 꿈속을 어지럽힌다.

끝났다. 할머니가 트로카데로 공동묘지에 있는 레 집안의 묘지에 묻혔다. 몇 안 되는 사람들이 놀랍도록 파란 하늘을 머리에 이고 묘 옆에 서 있다. 우리 아이들, 아스트리드, 멜라니, 솔랑주 고모, 레진, 조제핀, 절친한 친구들, 충직한 집안의 일손들 그리고 지팡이에 힘없이 몸을 기댄 난생처음 보는 모습의 아버지. 아버지는 병세가 점점 더 심각해지고 있음을 한눈에 알 수 있을 정도다. 피부가 환자처럼 누렇고 밀랍처럼 뻣뻣하다. 머리도 거의 다 빠졌고, 심지어 속눈썹과 눈썹마저 그렇다. 멜라니가 아버지 곁에 꼭 붙어서서 팔짱을 끼고, 아이를 달래는 엄마처럼 따뜻한 눈빛으로 바라보고 있다. 아직 만나보지는 못했지만 동생에게는 에릭이라는, 직업이 기자인 젊은 남자친구가 생겼는데, 그럼에도 그녀는 아버지와 아버지의 건강에 온 신경을 집중하는 것처럼 보인다. 춥고 어두컴컴한 교회에서 장례식을 치를 때에도 멜라니는 줄곧 아버지의 어깨에 손을 얹고 있었다. 얼마나 걱정스러워하는지, 얼마나 안쓰러워하는지 눈에 보일 정도다. 나는 왜 아버지를 안쓰러워하지 않는 걸까? 나는 왜 금방이라도 쓰러질 듯한 아버지를 보며 측은하다는 생각만 드는 걸까? 무덤 옆에 서 있는 내 머릿속을 떠다니는 사람은 아버지가 아니다. 할머니도 아니다. 내가 딛고 서 있는 땅속 몇 미터 아래 묻혀 있는 어머니다. 준 애시비는 어머니의 묘지를 찾아온 적이 있을까? 지금 내가 서 있는 이 자리에 서서 클라리스라는 이름이 새겨진 묘비를 내려다본 적이 있을까? 만약 그랬다면 지금의 나와 똑같은 궁금증들로 괴로워했을까?

우리는 장례를 마친 뒤 앙리마르탱 가에 모여 할머니를 기리는 자리를 마련한다. 솔랑주 고모의 친구들도 몇 명 참석한다. 할머니가 세상을 떠난 날 밤에 조문을 왔던, 우아하고 부유한 친구들이다. 고모가 이날 특별히 개방한 큰 응접실로 조화를 옮기는 것을 도와달라고 한다. 가스파르와 하인 몇 명이 맛있는 뷔페를 차려놓았는데, 볼을 빨갛게 칠한 레진이 샴페인을 들이켜고 있다. 조제핀은 혈색 좋고 느물느물한 남자와 수다를 떠느라 정신이 없다. 오늘 하루종일 말이 없던 아버지는 멜라니와 함께 한쪽 구석에 앉아 있다.

나만 고모를 도와 아버지의 집무실에 들어가서 초인종이 울릴 때마다 쏟아져들어오는, 머리가 아프도록 단내를 풍기는 백합들을 꽂을 만한 꽃병을 찾는다. 나는 꽃을 꽂느라 정신없는 고모에게 불쑥 묻는다.

"혹시 준 애시비라는 여자, 기억하세요?" 나는 거두절미하고 묻는다.

공들여 화장을 한 고모의 얼굴은 일말의 변화도 없다.

"잘 모르겠는데?" 고모가 중얼거린다.

"미국 여자예요. 금발이고, 키가 크고, 뉴욕에서 화랑을 운영하고요."

"듣고 보니 알 것 같기도 하고."

나는 손가락마다 반지를 끼고 진홍색 매니큐어를 칠한 고모의 통통한 손이 하얀 꽃잎 위를 왔다갔다하는 모습을 바라본다. 고모는 절대 미인이라고 할 수 없었다. 어머니처럼 예쁜 올케 옆에서 지내기가 쉽지 않았을 것이다.

"준 애시비도 누아르무티에 생피에르 호텔에 몇 번 묵었거든요. 우리하고 같은 시기에."

"그래?"

"그 여자가 우리 어머니랑 가깝게 지냈던 거, 혹시 기억하세요?"

마침내 고모가 고개를 들어 나를 본다. 갈색 눈동자에 따스한 기미라고는 전혀 없다.

"아니. 모르겠는데?"

웨이터 한 명이 유리잔이 담긴 쟁반을 들고 들어온다. 나는 그가 나갈 때까지 기다린다.

"그 여자하고 우리 어머니에 대해 기억나는 게 아무것도 없어요?"

또다시 싸늘한 눈빛.

"응. 그 여자하고 너희 어머니에 대해 생각나는 게 아무것도 없구나."

거짓말을 하고 있는 거라면 대단한 솜씨다. 내 눈을 똑바로 보는 시선이 조금도 흔들리지 않는다. 머리끝에서부터 발끝까지 차분하고 침착하다. 그런 채로 내게 분명한 메시지를 전하고 있다. "더 이상의 질문은 사절"이라고.

고모가 허리를 꼿꼿하게 펴더니 백합을 들고 나간다. 큰 응접실로 돌아가보니 모르는 사람들로 가득하다. 나는 예의바르게 접대한다.

검은색 옷 때문에 실제보다 나이들어 보이는 로랑스 다르델이 가만히 갈색 봉투를 건넨다. 진료 기록이다. 나는 고맙다고 인사하고 봉투를 외투 옆에 놓아둔다. 어서 빨리 열어보고 싶다. 저멀리서 나를 좇는 멜라니의 시선이 느껴지자 죄책감이 가슴을 찌른다. 조만간 전부 다 알려줘야지. 나는 속으로 중얼거린다. 준 애시비와, 할머니와 그녀의 충돌과 탐정 사무소의 보고서에 대해.

아스트리드도 나를 쳐다보고 있다. 내가 안절부절못하는 모습에 어리둥절한 것이다. 그녀는 장례를 치르는 동안 폴린에 얽힌 아픈 추억들이 생생하게 되살아나 우울해진 마르고를 달래느라 여념이 없다.

아르노가 내 옆으로 다가와 선다. 증조할머니의 장례식에 참석하느라 기숙학교에서 나온 참이다. 머리는 전보다 짧고 단정하고, 면도도 말끔하게 했다.

"아빠."

녀석이 내 어깨를 토닥이더니 음료수와 프티 푸르* 들이 놓인 테

---

* 커피나 차와 함께 내놓는 작은 케이크나 쿠키.

이블로 가서 과일 음료를 따른다. 아주 기본적인 대화 말고는 한참 동안 서로 말을 하지 않던 우리 관계는 요즘 들어 일종의 소강상태로 접어들었다. 시간관념이 철저하고 청결을 강조하며 격렬한 스포츠가 필수 과목인 기숙학교가 아르노에게 긍정적인 영향을 미친 걸까? 아스트리드도 나와 비슷한 생각이다.

녀석이 내 쪽으로 고개를 기울이고 낮은 목소리로 말한다. "그 사진들 말이에요. 마르고한테 들었어요."

"우리 어머니 사진 말이냐?"

"네. 마르고가 알려줬어요. 사설탐정이 보낸 편지랑 전부 다요. 엄청나던데요."

"너는 마음이 어떠니?"

녀석은 빙긋 웃는다. "할머니가 게이였다는 거요?"

나도 덩달아 웃고 만다.

"멋지다는 생각도 들어요. 할아버지 입장에서는 안 그랬겠지만."

"그렇겠지."

"남자의 자존심에 상처죠. 아내가 여자를 더 좋아한다고 하면 말이에요."

열여섯 살의 소견치고는 어른스럽고 적절하다. 만약 아스트리드가 여자와 바람을 피웠다면 나는 어떤 반응을 보였을까? 남자에게 그보다 더한 모욕은 없지 않을까? 이보다 더 치욕적인 불륜이 어디 있을까? 남자의 기를 그보다 더 확실하게 꺾는 방법이 어디 있을까? 하지만 세르주와, 아스트리드의 카메라에 찍힌 그의 털북숭이 엉덩이를 생각하면 내 입장에서는 그보다 더한 치욕이 없다.

"세르주는 어떻게 지내니?" 나는 아스트리드한테 들리지 않게 멀찌감치 거리를 두고 묻는다.

아르노는 초콜릿 에클레어를 통째로 꿀꺽 삼킨다.

"여행을 많이 다녀요."

"너희 엄마는? 엄마는 어떻게 지내고?"

아르노는 우적거리며 나를 물끄러미 본다. "몰라요, 직접 물어 보세요. 안 그래도 지금 우리 쪽을 보고 계신데."

내가 샴페인을 따르자 가스파르가 달려와 거든다.

"앙젤은 언제 다시 만나요?" 아르노가 묻는다.

혀끝에 와 닿는 차가운 샴페인이 보글보글 기포를 터뜨린다.

"몇 주 뒤에." 나는 "보고 싶어 죽겠다"는 말이 튀어나오려는 것을 참는다.

"앙젤은 아이가 있어요?"

"아니. 조카만 몇 명 있는데 너희랑 나이가 비슷할걸?"

"아버지가 낭트로 내려갈 거예요?"

"응. 앙젤이 파리로 오는 걸 별로 안 좋아하거든."

"아쉽다."

"왜?"

녀석은 얼굴을 붉힌다. "멋지잖아요."

나는 웃음을 터뜨리고, 녀석이 어렸을 때 그랬던 것처럼 머리를 헝클어뜨린다.

"맞아. 멋진 여자지."

째깍째깍 시간이 흐른다. 아르노는 학교와 새로 사귄 친구들에 대해 이야기한다. 나는 고개를 끄덕이며 열심히 듣는다. 이윽고 아스트리드가 우리 쪽으로 건너와 말을 건넨다. 잠시 후 아르노가 먹을거리를 더 가지러 자리를 비우자 우리 둘만 남는다. 그녀는 전보다 행복해 보인다. 세르주와 새 출발을 한 모양이다. 다행이다. 나는 다행이라고 말한다. 그녀는 앙젤에 대해 알고 싶어한다. 궁금해한다. 아이들한테 귀가 따가울 정도로 이야기를 많이 들었다고. 그러면서 말라코프에서 언제 한번 저녁을 같이 먹자고 한다. 좋지, 나는 대답한다. 그런데 앙젤이 파리에 잘 오질 않아. 사랑하는 방데를 고집하거든.

헤어진 아내와 오랜만에 이렇게 즐거운 대화를 나누고 있는데, 문득 어머니의 진료 기록을 지금 당장 들여다보지 않고는 못 견딜 것 같은 마음이 든다. 집에 갈 때까지 기다릴 수가 없다.

나는 뒷걸음질을 치며 화장실 좀 다녀오겠다고 몇 마디를 중얼거리고 슬그머니 봉투를 집어 재킷 밑에 넣은 다음 긴 복도를 지나 널찍한 화장실로 달려간다. 안으로 들어가 문을 잠그고 허겁지겁 봉투를 연다. 로랑스 다르델의 쪽지가 들어 있다.

앙투안, 너희 어머니의 진료 기록을 동봉한다. 보면 알겠지만 복사본이야. 하지만 빠뜨린 건 없어. 우리 아버지가 남긴 쪽지까지. 이 자료가 너에게 도움이 될 리 없겠지만, 클라리스 레의 아들로서 읽을 권리가 있다고 생각한다. 더 궁금한 게 있으면 언제든지 다시 찾아와도 좋아. LD.

"재수 없는 년." 나는 큰 소리로 중얼거린다. "옛날부터 밥맛이 었어."

첫번째 서류는 사망증명서다. 나는 좀더 잘 볼 수 있게 불을 켜고 차분히 들여다본다. 어머니가 돌아가신 곳은 정말로 앙리마르탱 가였다. 클레베르 가가 아니었다. "사인: 동맥류파열." 뜻밖의 생각이 떠오른다. "잠깐……" 나는 혼잣말처럼 중얼거린다. "잠깐……" 1974년 2월 12일…… 우리는 오후에 오페어와 함께 하교를 했고…… 집에 도착하자마자 클라리스가 갑자기 세상을 떠나서 시신이 병원에 안치되었다는 소식을 아버지에게 전해 들었는데…… 나는 어머니가 어디에서 죽었는지 묻지 않았다. 당연히 클레베르 가에서 죽었을 거라고 생각했다. 그래서 묻지 않았다. 멜라니도 그랬고.

내 짐작이 맞을 것이다. 멜라니와 나는 묻지 않았기 때문에 듣지 못했던 것이다. 우리는 워낙 어렸다. 그리고 충격을 받았다. 동맥류가 어떤 병인지, 뇌혈관이 어떤 식으로 터진다는 건지, 클라리스가 어떻게 순식간에 눈 깜짝할 새 아무 고통 없이 죽었는지 아버지한테 설명을 들은 기억이 똑똑히 나지만, 어머니의 죽음에 대해 아버지가 한 이야기는 그게 전부였다. 가스파르가 말실수를 하지 않았더라면 우리는 여태껏 어머니가 클레베르 가에서 돌아가신 줄 알고 있었을 것이다.

나는 서류를 뒤적이다 문고리가 덜거덕거리는 소리에 놀란다.

"잠시만요!" 나는 황급히 외치며 서류를 접어 재킷 밑으로 쑤셔넣는다. 그런 다음 변기 물을 내리고, 물을 틀어 손을 씻는다. 문을 열어보니 멜라니가 주먹을 허리춤에 얹고 서 있다.

"뭐 하고 있었어?" 그녀가 화장실 안을 훑어본다.

"그냥 생각하고 있었어. 이런저런 생각." 나는 열심히 손을 닦으며 대답한다.

"나한테 숨기는 거 있어?"

"그럴 리가. 요즘 뭘 좀 알아보고 있어. 우리 둘을 대신해서. 여러 자료들을 짜맞추는 중이야."

멜라니가 화장실 안으로 들어와 조용히 문을 닫는다. 새삼 얼마나 어머니를 닮았는지 느껴진다.

"있잖아, 오빠. 아버지가 편찮으시대."

나는 멜라니를 빤히 본다. "아버지한테 들었어? 암인 거?"

그녀는 고개를 끄덕인다.

"응. 아버지가 얘기하더라. 얼마 전에."

"너, 나한테는 아무 말도 안 했잖아."

"아버지가 말하지 말아달라고 했거든."

나는 어안이 벙벙한 표정으로 입을 벌리고 멜라니를 본다. 그러다 치밀어오르는 분노를 참지 못하고 수건을 바닥에 내동댕이친다.

"말도 안 돼. 나는 아버지 아들이라고."

"오빠 기분이 어떨지 나도 알아. 하지만 아버지는 오빠한테 얘기를 할 수가 없는 거야. 어떤 식으로 얘기를 꺼내면 좋을지 알 수 없어서. 그 방면에 재주가 없는 건 오빠도 마찬가지잖아."

나는 벽에 기대고 팔짱을 낀다. 속이 점점 부글부글 끓어오른다. 나는 숨을 거칠게 몰아쉬며 그녀가 말을 이을 때까지 기다린다.

"아버지한테 남은 시간이 얼마 없어, 오빠. 위암이래. 내가 주치의한테 물어봤거든. 예후가 좋지 않아."

"멜라니, 지금 나한테 무슨 말을 하고 싶은 거야?"

멜라니는 세면기로 다가가 수도꼭지를 틀고 흐르는 물에 손을 갖다댄다. 짙은 회색 모직 원피스에 까만 스타킹, 굽이 낮고 금색 버클이 달린 까만 에나멜 구두를 신고 있다. 희끗희끗한 머리는 까만색 벨벳 리본으로 한데 묶었다. 멜라니가 허리를 숙여 수건을 집고 손을 닦는다.

"오빠가 출정에 나선 거 나도 알아."

"출정에 나섰다고?" 나는 되묻는다.

"오빠가 무슨 짓을 벌이고 있는지 안다고. 로랑스 다르델한테 어머니의 진료 기록을 달라고 한 것도 알고 있고."

말투가 너무 심각해서 나도 모르게 입을 다문다.

"가스파르한테 서류 받은 것도 알아. 그에게 들었거든. 오빠가 어쩌면 금발 여자의 정체를 파악했을지 모른다는 것도 알아. 그리고 조금 전에 고모한테 물어보는 것도 들었어."

"멜라니, 잠깐만……" 나는 불쑥 내뱉는다. 내가 그렇게 중요한 사실들을 숨기고 있었다고 오해할지도 모른다고 생각하니 얼굴이 화끈거린다. "너한테 다 얘기할 작정이었어. 나는……"

멜라니가 가느다랗고 하얀 손을 들어 보인다.

"내 얘기부터 들어봐."

"알았어." 나는 기가 꺾인 채 어색하게 미소를 짓는다. "열심히 듣고 있어."

하지만 멜라니는 미소로 화답하지 않는다. 몸을 앞으로 숙이고 초록색 두 눈을 내 앞에 들이댄다.

"오빠가 어떤 사실을 밝혀내든 나는 알고 싶지 않아."

"뭐라고?" 나는 나지막이 묻는다.

"못 들었어? 알고 싶지 않다고."

"왜? 나는 네가 알고 싶어하는 줄 알았는데. 생각 안 나? 어쩌다 사고가 났는지 기억이 났던 날, 네가 그랬잖아. 진실의 고통을 맞닥뜨릴 자신이 생겼다고."

멜라니는 아무 대답 없이 문을 열고, 나는 그녀가 이대로 아무 말 없이 나가버리려는 건가 덜컥 겁이 난다. 하지만 멜라니는 고개를 돌리고 나를 다시 한번 마주본다. 두 눈이 너무 슬퍼 보여 꼭 안아주고 싶다.

"생각이 바뀌었어. 그럴 자신이 없더라고. 그리고 오빠가 뭘 알아내든, 그게 뭐가 됐든 아버지한테는 알리지 마. 절대 얘기하지 마."

목소리가 갈라지고, 그녀는 고개를 숙인 채 달려나간다. 나는 꼼짝도 할 수가 없어서 그 자리에 붙박인 채로 서 있기만 한다. 오빠와 동생인데, 우리는 어쩌면 이렇게 다를까? 어째서 멜라니는 진실을 두고 침묵을 선택하는 걸까? 모르는 채로 어떻게 살겠다고? 진실을 외면한 채로 어떻게 살겠다고? 아버지를 그렇게까지 보호하려는 이유가 뭘까?

당혹스러운 마음에 문틀에 어깨를 대고 그대로 서 있는데, 기다란 복도 저 끝에 딸아이의 모습이 나타난다.

"아빠." 아이가 나를 부른다. 그러더니 잠시 후 내 표정을 알아차린다. "일진이 안 좋은 날인가봐요."

나는 고개를 끄덕인다.

"나도 그런데." 아이가 말한다.

"피차일반이네?"

놀랍게도 아이가 나를 꼭 안아준다. 나도 아이를 끌어안고 정수리에 입을 맞춘다.

나중에, 한참 시간이 흘러서 집으로 돌아온 다음에야 퍼뜩 생각이 난다.

어머니가 애시비에게 보낸 쪽지가 내 수중에 있다. 나는 그 쪽지를 수십번째 읽다 말고 준 애시비의 부고 기사 쪽으로 흘끗 시선을 돌린다. 공동 경영자 이름이 도나 W. 로저스라고 되어 있다. 내가 뭘 원하는지 나는 알고 있다. 그것도 아주 분명하게. 나는 준 애시비의 화랑 홈페이지에서 전화번호를 알아낸다. 그러고는 손목시계를 확인한다.

뉴욕은 지금 오후 다섯시다. 저질러봐. 작은 속삭임이 들린다. 무작정 저질러봐. 밑져야 본전이잖아. 그 여자가 화랑을 그만두었을 수도 있고, 네 어머니에 대해 아무것도 기억 못할 수도 있고, 심지어 전화를 안 받을 수도 있어. 하지만 그래도 저질러봐.

신호음이 두세 번 울렸을 때 한 남자가 쾌활한 목소리로 전화를 받는다. "준 애시비 갤러리입니다. 무엇을 도와드릴까요?"

영어 실력이 녹슨 기분이다. 영어를 쓰는 게 몇 개월 만에 처음이다. 나는 더듬더듬 도나 로저스 부인을 찾는다.

"성함이 어떻게 되시죠?" 남자가 붙임성 있게 묻는다.

"앙투안 레라고 합니다. 프랑스 파리에서 전화를 하는 거고요."

"무슨 일인지 여쭈어봐도 될까요?"

"로저스 부인께 지극히, 지극히 사적인 일이라고 전해주십시오."

어찌나 심한 프랑스 억양이 튀어나오는지 부끄러울 지경이다. 남자는 기다리라고 한다.

잠시 후 딱 부러지는 여자의 목소리가 들린다. 도나 로저스인 게 분명하다. 나는 잠깐 동안 말문이 막혀 있다가 불쑥 터뜨린다. "저기, 안녕하세요…… 저는 앙투안 레라고 합니다. 파리에서 전화를 드리는 거고요."

"네. 저희 고객이신가요?"

"아, 아닙니다." 나는 우물쭈물 대답한다. "고객은 아닙니다. 다른 문제로 연락드렸습니다. 그러니까…… 저희 어머니에 대해서 여쭤보고 싶어서……"

"어머니요?" 그녀는 되묻고 나서 잠시 후 깍듯하게 묻는다. "죄송하지만 성함이 어떻게 된다고 하셨죠?"

"레입니다. 앙투안 레요."

정적이 흐른다.

"레. 그렇다면 어머니 성함이……"

"클라리스 레입니다."

한참 동안 말이 없어 전화가 끊긴 걸까 의문이 든다.

"여보세요?" 나는 조심스럽게 묻는다.

"네, 듣고 있어요. 그러니까 클라리스의 아드님이로군요."

묻는 게 아니라 아예 못을 박는 투다.

"네, 맞습니다."

"잠깐만 기다려줄 수 있겠어요?"

"물론입니다."

웅얼웅얼하는 말소리, 부스럭거리는 소리, 뭔가 바스러지는 것 같은 소리가 들린다. 잠시 후 남자가 말한다. "끊지 마세요. 관장님 사무실로 연결해드릴게요."

마침내 그녀가 다시 전화를 받는다. "앙투안 레라고 했죠?"

"네."

"지금쯤이면 사십대가 되었겠군요."

"마흔네 살입니다."

"그렇군요."

"저희 어머니를 아십니까?"

"만난 적은 없어요."

나는 그녀의 대답에 어리둥절해지지만, 영어 실력이 달려 얼른 대꾸하지 못한다.

그녀가 말을 잇는다. "준한테 얘기는 많이 들었어요."

"그분이 뭐라고 하셨죠? 뭐라고 하셨는지 말씀해주세요."

그녀는 한동안 말이 없다. 그러다 마침내 말문을 열었는데, 목소리가 너무 나직해 귀를 쫑긋 세워야 뭐라고 하는지 겨우 알아들을 수 있을 정도다. "앙투안 씨의 어머니는 준이 평생 사랑한 단 한 사람이었어요."

회색과 갈색으로 칙칙하게 뭉뚱그려진 시골 풍경이 내 옆으로 지나간다. 열차가 달리는 속도가 워낙 빨라서 빗방울이 차창에 붙어 있질 못하지만 비가 내리고 있다. 지난주 내내 날이 습했다. 추적추적해서 늦겨울 날씨로는 최악이었다. 눈부신 지중해가 그립다. 파랗고 하얀 그곳, 이글거리는 태양. 아, 지금 여기가 이탈리아라면, 몇 년 전에 아스트리드와 함께 갔던 아말피 해변이라면 얼마나 좋을까. 보송보송한 분냄새 같은 소나무 향이 울퉁불퉁한 만 위를 감돌고, 햇볕에 따스해진 짭짤한 바람이 내 얼굴을 때리던 그곳.

낭트행 초고속 열차는 만원이다. 금요일 오후답다. 내가 탄 칸은 다들 책이나 잡지를 읽고, 노트북으로 작업을 하고, 이어폰을 끼고 음악을 듣는 등 학구적인 분위기다. 내 맞은편에 앉은 젊은 아가씨는 검은색 몰스킨 노트에 무언가를 열심히 끼적이고 있다. 나도 모르게 자꾸 그쪽으로 시선이 향한다. 정말 매력적인 여자다. 완벽한 계란형 얼굴, 윤기가 흐르는 밤색 머리칼, 과일같이 탐스러운 입술. 손도 기품이 넘친다. 손가락은 길고 가늘고, 손목은 우아하다. 그녀는 나를 한 번도 올려다보지 않는다. 이따금 창밖으로 시선을 던질 때만 그녀의 눈동자가 무슨 색인지 훔쳐볼 수 있다. 아말피의 바다를 닮은 파란색이다. 그녀의 옆자리에는 까만 옷을 입은 뚱뚱한 남자가 앉아 있는데, 스마트폰을 들여다보느라 정신이 없다. 내 옆에서는 일흔 살의 할머니가 손바닥만한 시집을 읽고 있다. 부스스하고 숱 많은 은발, 매부리코, 이를 다 드러내며 짓는 미소, 커다란 손과 발. 놀라울 정도로 전형적인 영국인이다.

파리에서 낭트까지는 두 시간도 걸리지 않지만, 나는 지금 굼벵이처럼 느릿느릿 흘러가는 것 같은 이 시간이 어서 지나가길 기다리고 있다. 1월 내 생일파티 때 찾아와준 이후로 앙젤을 만나지 못했다. 그녀를 향한 내 갈망은 그 바닥을 알 수 없을 듯하다. 옆자리 노부인이 자리에서 일어나더니 식당칸에서 차와 크래커를 사가지고 온다. 그녀가 나를 향해 다정한 미소를 지어 보이고, 나도 미소로 화답한다. 예쁘장한 아가씨는 계속 무언가를 끼적이고, 까만 옷을 입은 남자는 드디어 스마트폰을 내려놓고 하품을 하며 심드렁하게 이마를 문지른다.

나는 지난달에 있었던 일들을 떠올린다. 할머니의 장례를 치르고 멜라니가 전한 뜻밖의 경고. 오빠가 어떤 사실을 밝혀내든 나는 알고 싶지 않아. 내가 준 애시비 얘기를 꺼냈을 때 적의를 드러냈던 솔랑주 고모. 그 여자하고 너희 어머니에 대해 생각나는 게 아무것도 없구나. 그리고 울먹이던 도나 로저스의 목소리. 앙투안 씨의 어머니는 준이 평생 사랑한 단 한 사람이었어요. 그날 통화를 하면서 그녀는 내 집주소를 물었다. 준의 유품 중 내 마음에 들 만한 몇 가지를 챙겨 보내겠다고 했다.

그로부터 몇 주 뒤 소포가 도착했다. 편지 묶음, 사진 몇 장, 슈 퍼8 필름 한 릴이 들어 있었다. 그리고 도나 로저스가 보낸 카드도.

앙투안 씨에게

준이 죽는 날까지 소중하게 간직했던 유품이에요. 이 물건들 이 당신에게로 건너간 걸 알면 그 친구도 행복해할 거예요. 필름 에 무엇이 찍혀 있는지는 나도 몰라요. 그 친구가 절대 가르쳐주 지 않았거든요. 당신이 직접 확인해보면 어떨까요?

행운을 빌며,

도나 W. 로저스

나는 희미하게 떨리는 손으로 편지를 펴서 읽어내려가다가 언뜻 멜라니를 떠올렸고, 아무도 없는 내 방에 둘이 나란히 앉아 어머니 가 남긴 소중한 흔적을 함께 확인하고 있다면 얼마나 좋을까 하는 생각을 했다. "1973년 7월 28일. 누아르무티에 생피에르 호텔"이 라고 적혀 있었다.

오늘밤에는 부둣가에서 기다렸는데 당신이 오지 않았어요. 날 이 점점 쌀쌀해져서 잠깐 기다리다가 오늘은 빠져나오지 못했나 보다고 생각하고 그냥 돌아왔어요. 저녁식사 후 식구들한테 바닷가를 조금 걷다 오겠다고 하고 나온 길이었는데 내 말을 믿어주었을지 모르겠어요. 어머님은 항상 뭔가를 아는 듯한 눈빛으로 나를 바라보세요. 하지만 아무도 모를 거예요. 아무도 몰라요.

눈물이 고여서 더는 읽을 수가 없었다. 상관없다. 나중에 읽으면 되니까. 내가 좀더 강해졌다 싶을 때. 나는 편지들을 다시 접어서 잘 보관했다. 사진들은 전문 작가가 준 애시비를 촬영한 흑백사진이었다. 그녀는 미인 축에 속했다. 또렷한 이목구비가 눈길을 끌었고 눈빛이 강렬했다. 사진 뒷면에 어머니의 동글동글하고 어린아이 같은 글씨가 적혀 있었다. "내 소중한 사랑." 어머니가, 내가 한 번도 본 적 없는 파란색과 초록색이 어우러진 이브닝드레스를 입고 어디인지 모를 방안의 전신거울 앞에 서 있는 컬러사진도 있었다. 어머니는 거울에 비친 사진사를 보며 웃고 있는데, 사진을 찍고 있는 사람은 아마도 준인 듯했다. 다음 사진에서도 어머니의 포즈는 똑같지만 실오라기 하나 걸치지 않은 알몸이었다. 파란색 초록색 드레스는 구겨진 채 발치에 놓여 있었다. 얼굴이 점점 벌게지는 것을 느끼며 나는 한 번도 본 적 없는 어머니의 알몸에서 얼른 시선을 돌렸다. 내가 관음증 환자라도 된 듯한 기분이었다. 다른 사진들은 보고 싶지 않았다. 사진들은 어머니의 불륜을 적나라하게 드러내 보이고 있었다. 준 애시비가 남자였다면 기분이 달랐을까? 나는 골똘히 생각에 잠겼다. 답은 '그렇지 않다'였다. 적어도 내 입장에서는 마찬가지였다. 멜라니의 입장에서는 어머니의 불륜 상대가 레즈비언이었기 때문에 더 받아들이기 힘든 걸까? 아버지도 그랬을까? 멜라니가 알고 싶지 않다고 한 것도 그 때문일까? 동생이 옆에 없는 것이, 그 사진들을 보지 않은 것이 다행이었다. 그다음 차례로 조그만 슈퍼 8 필름 릴을 집었다. 과연 나는 이 안에 뭐가 담겨 있는지 알고 싶을까? 견딜 수 없을 정도로 사적인 내용이라면? 본 걸 후회하게 되면? 내용물을 보려면 필름을 DVD로 변환해야 한다. 인터넷에서 금세 변환 업체를 찾았다. 내일 아침 일찍 필름을 보내면 이삼일 내로 DVD를 받을 수 있다고 했다.

그리고 그 DVD가 지금 내 배낭 안에 들어 있다. 열차를 타러 나오기 직전에 받은 터라 아직 보지 못했다. 케이스에 '오 분'이라고 적혀 있다. 나는 배낭에서 DVD를 꺼내 신경질적으로 만지작거린다. 무엇이 오 분이라는 걸까? 내가 얼굴에 잔뜩 힘을 주고 있었던 모양이다. 예쁘장한 아가씨가 나를 보는 시선이 느껴진다. 불쾌하다기보다 궁금해하는 눈빛이다. 잠시 후 그녀는 시선을 거둔다.

열차가 달려가는 가운데 햇빛은 희미해지고, 열차 속도 때문에 차량이 살짝 휘청거린다. 앞으로 한 시간 남았다. 나는 낭트 역에서 기다리고 있을 앙젤과, 그녀와 할리 데이비슨을 타고 이 비를 맞으며 클리송까지 삼십 분 동안 달릴 생각을 한다. 비가 그쳤으면 좋겠다. 하지만 그녀는 비가 내려도 신경쓰지 않는 눈치다. 그녀는 모든 장비를 제대로 갖추고 있다.

나는 배낭에서 어머니의 진료 기록을 꺼낸다. 꼼꼼히 읽어보았지만 소득이 전혀 없다. 어머니는 신혼초부터 다르델 박사에게 진찰을 받았다. 감기와 편두통이 잦았다. 키는 158센티미터로 멜라니보다 작았고, 몸무게는 48킬로그램이었다. 가녀리고 아담한 체구였다. 예방접종은 모두 제대로 마쳤다. 임신 기간에는 벨베데르 병원의 산부인과 전문의 지로 박사에게 진찰을 받았고, 멜라니와 내가 그 병원에서 태어났다.

갑자기 턱 하는 크고 불길한 소리가 귀청을 때리더니 바퀴가 나뭇가지나 그루터기를 치고 지나가기라도 한 것처럼 열차가 한쪽으로 기운다. 승객 몇 명이 놀라서 비명을 지른다. 어머니의 진료 기록이 바닥으로 쏟아지고, 영국 할머니가 마시던 차가 테이블 사방으로 튄다. 그녀는 "이걸 어째!" 하고 외치며 엉망이 된 테이블을 냅킨으로 닦는다. 열차가 곧바로 속도를 늦추더니 부르르 떨며 멈추어 선다. 우리는 서로를 바라보며 말없이 기다린다. 빗방울이 차창을 때린다. 몇몇이 자리에서 일어나 밖을 내다보려고 애를 쓴다. 객실 양쪽에서 겁에 질린 웅얼거림이 들린다. 한동안 아무 일 없이 시간이 흐른다. 한 아이가 칭얼거리기 시작한다. 잠시 후 조심스러운 안내 방송이 스피커를 통해 흘러나온다. "승객 여러분, 기술적인 문제로 열차 운행이 잠시 중단되었습니다. 자세한 사항은 잠시 후에 알려드리도록 하겠습니다. 열차 운행이 늦어지는 점, 사과 말씀 드립니다." 내 맞은편에 앉아 있던 뚱뚱한 남자가 짜증 섞인 한숨을 쉬며 스마트폰을 집어든다. 나는 앙젤에게 문자로 상황을 알린다. 그녀가 곧바로 보낸 답장을 읽는 순간, 모골이 송연해진다.

이런 말 하기 싫지만 기술적인 문제가 아니에요. 누가 자살한 거지.

내가 벌떡 일어나는 바람에 영국 할머니가 깜짝 놀란다. 나는 열차 맨 앞쪽으로 걸어간다. 내가 탄 칸은 기관차 근처인 앞쪽에 있다. 옆 칸 승객들도 불안해하며 짜증을 내고 있다. 대다수가 전화기를 붙들고 있다. 소음이 점점 심각한 수준으로 치닫는다. 까만 유니폼을 입은 검표원 두 명이 등장한다. 표정이 침울하기 그지없다.

앙젤의 짐작이 맞았다는 생각에 가슴이 철렁 내려앉는다.

"실례합니다." 나는 객차와 객차 사이, 화장실이 있는 좁은 공간으로 그들을 몰고 간다. "어떻게 된 일인지 알 수 있을까요?"

"기술적인 문제가 생겨서요." 한 명이 중얼거리며 떨리는 손으로 축축한 이마를 훔친다. 젊은 친구인데, 얼굴이 새하얗다.

다른 한 명은 좀더 나이가 많고 경험도 훨씬 더 많아 보인다.

"누가 자살 시도한 거 맞죠?" 내가 묻는다.

나이 많은 쪽이 심각한 얼굴로 고개를 끄덕인다. "맞습니다. 당분간 발이 묶일 거 같네요. 항의하는 분들도 있을 텐데."

젊은 쪽이 화장실 문에 몸을 기대는데, 조금 전보다 얼굴이 더 하얗다. 그가 안됐다는 생각이 든다.

"이 친구는 이런 일을 처음 겪는 거라서요." 나이 많은 쪽이 한숨을 쉬며 모자를 벗고, 벗어져가는 머리를 손가락으로 빗어 넘긴다.

"그 사람…… 죽었나요?" 나는 가까스로 용기를 내 묻는다.

검표원은 묘한 눈빛으로 나를 본다.

"고속열차가 그 정도 속도로 달리고 있으면 보통은 그렇게 되죠." 그가 구시렁구시렁 대답한다.

"여자였어요." 젊은 쪽이 나지막이 중얼거리는데, 하도 목소리가 작아서 잘 들리지 않는다. "기관사 말로는 기도를 하는 것처럼 두 손을 맞잡고, 열차가 오는 쪽을 향해 선로 위에 무릎을 꿇고 앉아 있었대요. 어쩔 도리가 없었대요. 어쩔 도리가."

"어이, 꼬맹이, 정신 차려." 나이 많은 쪽이 그의 팔을 토닥이며 딱 잘라 말한다. "안내 방송 내보내야지. 오늘 저녁 이 열차에 칠백 명이 타고 있는데, 두세 시간 여기서 발이 묶이게 생겼잖아."

"왜 그렇게 오래 걸립니까?" 내가 묻는다.

"유해를 일일이 제거해야 하니까요." 나이 많은 쪽이 씁쓸하게 말한다. "보통 선로를 따라 몇 킬로미터씩 흩뿌려지거든요. 제가 방금 전에 본 바로는 비도 내리고 그래서 상황이 좋지 않아요."

속이 메슥거리는지 젊은 검표원이 고개를 돌린다. 나는 다른 검표원에게 감사의 뜻을 전하고 비틀비틀 내 자리로 돌아간다. 배낭 안에 들어 있던 조그만 물병을 꺼내 벌컥벌컥 들이켠다. 그런데도 갈증이 가시지 않는다. 앙젤에게 문자를 보낸다.

당신의 짐작이 맞았어요.

그녀가 답장을 보낸다.

자살 중 최악이죠. 제일 끔찍한. 딱한 일이네요. 누군지 모르겠지만.

마침내 안내 방송이 나온다. "선로에서 벌어진 자살 사건으로 열차 운행이 상당히 지연되겠습니다."

주변에서 끙하고 신음을 내뱉으며 한숨을 쉰다. 영국 할머니는 입을 막고 작게 울음을 터뜨린다. 뚱뚱한 남자는 주먹으로 테이블을 내리친다. 예쁘장한 아가씨는 이어폰을 끼고 있어 방송을 듣지 못했다. 그녀가 이어폰을 뺀다.

"무슨 일이에요?" 그녀가 묻는다.

"누가 자살을 하는 바람에 어딘지 모를 여기서 꼼짝 못하게 됐대요." 까만 옷을 입은 남자가 투덜거린다. "한 시간 뒤에 회의가 있는데."

그녀는 사파이어를 닮은 완벽한 두 눈으로 그를 빤히 본다.

"잠깐만요. 누가 자살을 했다고요?"

"네, 그렇다니까요?" 남자가 스마트폰을 휘두르며 느릿느릿 대답한다.

"그런데 지금 늦게 생겼다고 투덜거리는 거예요?" 그녀가 소름이 돋을 만큼 차갑게 쏘아붙인다.

남자도 그녀를 빤히 본다.

"중요한 회의가 있다고요." 남자가 중얼거린다.

그녀는 남자를 힐난하는 눈으로 노려본다. 그리고 자리에서 일어나 식당차를 향해 걸어가다 말고 고개를 돌리더니, 객차 저 끝까지 들릴 만큼 큰 소리로 말한다. "나쁜 놈."

나는 영국 할머니와 식당차에서 샤르도네를 마시며 기운을 추스른다. 이제는 날도 어둡고 비도 그쳤다. 커다란 투광 조명등이 선로를 비추며 경찰, 구급차, 소방대원 들의 섬뜩한 움직임을 보여준다. 열차가 그 가엾은 여자의 몸과 쾅 부딪쳤을 때의 느낌이 아직도 생생하다. 누구였을까? 몇 살이었을까? 얼마나 괴로웠으면, 얼마나 절망이 깊었으면 오늘밤 이 빗속에 두 손을 모은 채 선로에 무릎을 꿇고 앉아 기다리고 있었던 걸까?

"안 믿길지 모르겠지만, 나는 지금 장례식에 참석하러 가는 길이에요." 신시아라는 영국 할머니가 말한다. 그러고는 쿡쿡 메마른 웃음을 터뜨린다.

"저런!" 나는 큰 소리로 외친다.

"오랜 친구예요. 글래디스. 장례식은 내일 아침이고. 온갖 괴로운 합병증으로 고생을 했는데, 얼마나 씩씩했는지 몰라요. 정말 존경스러운 친구였죠."

영국 억양이 조금 느껴지기는 하지만 훌륭한 프랑스어다. 내 칭
찬을 듣고 그녀는 다시 미소를 짓는다.

"평생을 프랑스에서 살았어요. 프랑스 남자랑 결혼했거든." 그
녀가 윙크를 한다.

예쁘장한 아가씨가 다시 식당차로 들어와 우리 근처에 자리를
잡고 앉는다. 그녀는 손사래를 치며 전화 통화를 하고 있다. 잔뜩
흥분한 얼굴이다.

신시아가 말을 잇는다. "생을 마감하기로 작정한 그 딱한 사람
이 열차에 치이는 순간, 나는 글래디스의 장례식장에서 어떤 시를
낭독하면 좋을까 고민중이었죠."

"마음에 드는 시를 찾으셨나요?" 내가 묻는다.

"찾았어요. 크리스티나 조지나 로세티라는 시인 들어봤어요?"

나는 얼굴을 찡그린다. "시에는 영 취미가 없다보니."

"나도 마찬가지예요. 하지만 우울하지도 슬프지도 않은 작품을
고르고 싶었는데, 드디어 찾은 것 같아요. 크리스티나 로세티는 빅
토리아시대의 시인인데, 프랑스에서는 무명에 가깝죠. 내가 보기
에는 그만큼 재능 있는 작가도 없는데 안타까운 일이에요. 오빠인
단테 가브리엘 로세티만큼 각광을 받지 못했거든요. 오빠가 더 유
명해요. 그 오빠가 그린 작품은 본 적 있을 거예요. 라파엘전파*인

---

* 19세기 영국 빅토리아시대에 등장한 예술 운동으로 자연에서 배우는 예술을 표방
했다.

데. 제법 훌륭하죠."

"그럼에도 영 취미가 없어서요."

"설마! 그 사람 작품은 분명 본 적 있을 거예요. 나부끼는 갈색 머리칼과 도톰한 입술을 자랑하며 긴 드레스를 입은 침울한 표정의 육감적인 여인을 그린 작품인데."

"아마도요." 나는 두 손으로 요란하게 풍만한 가슴을 표현하는 그녀를 보고 미소를 지으며 어깨를 으쓱한다. "그 누이동생은 어떤 시를 썼는지 궁금하네요. 혹시 들을 수 있을까요?"

"좋아요. 방금 전에 죽은 남자를 떠올리며 읽어볼까요?"

"여자였답니다. 검표원한테 들었어요."

"그럼 그녀를 위해 이 시를 낭독하겠어요. 그녀의 영혼에 신의 축복이 함께하길."

신시아는 가방에서 시집을 꺼내고 올빼미처럼 보이게 하는 커다란 안경을 코에 걸친 다음 연극배우처럼 큰 소리로 시를 낭송하기 시작한다. 식당차에 있던 사람들이 일제히 돌아본다.

"사랑하는 이여, 내가 죽거든
나를 위해 슬픈 노래를 부르지 마세요.
내 머리맡에 장미도 심지 말고
울창한 사이프러스도 심지 마세요.
나를 덮은 푸르른 잔디가
비를 맞고 촉촉한 이슬을 머금게 해주세요.
그리고 그대의 마음이 내키거든 기억해주세요.

그리고 그대의 마음이 내키거든 잊어주세요."

그녀의 목소리가 갑작스럽게 찾아온 정적을 뚫고 이어지며 무언가를 긁어대는 창밖의 불쾌한 소음을 덮는다. 아름답도록 간결하고 감동적인 작품이다. 가슴이 왠지 모르게 희망으로 벅차오른다. 낭송이 끝나자 몇몇 사람들이 웅얼거리는 소리로 감사의 뜻을 전하고, 예쁘장한 아가씨의 얼굴은 눈물범벅이 된다.

"고맙습니다." 내가 말한다.

신시아는 고개를 끄덕인다. "마음에 들었다니 다행이네요. 딱 알맞은 작품인 것 같아요."

예쁘장한 아가씨가 머뭇머뭇 우리 쪽으로 걸어온다. 신시아에게 작가의 이름을 묻더니 공책에 받아적는다. 내가 같이 한잔하겠느냐고 묻자 그녀는 고마워하며 자리에 앉는다. 그러고 나서 우리더러 자기를 막돼먹은 아가씨로 생각하지 않았으면 좋겠다고 한다. 조금 전에 까만 옷을 입은 남자에게 내뱉은 말을 두고 하는 이야기다.

신시아가 빈정거린다. "막돼먹다니. 얼마나 속이 후련했다고!"

아가씨는 슬픈 미소를 짓는다. 범상치 않은 미모다. 몸매도 훌륭하다. 헐렁한 까만 스웨터 밑으로 젖가슴이 보일락 말락 봉긋 솟았고, 착 달라붙은 리바이스 청바지 밑으로 길쭉한 골반과 다리, 둥그스름한 엉덩이가 보인다.

"조금 전에 벌어진 일이 자꾸 떠올라요." 그녀가 나지막이 속삭인다. "제 탓이라는 생각마저 들어요. 제가 그 사람을 죽이기라도 한 것처럼."

"그럴 리가 있나요." 내가 말한다.

"그러게요. 그런데 자꾸 그런 생각이 들어요. 부딪쳤을 때의 느낌도 계속 되살아나고." 그녀는 몸서리를 친다. "그리고 열차를 운전하고 있었을 기관사도 자꾸 생각나요…… 그 심정이 어떻겠어요? 이 정도 고속열차면 제동도 금세 안 되겠죠. 그리고 죽은 사람의 가족도요. 여자라고 하시는 말씀을 들었는데…… 지금쯤 가족들도 소식을 들었을까요? 신원이 파악됐을까요? 아무도 파악 못했을지 모르잖아요. 그녀를 사랑하는 사람들이 자기들 어머니가, 누나가, 딸이, 부인이 죽었다는 걸 아직 모를 수도 있잖아요. 그런 생각을 하면 못 견디겠어요." 그녀는 다시 조용히 눈물을 흘린다. "이 끔찍한 열차에서 내리고 싶어요. 그 일이 없던 일이 됐으면 좋겠어요. 그 사람이 아직 살아 있으면 좋겠어요!"

신시아가 그녀의 손을 잡는다. 나는 감히 그러지 못한다. 이 사랑스러운 아가씨한테 흑심을 품은 사람으로 오해를 받는 건 싫다.

"우리 모두 마찬가지예요." 신시아가 달래듯 말한다. "끔찍한 일이 벌어진 거잖아요. 소름 끼치는 일이. 어느 누가 심란하지 않을 수 있겠어요?"

"그 남자…… 그 남자는 계속 늦게 생겼다고 투덜거렸잖아요." 그녀는 흐느낀다. "다른 사람들도 그랬고요. 다 들었어요."

나도 쾅 부딪친 그때의 느낌을 잊지 못할 것이다. 하지만 그녀에게는 아무 말 하지 않는다. 그녀의 눈부신 미모는 죽음의 끔찍한 힘보다 강하다. 오늘밤 나는 죽음에 압도당했다. 죽음이 끈질기게 윙윙거리는 까만 나방처럼 내 곁을 맴도는 건 평생 처음 있는 일이다. 내 아파트에서 내려다보이는 공동묘지. 폴린. 길거리에 널브러져 있던 동물의 사체. 작은 응접실 바닥에 떨어져 있었던 우리 어머니의 빨간 외투. 할머니. 시신을 만지는 앙젤의 여성스러운 손길. 가랑비를 맞으며 열차를 기다렸던, 생을 포기한 정체불명의 여자.

나는 내가 죽음을 맞닥뜨린 순간 눈물을 터뜨리기보다 손을 뻗어 생면부지인 이 눈부신 미녀의 젖가슴을 더듬고 싶은 생각이 더 간절한, 단순한 남자에 불과하다는 사실이 기쁘다. 너무 기뻐서 다행스러울 지경이다.

앙젤의 이국적인 침실은 언제 봐도 질리지가 않는다. 천장은 누런 금색이고 벽은 따뜻해 보이는 적갈색이라 그녀가 근무하는 영안실과 흥미로운 대조를 이룬다. 문, 창틀, 걸레받이는 암청색이다. 창가에는 주황색 노란색 비단에 수를 놓은 사리*가 걸려 있고, 누금세공 기법으로 만든 여러 개의 조그만 모로코 램프가 옅은 황갈색 시트로 덮인 침대를 촛불처럼 너울너울 비춘다. 오늘밤에는 침대 위에 장미 꽃잎들이 흩뿌려져 있다.

"나는 앙투안 레, 당신의 어떤 점이 마음에 드느냐면 말이죠." 그녀가 내 허리띠를 더듬으며 말한다(내 손은 그녀의 허리띠를 더듬고 있다). "겉보기에는 로맨틱하고 깍듯하고 매력적이지만, 깔끔한 청바지와 빳빳하게 다린 새하얀 셔츠, 회색이 섞인 초록색 셔

---

* 인도 여성들이 입는 민속 의상.

틀랜드 스웨터 밑에는 색골이 숨어 있다는 거."

"남자들이 거의 대부분 그렇지 않나?" 나는 무릎까지 오는 그녀의 검정 오토바이 가죽부츠를 벗기느라 끙끙대며 묻는다.

"남자들은 거의 대부분 색골이지만 남들보다 심한 경우도 더러 있죠."

"열차에서 어떤 아가씨를 만났는데……"

"흠?" 그녀가 내 셔츠 단추를 풀며 되묻는다.

그녀의 부츠가 마침내 벗겨져 쿵 소리를 내며 바닥 위로 떨어진다.

"아주 매력적이더라고요."

그녀는 미소를 지으며 블랙진을 벗는다.

"내가 질투하는 성격 아닌 거 알잖아요."

"당연히 알아요. 하지만 바퀴에 들러붙은 가엾은 여자의 잔해를 전부 다 떼어낼 때까지 열차 안에서 기다리는 그 끔찍한 세 시간을 그 아가씨 덕분에 견딜 수 있었어요."

"아주 매력적인 아가씨와 무얼 하면서 세 시간 동안이나 견뎠는지 물어봐도 될까요?"

"빅토리아시대의 시를 읽었죠."

"어련하실까."

그녀는 내가 사랑해마지않는, 특유의 낮고 섹시하고 허스키한 웃음을 터뜨리고 나는 그녀를 잡고 내 쪽으로 바짝 끌어당겨 굶주린 사람처럼 입을 맞춘다. 오늘이 생의 마지막날이라도 되는 것처럼 그녀와 몸을 섞는다. 향기로운 장미 꽃잎이 그녀의 머리카락에

엉킨다. 맛이 달콤씁쓸하다. 오늘이 지나면 다시는 만나지 못할 것처럼 그녀에 대한 갈증이 채워지지 않는다. 욕망으로 미쳐버릴 것만 같다. 사랑한다고 말하고 싶지만 어떤 말도 입 밖으로 나오지 않고, 나오는 것이라고는 한숨과 신음뿐이다.

"당신, 앞으로 열차 안에서 기다리는 시간을 늘려야겠어요." 형클어진 리넨 시트 위로 지친 몸을 눕혔을 때 그녀가 현기증이 난 사람처럼 중얼거린다.

"나는 당신이 만져주는 죽은 사람들이 불쌍하다는 생각이 들어요. 당신이 침대 위에서 얼마나 끝내주는 여자인지 모를 거 아녜요."

앙젤은 샤워를 하고, 치즈와 푸알란 빵과 보르도 와인 몇 잔과 담배 몇 개비로 가볍게 저녁을 때우고, 거실로 자리를 옮겨 소파 위에 편안하게 누운 다음에야 이야기를 꺼낸다. "얘기해봐요. 준과 클라리스에 대해서 하나도 남김없이."

나는 진료 기록과 사진, 편지, 탐정 사무소에서 보낸 보고서와 DVD를 배낭에서 꺼낸다. 그녀는 잔을 들고 나를 지켜본다.

"어디에서부터 시작하면 좋을지 모르겠네." 나는 혼란스러운 마음으로 천천히 이야기를 시작한다.

"이야기를 하는 셈 쳐요. 나는 아무것도, 전혀 아무것도 모르는 사람이고, 당신은 지금 처음 만난 나에게 아주 꼼꼼하게 세세한 부분까지 설명을 해야 하는 거예요. 이야기를 하는 것처럼. 옛날 옛날에⋯⋯"

나는 손을 뻗어 그녀의 말보로를 한 개비 꺼낸다. 그런 다음 불을 붙이지는 않고 양 손가락 사이에 끼우기만 한 채 소파에서 일어나 오래된 벽난로를 마주보고 선다. 꺼져가는 장작이 어둠을 뚫고 벌겋게 이글거린다. 이 거실도 마음에 든다. 크기도, 기둥도, 책들이 줄줄이 꽂혀 있는 벽도, 정사각형 모양의 고풍스러운 나무 테이블도, 저녁이라 덧문을 닫아서 지금은 보이지 않는 고요한 안마당도.

"옛날 옛날에, 1972년 여름에 한 유부녀가 시댁 식구들과 두 아이와 함께 누아르무티에라는 섬으로 여행을 갔어요. 이 주 일정으로 휴가를 떠난 참이었고, 남편은 시간이 되면 주말에 합류할 예정이었죠. 그녀의 이름은 클라리스, 사랑스럽고 매력적인 여인이었고, 세련된 파리지앵이라기보다……"

나는 말을 하다 말고 멈춘다. 제삼자 앞에서 어머니 이야기를 하려니 기분이 이상하다.

"계속해요." 앙젤이 재촉한다. "괜찮아요."

"클라리스는 세벤 출신이었고, 부모님은 소박한 시골 사람이었어요. 하지만 돈 많고 잘사는 파리 남자와 결혼했죠. 남편은 1970년대 초반 발롱브뢰 사건으로 명성이 자자했던, 독불장군 같은 젊은 변호사 프랑수아 레였어요."

목소리가 떨린다. 앙젤 말마따나 이건 이야기다. 우리 어머니의 이야기. 내가 아무한테도 한 적 없는 이야기. 나는 잠깐 숨을 돌리고 나서 말을 잇는다.

"클라리스는 생피에르 호텔에서 자기보다 나이가 많은 준이라는 미국 여자를 알게 되죠. 둘은 어떻게 만났을까요? 어느 날 저녁, 술을 한잔 하러 내려왔다가 만나지 않았을까요? 아니면 어느 날 오후 바닷가에서. 아니면 아침이나 점심이나 저녁식사를 하다가 만났을 수도 있죠. 준은 뉴욕에서 화랑을 운영해요. 그녀는 레즈비언이에요. 그 섬에는 여자친구와 함께 왔을까요? 아니면, 혼자 왔을까요? 단 한 가지 분명한 게 있다면, 클라리스와 준이 그해 여름에 사랑에 빠졌다는 거죠. 그건…… 단순한 불륜이나 여름 한철에 벌인 불장난이 아니었어요. 육체에만 갇힌 관계도 아니었어요. 사랑이었죠. 태풍처럼 불시에 찾아온, 폭풍 같은 사랑…… 일생일대에 한 번 만날 수 있는, 진정한 사랑……"

"담배에 불붙여요." 앙젤이 명령조로 말한다. "그럼 도움이 될 거예요."

나는 순순히 명령에 따른다. 그러고는 깊이 한 모금 빨아들인다. 그녀의 말이 맞다. 역시 도움이 된다.

"물론 아무한테도 들키면 안 되죠." 나는 말을 잇는다. "위험부담이 너무 크니까요. 준과 클라리스는 1972년 하반기부터 1973년 초까지 여건이 허락할 때마다 만났지만, 준이 뉴욕에 살고 있다보니 자주 볼 수가 없었어요. 준이 한 달에 한 번쯤 파리로 출장을 왔고, 그때마다 그들은 준의 호텔에서 만났어요. 두 사람은 1973년 여름에도 누아르무티에에서 함께 시간을 보낼 생각이었어요. 그런데 그해 여름에는 일이 그렇게 쉽고 간단하지가 않았죠. 클라리스의 남편은 일 때문에 출장이 잦아서 종종 자리를 비웠지만, 시어머니인 블랑슈가 끊임없이 집요한 의혹의 눈길을 보냈거든요. 눈치를 챈 거예요. 그리고 바로 그날, 블랑슈는 결심을 하죠."

"그게 무슨 소리예요?" 앙젤이 놀란 목소리로 묻는다.

나는 대답하지 않는다. 서두르지 않고 내 이야기에 집중한다.

"블랑슈가 어떻게 알아차렸을까요? 무얼 본 걸까요? 조금 오래 이어진다 싶은 갈망의 눈길? 맨팔을 어루만지는 부드러운 손길? 금단의 입맞춤? 한밤중에 이 방에서 저 방으로 건너가던 누군가의 그림자? 무엇을 보았는지 몰라도 블랑슈는 함구했죠. 남편한테도 알리지 않고, 아들한테도 알리지 않았어요. 왜 그랬을까요? 너무 수치스러운 일이었으니까요. 레 집안의 며느리가, 두 아이의 엄마가 바람을 피우다니 얼마나 끔찍하고 수치스러운 일이었겠어요. 게다가 상대가 여자라니. 레 집안의 명성에 오점을 남길 수는 없었던 거예요. 그건 죽어도 안 될 일이었죠. 얼마나 열심히 노력해서 얻은 결과인데. 그녀는 이런 수모를 당하려고 태어난 게 아니었거든요. 파시에 사는 프로메 집안 출신으로 샤요에 사는 레 집안의 남자와 결혼한 그녀로서는 상상도 못할 일이었죠. 흉측한 일이었어요. 그러니까 싹을 잘라야 했어요. 당장에."

이 이야기를 하는데, 어머니의 이야기를 하는데 이상하게 마음이 아주 평화롭다. 나는 앙젤의 얼굴을 보지 않는다. 충격을 받은 표정일 게 분명하다. 내 이야기가 어떻게 들릴지, 그 파장이 얼마나 크고 강력할지 아니까. 내가 지금까지 한 번도 한 적 없는 이야기, 정확히 이 순서대로 내뱉은 적이 한 번도 없는 문장, 한 번도 입에 올린 적이 없는 내용이라, 한 단어 한 단어가 일종의 새로운 탄생과도 같다. 자궁을 빠져나온 가녀린 알몸에 닿는 차가운 공기처럼 충격적이다.

"블랑슈는 누아르무티에의 호텔에서 클라리스에게 따지고 들죠. 클라리스는 눈물을 흘리며 속상해하고요. 1층, 블랑슈의 객실에서 남부끄러운 일이 벌어져요. 블랑슈가 경고를 해요. 그녀는 무섭고 흉악한 사람이에요. 그런 그녀가 협박을 하죠. 자기 남편에게, 아들에게 불륜을 폭로하겠다고. 클라리스에게서 아이들을 앗아가겠다고. 클라리스는 흐느끼며 알겠다고, 알겠다고, 당연한 처사라고, 다시는 준을 만나지 않겠다고 약속하죠. 하지만 그럴 수가 없어요. 스스로 통제할 수가 없었죠. 그녀는 준을 몇 번이고 다시 만나 이런 상황을 속속들이 이야기하지만 준은 웃어넘겨요. 그녀는 속물 할망구를 무서워하지 않아요. 준이 파리에서 뉴욕으로 돌아가는 날, 클라리스는 준이 머무는 객실 문 밑으로 러브레터를 전하죠. 하지만 준은 이 편지를 읽지 못해요. 블랑슈가 중간에서 가로채거든요. 이때부터 사태가 심각해지죠."

앙젤이 소파에서 일어나 장작을 들쑤시러 간다. 거실이 점점 썰렁해지고 있다. 밤이 이슥하다. 정확히 몇시나 됐는지 모르겠다. 눈꺼풀이 납덩이가 달린 듯 무겁게 느껴진다. 하지만 끝까지 이야기해야 한다. 내가 끔찍하게 생각하는 부분까지, 소리내서 말하고 싶지 않은 부분까지.

"블랑슈는 클라리스와 준이 계속 만나고 있다는 걸 알게 되죠. 슬쩍한 편지를 보니, 클라리스는 아이들을 데리고 준과 함께 지내는 미래를 꿈꾸고 있었어요. 도대체 어떻게, 어디에서 살겠다는 건지는 알 수 없지만, 그녀는 편지를 읽고 역겨워하며 질색하죠. 준과 클라리스가 함께하는 미래를 꿈꾸다니, 말도 안 되는 일이었어요. 두 사람에게 미래란 있을 수 없는 일이었죠. 블랑슈 그녀가 살아 있는 한은. 게다가 레 집안의 자식인 그녀의 손주들을 운운하다니 말도 안 되는 소리였어요. 그녀는 파리의 사설탐정을 찾아가 며느리를 미행해달라고 의뢰해요. 엄청난 보수를 지불하죠. 이번에도 가족들에게는 절대 알리지 않아요. 한편, 클라리스는 걱정할 것 없다고 생각하고 있어요. 그리고 준과 함께 자유의 몸이 될 날만을 기다리죠. 남편과 헤어져야 한다는 것은 알아요. 그것이 무얼 의미하는지도. 아이들이 걱정되지만, 사랑에 빠진 그녀는 사랑만 있으면 어떻게든 방법이 생길 거라고 믿어요. 그녀에게 아이들은 가장 소중한 존재이고, 준도 마찬가지니까요. 그녀는 언젠가 준과 아이들과 함께 지낼 수 있는 안전한 곳을 상상하곤 해요. 준은 그녀보다 나이도 많고 더 현명하죠. 그래서 알아요, 연인으로 지내는 두 여자가 정상적인 사회의 일원으로 간주될 수 없다는 것을. 뉴욕에서는 가능할지 몰라도 파리에서는 불가능한 일이었죠. 1973년이었잖아요. 레 집안이 속한 사회에서는 어림도 없었죠. 준은 클라리스에게 설명하려고 해요. 서두르지 말고 기다려야 한다고, 조용하게 천천히, 좀더 느긋하게 헤쳐나가자고. 하지만 클라리스는 젊고 참을성이 없죠. 그녀는 기다리고 싶지 않아요. 얼른 해결하고 싶어요."

마침내 고통이 찾아온다. 불안해하는 가운데 맞이하는, 잘 알지만 위험한 친구 같은 고통이. 가슴이 답답해서 폐가 터질 것만 같다. 나는 말을 멈추고 심호흡을 몇 번 한다. 앙젤이 다가와 내 뒤에 선다. 따뜻한 그녀의 몸을 내 몸에 대고 지그시 누른다. 덕분에 이야기를 계속할 힘이 생긴다.

"그해 크리스마스는 클라리스에게 악몽이에요. 그렇게 외로웠던 적이 없거든요. 준이 보고 싶어 미칠 지경인데, 준은 뉴욕에서 열심히, 바쁘게 지내고 있어요. 준에게는 화랑도 있고, 사교계도 있고, 친구들도 있고, 화가들도 있죠. 하지만 클라리스 곁에는 아이들밖에 없어요. 시어머니의 시중을 드는 하녀의 아들 가스파르 말고는 친구도 없어요. 그 아이를 믿어도 될까요? 어디까지 털어놓아도 될까요? 이제 겨우 열다섯 살이니 그녀의 아들과 나이 차이도 얼마 안 나고, 착하고 순박한 아이인데. 그런 아이가 이해할 수 있을까요? 여자 둘이 사랑에 빠질 수도 있다는 것을 알까요? 그런다고 사악하고 음탕한 죄인이 되지는 않는다는 것을 그 아이가 이해할 수 있을까요? 남편은 일과 재판과 의뢰인들에게 정신이 팔려 있죠. 어쩌면 그녀가 이야기를 꺼내보려고 했을 수도 있지만, 힌트를 흘렸을 수도 있지만 그는 너무 바빠 알아차리지 못해요. 승승장구하며 경력을 쌓느라 너무 바빠요. 성공 가도를 달리느라 너무 바빠요. 그녀는 그가 어디에선가 불쑥 데리고 온 존재였어요. 부모님이 펄쩍 뛸 만큼 촌스러운 프로방스 출신이죠. 하지만 예뻤어요. 그가 지금까지 만난 중에서 가장 사랑스럽고 상큼하고 매력적인 아가씨였죠. 그녀는 그의 재산이나 가문, 레라는 이름, 프로메라는 이름, 부동산, 자산, 건물에는 아무 관심이 없었어요. 그녀는 그를 웃게 만들었죠. 프랑수아 레를 웃게 만든 사람은 없었는데."

앙젤이 두 팔로 뱀처럼 내 목을 휘감고 뜨거운 입술을 내 목덜미에 갖다댄다. 나는 어깨에 힘을 준다. 이야기가 끝나가고 있다.

"블랑슈는 1974년 1월 탐정이 보낸 보고서를 받아요. 모든 정보가 그 안에 들어 있죠. 하나도 남김없이. 두 여자가 언제, 어디서 몇 번을 만났는지, 사진도 있어요. 어찌나 소름 끼치던지. 그녀는 폭발하죠. 남편에게 고자질하기 직전에 이를 만큼. 남편에게 그 서류를 들이밀기 직전에 이를 만큼. 그 정도로 화가 나고 혐오스럽고 끔찍한 일이었어요. 하지만 블랑슈는 참아요. 그리고 준 애시비는 두 사람이 미행당하고 있다는 사실을 알아차리죠. 준이 탐정을 역추적해본 결과, 레 집안의 저택이 진원지로 밝혀져요. 그녀는 당신 앞가림이나 잘하라고 호통을 칠 심산으로 전화를 하지만, 블랑슈는 절대 전화를 받지 않아요. 전화를 받는 사람은 하녀 아니면 그 아들이죠. 준은 클라리스에게 조심하라고 경고하고, 흥분을 가라앉히고 분위기가 잠잠해질 때까지 기다려야겠다고 설명해요. 하지만 클라리스는 견딜 수가 없어요. 미행을 당하고 있다니 참을 수가 없어요. 그녀도 알다시피 블랑슈가 조만간 그녀를 불러 증거물인 사진을 내밀 게 뻔한 상황이었죠. 두 번 다시 준을 만나지 않겠다고 다짐하라고, 안 그러면 아이들을 데려가겠다고 협박을 할 게 뻔했어요. 춥고 화창했던 2월의 어느 아침, 클라리스는 아이들을 학교에 보내고 남편을 출근시킨 뒤, 예쁘장한 빨간색 외투를 입고 클레베르 가를 나서 앙리마르탱 가로 찾아가죠. 얼마 안 되는 거리예요. 아이들과 함께, 남편과 함께 자주 걸었던 길인데, 최근에는, 크리스마스 이후에는, 그녀의 인생에서 준을 제거하려는 블랑슈의 의도를 알아차린 뒤에는 외면했던 길이죠. 그녀는 빠른 걸음으로 걸어가요. 숨이 차고 심장박동이 너무 거세고 빨라져도 아랑곳하지 않아요. 오직 어서 빨리 가야 한다는 일념뿐이에요. 그녀가 계단을 올라가 떨리는 손으로 초인종을 누르자 유일한 친구라 할 수 있는 가스파르가 문을 열어주고 웃어 보이죠. 그녀는 당장 어머님을 만나야겠다고 해요. 마님은 작은 응접실에서 아침을 먹는 중이라고 하는군요. 오데트가 차나 커피를 마시겠느냐고 물어요. 그녀는 됐다고, 오래 있지 않을 거라고, 어머님께 전할 말만 하고 갈 거라고 해요. 아버님도 계신가요? 아뇨, 주인님은 오늘 안 계세요. 블랑슈는 의자에 앉아서 우편물을 읽고 있어요. 실크 기모노를 입고 머리에 롤을 만 채. 그녀는 클라리스를 올려다보더니 언짢은 표정을 지어요. 그리고 일단 오데트에게 문을 닫고 나가라고 하죠. 그러고 나서 자리에서 일어나요. 클라리스의 면전에 대고 보고서를 흔들며 으르렁거려요. '이게 뭔지 아니?' '네, 알아요.' 클라리스가 침착한 목소리로 대답하죠. '준과 저를 찍은 사진이잖아요. 저희를 미행하셨더군요.' 블랑슈는 지금껏 한 번도 느껴본 적 없는 부아가 치밀어올라요. 이 촌년이 어디서 감히! 버르장머리도 없고, 교양도 없는, 개천에서 구르다 온 것이. 상스럽고 추잡하고 음탕한 촌뜨기 주제에. '그래, 네 그 구역질나는 불륜 행각을 찍은 사진이다. 여기 다 있으니 보여주마. 보이지? 여기 다 있어. 네가 그 여자를 언제 만났는지, 어디에서 만났는지. 이제 이 사진들을 당장 프랑수아에게 넘길 테다. 그래야 부인의 본모습을 알아차릴 테니까, 그래야 자기 부인이 아이들의 엄마로서 부적합한 인물이라는 것을 알 수 있을 테니까.' 클라리스는 아주 침착한 목소리로 대답하죠. 두렵지 않다고, 그렇게 하시라고, 프랑수아, 로베르, 솔랑주 모두에게 사진을 보여주라고. 온 세상 사람들에게 공개해도 상관

없다고. '저는 준을 사랑하고 준도 저를 사랑해요. 저희는 아이들을 데리고 생이 끝날 때까지 같이 살 거예요. 더이상 숨길 필요 없이, 더이상 거짓말할 필요 없이 그래야겠어요. 프랑수아에게는 제가 직접 알리겠습니다. 그럼 이혼을 해야겠죠. 아이들에게는 최대한 조심스럽게 설명을 해야겠죠. 프랑수아는 제 남편이니 제가 직접 이야기하겠어요. 저는 그이를 존중하니까요.' 하지만 블랑슈의 독설이 펑 하고 엄청나게 터지죠. '네가 존중이 뭔지 아니? 가정이 뭔지 아니? 잡년에 불과한 너 따위가? 그 구역질나는 레즈비언 행각으로 우리 집안을 먹칠하게 내버려둘 수는 없다. 지금 이 순간부터 그 여자는 안 만나는 거다. 시키는 대로 해. 그러면 지금의 지위도 유지할 수 있고……'"

나는 말을 하다 말고 멈춘다. 이제는 내 목소리가 꺽꺽대는 속삭임에 불과하다. 목구멍이 찢어질 듯 아프다. 나는 부엌으로 가서 떨리는 손으로 물을 한 잔 따른다. 그리고 단숨에 들이켜는데, 유리잔이 앞니에 부딪히면서 덜거덕덜거덕 소리를 낸다. 물을 다 마시고 앙젤이 있는 곳으로 돌아가는 순간, 내 의사와는 상관없이 마치 슬라이드가 켜지기라도 한 것처럼 생각지도 못했던 심란한 그림이 내 눈앞에 퍼뜩 떠오른다.

해질녘 선로에 무릎을 꿇고 앉아 있는 여자가, 엄청난 속도로 그녀를 향해 달려드는 열차가 보인다. 그 여자는 빨간색 외투를 입고 있다.

"오데트는 닫힌 문 바로 앞에 서 있어요. 마님이 이제 그만 나가 보라고 했을 때부터 그 자리에 서서 문에 귀를 대고 있죠. 마님이 고래고래 고함을 지르고 있으니 그럴 필요가 없었지만. 그녀는 두 사람이 티격태격하는 것을 처음부터 끝까지 전부 다 들었어요. 이제 클라리스가 딱 자르듯이 '싫습니다. 안녕히 계세요, 어머님' 하고 말해요. 그러더니 잠깐 동안 툭탁툭탁 몸싸움 벌이는 소리에 이어 헉하고 숨을 들이쉬는 소리가 들리는데, 누가 낸 소리인지는 알 수가 없어요. 그리고 잠시 후 이번에는 뭔가 묵직한 것이 땅바닥으로 쿵 쓰러지는 둔탁한 소리가 들려요. 마님이 '클라리스! 클라리스!' 하고 부르더니 '오, 주님'이라고 말해요. 문이 열리고, 해쓱한 마님의 얼굴이 보여요. 겁에 질린 표정이에요. 머리에 감은 롤이 대롱거려서 모양새가 우습기 짝이 없는데, 어느 정도 시간이 지난 다음에야 오데트한테 말을 해요. '큰일났어. 다르델 박사님을 불러. 얼른!' 큰일이 났다니, 도대체 무슨 일이지? 오데트가 궁금해 하며 아들에게 달려가 당장 다르델 박사님에게 연락을 하라고 시켜놓고 짧은 다리를 열심히 놀려 작은 응접실로 돌아가보니 마님이 소파에 엎드려 기다리고 있어요. 큰일이 났다니 뭐지? 무슨 일일까? '조금 옥신각신했거든.' 마님이 억지로 쥐어짠 목소리로 끙끙거리며 말하죠. '며늘아기가 가려고 하길래 내가 붙잡았어. 할 말이 아직 남아서 소맷부리를 잡았는데 바보처럼 앞으로 쓰러졌어. 그리고 저기 저 테이블 모서리에 머리를 찧었지 뭐야. 저기 저 제일 뾰족한 부분에.' 오데트는 뾰족한 모서리, 유리로 된 모서리를 확인하고, 카펫 위에 꼼짝 않고 누워 있는 클라리스를 확인하죠. 숨도 쉬지 않고, 얼굴에 핏기가 하나도 없는 것을 보고 그녀가 이야기해요. '이를 어째. 마님, 돌아가셨는데요.' 잠시 후 오랜 친구이자 레 집안의 믿음직한 주치의 다르델 박사가 도착하죠. 그도 클라리스를 살피고 똑같은 말을 해요. '돌아가셨습니다.' 블랑슈는 맞잡은 두 손을 비틀고 흐느끼며 의사에게 끔찍한 사고였다고, 믿기지 않을 만큼 어이없는 사고였다고 해요. 그는 펜을 들고 사망증명서에 서명하면서 블랑슈를 보고 말하죠. '방법은 한 가지뿐이에요. 해결책이 딱 하나 있습니다, 블랑슈. 나를 믿어요. 내가 알아서 할 테니까.'"

나는 말을 하다 말고 멈춘다. 이제 이야기는 끝났다.

앙젤은 내가 자기 얼굴을 볼 수 있게 내 고개를 그녀 쪽으로 돌린다. 그러더니 두 손으로 내 뺨을 감싸고 한참 동안 나를 들여다본다.

"그렇게 된 거예요, 앙투안?" 그녀가 가만히 묻는다.

"진실은 절대 알 수가 없죠. 내가 추측할 수 있는 한계는 여기까지예요."

그녀는 벽난로 앞으로 다가가 반질반질한 나무 면에 이마를 대고 서 있다 다시 내 쪽을 돌아본다.

"이 문제에 대해서 아버지하고 이야기 나눠봤어요?"

아버지라. 어디에서부터 이야기를 시작하면 좋을까? 며칠 전에 마지막으로 나눈 대화를 무슨 수로 설명할 수 있을까? 그날 저녁, 나는 사무실을 나서면서 아버지와 직접 대면해야 한다는 절박함을 느꼈다. 멜라니가 뭐라고 했건 상관없었다. 멜라니는 자기 나름의 이유로 나를 열심히 말리려 들었지만 그래도 상관없었다. 당장 아버지에게 묻고 싶었다. 더 기다릴 필요 없이, 더 넘겨짚을 필요 없이. 아버지는 어머니의 죽음에 대해 정확히 어디까지 알고 있었을까? 뭐라고 전해 들었을까? 준 애시비에 대해 알고 있었을까?

내가 찾아갔을 때 아버지와 레진은 텔레비전 앞에서 저녁을 먹고 있었다. 뉴스를 보고 있었다. 얼마 안 남은 미국 대선. 키가 훤칠하고 호리호리하며 나하고 나이 차이도 얼마 안 나는, '흑인 케네디'라고 불리는 후보. 아버지는 말이 없고 피곤해 보였다. 입맛도 없었다. 알약을 한 움큼씩 먹었다. 레진이 귓속말로 전하길, 다음주부터 한동안 입원한다고 했다. 힘든 치료를 앞두고 있는 것이다. 그녀는 힘없이 고개를 저었다. 식사가 끝나자 레진은 다른 방으로 건너가 친구와 통화를 했고, 나는 아버지가 텔레비전에서 시선을 떼어주길 바라며 괜찮다면 이야기 좀 하고 싶다고 했다. 그는 고개를 끄덕이며 쿵쿵거렸는데, 좋다는 뜻인 듯했다. 하지만 마침내 내 쪽으로 고개를 돌렸을 때 두 눈이 어찌나 지쳐 보이던지 나는 곧 할말을 잃고 말았다. 죽을 날이 얼마 남지 않은 것을 아는 자의 눈빛, 자신이 이 지구상에 존재하는 것을 견디지 못하는 자의 눈빛이었다. 누가 봐도 분명한 고통과 묵묵한 순종의 뜻이 담긴 그 눈빛이 나의 마음을 울렸다. 그는 이제 독불장군 변호사가 아니었다. 독재자 같은 아버지도 아니었다. 오만한 검열관도 아니었다. 병이 들어 입냄새를 풍기며 죽을 날을 기다리고 있는 노인, 나는 물론이고 어느 누구에게도 귀를 닫아버린 노인이었다.

너무 늦어버렸다. 손을 내밀어 아버지를 걱정하고 있다고 말하기에는, 아버지가 암에 걸린 것을 안다고, 죽을 날이 얼마 남지 않은 것을 안다고 말하기에는, 어머니와 준에 대해 묻기에는, 감히 그 부분을 건드리기에는 너무 늦어버렸다. 아버지는 천천히 눈만 깜빡일 뿐 궁금해하지도 않았다. 내 이야기를 기다리다 내가 아무 말도 없는 것을 보더니 힘없이 어깨를 으쓱하고는 다시 텔레비전 쪽으로 시선을 돌렸다. 심지어 무슨 말을 하고 싶은 거냐고 묻지도 않았다. 그가 무대에서 막을 내려버린 것처럼 느껴졌다. 공연이 끝난 것이다. 왜 이래, 앙투안, 너희 아버지잖아. 아버지의 손을 잡고 네가 옆에 있다는 걸 알려드려. 차마 그러지 못할 것 같아도 노력해봐. 네가 걱정하고 있다는 걸 알려드려. 너무 늦기 전에. 아버지를 봐. 저렇게 기운이 없으시잖아. 얼마 안 남았어. 시간이 없다고.

아버지의 젊었을 적 모습이 생각났다. 평소에는 심각하게 굳어 있던 얼굴 위로 미소가 횃불처럼 환히 빛나고, 머리칼이 지금처럼 듬성듬성 뿌리만 남은 게 아니라 새까맣던 그 시절이. 우리를 품에 안고 애정을 담아서 입을 맞추어주곤 했던 때가, 멜라니를 목말 태우고 불로뉴 숲을 거닐던 때가, 아버지가 내 허리 부분에 손을 대고 앞으로 밀어주면 이 세상에서 가장 힘이 센 아이가 된 것처럼 느껴졌던 때가. 어머니가 돌아가신 후 아버지는 입을 꾹 닫았다. 더이상 다정하게 입을 맞추어주지도 않았고, 점점 요구사항만 많아지고, 자기 고집만 내세우고, 꾸지람과 판단으로 나를 비참하게 만들었다. 나는 어쩌다 그렇게 신랄하고 가시 돋친 사람이 되었느냐고 묻고 싶었다. 떠나버린 어머니 때문이었을까? 그에게 행복을 선사한 단 한 사람이 떠나버렸기 때문에? 어머니가 바람을 피웠다는 것을 알아버렸기 때문에? 그녀가 다른 사람을 사랑했다는 것을, 그녀가 다른 여자를 사랑했다는 것을. 아버지는 그 굴욕적인 결정타에 정신적으로, 감정적으로 상처를 입은 걸까?

하지만 나는 묻지 않았다. 단 한마디도. 아버지는 꼼짝하지 않았다. 텔레비전 소리만 요란하게 들렸다. 옆방에서 통화하는 레진의 목소리도.

"안녕히 계세요, 아버지."

아버지는 나를 쳐다보지도 않고 다시금 콩콩거렸다. 나는 밖으로 나가 문을 닫았다. 계단을 내려가는데, 살을 파고드는 회한과 아픔의 쓰디쓴 눈물을 더는 참을 수가 없었다.

"아니, 아버지하고는 아무 얘기 못했어요. 못하겠더라고요."

"자책할 것 없어요, 앙투안. 괴로워하지 마요."

졸음이 묵직한 담요처럼 내 머리를 덮어온다. 앙젤이 나를 침대로 인도한다. 날마다 애정 어린 손길로 공손하게 시신을 만지는 손이 어쩌면 이렇게 부드러울 수 있을까. 나는 바닥을 알 수 없는 암연暗淵 속으로 가라앉듯 선잠에 빠진다. 별의별 희한한 꿈들이 찾아온다. 어머니는 빨간 외투를 입고 열차를 마주보며 무릎을 꿇고 앉아 있고, 얼굴이 시뻘겋게 탄 아버지는 아주 오래전처럼 행복한 미소를 머금은 채 엄청나게 가파르고 눈이 덮인 산봉우리를 오르고, 긴 까만색 원피스를 입은 멜라니는 두 팔을 벌리고 콧잔등에 선글라스를 얹은 채 까만 수영장을 둥둥 떠다닌다. 그리고 나는 벌레가 우글거리는 진창길을 맨발로 밟으며 나무들이 빽빽하게 우거진 숲을 헤매고 다닌다.

눈을 떠보니 날은 밝았는데, 여기가 어디인지 알 수가 없다. 나는 잠깐 공황상태에 빠진다. 그러다 불현듯 생각이 난다. 이곳은 앙젤의 집이다. 조그만 학교였던 곳을 근사하게 개조한 19세기 주택. 낭트 인근에 있는 클리송은 그녀를 만나기 전에는 한 번도 들어본 적 없는 예스럽고 유서 깊은 마을이다. 그 한복판을 관통하는 강변에 이 집이 있다. 화강암 담벼락은 담쟁이로 덮여 있고, 두 개의 널찍한 굴뚝이 기와지붕을 내려다보며 서 있다. 아이들이 뛰어놀던 운동장은 담벼락을 두른 매력적인 안마당으로 바뀌었다. 나는 앙젤의 편안한 침대에 누워 있다. 하지만 그녀는 내 옆에 없다. 옆자리가 싸늘하다. 나는 자리에서 일어나 후닥닥 1층으로 내려간다. 맛있는 커피와 토스트 냄새가 나를 맞이한다. 옅은 레몬색 햇살이 창문을 넘어 쏟아져들어온다. 창밖으로 보이는 마당은 엷은 서리로 덮여 장식을 얹은 케이크 같다. 내가 서 있는 자리에서 잔해만 남은 중세 클리송 성 꼭대기가 언뜻 보인다.

앙젤은 식탁에 앉아 한쪽 무릎을 끌어안고 열심히 서류를 들여다보고 있다. 바로 옆에 노트북을 펼쳐놓고. 가까이 다가가보니 어머니의 진료 기록을 검토하는 중이다. 그녀가 고개를 드는데, 눈밑의 다크서클이 보인다. 잠을 설친 모양이다.

"뭐 해요?" 내가 묻는다.

"당신이 깰 때까지 기다리고 있었어요. 깨우기 싫어서."

그녀는 일어나 커피를 따르고 내게 건넨다. 벌써 평상복으로 갈아입고 있다. 블랙진, 부츠, 까만 터틀넥 스웨터.

"잠을 설친 모양이로군요."

"당신 어머니의 진료 기록을 읽었어요."

평소와 다른 말투 때문에 그녀를 좀더 유심히 들여다보게 된다.

"눈에 띄는 부분이 있었어요?"

"네. 있었어요. 앉아요, 앙투안."

나는 그녀의 옆자리에 앉는다. 이토록 따뜻하고 따사로운 부엌에서, 그렇게 심란하고 생생한 꿈을 꾸며 잠을 설치고 난 후에 아무렇지도 않게 우울한 소식을 맞닥뜨릴 수 있을까? 나는 마음의 준비를 한다.

"뭔데요?"

"당신도 알다시피 나는 의사가 아니에요. 하지만 병원에서 일을 하고 날마다 시신을 봐요. 진료 기록도 읽고, 의사들과 이야기도 나누고요. 당신이 자는 동안 당신 어머니의 진료 기록을 훑어봤어요. 메모를 하면서, 인터넷도 뒤져보고, 의사로 일하는 친구들한테 이메일도 몇 통 보냈어요."

"그런데요?" 이렇게 묻는데, 갑자기 커피가 넘어가질 않는다.

"당신 어머님은 돌아가시기 이 년 전부터 편두통을 앓았어요. 자주는 아니었지만 아주 심하게. 그랬던 거 기억나요?"

"한두 번은요. 어머니는 아플 때 누워 있어야 했고 컴컴한 방으로 다르델 박사가 왕진을 오곤 했어요."

"돌아가시기 며칠 전에도 편두통이 생겨서 진찰을 받으셨더라고요. 이 부분을 읽어봐요."

그녀가 내게 복사한 메모를 건넨다. 다르델 박사 특유의 구불구불한 글씨체. 나도 읽은 메모다. 어머니가 죽기 전 마지막으로 받은 진찰 기록이다. "1974년 2월 7일. 편두통, 메스꺼움, 구토, 안통眼痛. 복시複視."

"네, 나도 읽은 거예요." 내가 말한다. "이게 왜요?"

"앙투안, 뇌동맥류에 대해 아는 거 있어요?"

"음, 뇌동맥 표면에 조그만 기포 내지는 물집이 생기는 거죠. 그게 생기면 정상적인 뇌동맥에 비해 혈관벽이 얇아지잖아요. 그 얇아진 벽이 터지면 위험해지는 거고요."

"아주 정확히 알고 있군요. 좋아요."

그녀는 커피를 좀더 따른다.

"그걸 왜 묻죠?"

"어머니가 뇌동맥류파열로 돌아가신 것 같거든요."

나는 망연자실한 나머지 말없이 그녀를 쳐다본다. 그러다 가까스로 웅얼웅얼 묻는다. "할머니와 옥신각신하다 그렇게 된 게 아니고요?"

"내가 어떻게 생각하는지 들려줄게요. 하지만 내 생각을 듣더라도 결국 당신이 선택하기 나름이에요, 앙투안. 어느 쪽을 진실이라고 믿을지."

"내가 지금 과장하고 있다고 생각하는 거예요? 없는 일을 상상하고 있다고? 과대망상증 환자처럼?"

그녀는 진정하라는 듯 내 어깨에 손을 얹는다.

"그럴 리가요. 흥분하지 마요. 당신 할머니는 동성애를 질색하는 못된 할망구예요. 내 이야기를 그냥 한번 들어봐요, 알았죠? 1974년 2월 7일. 다르델 박사는 클레베르 가에서 당신 어머니를 진찰하죠. 편두통이 심하다고 해서요. 당신 어머니는 어두컴컴한 방안 침대에 누워 있어요. 박사는 평소처럼 약을 처방하고, 다음날 편두통은 가라앉죠. 박사는 그런 줄 알아요. 당신 어머니도 그런 줄 알고요. 다른 사람들도 모두 마찬가지죠. 그런데 뇌동맥류의 안 좋은 점은 그게 천천히, 꾸준히 부풀어오를 수 있다는 거예요. 당신 어머니도 얼마 전부터 그랬을지 모르는데 그걸 아무도 몰랐던 거죠. 이따금 편두통이 생긴 것도 그 때문이었어요. 동맥류가 부풀면 터져서 출혈을 일으키기 전에 뇌 아니면 뇌 주변, 이를테면 시신경이나 안면이나 경근을 압박하거든요. '편두통, 메스꺼움, 구토, 안통. 복시.' 다르텔 박사가 좀더 젊었거나 적극적이었다면 이런 증상을 들었을 때 어머니를 당장 큰 병원으로 보냈을 거예요. 의사인 내 친구 둘도 이메일로 그렇게 얘기하더군요. 어쩌면 다르텔 박사가 그날 바빴거나 다른 급한 일로 정신이 없었거나 걱정이 안 돼서 그랬을 수도 있겠죠. 하지만 당신 어머니의 뇌 속에서는 동맥류가 점점 크게 부풀어오르고 있었어요. 그러다 며칠 뒤인 1974년 2월 12일에 터져버린 거죠."

"어쩌다 터졌다고 생각하는지 말해봐요."

"어머니가 2월 12일 아침에 할머니와 만나고 있었을 때 터진 거예요. 앞뒤 내용은 같아요. 어머니가 빨간색 외투를 입은 것, 앙리마르탱 가까지 걸어간 것. 하지만 몸이 별로 안 좋아서 그렇게 빠른 속도로 걷지는 못했을 거예요. 계속 속이 메슥거렸을 테고, 어쩌면 그날 아침에 구토까지 했을지 모르거든요. 머리가 어지러웠고 걸음걸이가 불안정했을 거예요. 무엇보다도 목이 뻣뻣했을 가능성이 크고요. 하지만 당신 어머니는 할머니에게 따지고 싶었고, 편두통이 끝나가느라 그런가보다 하죠. 지금은 건강을 걱정할 때가 아니에요. 준이 훨씬 걱정이지. 그리고 당신 할머니와 맞서 싸울 게 걱정이지."

나는 두 손에 얼굴을 묻는다. 할머니와 맞서 싸울 생각에 전장으로 나서는 용감한 병사처럼 무거운 다리를 움직여 앙리마르탱 가까지 힘겹게 걸어갔을 어머니를 생각하니 견딜 수 없이 괴롭다.

"계속해봐요."

"상황은 당신이 했던 이야기와 비슷하게 전개돼요. 가스파르가 문을 열어주고, 어쩌면 그는 당신 어머니의 안색이 얼마나 창백한지, 얼마나 숨을 헐떡이는지 알아차렸을지 모르죠. 하지만 어머니는 당신 할머니와 정면 대결하겠다는 일념뿐이에요. 어쩌면 당신 할머니도 이상한 낌새를 알아차렸을지 몰라요. 당신 어머니의 얼굴이 놀라우리만치 창백한 것, 발음을 제대로 못하는 것, 술 취한 사람처럼 똑바로 서 있지 못하는 것. 대화 내용도 똑같아요. 블랑슈가 사진과 탐정한테 받은 보고서를 내밀고, 클라리스는 물러서지 않겠다고, 준을 계속 만나겠다고, 준에 대한 사랑을 포기하지 않겠다고 하죠. 그리고 바로 그때 그 일이 일어난 거예요. 느닷없이. 눈 깜짝할 사이에. 엄청난 고통. 뒤통수를 총에 맞은 듯한 충격. 클라리스는 관자놀이를 짚으며 휘청거리고, 그 자리에서 쓰러지죠. 테이블 모서리에 머리를 부딪혔을 수도 있지만 이미 숨이 끊긴 뒤에 벌어진 일이에요. 당신 할머니로서는 어쩔 도리가 없죠. 의사도 어쩔 도리가 없고요. 달려온 의사는 알아차려요. 며칠 전에 병원으로 보내지 않은 게 실수였다는 것을. 그는 어쩌면 평생 그 죄책감에 시달렸을지 몰라요."

내가 진료 기록을 보여달라고 했을 때 로랑스 다르델이 왜 그렇게 안절부절못했는지 이제야 알 것 같다. 의학계에 종사하는 사람이라면 누구라도 자기 아버지가 저지른 의료상의 과실을 한눈에 알아차릴 수 있음을 그녀도 알고 있었던 것이다.

앙젤이 내 무릎에 앉는다. 하지만 다리가 길어서 편안히 앉기가 힘들다.

"내 이야기를 듣고 나니 도움이 됐어요?" 그녀가 부드러운 목소리로 묻는다.

나는 그녀를 끌어안고 그녀의 뒷덜미 옴폭 파인 곳에 내 턱을 괸다.

"모르겠어요. 진실을 알 수 없다는 게 괴로울 뿐이에요."

그녀는 내 머리카락을 쓸어넘긴다.

"그날, 아버지가 자살한 그날, 내가 학교에서 돌아왔을 때 메모 한 장 없었어요. 아버지가 아무것도 남기지 않은 거예요. 난 그 사실이 미칠 것 같았어요. 우리 어머니도 그랬고요. 몇 년 전에 돌아가시기 직전에 어머니가 그랬어요. 그 오랜 세월이 흘렀지만 아버지가 자살한 이유를 알지 못한다는 게 얼마나 끔찍한지 모른다고요. 다른 여자도 없었고. 금전적인 문제도 없었고. 건강상의 문제도 없었고. 정말 아무 이유도 없었는데."

나는 그녀를 꼭 끌어안고 열세 살 때 아버지의 시체를 맞닥뜨렸을 그녀를 상상해본다. 메모 한 장 없이. 설명 한 줄 없이. 몸서리가 쳐진다.

"우리는 죽을 때까지 알 수 없겠죠. 그런 채로 살아야 해요. 나는 그렇게 사는 법을 터득했어요. 쉽지는 않았지만, 그래도 해냈어요."

불현듯 나도 그렇게 해야 한다는 생각이 든다.

"시간 다 됐어요." 앙젤이 힘차게 외친다. 우리는 지금 점심을 먹고 커피를 마시는 중이다. 햇살이 유난히 따뜻해서 부엌 앞 테라스에 나와 앉았다. 손바닥만한 안마당이 천천히 소생하고 있다. 봄이 코앞으로 다가온 것이다. 파리지앵답게 꽉 막힌 내 코를 간질이는 봄내음이 느껴진다. 축축하고 상큼하며 톡 쏘는 풀냄새. 싱그러운 냄새.

나는 놀란 얼굴로 그녀를 본다. "뭐가 됐다는 거예요?"

"떠날 시간이 됐다고요."

"어디로?"

그녀는 미소를 짓는다. "두고 보면 알아요. 따뜻하게 챙겨입어요. 바람이 심하게 불 수 있으니까."

"무슨 속셈이죠?"

"알고 싶지 않을걸요?"

처음에는 할리 데이비슨 뒷자리가 불안했다. 오토바이에 익숙하지 않은 탓이었다. 나는 오토바이가 모퉁이를 돌 때 어느 쪽으로 몸을 기울이면 되는지 도통 감을 잡을 수가 없고, 도시에서 자란 아이답게 오토바이는 너무 위험해서 믿을 만한 물건이 못 된다고 생각해왔다. 내 평생 오토바이는 몰아본 적이 없었다. 다른 사람이 모는 오토바이도 타본 적이 없는데, 하물며 여자가 모는 오토바이라니. 앙젤은 비가 오나 눈이 오나 클리숑에서 로루보트로에 있는 병원까지 할리 데이비슨을 타고 출퇴근했다. 그녀는 차를 질색했고, 교통체증을 질색했다. 그녀는 스무 살 때 처음으로 할리 데이비슨을 구입했다. 이번이 네번째 할리 데이비슨이었다.

곧 알게 된 사실이지만, 복고풍의 할리 데이비슨을 타고 다니는 미인은 주목을 받게 마련이다. 할리 데이비슨 특유의 거친 배기음도 그렇지만, 까만 가죽옷을 입고 그 위에 앉아 있는 육감적인 몸매의 소유자도 시선을 사로잡게 되어 있다. 앙젤이 모는 할리 데이비슨의 뒷자리에 타는 것이 생각보다 훨씬 짜릿해서 나는 사랑을 나눌 때와 비슷한 자세를 취한다. 허벅지로 그녀를 감싸고, 사타구니를 그녀의 튼실한 엉덩이에 바짝 대고, 배와 가슴을 그녀의 둔부와 허리에 꼭 붙인다.

"얼른 가요, 파리지앵 아저씨. 시간 없다고요!" 할리 데이비슨이 어서 타라는 듯 으르렁거리는 가운데 그녀가 고함을 지르며 내게 헬멧을 던진다.

"기다리는 사람이라도 있는 거예요?"

"맞아요, 있어요!" 그녀가 들뜬 목소리로 외치며 손목시계를 확인한다. "얼른 출발하지 않으면 늦을 거예요."

우리는 신비로운 봄기운이 깃든 벌판이 양옆으로 늘어선 울퉁불퉁한 시골길을 가른다. 햇살은 확실히 따사로운데, 공기는 여전히 살을 엔다. 한 시간쯤 달리지만 그 시간이 조금도 길게 느껴지지 않는다. 앙젤의 뒷자리가 아늑해서 마치 천국에 있는 것만 같다. 으르렁거리는 할리 데이비슨의 거센 진동이 허리를 통해 느껴지고, 햇살이 내 등을 부드럽게 어루만진다.

나는 '구아'라고 적힌 표지판을 접한 다음에야 행선지를 알아차린다. 클리송이 누아르무티에와 이렇게 가까운지 미처 몰랐다. 겨울이라 그런지 파릇파릇한 기미 하나 없이 진한 갈색의 풍경이 전혀 다르게 다가온다. 모래사장도 좀더 까만 흙빛이지만 그렇다고 아름다움이 덜한 것은 아니다. 첫번째 구조용 기둥이 나를 반갑게 맞이하는 것처럼 느껴진다. 갈매기들은 나를 기억이라도 하는 양 귀청을 때리는 울음소리를 내며 머리 위를 빙글빙글 날아다닌다. 희미한 회색기가 도는 짙은 갈색 해변이 저멀리까지 펼쳐진다. 감청색 바다는 햇살 아래 반짝이고, 고둥과 조개껍질, 해초, 돌 부스러기, 코르크, 나뭇조각 들이 시커멓게 울퉁불퉁 이어진다.

구아 대로를 지나가는 차는 한 대도 없다. 오른쪽에서 바닷물이 밀려들어 첫번째 파도가 포말을 일으키며 벌써 둑길을 덮고 있다. 수많은 인파가 모여 바다가 땅을 정복하는 광경을 감상하는 여름철과 달리 인적이 거의 없다. 앙젤은 속도를 늦추지 않는다. 오히려 높인다. 나는 두 개의 헬멧에 막혀 내 목소리가 들릴 리 없다는 걸 알기에 그녀의 재킷을 잡아당긴다. 하지만 그녀는 무시한 채 고속으로 기어를 바꾼다. 육지에 차를 세워둔 몇 안 되는 사람들이 깜짝 놀란 얼굴로 우리 쪽을 가리킨다. "저것 봐, 저 사람들 구아를 건너려고 하는 거야?" 그들이 외치는 소리가 들리는 듯하다. 이번에는 좀더 세게 그녀의 재킷을 잡아당긴다. 누군가가 경고하는 의미에서 시끄럽게 경적을 울리지만, 이미 늦었다. 할리 데이비슨 바퀴가 포장된 둑길에 진입하자 바닷물이 엄청난 물보라를 일으키며 양옆으로 갈라진다. 나는 앙젤이 뭘 알고 저지르는 짓이길 하늘에 기도한다. 만조 때 구아를 건너다 큰일이 난 이야기를 어린 시절 워낙 많이 읽어서, 이게 얼마나 정신 나간 짓인지 알고 있다. 지난 백 년 동안 여기서 죽은 사람의 수가 최소 삼십 명이다. 그 이전에는 몇 명이나 더 죽었을지 아무도 모르는 일이다. 나는 필사적으로 그녀를 꽉 붙잡는다. 오토바이가 미끄러져서 바닷물 속으로 곤두박질치거나, 포말을 일으키며 시시각각으로 커져만 가는 듯한 파도에 엔진이 침수되는 일은 없기만을 간절히 기도할 뿐이다. 4킬로미터에 달하는 이 길을 매끄럽고 자신만만하게 달리는 걸 보니 앙젤은 이번이 처음이 아닌 듯하다.

근사하고 짜릿한 질주다. 잠시 후 문득 안심이 된다. 가슴이 먹먹하도록 안심이 된다. 어린 시절 아버지가 듬직한 손으로 내 등을 어루만진 이래 이렇게 마음이 놓이기는 처음이다. 그녀를 부둥켜안고 물살을 가르며, 더이상 보이지 않으니 길이라고 할 수도 없는 곳을 미끄러지듯 달리는데, 마음이 놓인다. 눈앞의 섬을 바라보고, 반짝이는 수면 위로 점점이 박혀 선박을 안전한 항구로 인도하는 등대처럼 우리를 향해 손짓하는 낯익은 구조용 기둥들을 바라보는

데, 마음이 놓인다. 이 순간이 영원했으면 좋겠다는, 아름답고 완벽한 이 순간이 계속됐으면 좋겠다는 생각이 든다. 우리는 구아 대로 입구에 서서 박수를 치고 환호하는 행인들을 지나쳐 뭍으로 상륙한다.

앙젤이 시동을 끄고 헬멧을 벗는다.

"오줌이 찔끔할 정도로 무서웠죠?" 그녀가 환하게 웃으며 키득거린다.

"천만의 말씀!" 내가 탄성을 지르며 헬멧을 땅에 벗어두고 그녀에게 와락 달려들어 입을 맞추자 뒤에서 들리는 박수갈채와 환호성이 더 높아진다. "무섭지 않았어요. 당신을 믿었으니까."

"믿어도 돼요. 맨 처음 시도했을 때 내 나이가 열다섯 살이었어요. 친구의 두카티를 타고 건넜죠."

"열다섯 살 때 두카티를 몰았다고요?"

"내가 열다섯 살 때 어떤 짓들을 벌였는지 알면 깜짝 놀랄걸요."

"알고 싶지 않네요." 나는 경쾌한 목소리로 대꾸한다. "그나저나 무슨 수로 돌아가죠? 구아 대로가 점점 잠기고 있는데."

"다리를 건너면 돼요. 로맨틱한 맛은 덜하겠지만."

"로맨틱한 맛이 덜한 정도가 아니라 전혀 없네. 구조용 기둥에서 우리 둘이 발이 묶이면 좋겠는데. 당신을 상대로 저지르고 싶은 짓이 한두 가지가 아니거든요."

우리가 서 있는 자리에서 저 끝까지 이어지는 큰 다리가 보이지만, 그곳까지는 5킬로미터도 넘는다. 이제 둑길은 완전히 물밑으로 잠겼다. 주도권을 되찾은 바다가 거세게 일렁인다.

"어머니랑 여러 번 왔어요. 어머니가 구아를 좋아했거든요."

"나는 아빠랑 여러 번 왔는데." 그녀가 말한다. "어렸을 때 여름 휴가를 몇 번 여기서 보내기도 했고요. 하지만 셰즈 숲에서 지내진 않았어요. 우리에겐 너무 고상한 곳이라! 우리가 즐겨 찾던 곳은 게리니에르 바닷가예요. 우리 아버지 고향이 라 로슈 쉬르 용이었거든요. 이 일대라면 손바닥 보듯 훤했죠."

"그럼 어렸을 때 우리 둘이 같은 날 구아를 구경하러 왔을 수도 있겠네요."

"어쩌면요."

우리는 둑길 옆 잔디밭 언덕에 앉는다. 사고가 났던 날 멜라니와 함께 앉아 있었던 곳 근처에 어깨를 맞대고 나란히 앉아 담배를 한 대 나눠 피운다. 나는 무지의 방어막을 선택한 동생을 생각한다. 동생이 내게 묻지 않는 한 평생 알지 못할 것들에 대해 생각한다. 나는 앙젤의 손을 잡고 입을 맞춘다. 이 손을 잡고 입을 맞추기까지 이어졌던 만약의 경우에 대해 생각한다. 만약 내가 멜라니의 마흔번째 생일을 앞두고 깜짝 선물을 준비하지 않았더라면. 만약 멜라니가 옛 기억을 갑자기 떠올리지 않았더라면. 만약 사고가 나지 않았더라면. 만약 가스파르가 말실수를 하지 않았더라면. 만약 그가 그 청구서를 간직하고 있지 않았더라면. 하지만 또다른 만약의 경우도 있다. 2월 7일, 어머니가 끔찍한 편두통을 앓았던 날, 다르텔 박사가 어머니를 병원으로 보냈더라면. 그랬더라면 어머니는 목숨을 부지할 수 있었을까? 그랬더라면 지금까지 살아 계실까? 아버지 곁을 떠났을까? 준과 함께 살고 있었을까? 파리에서. 아니면 뉴욕에서.

"그만해요." 앙젤의 목소리가 들린다.

"뭘요?"

무릎에 턱을 얹고 머리카락을 바람에 휘날리며 바다를 내다보는 그녀가 신기하게도 갑자기 어려 보인다. 그녀가 나지막이 중얼거린다. "앙투안, 나도 그 쪽지를 찾으려고 사방을 뒤졌어요. 아버지가 온 부엌을 피와 뇌수 범벅으로 만들어놓고 그렇게 쓰러져 있는데, 도움을 요청하기 전에 목이 찢어져라 비명을 지르고 눈물을 줄줄 흘리고 머리끝에서부터 발끝까지 부들부들 떨면서 그 쪽지를 찾아 헤맸어요. 마당이며 차고까지 그 빌어먹을 집을 샅샅이 뒤졌죠. 사무실에서 일하는 어머니가 언제 퇴근할지 모르는데, 어머니가 퇴근하기 전에 그 쪽지를 찾아야 한다고 계속 생각하면서. 그런데 못 찾았어요. 쪽지는 없었어요. 그러자 소름 끼치는 물음표가 고개를 내밀었어요. 아버지가 그 정도로 불행했을까? 우리가 못 보고 지나친 게 무엇이었을까? 어머니와 언니와 나는 어쩌면 그렇게 아무것도 모를 수 있었을까? 내가 만약 이상한 낌새를 알아차렸다면, 그날 학교에서 좀더 일찍 돌아왔더라면, 학교에 아예 가지 않았더라면 어떻게 됐을까? 그래도 아버지가 자살을 했을까? 아니면 지금까지 살아 계실까?"

그녀가 무슨 말을 하려는지 알 것 같다. 그녀가 하던 이야기를 계속한다. 목소리가 조금 전보다 단호하지만, 고통스러운 떨림이 느껴져 내 가슴이 뭉클해진다.

"우리 아빠는 당신처럼 차분하고 조용한 성격이었어요. 어머니에 비해 말수도 훨씬 적었고. 이름은 미셸이었어요. 나는 아빠를 닮았어요. 눈은 아예 빼다박았죠. 아빠는 우울해 보인 적이 없었고, 술을 입에 대는 법이 없고, 건강하고 활동적이었어요. 책을 좋아했고요. 내 집에 있는 책들은 모두 아버지가 사놓은 것이에요. 샤토브리앙, 로맹 가리, 자연, 방데*, 바다를 무척 사랑하고, 평온하고 행복해 보이는 분이었죠. 적어도 우리 눈에는. 내가 시신을 발견했을 때 아버지는 최고로 좋은 회색 양복을 입고 있었어요. 크리스마스나 12월 31일처럼 특별한 날에만 입는 옷이었죠. 거기에 넥타이를 매고 최고로 좋은 검정색 구두를 신고 있었어요. 평상시 옷차림이 아니었어요. 평소에는 서점에서 일하느라 코듀로이 바지에 스웨터를 입고 다녔거든요. 아빠는 식탁에 앉은 채로 방아쇠를 당겼어요. 그래서 총에 맞고 앞으로 쓰러지는 바람에 쪽지가 그 밑에 깔렸을지 모른다는 생각이 들었지만, 시신에는 감히 손을 댈 수가 없었죠. 그때는 지금 같지 않아서 시신이 무서웠거든요. 그런데 사람들이 와서 아빠를 옮기는데, 쪽지가 없었어요. 아무것도 없더라고요. 그래서 편지가 배달될지 모른다고, 아빠가 돌아가신 날에 우리한테 편지를 부쳤을지 모른다는 희망을 품었죠. 하지만 아무것도 없었어요. 내가 장의사 일을 시작하고 자살한 시신을 처음으로 접하고 나서야, 생각지도 못했던 치유가 천천히 이루어지기 시작했어요. 하지만 한참 뒤, 아무리 못해도 십 년이 지난 다음에야 가능했던 일이에요. 그제야 자살한 사람들의 가족을 만나고 내 비

---

* 프랑스 서부에 있는 주.

숨겨진 비밀 433

통합과 절망을 인정할 수 있었거든요. 그들의 이야기를 듣고, 그들과 아픔을 함께하고, 가끔은 함께 눈물을 흘리면서. 많은 사람들이 사랑하던 이가 자살을 선택한 이유를 들려주었어요. 대부분 알고 있더군요. 상심, 질병, 절망, 괴로움, 두려움…… 이유들은 많고 많았어요. 그러던 어느 날, 우리 아빠와 나이가 비슷한 남자의 시신을 손보다 불현듯 깨달았어요. 업무 스트레스가 너무 심해서 권총 자살한 사람이었어요. 이 남자도 세상을 떠났고, 우리 아버지도 세상을 떠났죠. 이 남자의 가족은 그가 방아쇠를 당긴 이유를 알고 있었지만, 우리는 몰랐어요. 그런데, 그런다고 달라지는 게 있을까요? 남겨진 것은 죽음뿐인데. 염을 해서 관에 넣고 땅에 묻을 시신뿐인데. 송사를 읊고 떠난 사람을 생각하며 슬퍼하는 것은 마찬가지인데. 이유를 알아낸다고 아버지가 돌아오는 건 아니잖아요. 이유를 알아낸다고 슬픔이 가시는 건 아니잖아요. 이유를 알아낸다고 죽음을 받아들이기 쉬워지는 건 아니잖아요."

나는 그녀의 눈가에 맺힌 조그만 이슬을 엄지로 조심스럽게 닦아준다.

"앙젤 루바티에르, 당신은 멋진 여자예요."

"느끼하게 굴지 마요, 앙투안." 그녀가 경고한다. "그런 거 질색이니까. 이제 가요. 날이 지겠네."

그녀가 일어나 할리 데이비슨 쪽으로 걸어간다. 나는 헬멧을 쓰고 장갑을 끼고 능수능란하게 발로 시동을 거는 그녀의 모습을 바라본다. 햇살이 희미해지고 한기가 밀려드는 듯하다.

그녀와 나, 우리 둘은 나란히 서서 한가롭게 저녁을 준비한다. (리크, 당근, 감자를 넣은) 야채수프, (마당에서 딴) 레몬과 백리향, 바스마티 쌀을 곁들인 닭고기 구이 그리고 애플 크럼블. 차가운 샤블리*도 한 병 내놓는다. 집안이 어찌나 아늑하고 따뜻한지, 평화롭고 고요하고 널찍하고 목가적이고 소박한 이곳이 정말 마음에 든다. 나 같은 도회인이 이런 시골 분위기를 좋아할 줄은 몰랐다. 앙젤과 함께 여기서 살 수도 있을까? 요즘은 컴퓨터도 있고, 휴대전화, 초고속열차도 있어서 원칙적으로 안 될 건 없다. 나는 앞으로 해야 할 업무를 생각해본다. 생각의 돔 특허와 관련해서 라바니가 추진중인 수익성 좋은 계약이 마무리 단계에 접어들었다. 조만간 그와 파랭베르의 주도 아래 야심만만하고 흥미진진한 전

---

* 프랑스 샤블리 지방에서 생산하는 화이트와인.

유럽 차원의 프로젝트를 진행하고 떼돈을 벌어들이느라 다시 바빠질 것이다. 그런데 그 일을 여기서 진행하면 안 될 이유가 뭐가 있지? 체계적으로 정리하고 계획만 잘 세우면 될 일이다.

하지만 앙젤이 나를 곁에 두고 싶어할까? 나는 결혼에 어울리는 인간이 아니에요. 나는 가정적인 인간이 못 되거든요. 내가 질투하는 성격 아닌 거 알잖아요. 느끼하게 굴지 마요, 앙투안. 어쩌면 앙젤을 완전하게 소유할 수 없다는 걸 알기 때문에 그녀에 대한 갈망이 채워지지 않는지도 모른다. 그녀가 나와의 충동적인 잠자리를 즐기고 우리 어머니의 이야기에 감동한 건 분명하지만, 나하고 같이 살고 싶은 마음은 없을 것이다. 그녀는 키플링이 쓴 『어린이들을 위한 이야기 *Just so stories : For Little Children*』에 등장하는 고양이를 닮았다. 혼자 다니는 고양이.

저녁식사를 마쳤을 때 슈퍼 8 필름의 촬영물이 담긴 DVD가 문득 생각난다. 까맣게 잊고 있었다. 사진들, 편지들과 함께 거실에 두고서. 나는 얼른 DVD를 들고 와서 앙젤에게 건넨다.

"이게 뭐예요?" 그녀가 묻는다.

나는 도나 로저스가 뉴욕에서 보낸 거라고 설명한다. 준 애시비의 동업자가 보낸 거라고. 그녀는 노트북 DVD 드라이브에 디스크를 넣는다.

"당신 혼자 보는 게 좋겠어요." 그녀는 이렇게 중얼거리면서 내 머리를 쓰다듬더니 내가 그녀를 필요로 하는지 아닌지 마음의 결정을 내리기도 전에 퍼펙토 재킷을 어깨 위로 걸치고 차가운 시골 바람이 부는 컴컴한 마당으로 나간다.

나는 컴퓨터 앞에 앉아 초조한 마음을 달래며 기다린다. 맨 먼저 화면으로 희미하게 떠오른 것은 햇살이 비추는 어머니의 얼굴을 가까이서 찍은 영상이다. 어머니는 잠이 든 척 눈을 감고 있지만 입가에 희미한 미소를 머금고 있다. 어머니가 손으로 가린 채 아주 천천히 눈을 뜨자 나는 괴로움과 환희가 한데 뒤엉킨, 경이로운 심정으로 그 눈을 들여다본다. 아주 파란, 멜라니보다 더 파란 초록색이다. 얼마나 부드럽고 상냥한 눈인가, 얼마나 평화롭고 밝고 다정한 눈인가.

어머니를 촬영한 동영상을 보는 건 처음이다. 앙젤의 컴퓨터 화면 위에서 기적적으로 소생한 어머니를 보고 있으니 가슴이 두근거리고 벅차서 숨을 쉬는 것조차 버겁다. 난데없이 눈물이 두 뺨을 타고 흘러내리는 바람에 얼른 닦는다. 필름 상태가 놀라울 정도로 훌륭하다. 거칠고 조잡한 컬러 영상이 펼쳐질 줄 알았건만. 이제 어머니는 바닷가를 걷는다. 담 해수욕장과 부두, 등대, 통나무 오두막집, 어머니의 보풀이 인 주황색 수영복을 알아본 내 심장이 두근거린다. 이렇게 이상한 느낌은 처음이다. 내가 바로 옆에서 어머니를 부르며 모래성을 쌓고 있는데, 어머니를 촬영중인 준은 꼬맹이가 쌓은 모래성에는 전혀 관심이 없다. 화면이 갑자기 변하며 구조용 기둥과 길게 이어지는 구아 대로가 나타나고, 폭풍우가 들이닥친 우중충한 날의 썰물 때, 빨간색 스웨터와 반바지를 입고 까만 머리를 바람에 나부끼며 저멀리서 둑길 가를 걷고 있는 우리 어머니가 조그만 실루엣으로 보인다. 처음에는 멀리서 주머니에 손을 넣고 있는 것 같더니, 잊히지 않는 특유의 발레리나 같은 걸음으로 등과 목을 꼿꼿하게 펴고 점점 더 가까이 걸어온다. 우아하고 날렵하다. 어머니는 앙젤과 내가 그날 오후 찾아갔던 그 지점을 걷고 있다. 우리처럼 섬을 향해 길을 건너고 있다. 얼굴은 아직까지 잘 보이지 않는다. 그러다 선명해진 얼굴을 들여다보니 미소를 짓고 있다. 어머니가 갑자기 웃음을 터뜨리더니 눈앞을 가린 머리카락을 한 가닥 쓸어넘기면서 카메라를 향해 달려든다. 웃는 얼굴에서 사랑이 넘쳐흐른다. 잠시 후 어머니가 까무잡잡하게 태운 작은 한쪽 손을 심장 바로 위에 얹었다가 손바닥에 입을 맞추고는 카메라에 갖다댄다. 분홍색 손바닥을 끝으로 동영상은 끝이 난다. 그것이 마지막 장면이다.

　나는 영상을 클릭해 처음부터 다시 보기 시작한다. 살아 움직이고, 걷고, 숨쉬고 웃는 어머니의 모습이 경이로울 따름이다. 몇 번이나 반복 재생해 보았는지 모르겠다. 보고 또 본다. 다 외워질 때까지, 내가 그 안에 들어가 있는 것처럼 느껴질 때까지. 견딜 수 없을 만큼 괴로워서 더이상 볼 수 없을 때까지. 눈물이 맺혀서 화면이 더이상 보이지 않을 때까지. 돌아가신 어머니가 너무나 그리워 울퉁불퉁한 돌바닥에 누워 흐느끼고 싶어질 때까지. 어머니는 우리 아이들을 절대 알지 못할 것이다. 지금의 내 모습도 절대 알지 못할 것이다. 내가 어떤 어른으로 자랐는지. 당신의 아들인 내가. 무엇이 최선인지 모르겠지만, 아무튼 최선을 다하며 열심히 사는 이 남자를 어머니는 알지 못하고 돌아가셨다. 속에서 무언가가 툭 하고 터져나온다. 터져나오는 게 느껴진다. 고통이 터져나오는 것이. 그것이 떠난 자리에 남은 무지근한 아픔은 앞으로 영원히 사라지지 않을 것이다.

나는 영상을 멈추고 DVD를 꺼낸다. 꺼내서 다시 커버에 넣는다. 마당과 연결된 문이 열려 있다. 나는 밖으로 슬그머니 나가본다. 공기가 상쾌하고 시원하다. 별들이 반짝인다. 저 멀리서 개 한마리가 짖는다. 앙젤은 돌 벤치에 앉아 별을 올려다보고 있다.

"뭘 봤는지 얘기하고 싶어요?" 그녀가 묻는다.

"아뇨."

"괜찮아요?"

"네."

그녀가 내게 몸을 기댄다. 나는 그녀의 어깨를 감싸안는다. 그렇게 둘이서 고요하고 차가운 밤공기와 저 멀리서 이따금 들리는 개 짖는 소리와 머리 위로 쏟아지는 별빛을 함께 만끽한다. 나는 카메라를 덮었던 어머니의 분홍색 손바닥을 생각한다. 구아 대로를 활주하던 할리 데이비슨을 생각한다. 내 가슴과 맞닿아 있던 앙젤의 나긋나긋한 등과, 장갑을 끼고 널찍한 핸들을 자신만만하게 쥐고 있던 그녀의 두 손을 생각한다. 그러자 그날 오후에 그랬던 것처럼 안심이 된다. 이 여자와 여생을 함께할 수 있을지 없을지 알 수 없지만, 내일 아침에 당장 짐을 싸라고 할지 아니면 나를 평생 거두어 먹일지 알 수 없지만, 죽음을 다루는 게 직업인 이 범상치 않은 여자가 내 인생에 활기를 불어넣었음을 나는 알고 있다.

감사의 글

고마워요.

참아주고 도와준 남편 니콜라.

훌륭하게 잘 자라준 우리 아이들 루이와 샤를로트.

첫 독자라 할 수 있는 로르, 카트린 그리고 쥘리아.

피드백과 조언을 아끼지 않은 아바.

매의 눈을 지닌 사라.

앙젤을 떠올리는 데 영감을 준 에리카와 카트린.

미국판 출간을 도와준 로렌과 잰.

프루아드보 가의 공간을 내준 샹탈.

누아르무티에를 알려준 기유메트와 올리비에.

이름을 빌려준 멜라니와 앙투안 레.

나를 또다시 믿어준 엘로이즈와 질.

그리고 마지막으로 세인트마틴의 환상적인 팀, 그중에서도 특히 샐리, 조지, 매튜, 제니퍼, 리사, 앤, 세라, 마이크에게 감사의 마음을 전합니다.

442

옮긴이 **이은선**

연세대학교 중어중문학과와 같은 학교 국제학대학원 동아시아학과를 졸업했다. 출판사 편집자, 저작권 담당자를 거쳐 번역가로 활동중이다. 옮긴 책으로는 『사라의 열쇠』 『딸에게 보내는 편지』 『엄마가 있어줄게』 『리딩 프라미스』 『11/22/63』 『닥터 슬립』 『로우보이』 『환상의 여인』 『굿독』 등이 있다.

문학동네 세계문학
숨겨진 비밀

초판인쇄 2014년 9월 22일 | 초판발행 2014년 10월 2일

지은이 타티아나 드 로즈네 | 옮긴이 이은선 | 펴낸이 강병선
책임편집 홍유진 | 편집 이현자 윤정민 | 모니터링 이희연
디자인 김현우 이원경 | 저작권 한문숙 박혜연 김지영
마케팅 정민호 이미진 김은지 양서연 | 온라인마케팅 김희숙 김상만 한수진 이천희
제작 강신은 김동욱 임현식 | 제작처 영신사

펴낸곳 (주)문학동네
출판등록 1993년 10월 22일 제406-2003-000045호
주소 413-120 경기도 파주시 회동길 210
전자우편 editor@munhak.com | 대표전화 031) 955-8888 | 팩스 031) 955-8855
문의전화 031) 955-1927(마케팅) 031) 955-1929(편집)
문학동네카페 http://cafe.naver.com/mhdn | 트위터 @munhakdongne

ISBN 978-89-546-2592-0 03840

www.munhak.com